JN222973

グラフと地図で知る これからの20年

2038
Les Futurs de Monde

ヴィルジニー・レッソン
Virginie Raisson
河野 彩／山口羊子 訳

原書房

はじめに 007

第1部 10億単位の人口増加

01 地球と人類 016
02 地球の定員 025
03 領土の変化 035
04 世界の高齢化 053
05 天国は待ってくれる 060
06 民主主義は死にかけているのか? 081
07 ミレニアルのパイオニア 086

第2部 大きな転換期

08 中産階級の幸福 096
09 階級のトップ 122
10 アフリカが目覚めるとき 145

第3部 新たな希少資源

11 新たな希少資源のリスト 160
12 やせていく海 167
13 チョコレートが存在しつづけるために 180
14 危機に瀕する砂遊び 193

第４部　指針となる未来

15　ビッグデータ　210
16　もうひとつの新たな歴史　221
17　100億人を乗せて　230
18　海上交通　250
19　空の玄関口　264
20　限界を越える速度　281

第５部　小で大を得る

21　転機を待ちながら　296
22　夜明けの約束　300
23　現ナマではない通貨　310
24　未完の未来　320

第６部　明日を待ちながら

25　街を描いて！　332
26　ニュー・ワールド・タイムズ2038　338

未来を知るための関連用語集　348

長い一日が終わる。月がゆっくりとのぼる。
愁い(うれ)に満ちた数々の声が海の底から上がってくる。
さあ、友よ、来なさい。新世界を探すにはまだ、遅すぎることはない。
——ジェイムズ・ジョイス

バルテレミー、エミール、ヴィオレットに。

3人の子どもたちが自由なままで成長できますように。
自由に考え、
自由に怖がり、
自由に発明しながら。

2016年9月11日、サン＝レジェール＝アン＝イヴリーヌにて。

はじめに

そこかしこでプロジェクトが始まっている。庭のシェア。互助機能をもつ地域通貨。生徒一人ひとりのペースで学べる学校。自動運転車や隊列走行。古い機械を修理しながら、昔ながらの連帯感を取り戻すリペア・カフェ。大事業に発展する可能性を秘めたマイクロクレジット。土壌と季節と消費者の健康を尊重する農法。数人が共同で開発し、無償で一般公開される発明。ハリネズミなど野生動物が車にひかれないのための跨道橋。ゴミをエネルギーに変える工場。海に放流される魚と地中に埋められたままにされている原油。

そう、いたるところで最良の未来を予感させる動きが見られる。

未来を待ちながら

その一方で、かつての秩序を失い、激動の様相を呈している世界は、未来から遠ざかっているようにも見える。だが、未来は暴力と不平等のなかで滅びはしない。冷戦が終わってからというもの、今日ほど欧米人が恐怖に駆られたことはない。彼らは何かが不足するという恐怖、変化することへの恐怖、他者への恐怖、起こる「かもしれない」何かに対する恐怖を抱いている。

多くの西欧諸国は、相次ぐテロや戦闘状態にある祖国から逃れた、大量の難民が押し寄せている現状に打ちのめされ、ふたたび壁をつくり、ポピュリズムと外国人嫌い(ゼノフォビア)に陥るまでに萎縮している。

確かに、自分を見失い、信じられなくなり、誤った場所に答えを求めようとする理由には事欠かない。国家の上層部でも虚言や買収が横行し、格差はいまだかつてないほどに広がり、失業や雇用問題によって若者たちの社会的地位はどんどん不安定になり、排他的な宗教が横行し、アイデンティティの危機に陥りやすくなっているのだから……。

これに加えて、地球に対して人類が多すぎること、グローバル化が否応なしに進んでいること、グローバル化の波が人間の意志はもとより、政府の決定にも勝る現状を見れば、30歳以下の人がこれまで以上に絶望感を表したり、年長者に怒りを抱いたりしないほうが不思議だ。若者の立場になって考えてみよう……。高齢化が進み負債を抱えたヨーロッパの社会で、得られるものではなく失うものにしがみつきながら未来を待たなくてはならないのだとしたら……いったい何を期待できるというのだろうか？　ヨーロッパ社会が新たに何かをおこなう大胆さや挑戦よりむしろ、これまでと変わらないことへの安心感やこれまで手に入れたものへのこだわりを重視しつづけるとしたらどうだろう？　希望や寛容の精神を育むよりも、恐怖や警戒心をあおるとしたら、若者はどう思うだろう？　金融至上主義的でグローバル化した、サハラ以南アフリカの環境には適さない開発モデルのなかで、アフリカの若い世代が社会の未来と彼ら自身の未来を思い描けないのであれば……彼らはいったい何を期待すればいいのだろうか？　最後に、資源が枯渇し、あらゆるものが不足しているまさにこの瞬間、「幸福とは所有することだ」という思想を刷り込まれてきた今世紀の子どもたちは、いったいどうすればいいのだろうか？

政治に幻滅する動きが広がっていくなかで、世界が復活を遂げると人々に信じさせるのは難しい。地域や共同体や人々が自発的なイニシアティヴをとっていく段階をすぎてさらに先を行く未来や、惰性もしくは抵抗に打ち勝つ未来や、村や地区単位を超えた制度がつくられる未来や、北欧諸国のような模範的な国以外へ移住する未来もなかなか想像しがたい。

歴史はときおり
不意に起こる予期せぬ一致や
思いがけない動きによってもつくられる。

不測の事態をも予測する

そうした可能性を探り、世界のなりたちやその複雑さ、知性、経済、息吹をたどり、同時に世界が迷い、行き詰まっているところを検討してみよう。未来は私たちの同意も得ずに責任を押しつけてくる。そうなる前に未来と少し距離を置く必要がある。未来を予測するためではなく実現するために、現在の地図を描かなくてはならない。というのも、未来について確信をもっていえるのはただひとつ、「未来は私たちの思い描くとおりにはならない」ということなのだから。ベルリンの壁の崩壊、インターネット、地球温暖化、アフリカで起こったモバイル革命。20年前には考えられなかったような出来事や現象や技術革新は、枚挙にいとまがない。

幸いなことに、歴史は不意に起こる予期せぬ一致や、思いがけない動きによってもつくられる。たとえば、ほんの5年前までは、再生可能エネルギーによる電力がこれほど早く普及するとは思いもよらなかった。風力発電や太陽光発電よりもシェールオイルやシェールガスを選んだ多くの投資家も、これは予想できなかった。未来を予測するために、意志、感情、変化する能力を考慮に入れずに合理性と習慣でしか人間を見ないアメリカのデータセンターのアルゴリズムにも予知できなかった。

未来が私たちのモデルや予測や予想から離れて独自の物語をつくることは、すでにわかりきっている。ここで、なぜ私が「世界の未来」についての新たな話を書こうとしたのか説明しておこう。

可能性を詳しく分析する

いくつかの理由から、私は未来が自分たちに何をもたらすかを探りたいという欲求に駆られた。ひとつめは政治的な理由だ。地球規模の緊急事態を前にした西洋民主主義世界の限界という客観的な情勢に基づいている。フランスでも、アメリカでも、ハンガリーでも、オーストラリアでも、選挙は厄介な問題を指摘する人々を撃退し、スケープゴートをつくりあげる絶好の機会である。典型的なのが、イスラム原理主義によるテロの死亡者数と、環境汚染や交通事故や栄養不良を原因とする死亡者数の比較研究だ。メディア感情や選挙での公約競争から離れて社会の大きな争点を序列化できるからである。

第二の理由は、すぐにでも対処しなくてはならないものだ。未来は待ったなしでこの脅威について勧告しているのだが、世界のガバナンスと意志決定システムはもはや対応できていない。第二次世界大戦直後につくられ、それ以降ほとんど変わっていないガバナンスの方法は、世界のシステムの変化についていけていない。20年前から新たなグレーゾーンがつくられ、決定の場が変わり、世界のシステムは根本的につくりかえられた。都市化、人口分布、経済のグローバル化、世界規模の金融化、移民、新たな科学技術。漁業やインターネットの規制のような事例は、代表的な管理方法がないために、人類がまもなくAI（人工知能）、遺伝学、バイオテクノロジー、ニューロサイエンスなどによって起こる、とくに重大な倫理問題に直面するという危険を示している。

> 慣例から離れたとき、
> 思考はかつてないほどの
> 創造力を発揮する。

本書で指摘されている希少性を見ればわかるように、成長に必要な資源の果てしない需要と生物圏*の物理的な限界とのあいだの緊張状態が高まった「時代と時代のはざま」にいる私たちは、未来に責任をもつために、世界の見通しを決める必要に迫られている。本書はヒューマニズムの伝統に沿って記され、知識、自覚、倫理、責任、自由意志を重視する精神と哲学を共有している。本書では、人間同士だけでなく環境と調和した持続可能な共存があってこそ、人類は進歩できると考えている。ところが、現在のテクノロジーでは、長期にわたって人類とほかの生物を共存させるのは難しい。

私たちが進歩していくためには、決定と行動の体系、エネルギーの組み合わせ、リズム、生活スタイルとリズム、経済モデル、想像上の地理、現代の世界を組織化する産業文明のいくつかの基盤を同時に発展させていく必要がある。

ここ数年のあいだに、進歩と変化についての考えを豊かにするためのいくつもの提案がなされた。協力経済あるいは共有経済、地域通貨、ブロックチェーン、労働の消滅、ベーシックインカムの導入といったことだ。これらが革新的で有望とみなされようと、反対に非現実的で未完成で退廃的だとみなされようと、あるいは、無政府主義、自由主義、エコロジー、共同体主義に由来していようと、いずれにせよ、こうした新たな生産・再分配・利用・交易の方法によって以下のことが証明される。すなわち、既成の政治的なサークルの推進力がなくても、未来は、多くの無気力な抵抗勢力があるにもかかわらず、世界的な制約と地域的な勢いのはざまで自分の力を試し、自らを夢見て、悪戦苦闘し、己を知ろうとし、自ら思い描くということが……。

いまこそ、子どもたちに伝えたい

最後に、私は何よりもまず、子どもたちがこれから経験する生活に、冷静で信頼できるまなざしを向けたいという思いから本書を書いた。私は、警戒し危険を避けるのではなく、リスクを見極めて果敢に立ち向かい、未知のものに興味を示し行動する喜びを、子どもたちに伝えたい。また、積極的に物事を疑ってみる姿勢や、望む限り何度でも人生を変えることができるように、世界を生まれ変わらせ未来を変えるのに必要な打たれ強さも教えてあげたい。さらに、子どもたちは100億人の人類と約780万種の動物と共存していかなければならない。そんなことを想像して楽しんでいるうちに、本書のなかでも現実世界と同じように生き物と人類を共存させたいと思った。慣例や習慣から離れ、規範を捨てたときにこそ、私たちの思考は自由で創造力にあふれ、革新的になる。そのことを子どもたちに伝えるために、まずは私自身を解放する必要があった。

協力的、細分化、つながり、個人主義、連帯、物質主義、地域主義、グローバル、自由、監視、資本主義、共同体主義、デジタル、創造的、人工的、偏り、あるいはネットワーク……未来はこんなふうになるに違いない。本書を通じて、未来を包括的に把握したいという願望と、若い世代に伝えるべき熱意をもって未来を建設したいという願望がかき立てられたら、と願っている。

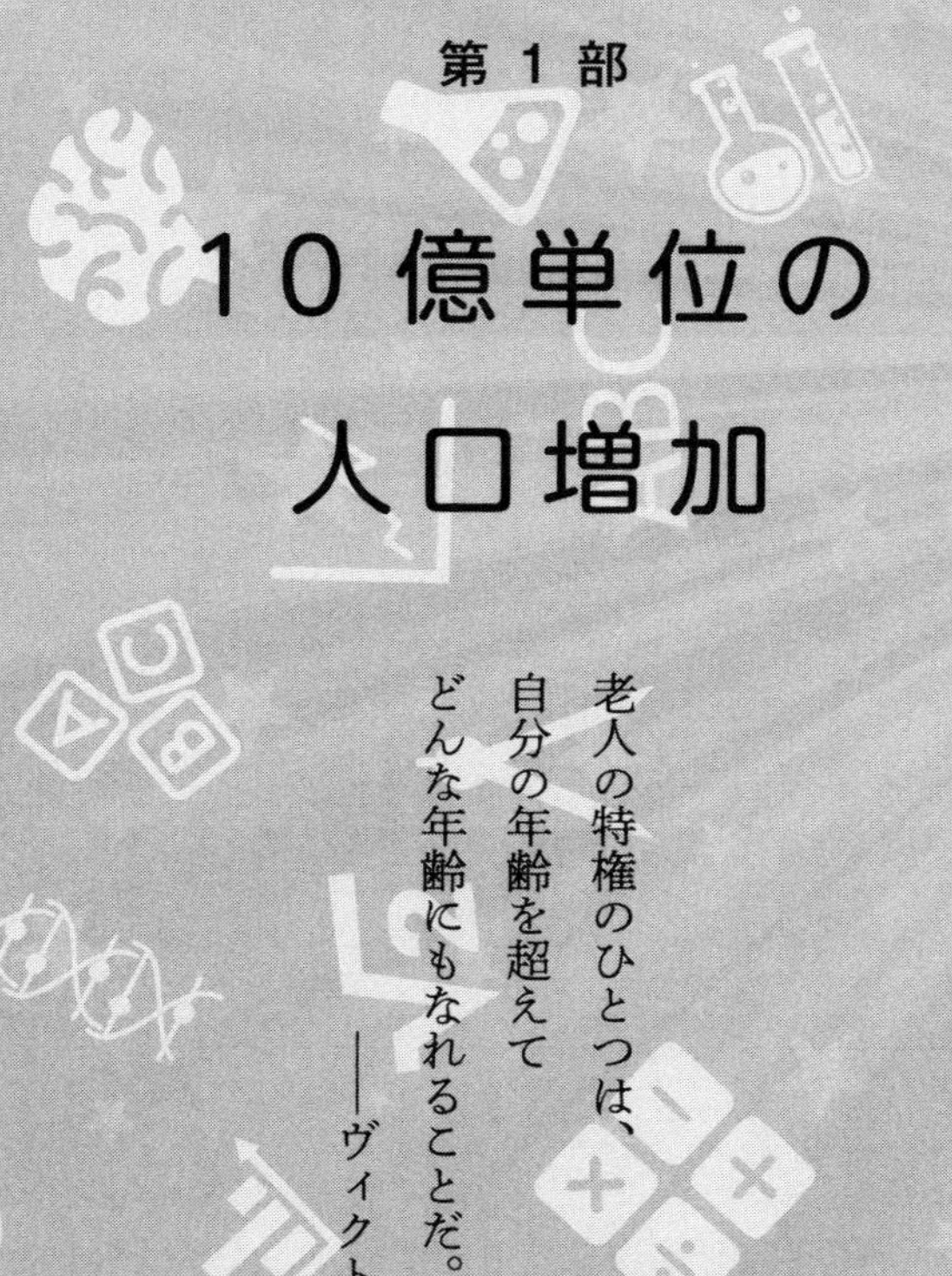

第１部

10億単位の人口増加

老人の特権のひとつは、
自分の年齢を超えて
どんな年齢にもなれることだ。
——ヴィクトル・ユーゴー

01 地球と人類

人口の増加は地球に課せられた試練であり、人類にとっては脅威として、今後も世界の行く手につきまとう。もはや、アフリカの出生率やインドの人口爆発によって、未来が閉ざされるのではないかと議論しているときではない。しかし、あえてアフリカやインドの人口増加を含めて考えるとすればどうだろう。地球の資源が無限にあって、宇宙に救いの地を得られると仮定した場合、2050年に人口がどれほど増えるかを計算したところで何の役に立つのだろう？実際のところ、人口問題は地球のシェア、すなわち人口の増加に伴い必要になった空間と資源をいかに分かち合うか、という根本的で重大な問題を秘めている。

天然資源が枯渇し、気候変動が加速してからというもの、世界各地で人口を減らそうという声が上がっている。人口さえ減れば、生物圏と人類のバランスを取り戻せるからだ。今世紀じゅうに世界の人口を60億に戻すには、死亡数が出生数を上回らなくてはならない。しかし、慣性の法則と一部の地域の高い出生率を考えると、このシナリオは実現しそうにない。

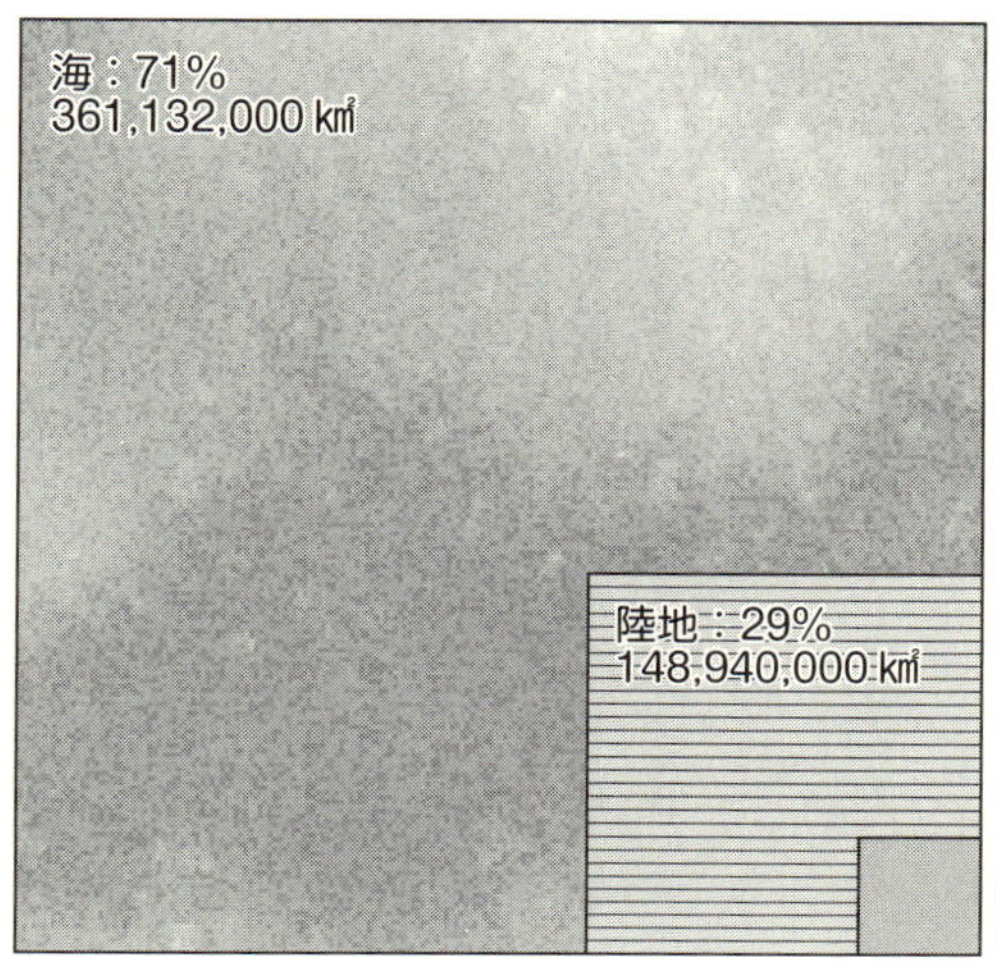

陸地面積における分布

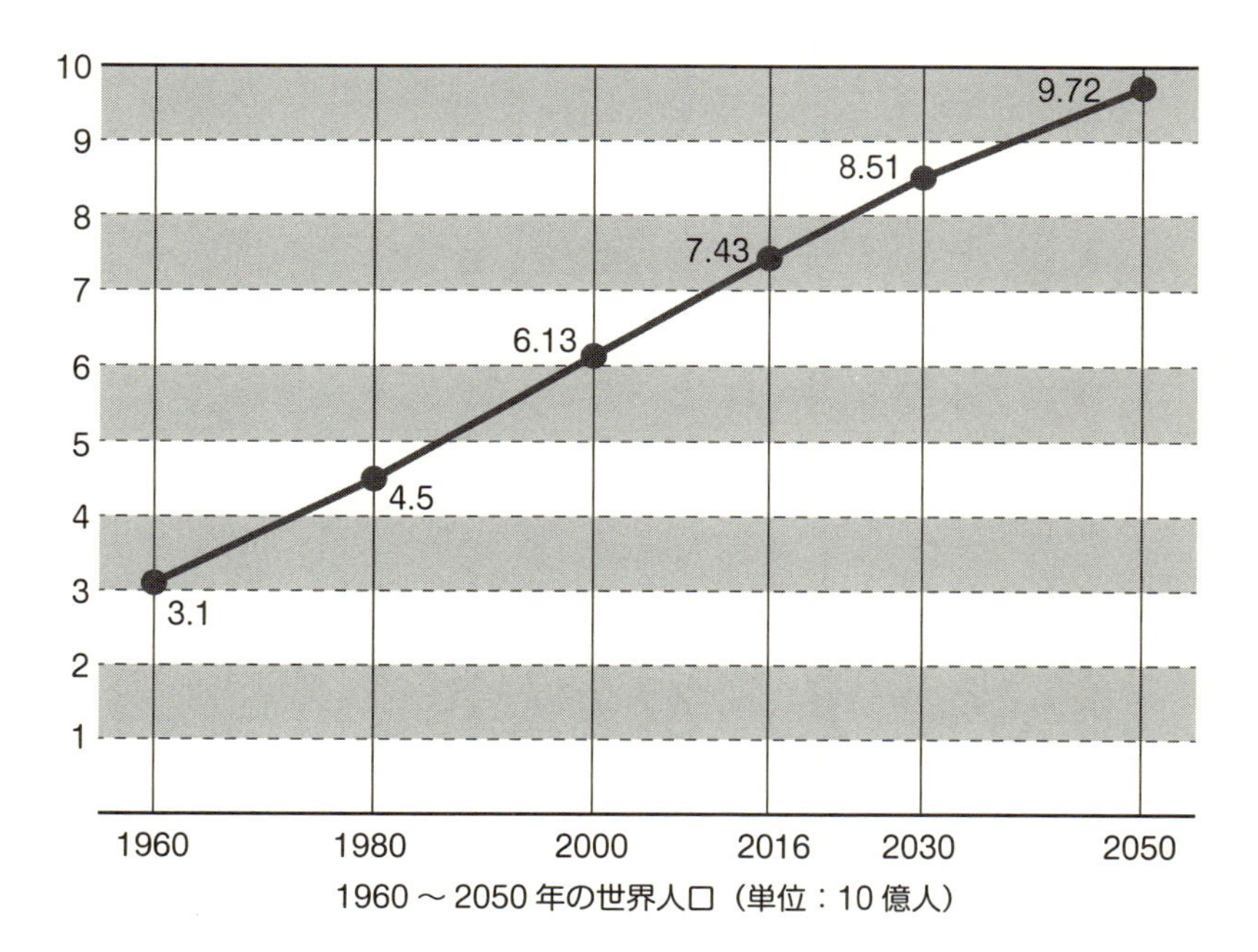

1960 ～ 2050 年の世界人口（単位：10 億人）

FIG.001　世界人口と陸地面積における分布

人口増加率の低下

人口増加を把握するにはいくつかの方法がある。もっとも用いられるのは過去の人口との比較だ。人類が25億人（１９５０年）に増えるのに5万年かかったのに対し、その後わずか40年で50億人（１９９０年）と倍増している。さらにそこから25年間で75億人に増えたことをふまえると、世界の人口が１００億人に達するには少なくとも35年かかると考えられる。数字を見ると、常に増えてはいるものの、増加ペースが年ごとに微妙に変化しているのがわかる。人口が倍増した１９５０年代初頭から１９８０年代末は、年間人口増加数も４７００万人から９３００万人に増えたが、その後１９９０年代末には７６００万人に減っている。現在の年間人口増加数は８０００万人をわずかに超える程度なので、１９９０年代末と比較するとふたたび増加に転じている。

対照的に、世界規模で見ると、人口増加率は大半の地域で下がっている。１９５０年の世界の年間人口増加率は１・８パーセント、１９９０年の時点でもまだ１・５パーセントを維持していたが、現在は１・2パーセントを下回る。今後は２０３８年までに1パーセント以下になり、２０５０年には０・５パーセントまで下がると考えられている。そのあいだに、人口の多い世代が高齢化を迎えて死亡者数が増えるので、出生率の高い一部の地域の影響は緩和されるだろう。

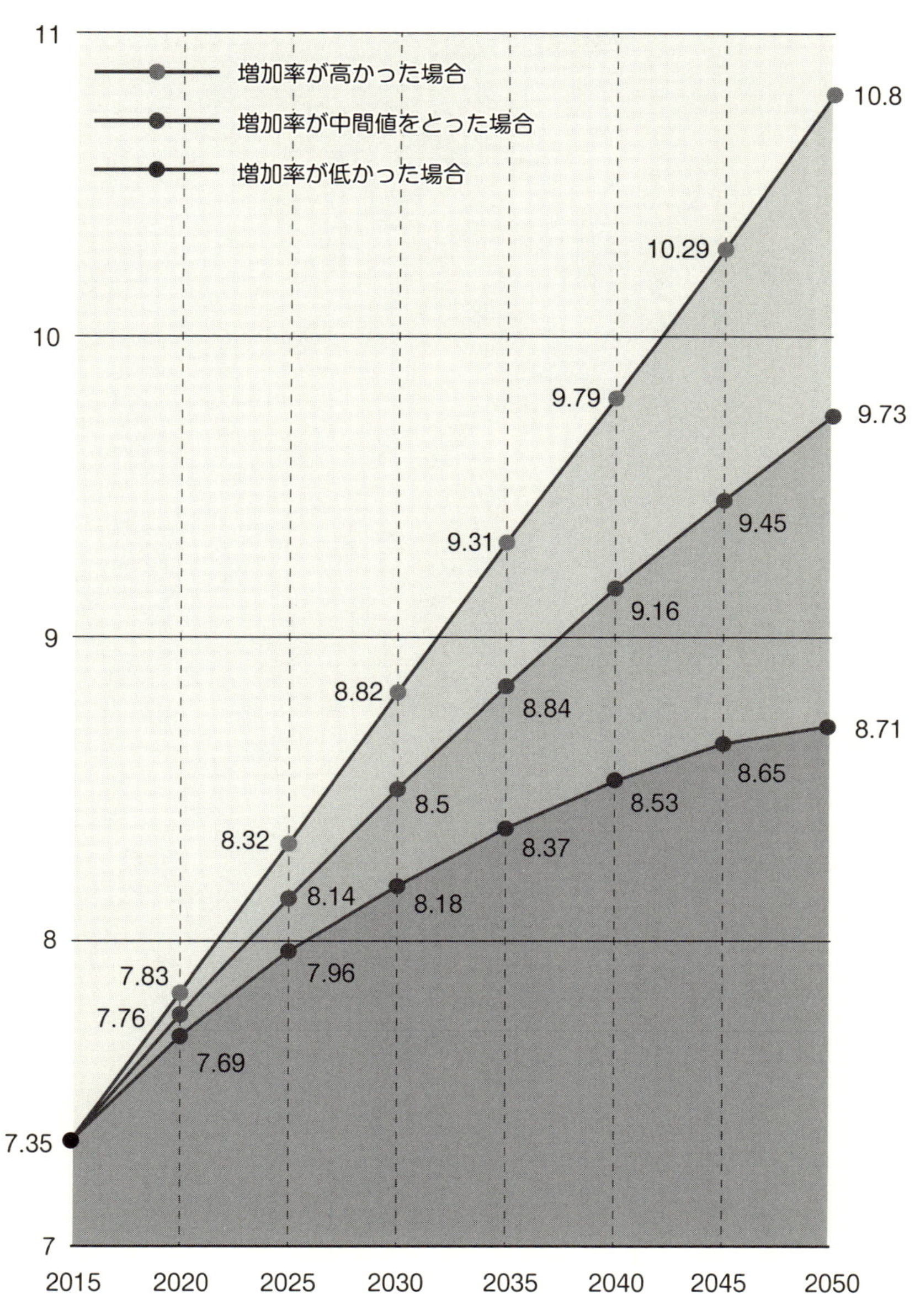

FIG.002 2015 ～ 2050 年における世界人口増加の 3 つのシナリオ（単位：10 億人）

生殖能力は制御不可能

致死率の高いインフルエンザが世界的に流行する可能性を除けば、安定した長寿社会で人口が変動するおもな要因は出生率である。人口の変動が世界全体の女性一人あたりの子どもの数のみに起因するのならば、起こりうるシナリオは増加率が低い場合、高い場合、中間値をとった場合の3つだ。どのパターンをたどるかは、晩婚化、女性が産む人数を選ぶ自由、個人主義の拡大、カップルや性行動の多様化、女性の教育水準と高学歴化、若者の失業、賃金の減少、住宅費、家族政策の導入といったさまざまな要因を考慮しなくてはならない。こうした要因の先が読みにくいのに加えて、出生率自体が歴史の流れのなかで変化してきたことを考えると、豊かな国で人口の自然増*を期待するためであれ、出生率の高い地域で抑えるためであれ、長期にわたって出生率をコントロールするのは難しい。さらに、もうひとつ重要な要因が存在する。ある地域から別の地域に人口が移動する経済的な事情の変化だ。すでにアジアとラテンアメリカは、出生率が低下して若年世代の経済的な負担が減ったことを利用し、インフラや産業に資本をつぎ込んでいるが、サハラ以南アフリカの出生率が同じ見通しをたどるとは限らない。サハラ以南のアフリカ諸国に暮らす人の多くは、子どもに充分な教育を受けさせるために産む人数を減らして従来の家族のあり方を変えようとは思っていないため、出生率を下げるには彼らの生殖行動を変える必要がある。つまり、サハラ以南のアフリカ諸国に大規模な援助や投資の計画がされない限り、国連が予測した出生率が低い場合のシナリオは、今世紀中には実現しそうにない。

人口増加率が低い場合の推定によると、2100年に世界の人口を68億人に戻すためには、2050年時点で83億人に抑える必要がある。出生率でいうと、世界の平均出生率を6割減らし、2010年に2・5人である女性一人あたりの子どもの数を今世紀末には1・5人まで減らさなくてはならないのだ！

中央アフリカや西アフリカの発展途上国で、女性一人あたりの子どもの数の平均が2010年の6・75人から2050年に2・87人まで減少したとしても、中間値のシナリオの実現にはまだほど遠い。女性の高等教育、女性の雇用、簡単な避妊法、高齢者を扶養する社会的ネットワークが実現しない限り、失業や先の見えない都市部での生活や気候温暖化の影響による不安定な家計を補うために、中央アフリカや西アフリカの人々は多くの子どもを欲しつづけるだろう。

最終的に、早い段階で人口転換が終わったとしても、人口調整政策を講じたところで期待どおりの経済的効果や生態系への影響はないと思われる。結局、世界的な人口減少は今世紀の範囲内しか予測できず、地球の生態系を守るためには人口減少以外の道をとるしかないというのが妥当な仮説だ。

制約を受けるアフリカ

人口統計の予測は人間の行動に左右されるため、あくまで仮説の域を出ない。とくに、国家レベルで議論される問題については、どれも国民の行動が大きく影響する。また、農業分野の問題がどうなるかについては、エネルギー生産や廃棄物管理、天然資源の獲得状況に左右される。

国家ではなく、それぞれの地域レベルで見ると、家族政策や政治面だけでなく、近隣地域との関係においても社会の結びつきは変わる。

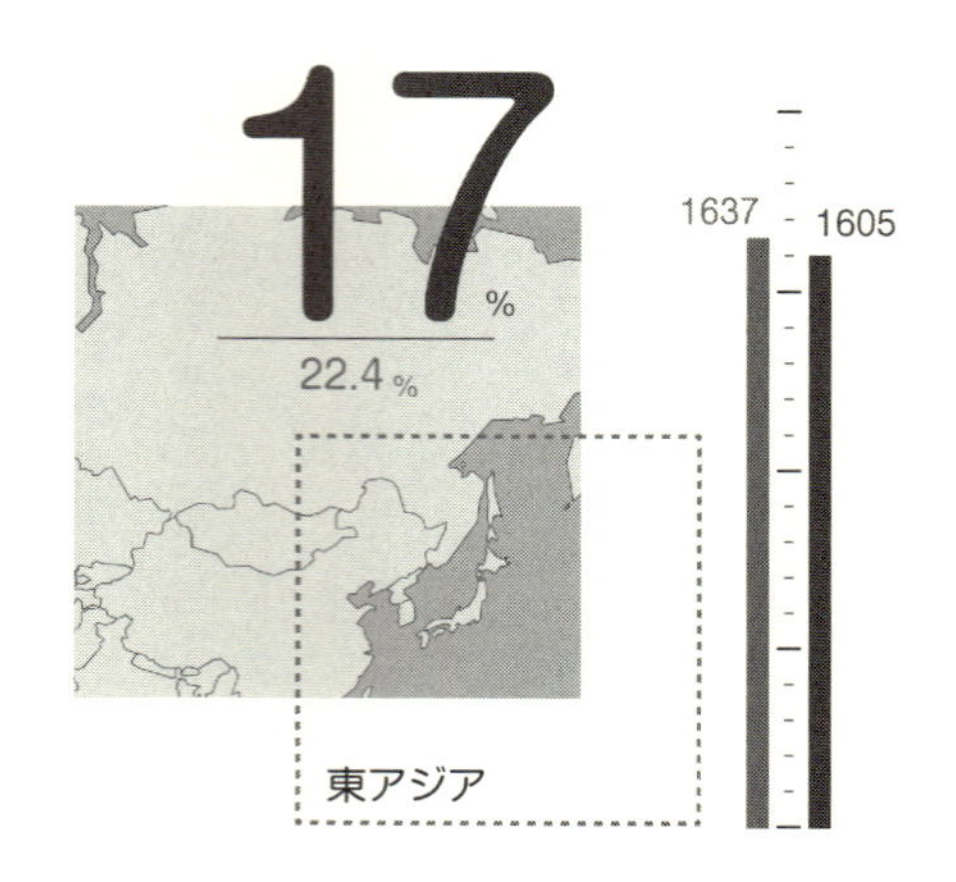

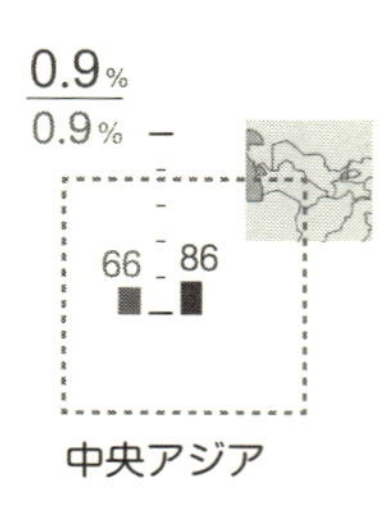

0.9% 世界人口に占める割合（2015年）

0.9% 世界人口に占める割合（2050年）

633 2015年の人口（単位：100万人）

788 2050年の人口（単位：100万人）

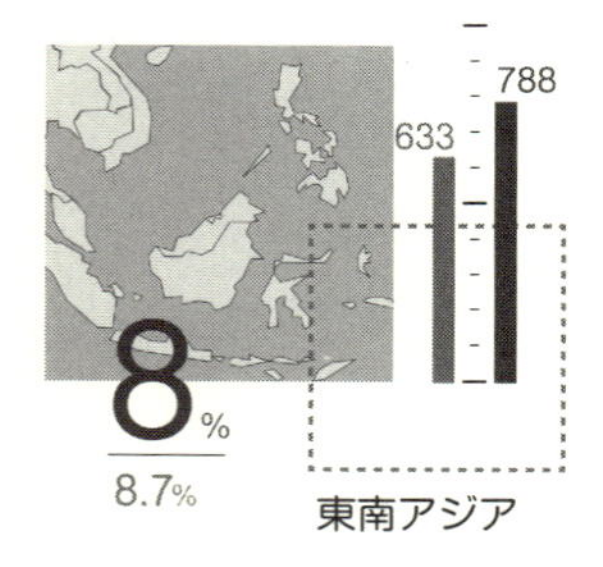

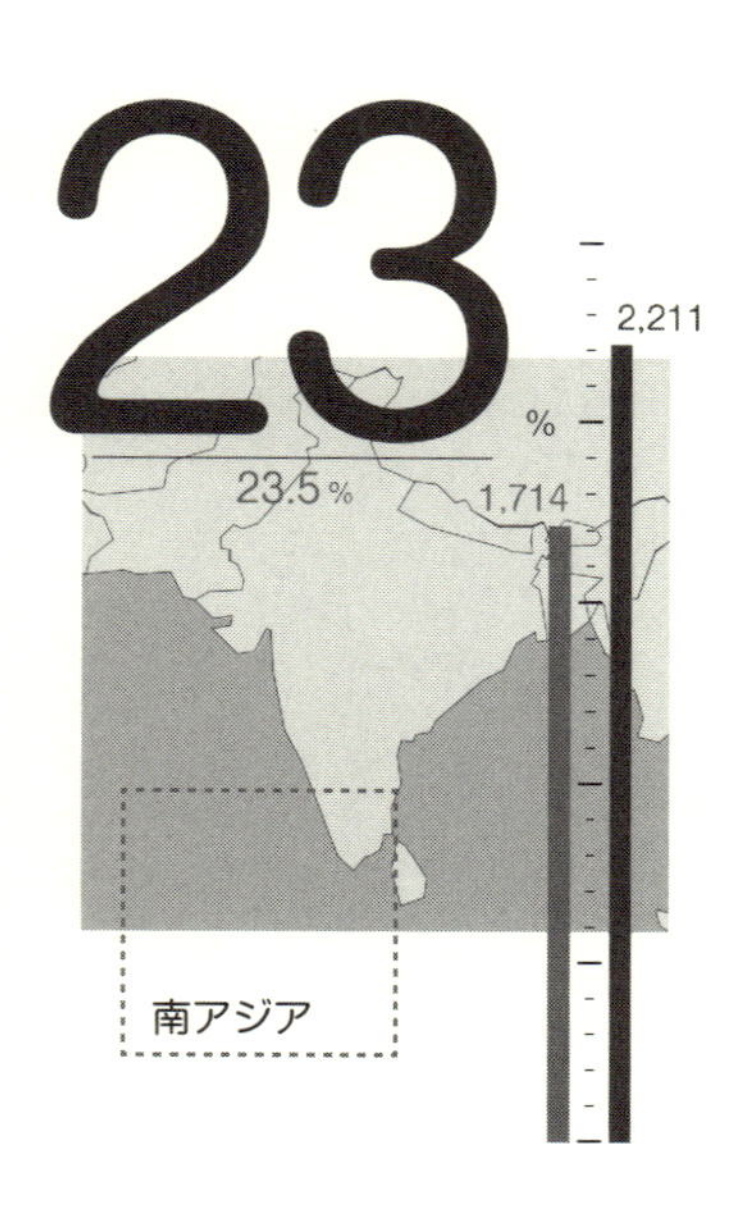

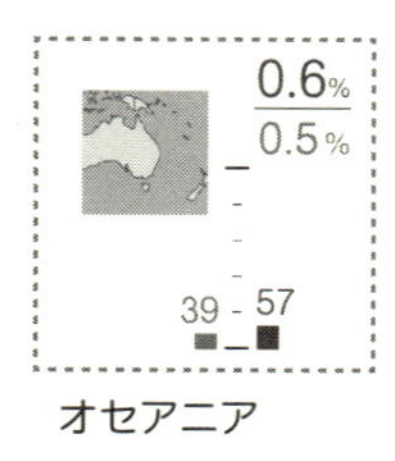

FIG.003 2050年における地域別人口分布

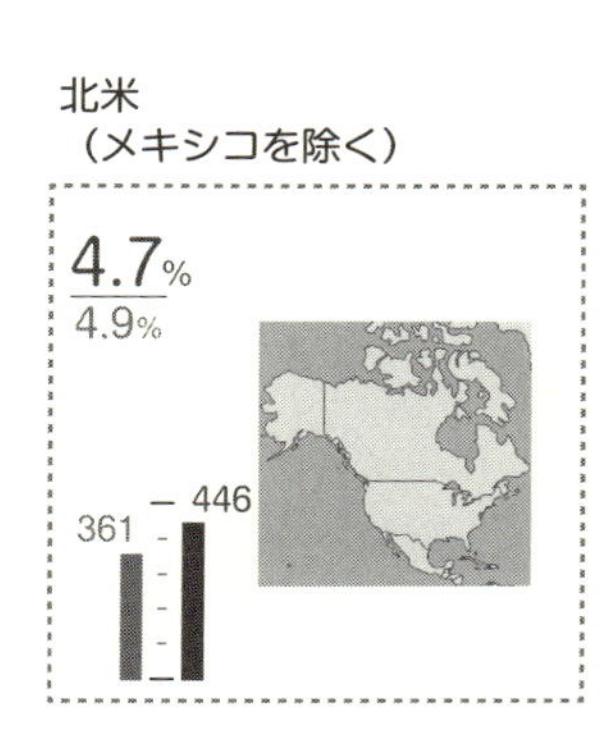
北米
（メキシコを除く）
4.7%
4.9%
361
446

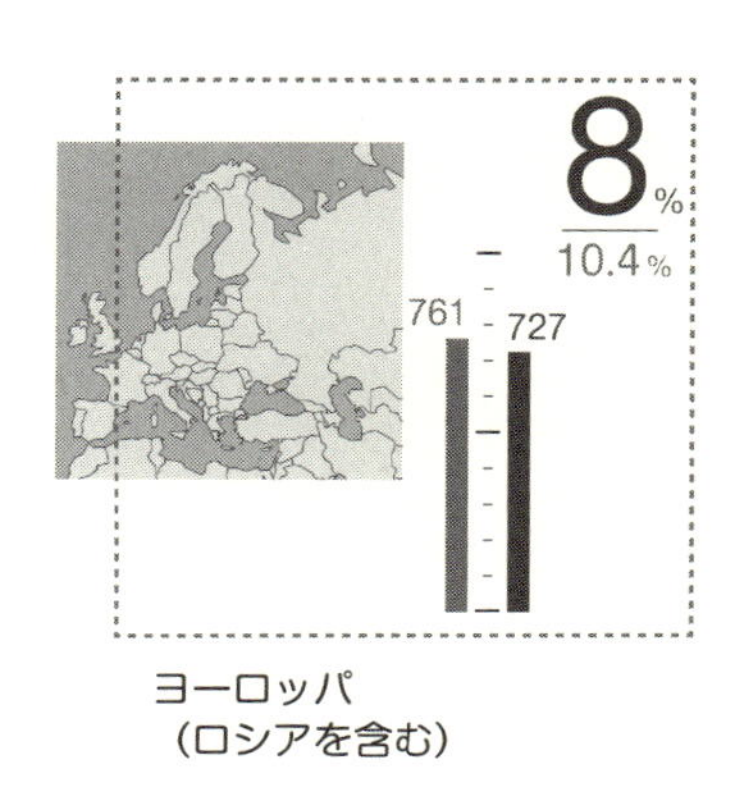
8%
10.4%
761
727
ヨーロッパ
（ロシアを含む）

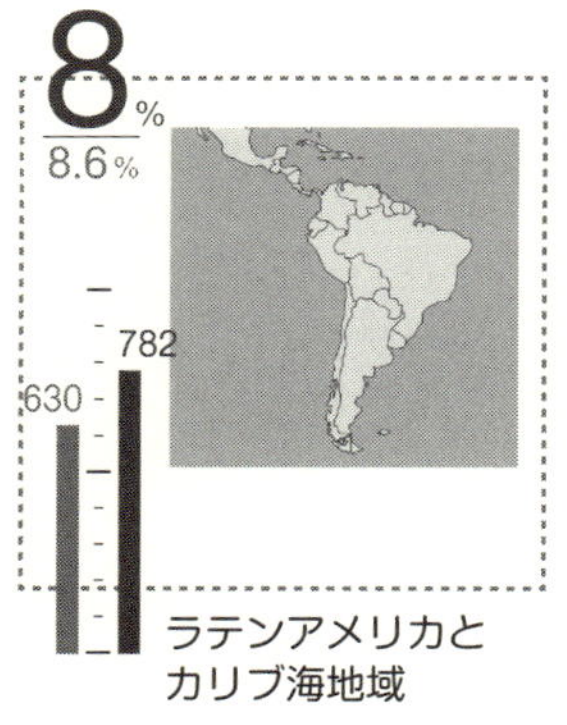
8%
8.6%
630
782
ラテンアメリカと
カリブ海地域

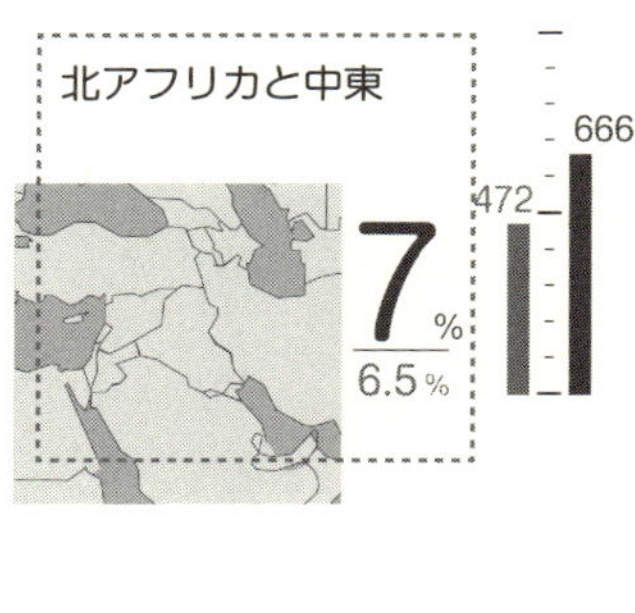
北アフリカと中東
7%
6.5%
472
666

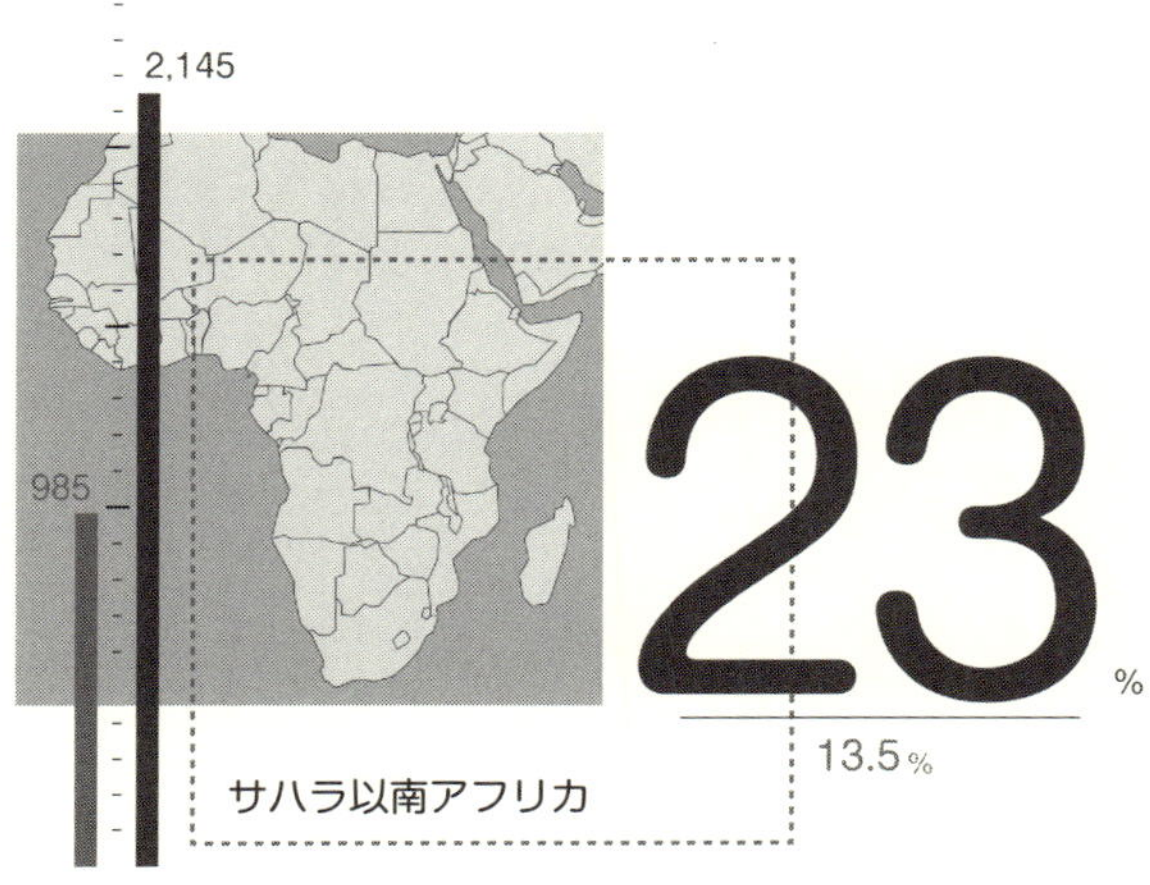
2,145
985
23%
13.5%
サハラ以南アフリカ

たとえば、ヨーロッパの人口は1950年と比較して1・4倍に増えたが、世界人口に占める比率で見ると21・7パーセントから10・7パーセントに下がった。一方、アフリカの人口比は9・1パーセントから14・9パーセントに上がり、人口は4・5倍に増えている。両者の人口比は完全に逆転しているため、アフリカからヨーロッパへの大きな移民の動きが予想される。

一方で、人口増加率が高かった場合と低かった場合の人口の差が、アフリカだけで3億人に達している。アフリカの経済発展を見ると、このギャップは政治的に危険であると同時に社会的に切迫した問題だ。というのも、都市化が進むアフリカでの人口増加は、国民の教育、健康、日常生活に影響を与えるからである。また国家は、人口が増えれば増えるほど、経済発展によって得た利益を、さらなる発展のための投資ではなく、増えた国民の生命を守るために使わなければならなくなる。ある研究によれば、ナイジェリアでは、人口増加率が中間値をとったシナリオから低いシナリオに移行することで、国内総生産が20年で6パーセント、50年で12パーセント上昇すると予測している。

02 地球の定員

文明と接したことのない民、マシコ・ピロ族がブラジルとペルーの国境付近で初めて自分たち以外の人間と接触したのは2015年のことだ。アメリカ先住民の少数部族は、文明社会の一部に組み入れられたことで、ロンドンのトレーダーやパキスタンのバルーチスターンの農民と肩を並べるようになったが、規律も信仰も生活様式も言語も異なっている。このような状況を思うと、世界人口の概念そのものと2050年の人口を計算する意味を問い直さなくてはならないだろう。

古来、人類は、自分たちの数を知ろうと努力してきた。今日のヨーロッパでは、ひとつの町の人口よりも全世界の人口のほうがよく知られている。2050年、あるいは2100年の世界人口の試算についていえば、地球上に存在できる人間の数には限界があると考えられている。もし本当に限界があるとすれば、現状でどの程度定員を超えているのか、今後どのような方法で世界人口を適正レベルに戻すのかを決めなければならない。

認識された人口過多

国連が予測する中間のシナリオに抑えられた場合、世界の人口は2050年に97億2500万人になる。これは1950年の人口のおよそ4倍にあたる。あまりの数字の大きさに不安を感じるかもしれないが、世界人口という概念そのものと同じく、この数字もいささか漠然としたものだ。わかりやすくするために、全人類を1か所に集めてみよう。集められた人がすわって呼吸するためには一人あたり1平方メートル必要だとすれば、9725平方キロメートルあれば足りる。これはレバノンの国土面積よりも小さい。地球全体からすると見つけられないほど小さい面積なので、世界の人口過多が問題だとは、にわかに信じがたい。

経済学者トマス・R・マルサスが『人口論』を著して以来、世界が人口過多か否かは、全人類に食糧を行き渡らせることができるかどうかによって決まるとされている。この点に注目すると、2050年における食糧供給や農業を扱う記事がほぼ同じ問題を論じているのに気づくだろう。「2050年、世界の人口は地球が養える人数を20億人オーバーする」。これは、全人類に充分な食糧を供給するのは不可能であり、農業面では養える限界があることを暗に示している。こうした考えはすでに19世紀初頭、土地が本来もっている生産性*が化学肥料によって飛躍的に向上するより少し前から、マルサスが主張していた。人口増加に伴う食糧不足の問題は、1970年代にインドで人口が増加したときにも危惧(きぐ)されたが、緑の革命(化学肥料や品種改良によって劇的に農業生産が向上した)によって農業生産が余剰に転じたために立ち

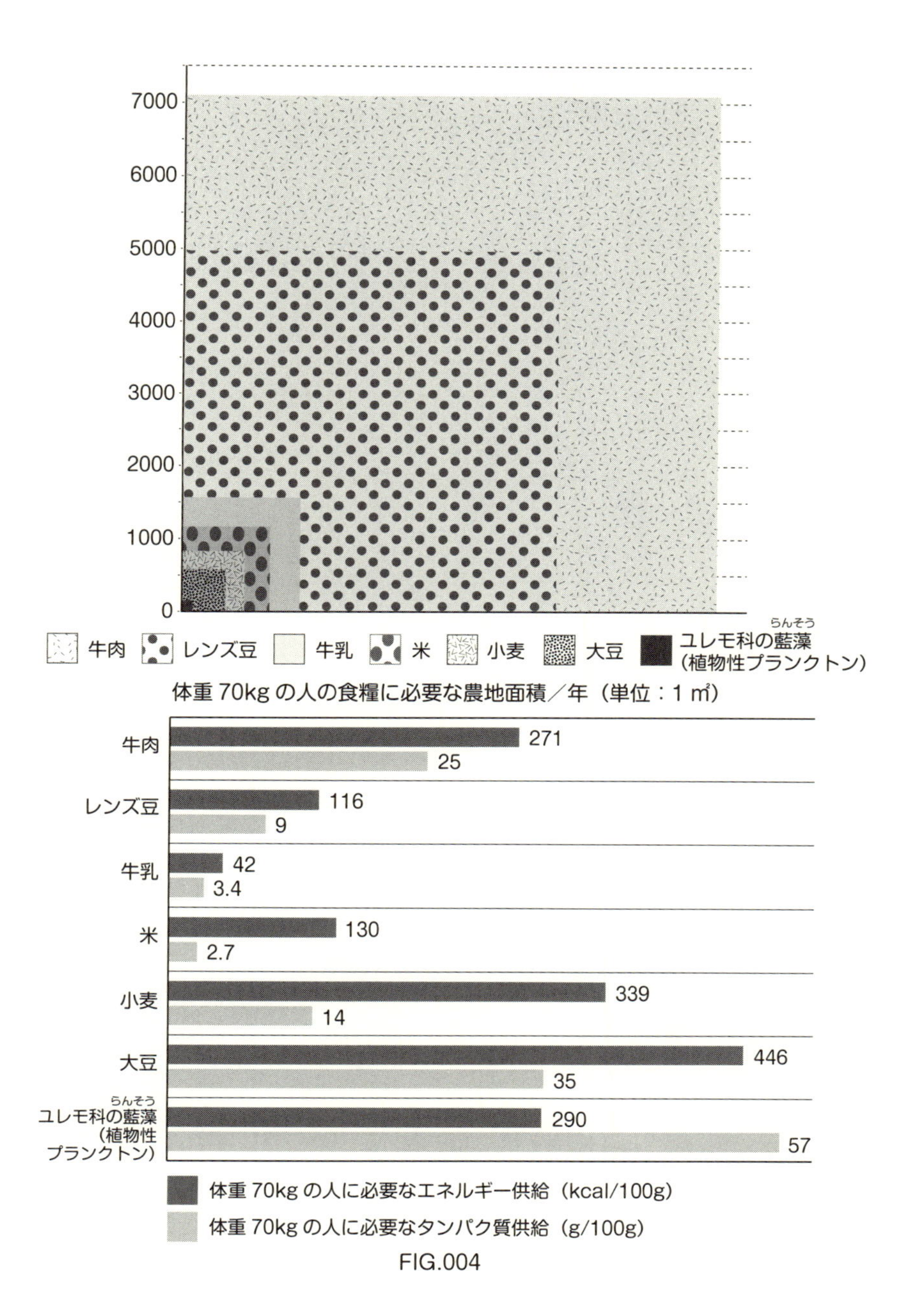
7000
6000
5000
4000
3000
2000
1000
0
牛肉
レンズ豆
牛乳
米
小麦
大豆
ユレモ科の藍藻（らんそう）
（植物性プランクトン）
体重 70kg の人の食糧に必要な農地面積／年（単位：1 ㎡）
牛肉
271
25
レンズ豆
116
9
牛乳
42
3.4
米
130
2.7
小麦
339
14
大豆
446
35
ユレモ科の藍藻（らんそう）
（植物性
プランクトン）
290
57
体重 70kg の人に必要なエネルギー供給（kcal/100g）
体重 70kg の人に必要なタンパク質供給（g/100g）

FIG.004

消えた。農業の生産高と貯蔵量のおかげで、深刻な食糧不足が起こるという考えがくつがえされたにもかかわらず、２００８年の食糧不足騒動（バイオ燃料の利用量が拡大したために穀物価格が高騰した）の際にも引き合いに出されている。

一方、数値そのものは異なるシナリオをたどっている。１９８０年以降、農業生産高が92パーセント向上したのに対し、世界人口は55パーセントしか増加していないのである。

したがって理論上では、一人あたりの１日分の食糧の割り当てが21パーセント増加するはずだ。しかし、調査によれば一人あたりの消費カロリーの平均値は、この期間に12パーセントしか増えていない。これは収穫と輸送の際のロスと、とりわけ肉製品の世界的な消費増加が影響している。鶏や豚などの家畜に与えられた１０００キロカロリーの穀物のうち、排出されずに吸収されるのは４分の３で、食肉は穀物に比べて良好な状態での長期保存がきかないことを考えると、食肉

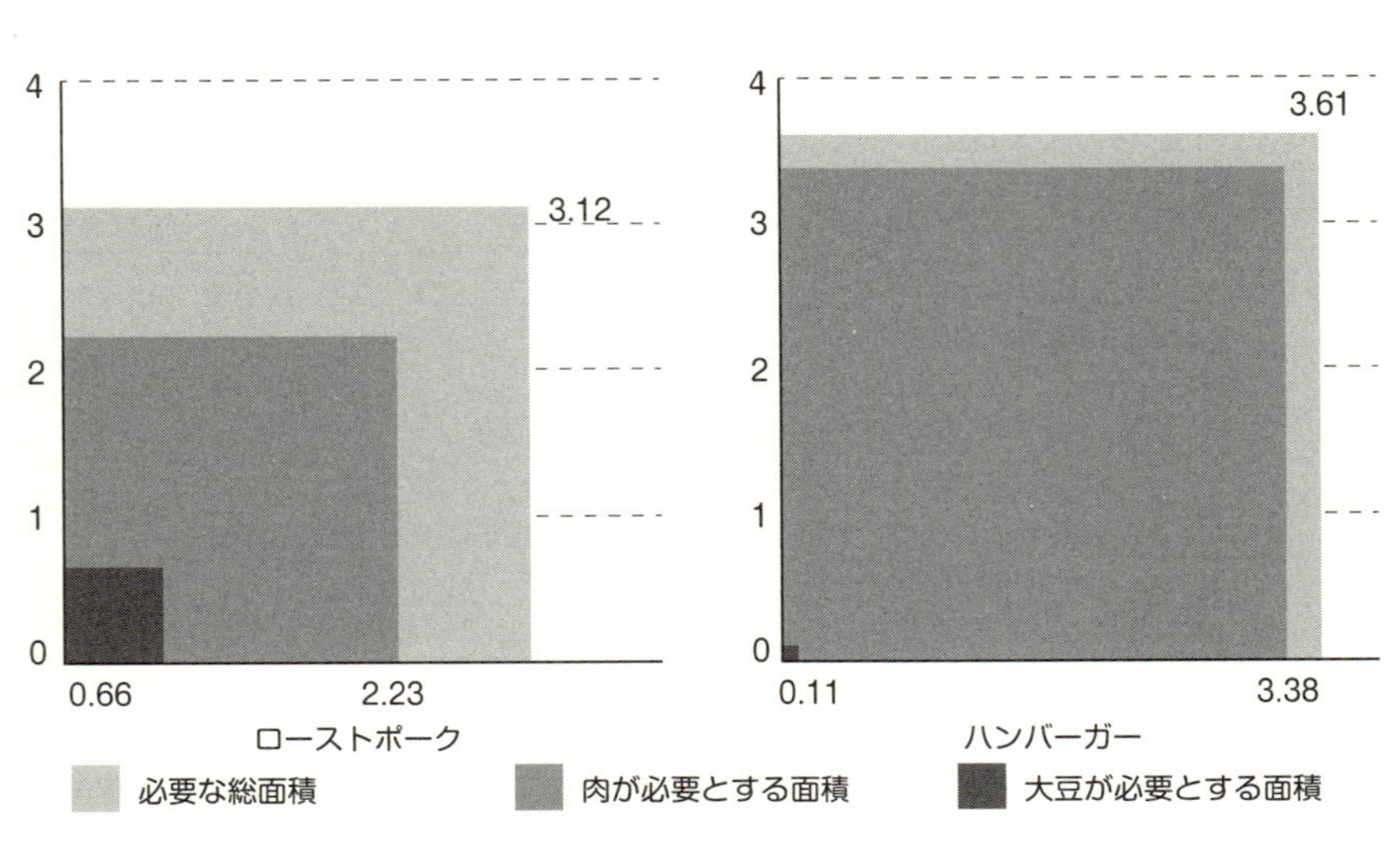

製品の消費によって起こる食品ロスが重大だとわかる。そして何より、地球が養うことのできる人口は、人口の変動よりも食生活に左右されるとわかるだろう。バングラデシュのように、一人ひとりが動物由来の食品を2・5パーセントしか消費しないと決めれば、現在の世界農業生産高でもすでに115億人の食糧需要に応えることができる。逆に人類全体が、平均で肉製品の40〜45パーセントを消費している欧米の食生活を選んだ場合には、40億人の需要も満たせない。

だが新興国でも、所得の向上、貿易の自由化、食品加工業のグローバル化によって、食のスタイルの欧米化が急速に進んでいる。現在でもすでに世界の穀物生産の半分は、ステーキや鶏のモモ肉の生産にあてられている。食肉需要の急速な成長は、世界一の菜食主義国インドを世界一の牛肉輸出国に変えた。急激な変化を前に、人類が食糧不足に陥らないよう、将来的にどんな選択肢があるのかを知る必要があるだろう。

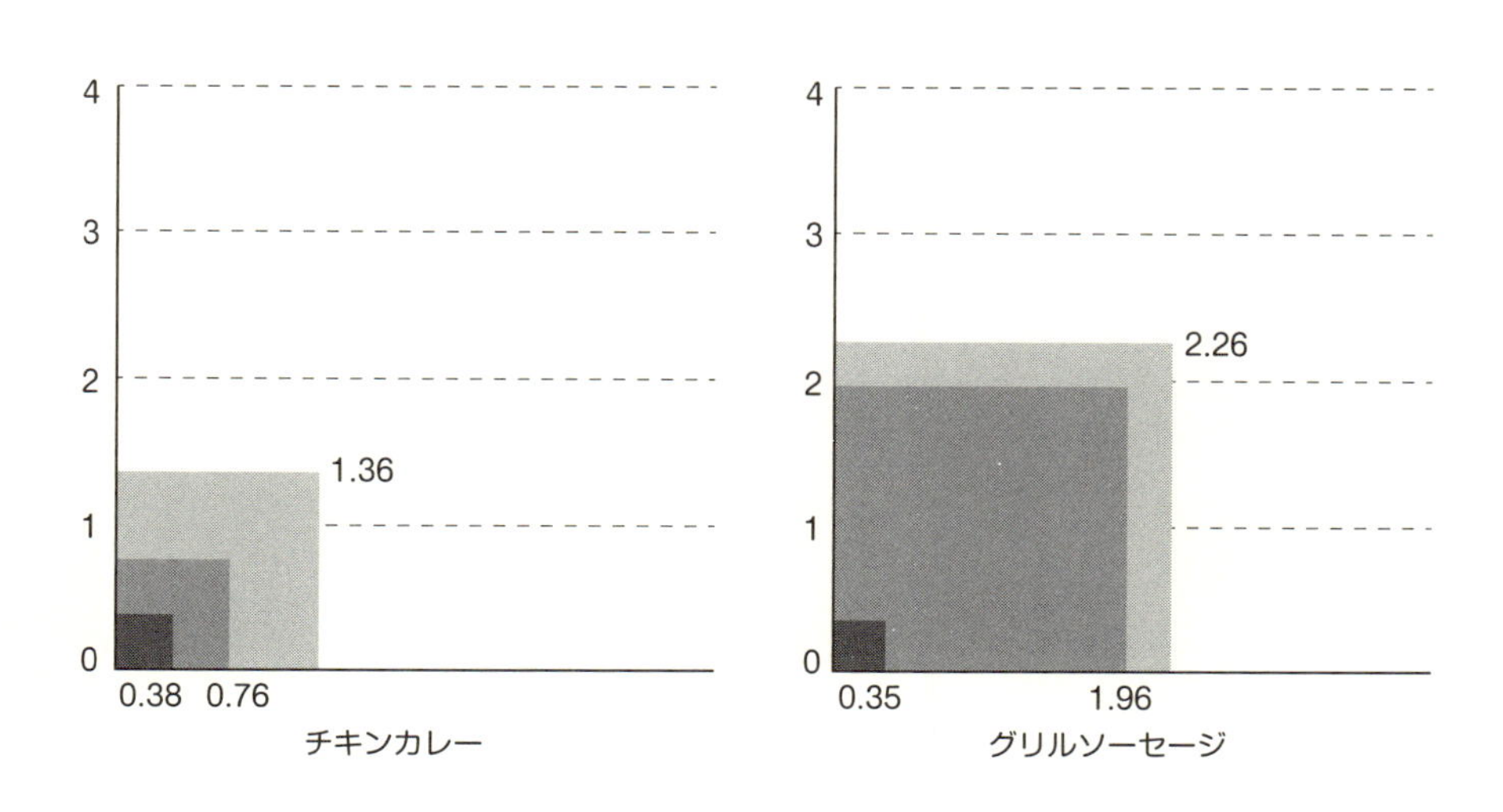

FIG.005　1人分の肉料理をつくるのに必要な面積（単位：㎡）

節制という選択

欧米の主要な研究でも言及されているが、理論上、人口が増えすぎるのを避ける第一の方策は産児制限だ。この方法でまず思い浮かぶのは中国の例である。毛沢東時代の大飢饉（1959〜1961年）で3000万人近い死者が出たのを受けて、中国は1960年代初頭に一人っ子政策を開始した。しかしこの政策の全体像をとらえるには、一人っ子政策をきっかけに堕胎（だたい）や嬰児（えいじ）殺しなどの残虐な行為が横行したこと、さらには中国社会が抱える高齢化問題も忘れてはならない。出生率の世界的な分布を考えると、農産物が充分に供給されつづけるための産児制限に、効果があるかどうかも疑ってみる必要がある。実際に対策に効力をもたせるためには、まずは動物性たんぱく質をもっとも多く消費している地域から変えていかなくてはならない。ところが、いちばん多くの動物性たんぱく質を消費しているのは、もっとも出生率*が低いヨーロッパや北アメリカの国だ。反対に、出生率がもっとも高いのはサハラ以南のアフリカや南アジアといった食肉の消費量が少ない地域である。

第二の選択肢は、世界じゅうの中流階級の若者のあいだで広がりつつある、動物性食品への欲求を抑えるために、欧米人の食生活をより菜食主義に変えていくことだ。この方法には脂質の過剰摂取による肥満や心血管疾患といった病気の進行を遅らせる効果もあるので、二重の意味で意義がある。しかし、禁酒、交通安全キャンペーン、ライドシェア、禁煙運動を見ればわかるように、個人の行動を継続的に変えていく政策には限界があることが立証されている。現実的に、肉の消費に規制をかけるのは難しいかもしれない……。だが、肉の価格が突発的に高騰し、そのまま高値を維持したら、多くの人が毎日肉を食べるのを

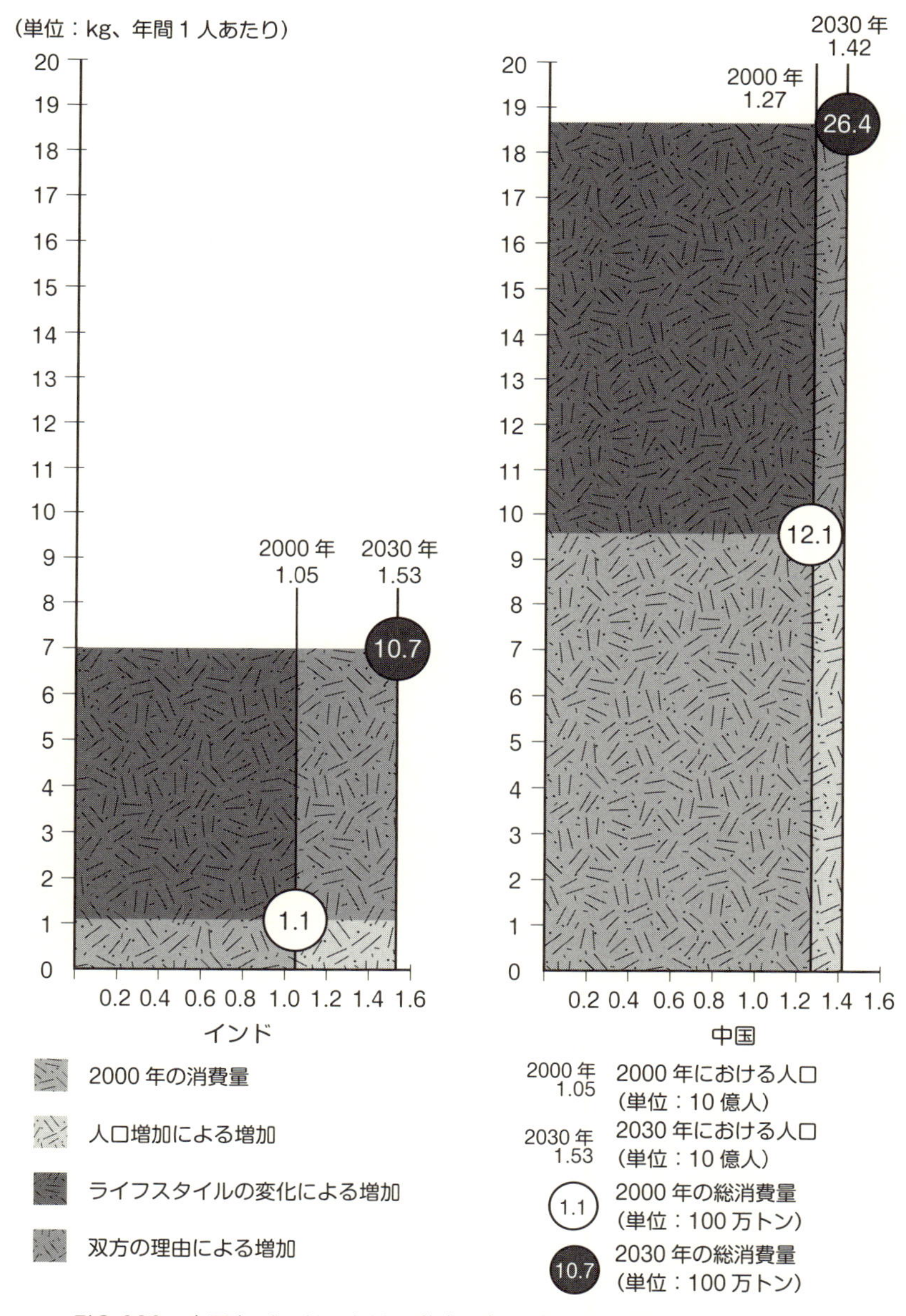

FIG.006　中国とインドにおける鶏肉の年間消費量（2000年と2030年）

人口の計算は、
人口が多すぎるのを言い訳にして
生態学的に危険な誤った方向に向かう。

やめ、健康で長生きできるようになる可能性もある。平均してヨーロッパ人の３分の１から２分の１しか動物性たんぱく質をとらない日本人は、人口統計と食文化の関係を知らないころからずっと、健康と長寿を実証している。

第三の選択肢は、食品ロスを減らすことだ。食品廃棄の量は所得や人口よりも増加のスピードが速いので、この方法にはかなりの効果が期待できる。たとえばヨーロッパでは、レストラン・小売店・家庭で一人あたり年間１７５キロの食品が廃棄されている。つまり食品ロスを減らすには、商品補充の流れを止めないようにまだ食べられる商品を棚から下げたり捨てたりする、流通販売における品ぞろえのルールも見直さなければならない。

農業市場においては、21世紀初頭から新たな金融システムが出現したり、商取引に利用するために情報手段が整えられたり、市場が期限つきで規制緩和されたりすることで、生活に不可欠な農産物の価格が高騰するという傾向が引き起こされている。人々が農産物の獲得に躍起になることで、そうした傾向に歯止めをかけられなくなるおそれもあるだろう。そうなると、規制措置や貯蔵システムの導入が市場価格の高騰を抑え、投機的な現象を制限することに役立つと期待できたとしても、生産量を増やすためにはまた、一丸となって力を結集することが望ましい。

効率よく生産量を増やすには、研究が遅れている国や、収穫高が低い国への投資などを通じて収穫高を上げることに専念するといい。たとえばサハラ以南のアフリカの農地の生産性を考えてみると、生産性を１０００倍にするために多額の資金を投入してノウハウと技術を教えれば、利益が大きく増える可能性がある。また、土地がやせるまで使い込んだり、砂糖や大豆やパーム油をもとにした燃料を製造するために原始林*を切り開いたりするのはやめたほうがいいだろう。

人口を予測する……あるいは予測しないという選択肢

結局、２０５０年の人口を予測しても、農業や食糧の未来を予測する役には立たない。こうした計算は、人口が多すぎるのを言い訳にして生態系全体を危険にさらす誤った方法である。人口の予測は、現実的な問題とは離れたところでおこなわれるため、いま私たちがしなければならないことをぼんやりとした包括的なものにしてしまう。農業生産を生物圏*の許容量に合わせることと、ロンドンのトレーダーの生活スタイルのためにマシコ・ピロ族を取り巻く環境を犠牲にすることとを混同してはならないと未来は訴えているのである。言い換えれば、人口過多は人口や農業だけの問題ではなく、一部の人の需要と人類全体にとって必要不可欠な事柄が対立する経済的な力関係を表すものだ。

さらに視点を広げると、資源獲得のための経済競争のなかで地球が人口過多になっているというのは、アマゾン川流域やアフリカ、東南アジアでの天然資源の採取が、実は経済協力開発機構（ＯＥＣＤ*）加盟国での消費のせいだという実情をごまかすための方便である。中国やメキシコでの原料の加工も同様だ。結局、地球の生態系が枯渇している責任を発展途上国の高い出生率に押しつけているが、おもな犠牲者は発展途上国に暮らす人々なのだ。

したがって、世界じゅうの人々が納得できる状況になるために、世界の人口転換*ができるだけ早く終わるのが望ましいとすると、世界全体の生殖行動をコントロールするよりも、新興国の人々がＯＥＣＤ加盟国の生活スタイルを取り入れないようにするほうが現実的である。慣性の法則を考えると、25年後の出生率を変えようとしても無駄だ。つまり数十年後の余剰人口に充分な食糧を供給するもっとも有効な手段は、人口の計算ではなく、生活スタイルと経済モデルを変えることである。

03 領土の変化

領土という言葉が、人類の生命を保証してくれる領域を指すとすれば、人類の領土は地球だ。しかし、世界の人口が増えるにしたがって求められるものも増えるのに、海や陸地の面積は広がらない。広がらない以上、領土を分かちあい、利用し、開拓するという選択は避けられないのである。

一般国民の生活水準の向上、都市化、生活スタイルの画一化、食生活の変化は、アメリカの農場、ブラジルの原始林*、インドの各州、ヨーロッパの自然公園など世界のあちこちで土地の用途や経済価値に変動を起こしている。これまで、農業用地には不向きとされていた土地までもが、変わりはじめているのである。

新たな実り

地理の教科書で「役に立つ空間」とは無縁のものとされてきた砂漠が、これからはイチゴ畑やチューリップ畑になるかもしれない！　熱帯気候や海洋性気候を温室内に再現できる科学技術と、深海から汲み上げた水の塩分を除去するための巨額投資のおかげで、現在ではエジプトやカタールの乾燥地帯から冬の時期にトマトをヨーロッパに輸出し、切り花をアラビア半島に出荷できるようになった。

モロッコの礫砂漠やゴビ砂漠やアメリカ合衆国のモハーヴェ砂漠は、ある意味で「栽培地帯」になった……。といっても作物ではなく、エネルギーの「栽培」だ。太陽光発電によってサハラ砂漠1平方キロメートルあたりで年間150万バレルの石油と同等のエネルギーが得られるとわかれば、砂漠の将来的な価値が考え直されるだろう。太陽光発電や温度差発電が発達するにつれて、こうした地域の経済・政治的地図は変わっていくはずだ。

したがって、グローバル化と人口増加の面から見ると、現在の土地の価値は、歴史的、文化的、伝統的な価値と一致しなくなる。これからはロシアのネネツ族、カナダのイヌイット、インドネシアのパプア諸族が暮らしてきた先祖代々の土地も世界経済にその役割を割り振られ、世界経済によって不動産としての価値や戦略上の価値を与えられていくだろう。思い浮かぶのが、アジアのオランウータンやトラの生息地が油用のヤシ農園に変わった事例である。大豆栽培や牛の飼育のために取り上げられたアマゾン川流域の先住民の土地、化学肥料を集中的に使用したためにミツバチやツバメの数が減った土地、少しずつ郊外の住宅に変わっていくヨーロッパや中国の田園地帯、土地投機のせいで住む場所と職をなくしたミャンマーの農民、鉱山と森林開発で姿を消したアラスカのトナカイ生息地、水と鉱物が豊富であるために中国内の自治区でありつづけているチベット自治区も同様だ。今後、発展を支えるために消費と生産が競い合う経済モデルにおいては、土地の由来や生態系や歴史や民族言語学上の境界ではなく、常に拡大しつづける人間の飽くなき欲求が優先されるようになるだろう。

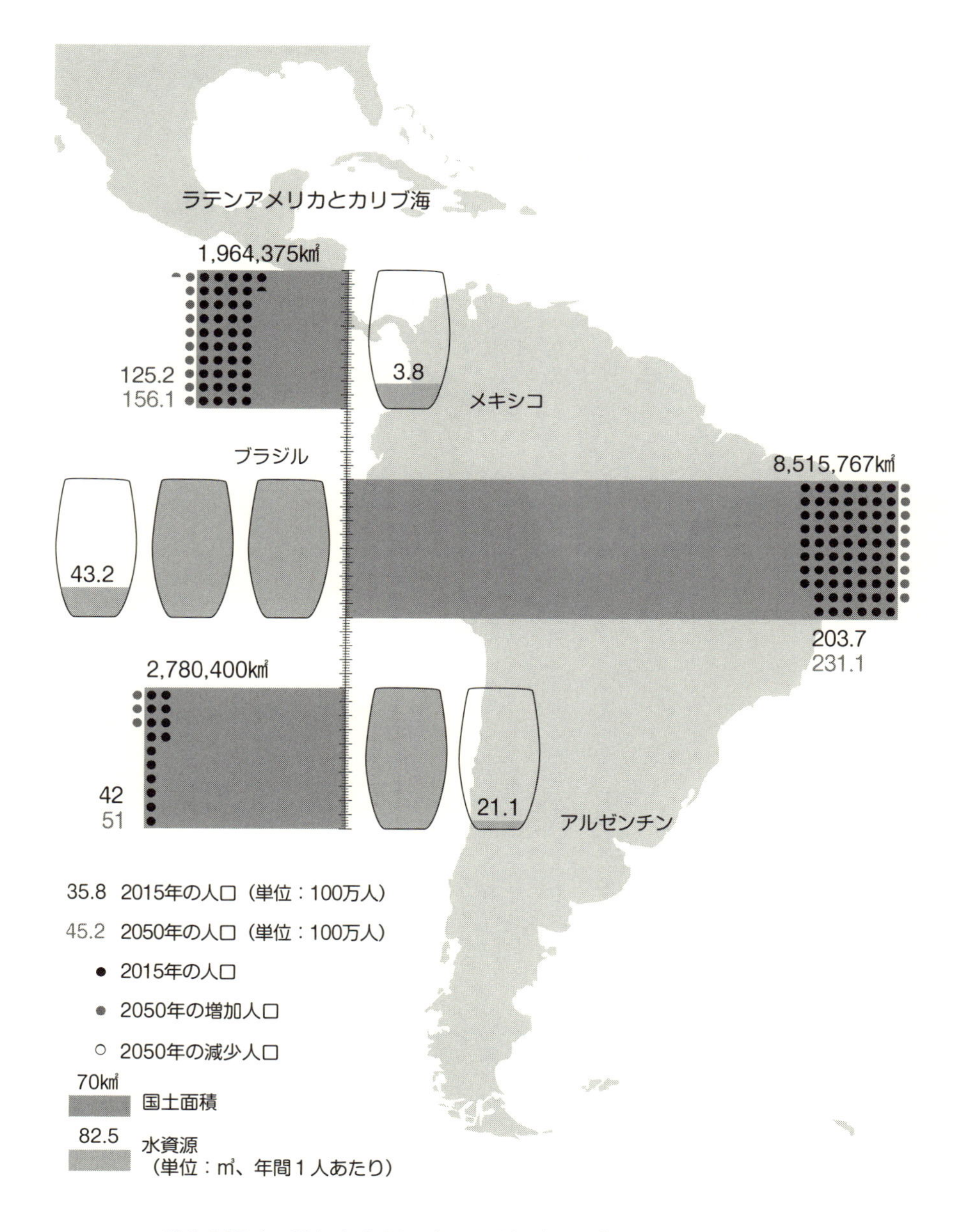

FIG.007-1　2015年と2050年の国別の人口と領土、および水資源

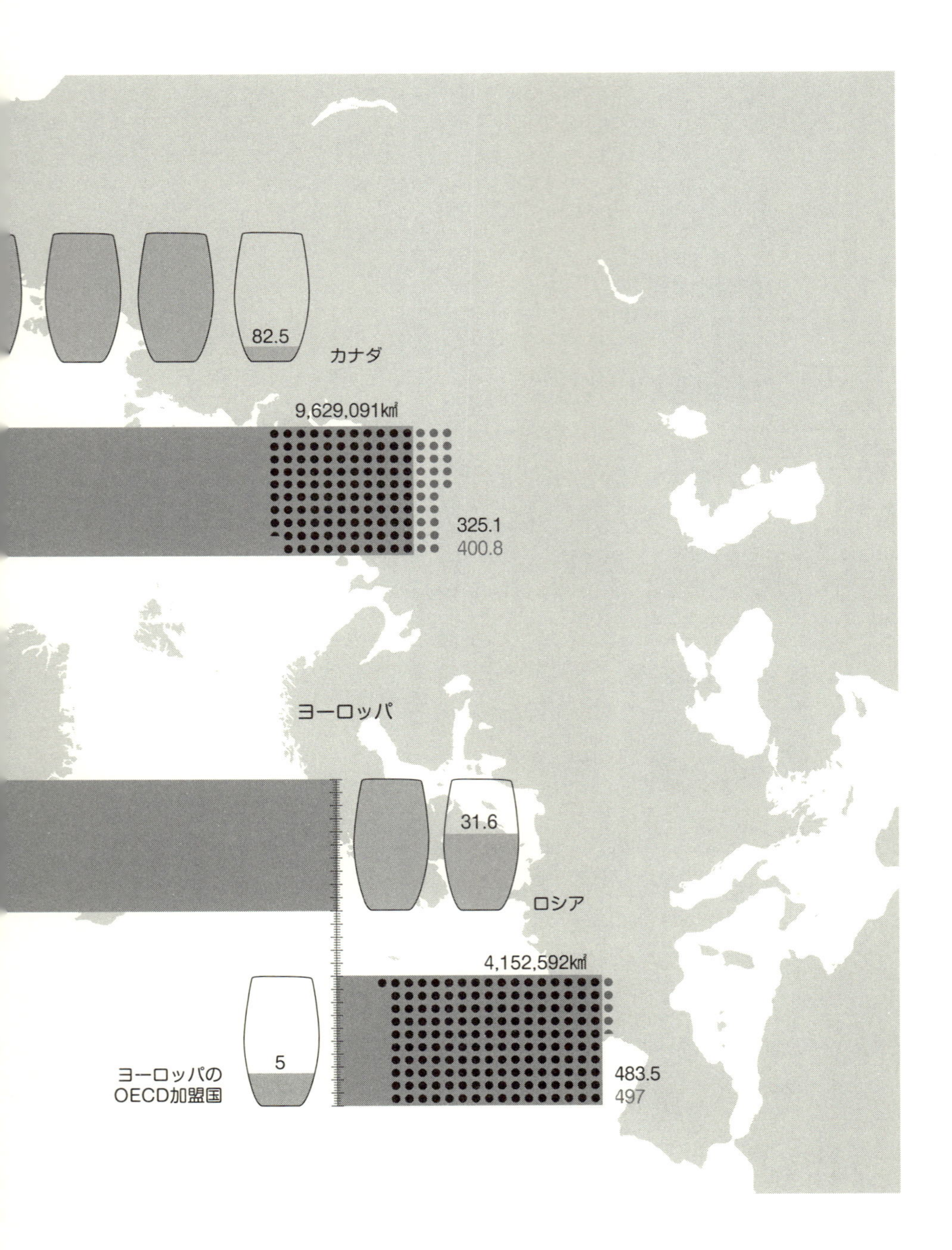
82.5
カナダ
9,629,091㎢
325.1
400.8
ヨーロッパ
31.6
ロシア
4,152,592㎢
5
ヨーロッパの
OECD加盟国
483.5
497

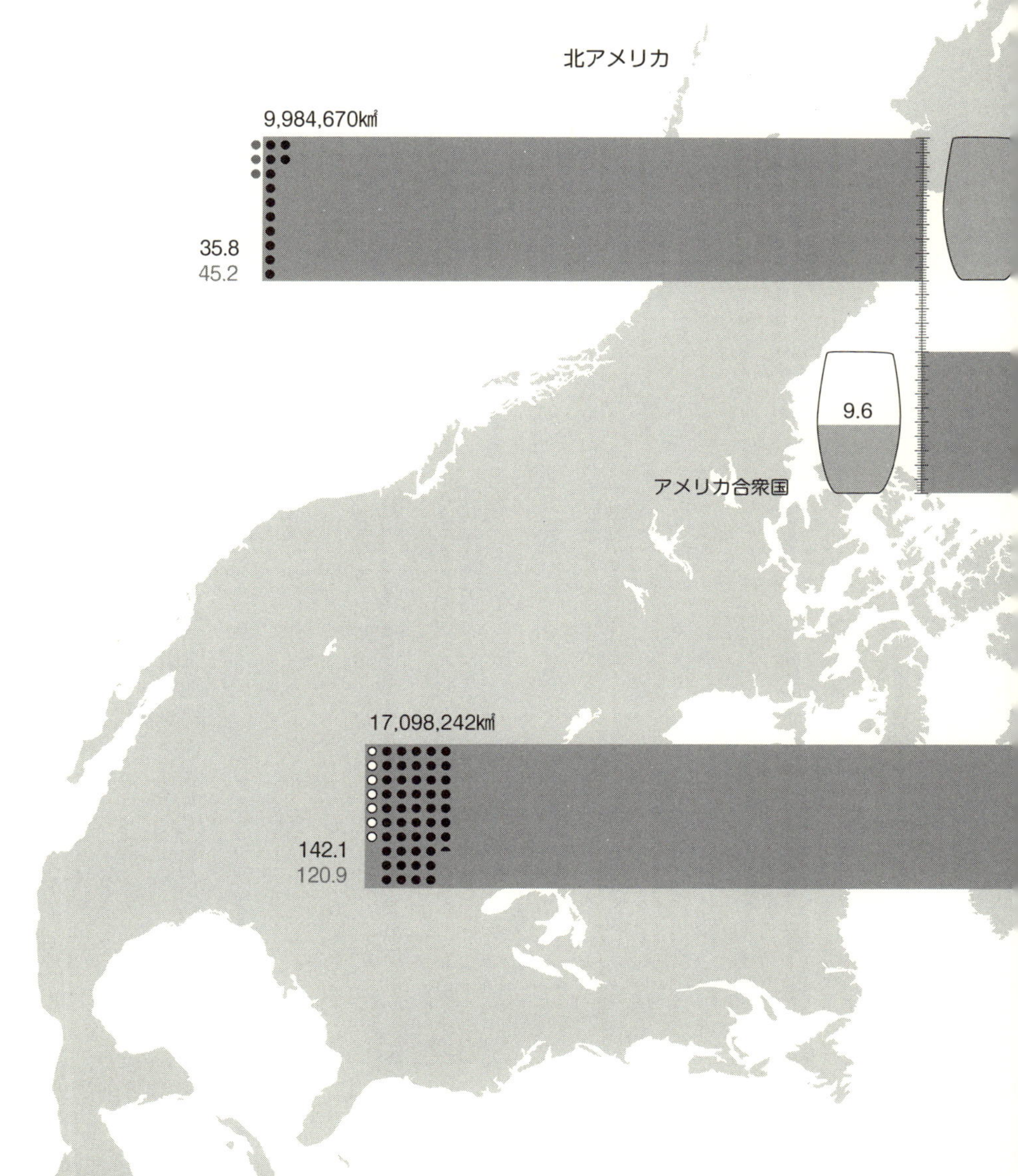

FIG.007-2　2015年と2050年の国別の人口と領土、および水資源

こうした功利主義的なものの見方は領土の不可侵性を奪ったものの、地政学はまだアゼルバイジャンとアルメニア、ロシアとウクライナ、中国と台湾、エチオピアとエリトリア、モロッコとアルジェリアのあいだの紛争抑止力として機能している。争いはたしかに激しいのだが、争いのおかげでその土地が集団にとっての意味や独自の価値を失っていないことが再確認できる。しかし、豊かな土地が国家によって割譲され、紛争による移譲が世界じゅうで進んでいるいまの状況は、時代が下り需要が増すにつれて、象徴的な世界の構成や国境よりも、土地の売買や物質性のほうが重視されるようになっていることを示している。

新興国と同じく、都市化の進んだ従来の工業国でも、増大する競争力*の強迫観念が、計画や整備に関する公共政策の見通しの方向性を経済的な利益や民間企業に有利な形に変えている。なかでもこのような土地の商品化によって起こる危険を象徴するのが、アメリカにおけるシェールガス（「根源岩*」のひとつである頁岩（シェール）からとれる天然ガス）採掘のための農地転用だ。

ジレンマと裁定

エネルギー関連企業に農地を売却するかどうかを決めるとき、アメリカの農場主は図らずも地球規模の3つの重大な脅威に裁定を下している。人口と肉の消費の増加とともに高まる穀物の需要。バイオ燃料をつくるためのサトウキビ、食用以外の用途に使われる穀物、油性種子の需要。増えつづける電力需要を支えるための、輸送と貯蔵ができる安価なエネルギー原料の必要性の3つだ。

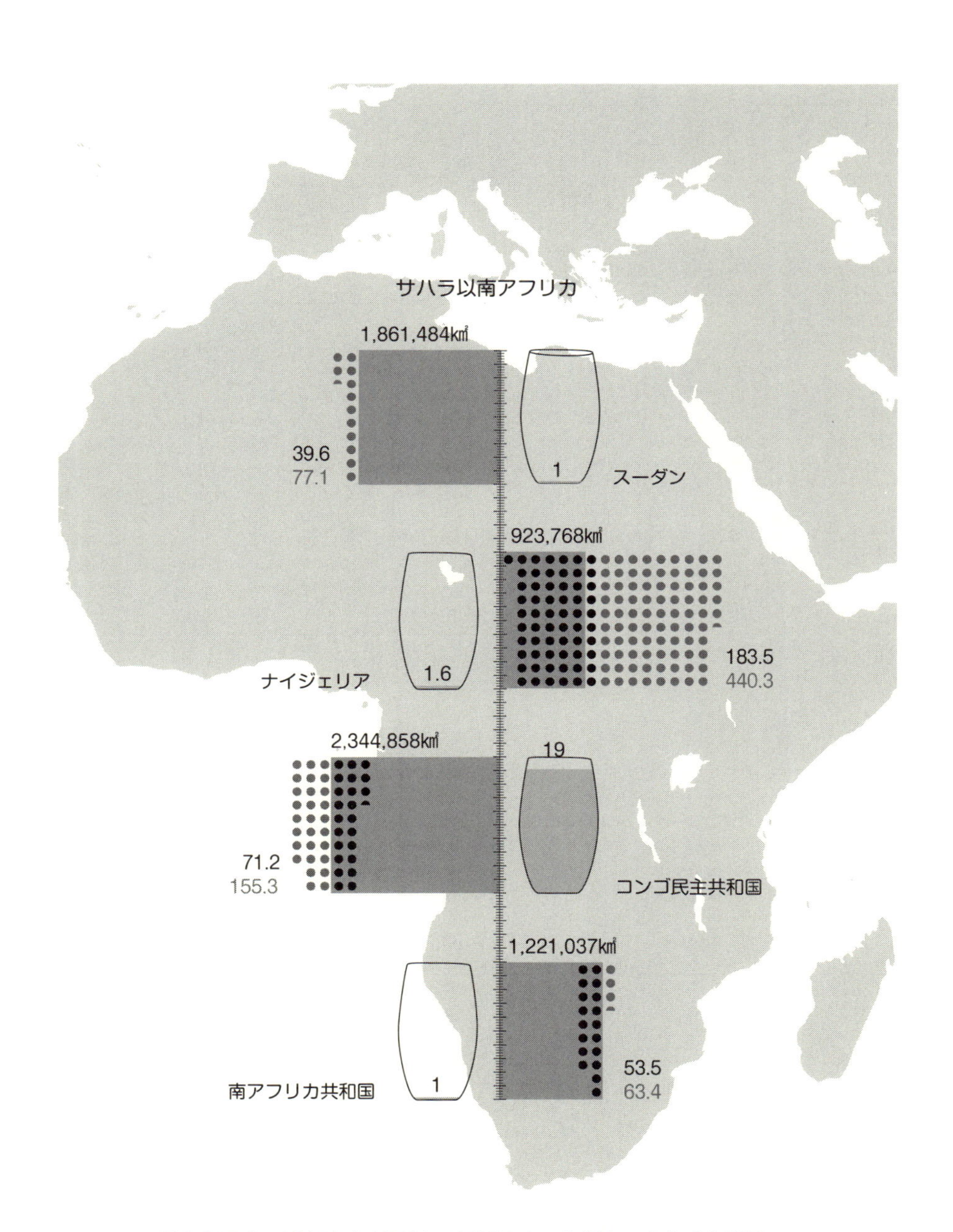

FIG.007-3　2015年と2050年の国別の人口と領土、および水資源

実際のところ、アメリカの農場主は自らの範疇を超える世界的な問題には無関心なので、単純計算をもとに決断し、年間の穀物収穫量や価格の不安定さと「シェールとかいう」ガスを採掘するためにガス会社が約束してくれた金額を天秤にかけて自らの決断に納得する。穀物の価格がガス会社から入る額より高いときもあるというのに……。

ところが、時間と土地の問題をふまえて考えると、実はこの計算は間違っている。農地の持続的な価値を決める真の要因を理解していないせいで、食糧需要が高まって土地の価値が回復するときには農地が不毛になってしまっているのだ。これは、いまだに農業の価値に気づきはじめた投資ファンドが再三指摘していることでもある。反対に、ガス採掘は、いまだに新興国の成長という不測の現象、原油価格、エネルギー生産性の利益、再生可能エネルギーへの投資、技術革新、気候変動に関する議定書ができるかどうかなどに左右される。

もしアメリカ人農場主がほかの機関に決定を委ねたとしたら、ふたつのシナリオが新たに考えられる。

第一に、農地がもたらす生態系サービス*の（政治的判断で決められる）価値はきわめて高いので、耕作地や森林をエネルギー開発田にするのを思いとどまらせるというシナリオだ。しかしながら、このシナリオの効力は、大規模で持続性のある事業に限られる。具体例としては、革新的だと有望視されていたのに開発が中止された、エクアドルのヤスニ国立公園が挙げられる。エクアドルの大統領は、アマゾン川流域にある国立公園の地下に眠っている石油よりも、その土地の生物多様性のほうがはるかに重要な共有財産であると判断した。そして石油開発を断念し、4億トンの二酸化炭素を大気圏に排出しない代わりに、2007年に国際社会から、2010年には国連開発計画*（UNDP）から36億ドルの支援を取りつけた。

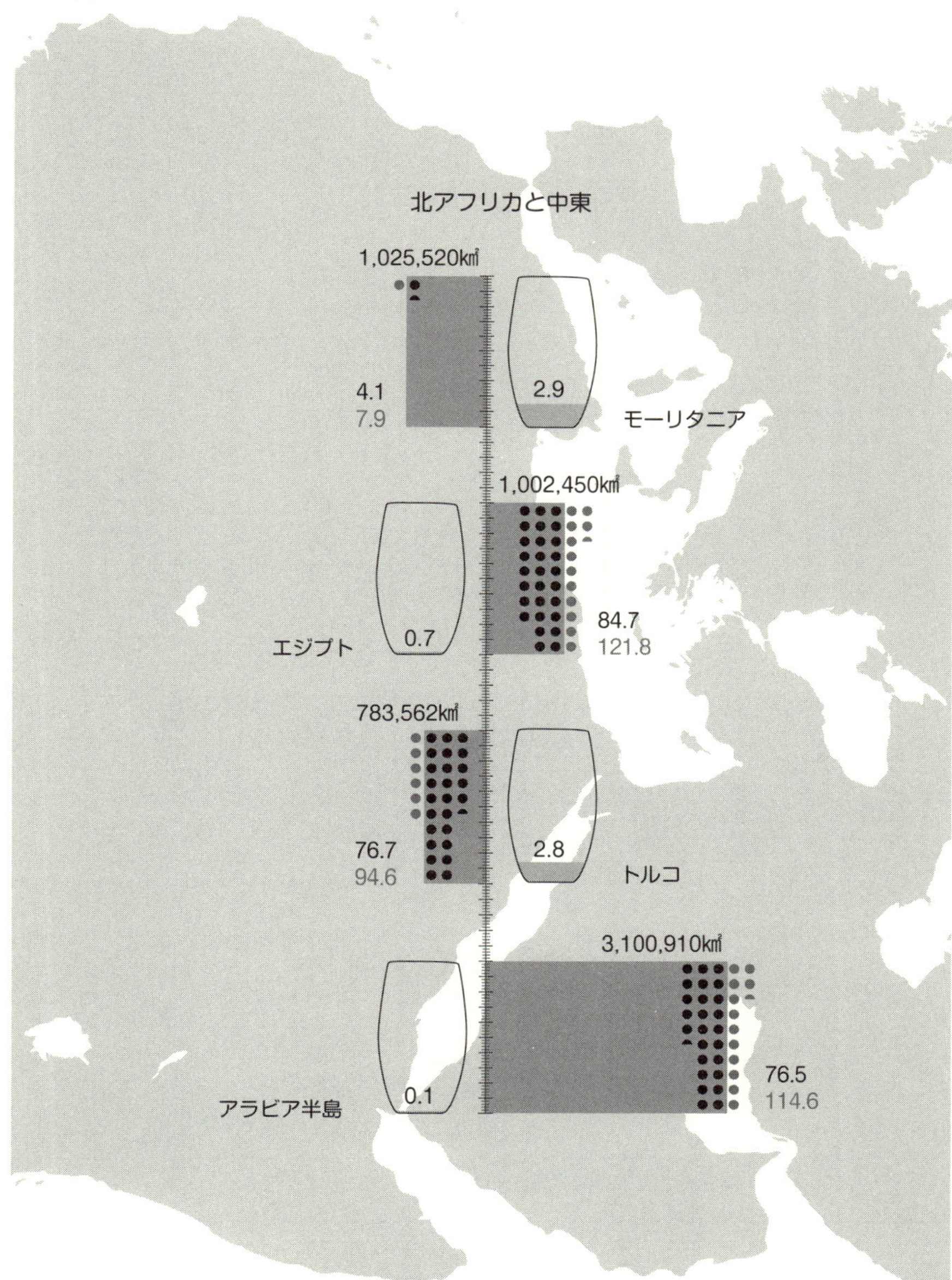

FIG.007-4　2015年と2050年の国別の人口と領土、および水資源

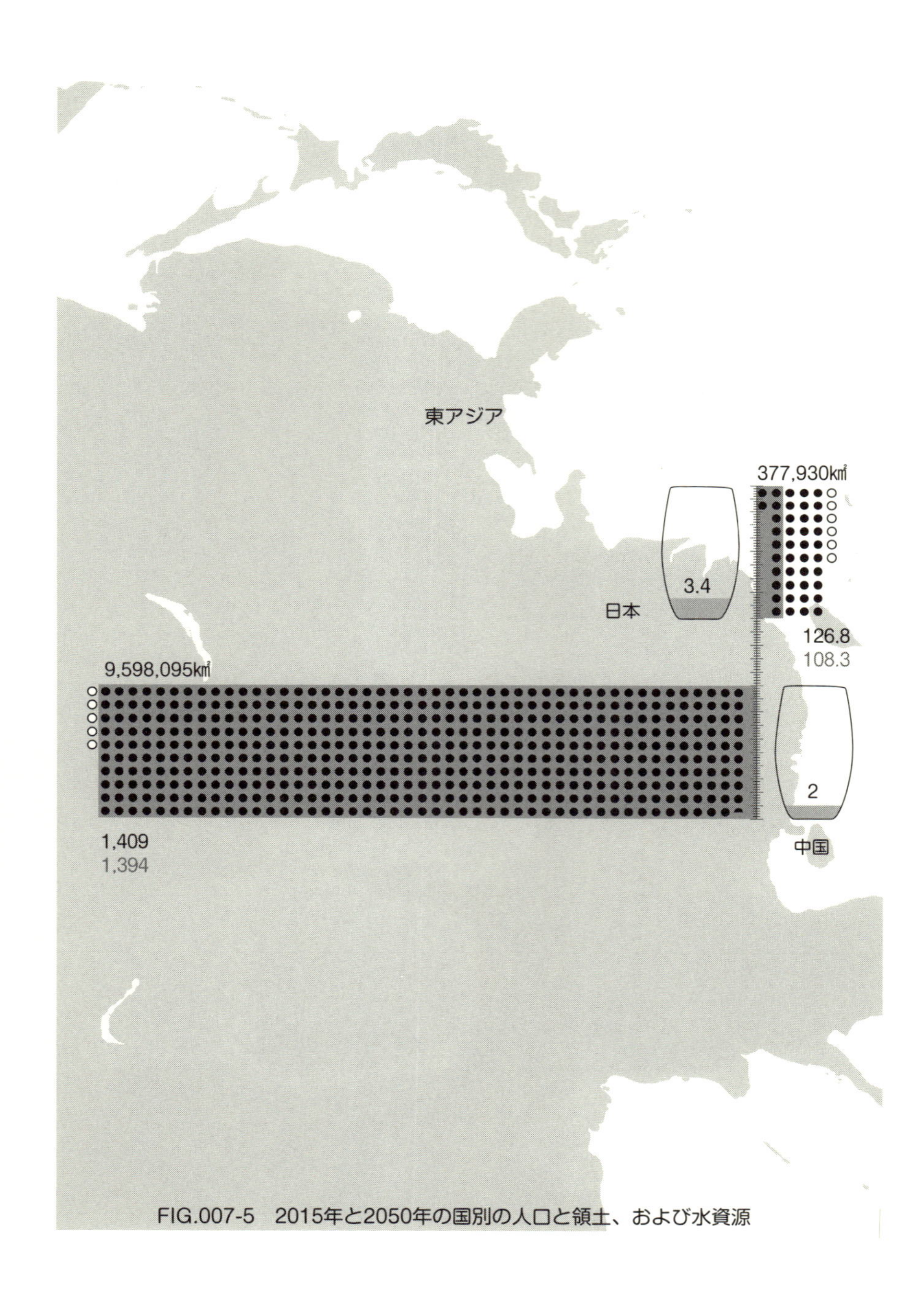

FIG.007-5　2015年と2050年の国別の人口と領土、および水資源

しかしその6年後、1300万ドルが支払われたのちに、イシュピンゴとタンボコチャ、ティプティニの油田が開発されて、最終的に国立公園の地下から9億バレルの石油が産出されるとわかった。結局、現在の経済システムにおいては、アマゾン奥地に生息する696種の鳥類、2274種の樹木、382種の魚類、169種の哺乳類、121種の爬虫類、数万種の昆虫類といったわかりにくい形の資源よりも、即時的な価値しかなく、いずれ枯渇する目に見える形の地下資源のほうが価値があるとされたのである。

第二のシナリオは実現性が低いが、アメリカ政府が地中を掘削する権利を土地所有者から取り上げるために法律を変えることだ。多くの国と異なり、アメリカでは土地の所有者が所有地の地中深くを開発する権利を有している。つまり、地主は事実上、アメリカの国土整備を任されているわけだ。だが同時に、油圧フラクチャリング*と根源岩からのガス採掘は、景観、水質、気候変動、生態系、健康、農業生産、さらにはアメリカの外交政策にまでマイナスの影響を及ぼしている。

いずれのシナリオでも、力関係、土地の用途にまつわる対立、相反する利害関係が引き続き国土に影響を及ぼしていくように思える。そのため、領土と私有地への経済的・人工的な圧力が高まるなか、生物保護と食糧の需要のあいだで誰が決着をつけるべきか、判断を迫られている。クリーンエネルギーの生産とその土地の生態系維持の必要性や、共有する地下水の管理をめぐって方針が食い違う隣国間の争いについても同様だ。環境をめぐる対立が増えていることを考えると、このような問題に対する回答は重大だ。たとえば、拘束力をもち、独立した権限をもつ国際裁定機関をつくってはどうだろうか。

運命を変える

人口増加と都市化によって世界のいたるところで土地の人為的な改良*が進むにつれて、洪水と地滑りが多発している。さらには塩害、浸食、土砂崩れや、自然環境の変動による砂漠化や森林伐採や土地の水没が加速している。こうした変化はやがて多くの人々の運命を変える。それに伴い、いくつかの国家の国際社会における立場も変わっていくだろう。

土地の人為的な改良は、人口増加よりもまず都市の拡大によって進む。たとえばすでに人口の都市集中がかなり進んでいる北半球の国々では、土地投機と関連する都市部の土地を所有することが容易なので、都市部の周辺が発展し、農地が減りつづけている。そしてときには、景観の破壊、飛び地と土地の分割、近隣諸国との対立や土地の用途をめぐる対立、農地の不足、野生生物の減少、台風やハリケーンなどの「自然」災害が、国家の存亡にかかわる影

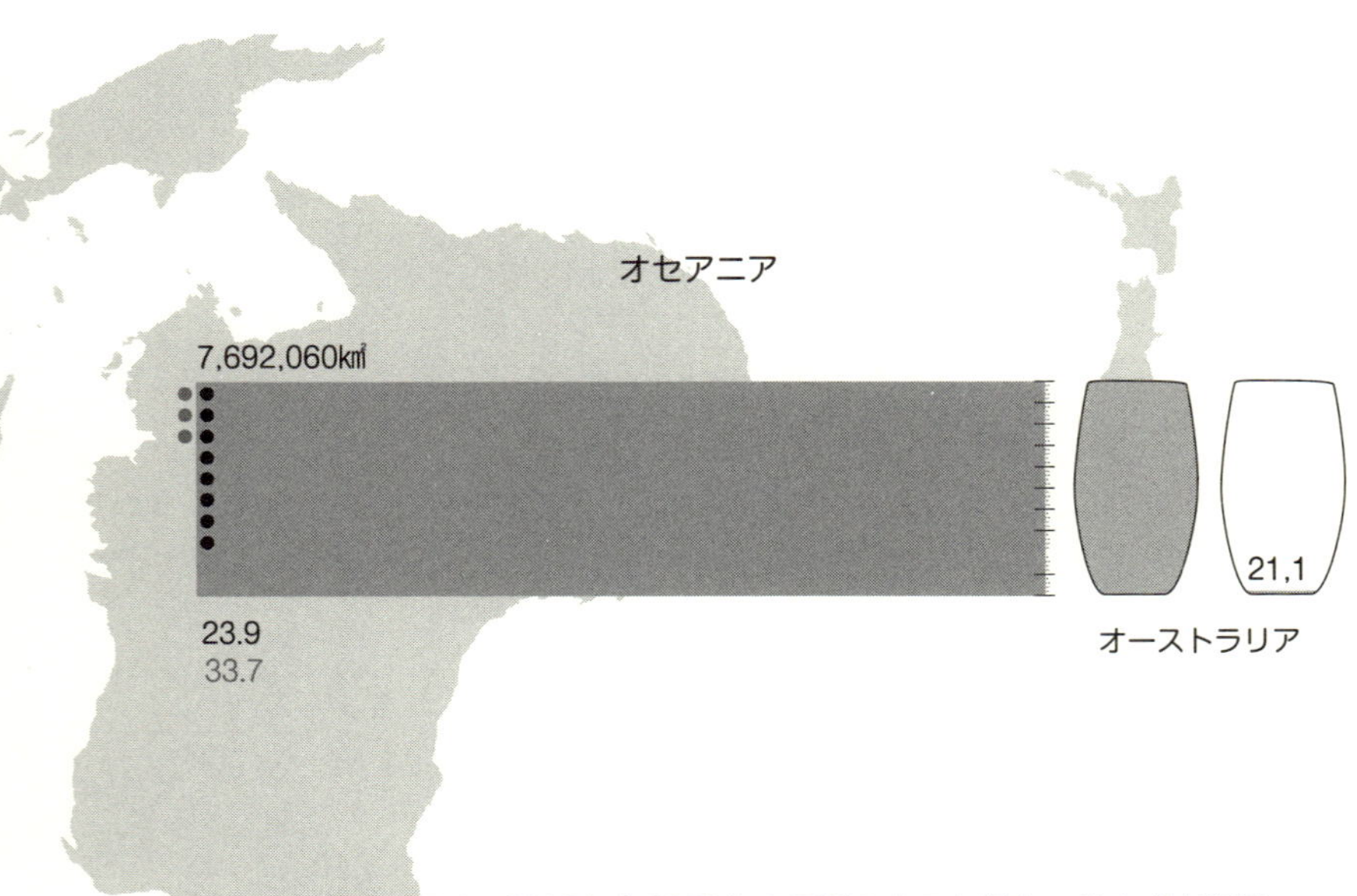

FIG.007-6　2015年と2050年の国別の人口と領土、および水資源

響を与える。

さらに、人間の活動による土地の改造は人類全体の運命をも変える。たとえばグリーンランドやカナダのヌナヴト準州では、氷が解けたことでイヌイットの狩猟の場が鉱山開発地帯や、とりわけグローバルな交易のための新たな戦略的航路（北西航路と北東航路）に変わってしまった。これまで、北極地方の自治領とそこに暮らす人々は、氷に覆われた遠隔地で世界情勢とは無縁の暮らしを続けていたが、いまや国際関係の中心に躍り出たというわけだ。

永久凍土が解けるにつれて、シベリアをはじめとするロシアの北極圏でも小麦の栽培ができるようになるだろう。一方、中国北部で砂漠化が進んでいるせいで、多くの中国の農民が人の少ない極東ロシアに向かっている。極東ロシアは天然資源、鉱物資源、森林資源、農業資源の宝庫だ。そしてロシアの一人あたりの耕作地の面積は、中国よりも8～10倍広い。逆にいえば、ロシアにはその土地を利用する

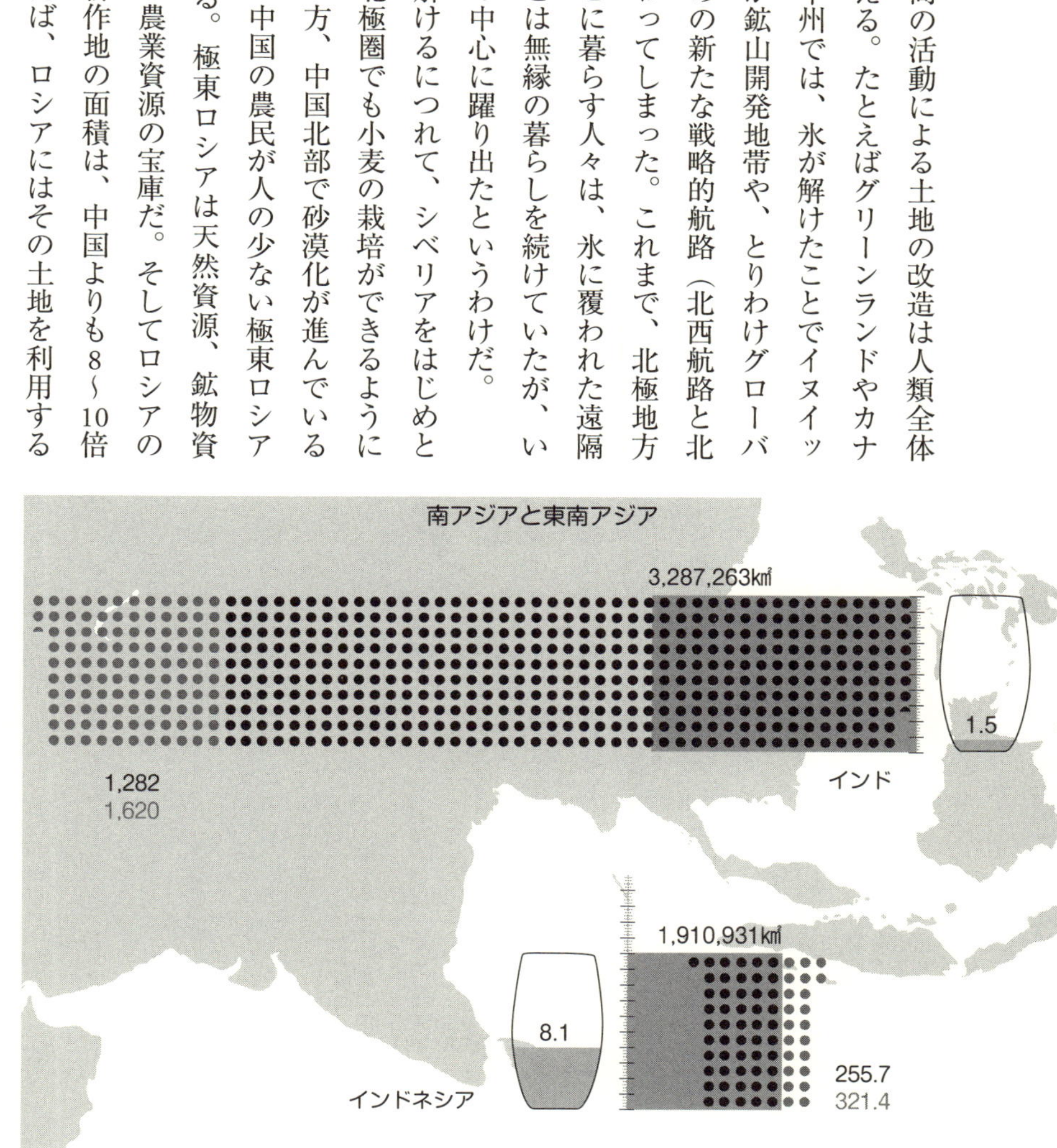

これからは、消費者の居住地域は世界である。

だけの人手と投資がないのである。こうした事情に基づいて、ロシアと中国の政府が国境地域の不均衡を鑑みて二国間関係を是正しようとするかもしれない。もしくは、互いに利益が得られる補完関係を築いたり、国境周辺の領土を共同管理したりする対策をとる可能性もある。しかしながら、このようなシナリオを実現するには、両国政府が自国の領土にナショナリティやアイデンティティを抱かせるのをやめなくてはならない。このような思想は政治的な革新に適さないからだ。

人口は少ないが土地は肥沃なナイル川、ガンジス川、メコン川の大規模なデルタ地帯では、予測可能な洪水のせいで、住民の境遇にかかわる問題が拡大している。農民がいまだに社会の重要な役割を担っている国で、土地が農民たちの歴史を変えようとしているのだ。経済と産業の発展が気候に影響を及ぼしたせいで、数多くの農民が土地を追われることとなった。土地を失った農民にどの土地を与えればいいのだろうか？ それほど打撃を受けていない地域の農地を新たに分け合っていくなかで、耕作地はだんだんと減少している。そのような状況下で、発展途上国の農家と先進国の農家のあいだの格差を縮めることなどできるのだろうか？

太平洋地域では、気候変動や継続的な環境破壊によって島や環礁が消失し、土地を奪われた人々を難民として認めるかどうかという問題が浮上している。温暖化によって海面が上昇し、キリバスやトンガのような国が地図から消えた場合、住民は国外に移住しなくてはならないかもしれない。

だが、タイムリミットが近づき、迅速な対応を迫られているこの期におよんでなお、各国は国内に閉じこもり自国の利益を守るばかりだ。国際会議の首脳会談ではどの国も国連決議の制限について熱弁をふるい、グローバル化、貿易、気候問題、環境問題、金融ネットワーク、情報通信技術*（ICT）、移民、メガロポリスなどによってあらゆる土地がつながった新しい世界の形態から取り残されないためには、これ以上の制限を受け入れるのは難しいと主張する。

中国、マリ、インドでは、自国第一主義と地球規模の視点の欠如や、生態系の乱れや経済的な事情のせいで土地を失った地方住民や農民が都市部に流入し、都市人口を拡大させている。

つまり、国家が時代の流れに逆らって独占している世界の統治システムを再構築し、再分配に踏み切るまでは、国家も土地の再開発と無秩序な人為的改良に協力していることになる。あっというまに建設された非公認の区画に住み着いた農民は、結果的に、都市を拡大して農地を侵食し、混沌とした状態に陥る危険をはらんだ未来のシナリオの立役者になってしまうのだ。

統合失調症を超えて

生物圏と人類とその需要のはざまで、土地の管理はグローバル化した市場の利益、中流階級*の利益、未来の世代の利益という3つの利益の対立に悩まされている。世界の安定、若い世代に我慢を強いることになるものの、技術革新と出生率のコントロールは、新たな政治経済モデルを実行に移すために必要不可欠だ。

すでに生物圏の過剰消費に伴う土地の破壊によって、さまざまなものが不足しはじめている。しかし農学者と技術者が、水や土地、金属の不足について世界に警鐘を鳴らしても、世界じゅうに点在するショッピング・モールは休みなく惜しげもなく消費をあおり、資源を浪費している。50代のヨーロッパ人はオレンジの旬がクリスマスの時期でイチゴの旬が5月だと知っているかもしれないが、子どもたちは貿易の自由化*や広域流通や温室栽培の発達のおかげで、マンゴーはジュネーヴ、バナナはレイキャビク、アボカドはベルリンで育つと思い込んでいる。つまりパリに住んでいようと、サンパウロに住んでいようと、モントリオールに住んでいようと、消費者が暮らしているのは同じ世界なのだ。どの消費者もインターネットの商品カウンターと、世界第2位のネット販売プラットフォームの名前にもなっている「アリババ」の洞窟のような無限の在庫を相手にしているのである。市場経済では、増大を追求することが発展のための必要条件である。たとえば、ソフトモビリティ*。ネットワークを整備するよりも、自動車の売り上げを増やすほうが好ましいというわけだ。

同じように、年ごとにパンや肉やバイオエタノール生産のために土地をどう分配するかの判断基準は、あくまで原料の世界的な流通量であって、土壌や気候の性質でも、農業の手腕でも、ましてや多くの人が食糧にアクセスしやすいかということでもない。一度確立してしまえば、流通システムは例外なく資源を食い尽くす。たとえば、畑でできる穀物の栽培を放棄して水田で栽培をはじめ、結果的に乾燥地帯で農業や水事情に混乱が起こったとしても、農産物の世界市場はこの事態を気にかけることなく、需要と決済日だけを考慮して流通を決める。農民も米作向けの農業用水が減って次の世代で水不足に陥ることよりも、自分の子どもを学校に行かせるために、いま収入が増えるかどうかだけを考える。同様に、人口の少ない裕福な国では生物圏を保護するための土地保全運動を優先しやすいが、新興国の多くは急速な人口増加に直面し、若い中流階級の物質的な需要を満たすために、政治的・経済的な要請に応じなければならない。言い換えれば、国土がグローバル経済に取り込まれるとき、消費者の満足感が市民の決断よりも優先され、人類は少しずつ統合失調症のような窮地に追い込まれるのだ。はたして、どのように現在のエネルギーの需要と将来の食糧需要のバランスをとればよいのだろう？　農業従事者の目先の利益と人類の持続的な利益にどのように折り合いをつければよいのだろう？　人類全体を左右する地域の決断に、私たちはどのようにかかわることができるのだろうか？

ＥＵ諸国はきわめて早い段階で、ＥＵの利益、域内住民の利益、加盟国の利益を協力して守ることを主眼とした共通農業政策（ＣＡＰ）を実施するために、国家の主権の一部をＥＵに譲渡する決断をした。異論や告発などの問題が多く、批判の余地はあるものの、ＣＡＰは目下のところ、地域の発展のための欧州基金と共同で土地の管理をおこなう唯一の機関である。１９６２年に始まり、いまでも草分け的な政策であるＣＡＰは、さらなる支援を受けるに値するだろう。ほかの地域にもこのような機関を置くべきだ。しかし、政策の妥当性と正当性については、生態系と未来予測のアプローチ、つまり農業、農学、経済、エコロジー、社会的な視点から見直す必要がある。

ＥＵ以外の地域において、土地と資源に関する多国間の協定はなかなか進まない。パリ協定*で、地球温暖化が人類全体の問題であり、とりわけ森林伐採を抑制し世界規模で自動車の交通量を減らす必要があるとは決められたものの、国際社会がアマゾン川流域を開発するブラジル政府に干渉することや、ＥＵ諸国の交通計画にささやかな監視権をもつことまでは想定されていない。

アフリカでは、水問題、農地不足、食糧難にあえぐ国の農地を買い上げる外国の民間企業や政府に対して反発が起こっている。中国が国内の食糧需要を満たすために中国ソブリンファンドに投資し、フランス、ウクライナ、オーストラリア、アルゼンチン、アメリカ中西部の穀倉地帯から農産物を確保しているのを知れば、アフリカの事例がいかに重大であるかわかるだろう。中国市場が「国外の」穀物を独占するようになると穀物の価格高騰を招き、ひいては世界の食糧計画に影響を及ぼす。自国で生産された農産物を外国が独占していたら、その国の人々はどう思うだろう?

しかし、諸外国が大規模な投資をおこない、土地開発、灌漑（かんがい）設備、機械化、土壌肥沃度の向上を推し進め、農業のノウハウを伝えなければ、アフリカの多くの土地では生産や耕作ができないのも事実だ。また、異常気象が土地に与える損害を抑えるために、人間が年ごとに土地の回復力（レジリエンス）*を予測し補わなければならない。国際的なルール、さらにはそれを実施して統括する世界ファンドを導入しなければならないほど状況は深刻なのだ。当面のところ、外国資本はきわめて不透明ではあるが、二国間の同意を得ればその国の広い範囲を所有し開発することができるのだから……。一部では、所有者やその家族から土地を奪うことは、彼らの子孫に暴力的な復讐の動機を与える危険もあると予測されている。

最終的に、どのシナリオをとったとしても、土地の未来を守るには私たちの経済モデルや世界規模の管理の仕方を変えるほかに道はない。これからを生きる世代によって生態系の重要性と維持費が原料価格に組み入れられ、彼らが自分たちの手で新しい形の市民権を導入し、地域と世界が協力して土地に対する責任を果たすようになるまでのあいだは……。

04 世界の高齢化

土地が有限であり、資源が枯渇しつつある現状に直面し、世界の関心は人口の増加に集まっている。だが実際には、新たな世紀とともに始まった高齢化のほうがはるかに21世紀の特徴だといえよう。人口ピラミッドの構造が変わることで生じる政治、経済、社会、さらには文化の領域での数多くの問題に対して、社会はいまだに解決のヴィジョンを見出せていない。将来的に加速する高齢化は、資源の問題と同様に重要な課題になるだろう。

1960年の合計特殊出生率*の世界平均は4人だったが、現在では2・5人を上回ることはほとんどない。国連の予想では、2050年には2・25人まで下がり、2070年には人口置換水準（人口が増えも減りもせず一定となる合計特殊出生率）の女性一人あたり平均2・1人に到達する。しかし合計特殊出生率と並行して死亡率も下がるため、世界人口は引き続き増加する。言い換えれば、年平均の人口増加率が1970年の2パーセントから2015年に1・2パーセントまで低下したにもかかわらず、世界人口は来世紀も自然増が続くということだ。つまり世界人口の増加は、出生率よりも平均余命*の伸びと人口学的慣性によるのだ。これも高齢化の表れである。

人口増加のもうひとつの側面

この十数年で世界は高齢化の時代に突入した。要するに、世界における高齢者の割合が増えた。史上類を見ない今日の傾向は、以下の3つの現象に由来する。第一に、中国と先進国の人口の多い戦後世代が高齢化したこと。第二に、新しく生まれた人の平均余命が1950年の47歳から2050年には77歳まで伸びること。第三に、アジアとラテンアメリカの大半の国で人口転換*が終わり、出生率が急激に下がったことである。

2016年の時点ですでに、65歳以上の高齢者の数は世界人口の12分の1にあたる6億人を超えていた。しかし平均年間増加率2・6パーセントで計算すると、2050年には15億人、約6分の1に達する。つまり2016年から2050年のあいだに高齢者は9億人増えるのだが、そのあいだに20歳以下の若者は2億人しか増えない。平均年間増加率が0・6パーセントの20歳から64歳までのいわゆる「働き手」世代は、10億人増えるだろう。80歳以上の人数は、平均年間増加率が3パーセントを超えているので、今後2050年までに3倍になる。現在の1億2500万人から2050年に4億3400万人に増えることで、高齢者だけを集めたとしたらナイジェリアとアメリカの人口を抜いて世界第3位の人口の多い国になるのだ！　したがって、史上初めて40代さらには50代人口の親世代の大半が健在ということになる。

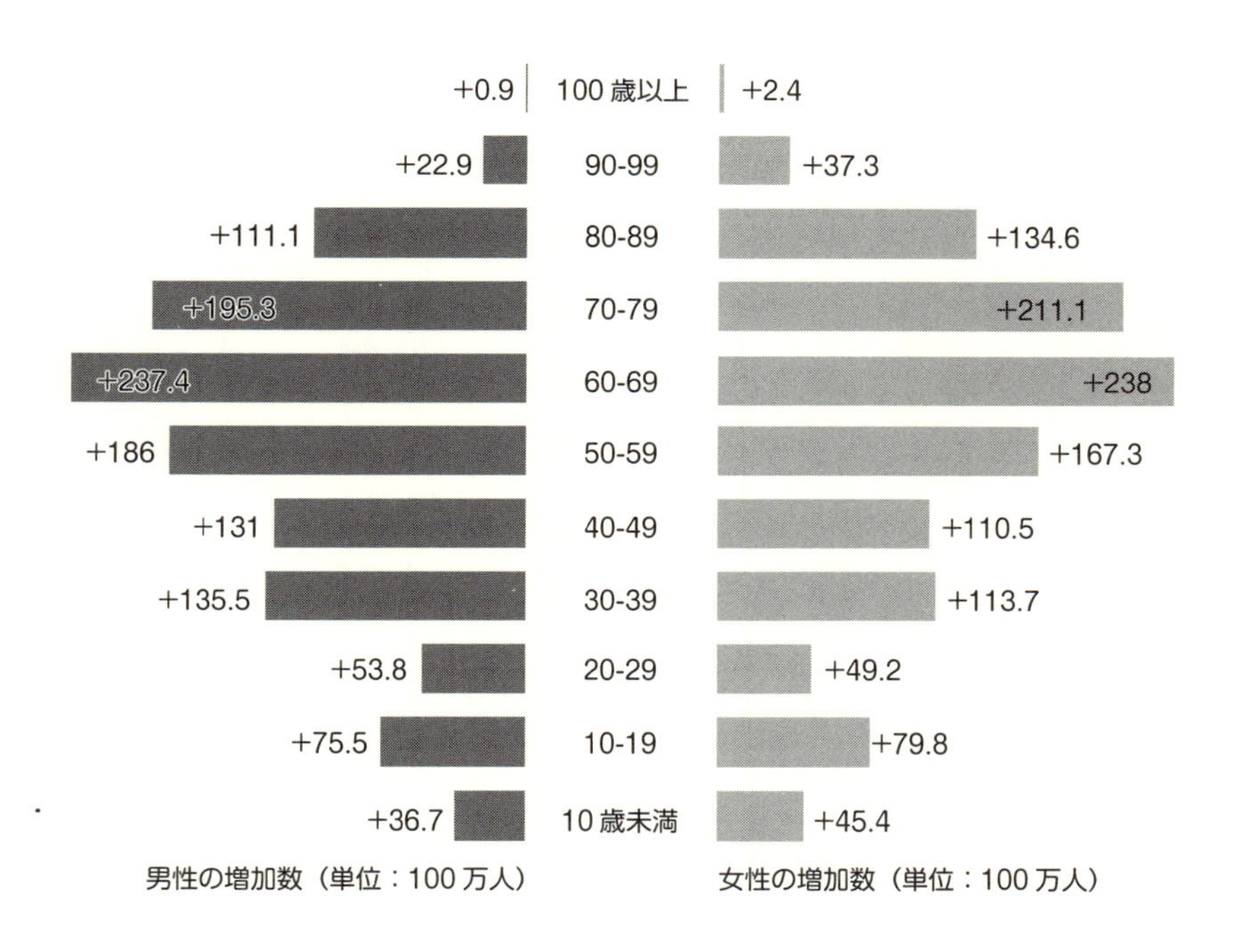

FIG.008　2015年から2050年までの世界人口の年齢層別推移

人口ピラミッドのまやかし

人口ピラミッドを見ると、2050年には人口が各年齢層に分散されず、2015年と比較して増えた人口しか描かれていないため、人口の高齢化が加速していることが目立つ。若い世代の多くに代わって、50代から80代の年齢層がもっとも増加しているのがわかる。中央年齢が2015年には30歳であるのに対し、2050年には36歳になっている。つまり、1970年代の中央年齢は22歳だったが、その後30歳に上がり、2050年には36歳に達する。

高齢化の不均衡

時期やペースこそ違えど、高齢化は世界全体にかかわる現象だ。たとえば２０５０年には、65歳以上の高齢者が世界の大半の地域で人口の2割か、それ以上になるだろう。だがアフリカでは、全人口の6パーセントにしかならない。２０５０年に旧大陸の中央年齢*は46歳になるが、サハラ以南アフリカでは24歳以下だ。

反対に、ヨーロッパで高齢化が頭打ちになった２０６０年ごろに、発展途上国や新興国では高齢化が進む。しかし、ヨーロッパに比べると短期的なものになるだろう。なぜならば、ヨーロッパの65歳以上の人口割合が9パーセントから2倍の18パーセントになるまでに50年以上かかったが、ブラジルや中国のような国で同じような高齢化が進むのはいまから２０４０年までで、せいぜい25年しかかからないからだ。

高齢化には、富裕国とそれ以外の国の国民の差だけでなく、性別による差もある。女性は世界平均で男性より6～8歳長生きするからだ。だが中流階級が増加して都市化が進むと、多くの女性がニコチン依存、運動不足、食生活の乱れ、アルコールの摂取、さらに汚染物質や有毒物質にさらされるようになるので、寿命の男女差は少しずつ縮まるかもしれない。

発展途上国の社会は、高齢化問題によっていまだかつてない局面に立たされている。たとえばアジアやアフリカでは、一人で生活できない高齢者の数が２０５０年までに4倍に

> 50歳代の親世代の大半が
> まだ生きているという状況は
> いままでにない。

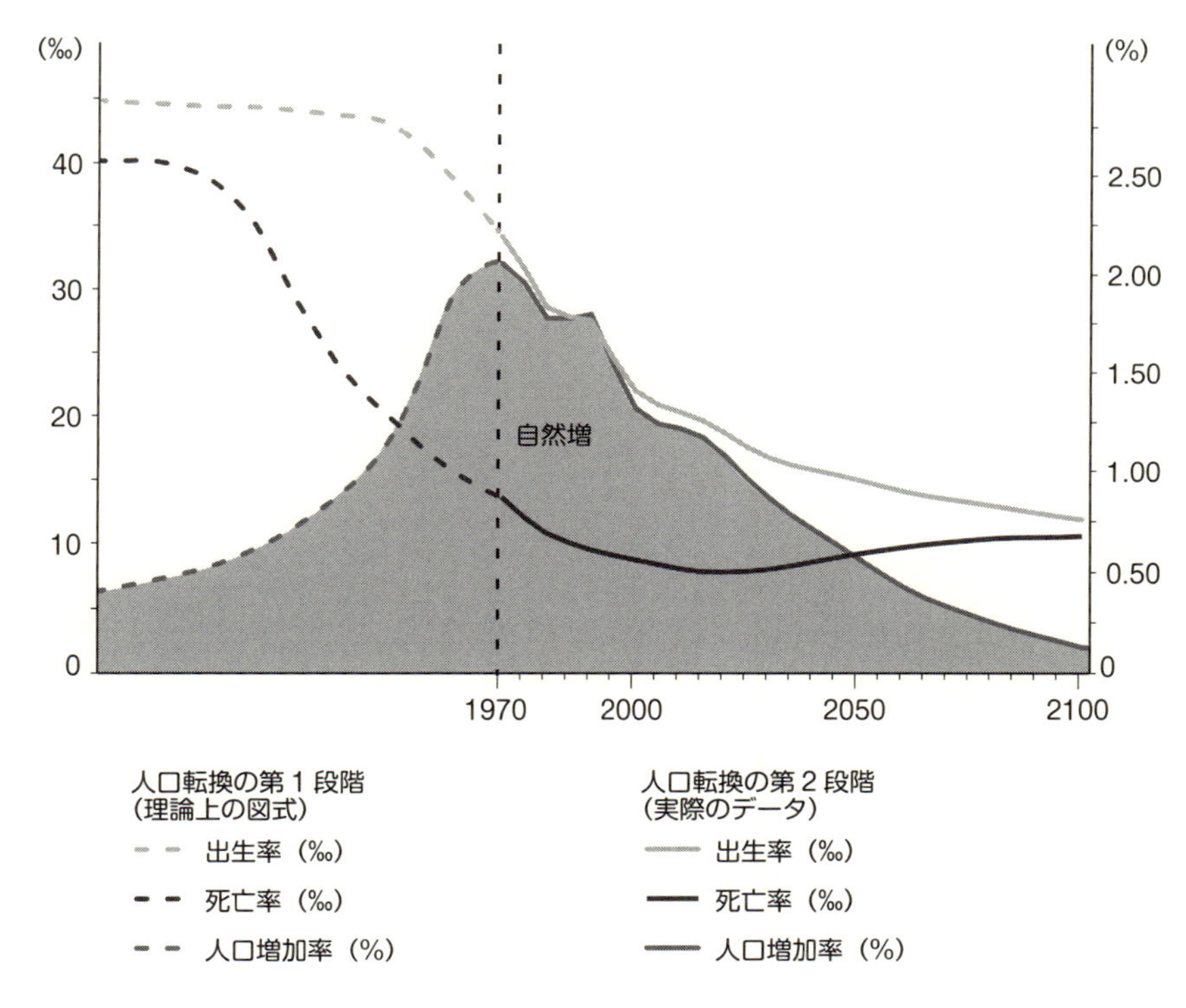

FIG.009　2100年を目途にした世界の人口転換

人口の新たな時代

世界的な人口の変化は、増加にしろ高齢化にしろ、すべて多産多死（高出生高死亡率）の状態から、出生率と死亡率が下がったのちに少産少死（低出生低死亡率）でバランスがとれた状態に移行する人口転換現象に端を発している。世界的な転換が終了して人口が安定するのには今世紀末までかかるかもしれないが、すでに人口増加の頭打ちと高齢化は始まっている。

なると考えられる。健康に不安を覚え体の自由がきかなくなると、大多数の高齢者は自治体と家族に日常生活のサポートと介護を求める。ところが、世界的な都市化と急激な人口増加によって若者が職を得にくくなるために、都市に暮らす若年層が両親、ときには祖父母の面倒を見るのが難しくなっていく。したがって、高齢者の孤立、収入の不安定、社会的な貧困のリスクがとくに発展途上国で顕著に表れるだろう。発展途上国は自然災害や異常気象の影響を受けやすいだけでなく、社会保障のセーフティネットがないからだ。北半球の国々では、人口ピラミッドの逆転現象が産業社会の政治・経済・社会モデルにさまざまな影響を及ぼしている。同時に、この現象は私たちに、連帯意識が希薄になってきた社会で高齢者と死にどのように向き合うべきかを問いかけている。

西洋の拒否反応

平均余命が延びるにしたがって、欧米諸国では年金と医療の財源が問題になっている。２０３０年の中央年齢がカナダでは43・5歳、ドイツでは48・6歳、韓国では47・5歳になることが統計から予測できるが、雑誌や広告やテレビ番組は相変わらず若者の文化と身体能力を賞賛している。簡単に手に入るアンチエイジング技術と抗酸化物質は、老化の些細（ささい）な兆候を消せと私たちにプレッシャーをかけてくる。並行して、インターネットをはじめとするあらゆる領域のネットワークが伝統的な通信手段に取って代わり、老人の知恵の権威が失われている。今日の欧米社会では、死は身近なものではない。ずいぶん前から、老人の付き添いは介護士や看護師に任せられるようになり、親族が遺体に夜通し付き添って弔うことは稀（まれ）に

**ニューヨークでもパリでも、
85歳以下で死ぬのは
寿命を全うしたことにはならない。**

なっている。

公共保健衛生の研究は、罹患率*の影響を測るために「損失生存可能年数」や「早逝によって失われた年月」に着目した。医学があらゆる手段を講じて命を延ばそうとし、科学的な研究が寿命の限界を超え、さらには限界をなくそうとしてからというもの、私たちにとって死はほとんど受け入れがたい不測の出来事になってしまった。ニューヨークでもパリでも、85歳以下で死ぬのは寿命を全うしたことにはならない。自ら望んで死を選ぶ場合は除くが……。

一部の国では、末期の患者や重い病に侵された人々に対する安楽死の合法化によって、家族内や社会における高齢者の立場が問題になっている。これは世代間の関係を象徴している。医療の進歩のおかげで高齢者の寿命はどんどん延びるが、多くの人は経済格差に苦しめられる。苦悩や孤独から逃れるために苦しむ時間を短くしてくれる安楽死は、死期の近い人の苦痛を和らげるひとつの方法ではあるが、健康でなくなった老人は生きている意味がないという暗黙の了解を示唆するものになりかねない。

結局、人口予測、疫学の変化*、社会制度を考慮すれば、欧米社会は、社会を変容させる高齢化問題に対する回答を見つけなければならないが、議論の壁になるタブーや不文律を破るのは難しい。その代わりに、永遠の若さや不死といった幻を追い求める行為を集団として変えていかなくてはならない。

05 天国は待ってくれる

生物学者が細胞の老化*をコントロールするようになってからすでに久しく、現在では遺伝子治療で老化プロセスを逆行させせられるようになった。早老症の患者にとって、いつか治療法が見つかるかもしれないのは大きな希望だ。だが、誰もが利用できる信頼度の高いアンチエイジング治療が開発されているあいだに、世界的な長寿の動きは新たな病を生んだ。同時に、高齢化が進んだ国の経済も試されている。このように、人口転換*の最終段階は、高齢化が社会および世代間連帯の未来に関する議論の核になると暗示している。

健康と寿命の観点から見ると、20世紀は乳幼児死亡率と感染症との闘いの世紀だった。そして21世紀は、少なくとも次の5つと正面から闘わなければならない。依然として予測が難しいウイルスによる感染症の流行。公共衛生学にも止められない公害と環境破壊。新たな病や病原菌の変異や抗生物質に耐性をもった菌によって再発した病気。医療の進歩の流れを止めかねない社会的・経済的な格差。最後に、高齢者が増えて寿命が延びるにつれて上昇する、加齢による罹患率*である。

疫学の新時代

老化に伴う身体機能低下の速度は、個人の行動によって変わる。さらに、喫煙やアルコール摂取、不健康な食習慣、運動不足、有毒物質との接触具合といったリスクにどの程度さらされるかによっても変わる。集団レベルで見ると、高齢化は単なる人口現象の域を超え、生活様式の変化と経済格差を示す顕著な疫学的指標となっている。同時に高齢化が原因で、心疾患や脳血管事故、糖尿病、ガン、うつ病、呼吸器疾患のような非感染性疾患*の有病率*がさらに上昇する。世界全体で見ると、高齢化と生活様式の変化に伴って、2030年には非感染性疾患による死者が世界の死亡者の4分の3を占めると考えられる。つまり2015年の4000万人に対し、5200万人に増えるのだ。最貧国の健康保険制度では、高額な治療費と慢性疾患*の患者を治療するための長期間の医療費を負担しきれないため、とりわけ疫学の変化*は国家にとって致命的な問題になりかねない。

高齢化が疫学の変化に与えるふたつめの影響は、一人の患者が複数の慢性疾患をもっているマルチモビディティ(複合疾患)の増加だ。複合疾患に多い病としては、関節炎、気分や不安による心身不調、喘息、2型糖尿病、心疾患、慢性閉塞性肺疾患、脳血管障害、そして一定の年齢以上では神経の変性によって起こるアルツハイマー型認知症*がある。複合疾患は加齢とともに増加し、とりわけ80歳以上では治療に伴う疾患同士の合併症のリスクが上がる。高所得および中所得の国では、すでに高齢患者の半数が複数の疾患をもっていると推定される。たとえば中国では70歳以上の患者の5割が複数の疾患をもっている。また同

同じ国でも、
認知症のタイプで
経済的・社会的階層を見分けることができる。

じ国の国民でも、貧しい層では複合疾患になるのが10〜15年早く、現れる頻度も高いことが指摘されている。経済的にゆとりのある階層の場合は、複合疾患の罹患率が35パーセントであるのに対し、貧困層では45パーセントである。

同様に現在では、認知症や神経変性疾患*の罹患率も経済的・社会的階層によって差があることがわかっている。アルツハイマー型認知症に関する研究によれば、3分の1のケースで、原因となるリスクファクターは避けられるものだという。具体的には、知的な頭脳労働が少ないこと、不適切な生活スタイル（栄養、運動）、心疾患のリスク（アルコール、タバコ）、心理的リスク（不安、うつ病）などがあげられる。同時に、認知症のような神経変性疾患の高い有病率は、高齢化が進んでいる証である。というのも、統計的に神経変性疾患はとくに高齢者に影響を及ぼすからだ。たとえば先進国では、認知症患者の60〜70パーセントを占めるアルツハイマー型認知症は、65歳以上の高齢患者ですでに約5パーセントを占め、85歳以上では30パーセントを占める。数十年前には、神経変性疾患は富裕国の高齢者が障害や自立した生活が送れなくなる二義的な原因に過ぎなかったが、いまやおもな原因のひとつになっている。現在のところ、神経変性疾患の有病率は高所得の国で高くなっているが、今後は高齢化とともに新興国と発展途上国でも急速に上昇していくだろう。2015年の世界の認知症患者は4750万人だが、2050年までにさらに6億4000万人以上も患者が増えると見込まれる。その大半は発展途上国の患者だ。

膨大な医療費

神経変性疾患、複合疾患は高齢者に起こりやすいため、高齢化の進行に応じて行政側の政策も変えていく必要がある。というのも医療制度は、疫学の変化、環境とともに変わる保健衛生面でのリスク、増加しつづける高齢者への医療支援、加齢とともに増加する介護の必要性などを一挙に統合しなければならないからだ。そこで目下の課題となるのが、患者負担や診断・治療の研究費、病院施設の整備、新たな患者数に合わせた看護スタッフの調整などの資金調達の方法である。たとえばヨーロッパでは、２０６０年までに介護に関する公的支出が倍になるとする予測が多い。一方でこの予測にはいくつか幅がある。有効ではあるが高額な治療法が見つかり、医療費がさらに膨張するかもしれない。また、認知症と肥満の増加ペースが上がって、平均余命と健康余命の差が広がるかもしれない。ただし、この予測が当たるか外れるかはわからない……。要するに、２０５０年ごろの医療費のシナリオは依然として不確実なので、医療制度と社会保障制度を刷新しても、どの仮説をたどるのかを確かめるのが難しい。不確実ではあるが、精度を増した疫学の研究と照らし合わせると、経済、医療、疫学の面では疾患の予防措置をおこなうことが長期的な最善策であるとわかる。医療制度が脆弱な国の場合はなおさらだ。

健康に関する市民の義務

この前提に基づいて、新たな医療制度が誕生し、同時に社会契約*もつくりかえられた場合のシナリオを

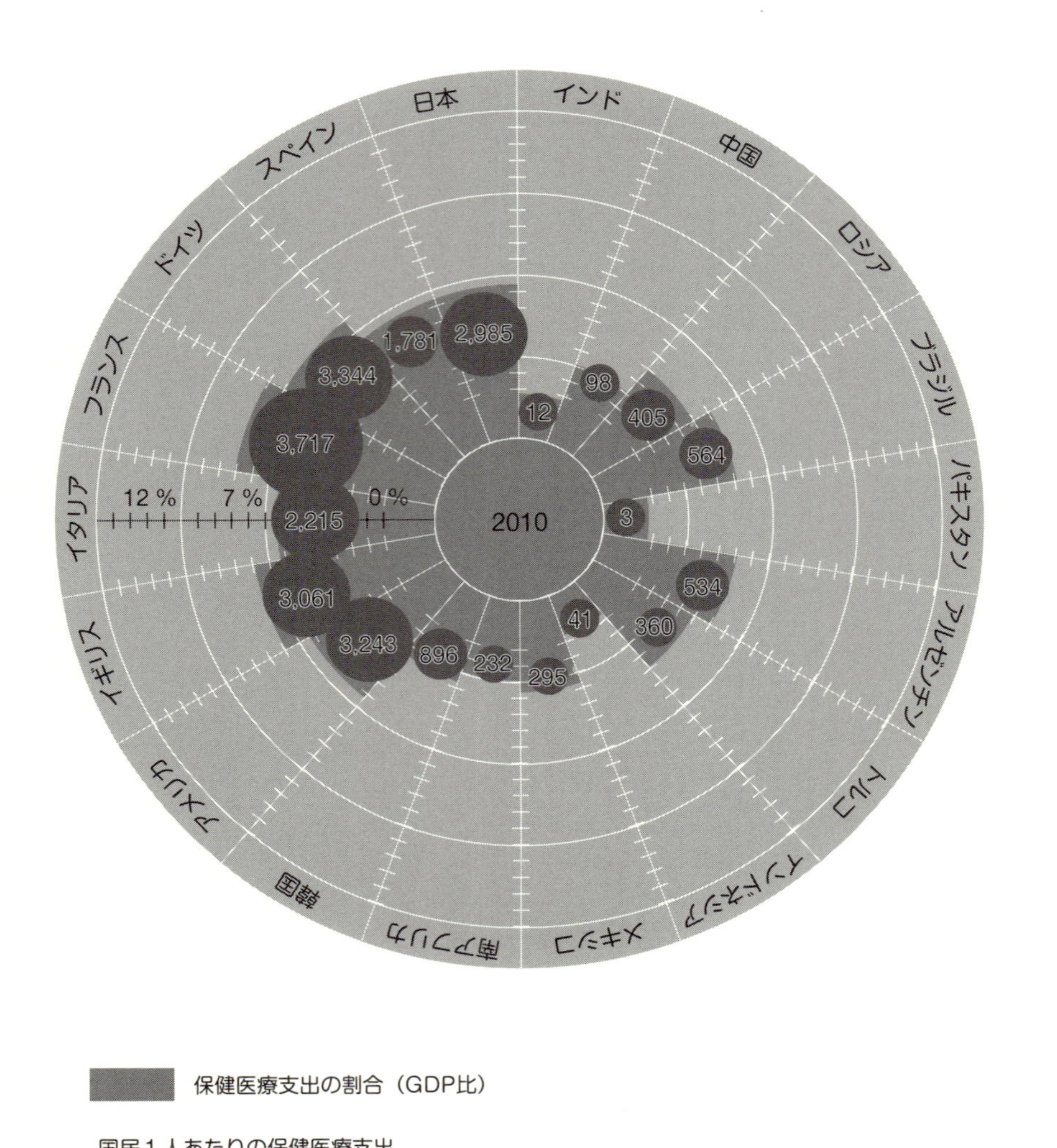
日本
インド
中国
ロシア
ブラジル
パキスタン
アルゼンチン
トルコ
インドネシア
メキシコ
南アフリカ
韓国
アメリカ
イギリス
イタリア
フランス
ドイツ
スペイン
12 %
7 %
0 %
2010
2,985
1,781
3,344
3,717
2,215
3,061
3,243
896
232
295
41
360
534
3
564
405
98
12

保健医療支出の割合（GDP比）
国民１人あたりの保健医療支出
～395＄
～2,495＄
～3,645＄
3,645＄～

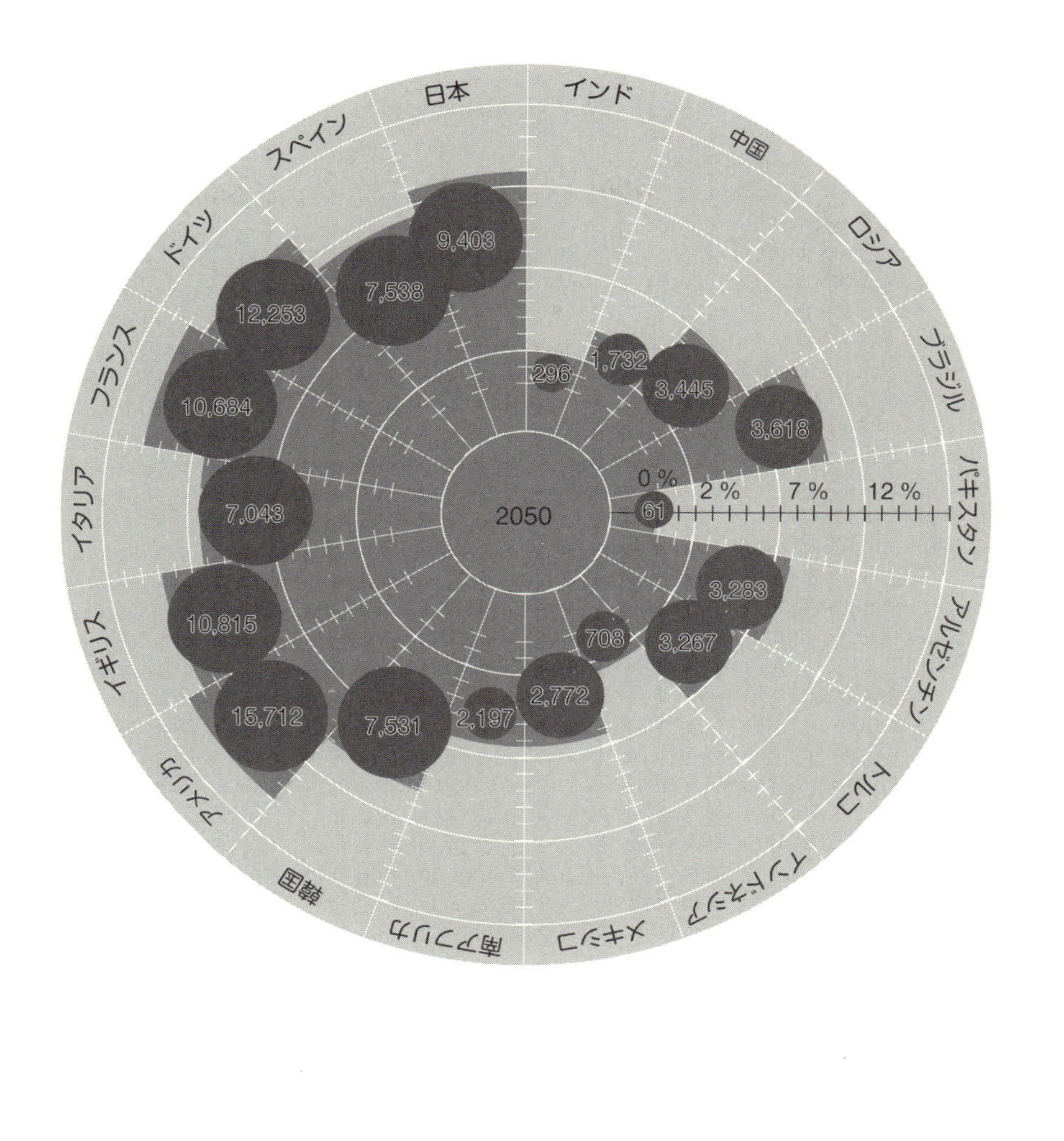

FIG.010　保健医療に関する公的支出（2010年と2050年）

考えてみよう。このシナリオにおけるおもな努力目標は、健康な生活スタイルを促進することである。病気の原因と状況を調べるためにビッグデータ*を幅広く利用する研究の一方で、保険機関に財政支援をしてもらい、学齢期から中高年にいたるまで公的な健康教育とスポーツを推奨する。具体的には、新たな連帯制度のもとで最新のテクノロジーを使って病気の原因となる行動を自粛するように個人を支援する。身体の状態や生活スタイルや摂取物（アルコール、タバコ、脂質、糖分など）を監視され、保健衛生当局が推奨する日常の健康管理のルールを守るのと引き換えに、治療を受けられるようにするのだ。法的な面で、規則とより拘束力をもつ管理の仕組みが整えられれば、リスクのある行為だけでなく工業製品や農産物に毒性のある物質や素材を使用した場合にも罰則が与えられるようになる。外食産業では有機農法で育てられた地元産の農産物を使うのが義務づけられると同時に、微粒子*の排出を抑える徹底的なルールが決められるだろう。

世界の保健衛生当局の支援を受けた疾病予防策の基本方針を定めるのは世界共通の課題である。非感染性疾患と闘い、高齢化が健康に与える影響を軽減し、その結果として治療費を削減するためには、これが理論的にきわめて有用な方法だ。だが問題点もいくつかあるので、公の場での議論を通じて答えを見つけなければならない。たとえば、こうした仕組みが承認されるかどうかという問題や、私生活および個人情報の保護、機能の回復力（レジリエンス）*、国家と民間保険と個人のあいだでの責任の分配、その社会の構成員が社会的に連帯する動機があるかどうかという問題である。しかしながら、将来的にはほかのシナリオが求められるかもしれない。たえず市場の自由化と新たなテクノロジーによる個別化が進んでいる状況を踏まえたうえで、政府が公共サービスの範囲を見直し、民間の健康関連企業に委ねることが予想されるからだ。それを考えると、社会保険料、対象者の年齢、重症度に応じて、企業が連帯の仕組みをつくりかえなくてはならないだろう。これからは患者だけでなく顧客として、市民は自律的な方法で健康を管理するために、製品とサービスをあわせて利用できるようになるだろう。

しかしひとたび保健サービスが民間に委ねられると、非常に貧しい人々は医療格差にさらされ、憲法上認められている法の下の平等が事実上崩壊してしまう。それ以外にもいくつかの重大な問題が起こるだろう。たとえば感染症が流行った際に、国の保健医療行政局と民間の健康関連企業はどのように連携するのだろう？　企業だけがもっている情報をどのように共有するのだろう？　裕福な顧客に向けた第三国の健康インフラの医療特化と介護の分散は、介護サービスの競争力にリスクをもたらさないだろうか？　最後に、環境と発展の程度によって病因が異なることを考えると、健康のためではなく新しい出資者の利益のために、金になる市場のみに集中し「貧困層の病気」の研究がなされなくなる可能性はないだろうか？つまり高齢化はひとつの人口現象でしかないが、高齢化によって起こる健康的・社会的な影響は実際に未来をつくるうえでいくつもの大きな問題をはらんでいるのである。たとえば、国家の役割、社会のまとまり、テクノロジーの社会的な立場、研究の責任、保健衛生にかかわる市民意識、生活スタイルを選ぶ自由、死期、そして根本には世代間での社会的・経済的連帯モデルの問題などだ。

高齢者扶養率

ある集団における高齢者扶養率を見ると、現役世代１００人に対する高齢者の比率がわかる。高齢者扶養率は、中央年齢*と並んで高齢化を測る指標として用いられる。たとえば2015年の世界の扶養率*を見ると、現役100人に対し高齢者は15人だが、サハラ以南アフリカでは現役100人に対しわずか4人である。先進工業国では、2016年の高齢者扶養率が平均29・1パーセントだが、2050年には50・4パーセントに増えると見られている。なかには高齢者が人口の3分の2に達しそうな国まであり、イタリアは68・6パーセント、スペインは61・7パーセント、ドイツは61・4パーセントになる。日本はすでに50パーセントという非常に高い比率だが、これが2050年にはなんと74・2パーセントに達すると考えられている！　新興国ではまだ比率が低いものの、あっというまに上がることは間違いない。タイでは、2050年に64歳以上の人口が約3分の1を占めるようになる。数でいうと1800万人に及ぶ見込みだ。2015年に1600万人いたブラジルの高齢人口は2050年には5400万人、全人口の22・7パーセントに増加する。高齢者扶養率は暗に現役世代がほかの世代の社会保障費を負担することに同意しなければならないという連帯性の所産であることから、一般に公共政策の立案に用いられる。しかし、年齢という基準だけで一部の人に集中的に負担を負わせるため、サハラ以南アフリカのようにきわめて若い集団やヨーロッパや日本のように高齢化が顕著な集団に応用するには限界がある。したがって、世界の高齢化が進む前の段階で、国や文化によって様相の異なる世代間連帯制度に与える影響を測るために、よりよい指標をつくる必要がある。

世界のいかなる地域も高齢化からは逃れられないため、各国はその動きを注視し、さまざまな面で準備を整えている。発展途上国や新興国のように、家族がいまだに高齢者介護を担っている国では、中年世代にかかるプレッシャーは大きくなっていくだろう。たとえば中国では一人っ子政策の影響で、まもなく1

組の夫婦が4人の親を経済的に負担しなければならなくなる。富裕国では年金を全国民で負担する公共政策をとっているので、国家予算と所得税がいっそう圧迫される。結果的に、年金受給世代は受給額が減り、現役世代全体が生活水準を落とすようになるだろう。

結局、高齢者扶養率に限って見るならば、高齢化によって富裕国の国民は困窮し、新興国では社会的なバランスが崩れるおそれがある。グローバル化経済の社会契約は、国民の生活水準が向上していくという前提に基づいているので、まもなく高齢化が原因で、多くの国々が不安定になるだろう。最終的に高齢化した経済への対応策は、次に挙げる4つのパターンに落ち着くと思われる。

1 **生涯における就業期間の延長。**
すでにスペイン、日本、ドイツでは、暫定的にではあるが扶養率を下げるために法定退職年齢を65歳以上に引き上げる準備を進めている。

2 **国の経済に対して国民全体の貢献度を高めること。**
たとえば、女性の社会進出を促すために仕事と家庭を両立しやすくする。高齢者の雇用を奨励して、高齢者の収入源を多様化させる。結果として、国の負担が減るだけでなく、ごくわずかではあるが、高齢者(とくに健康状態と経済状況が悪化しやすい女性高齢者)の生活が不安定になったり孤立に陥ったりするリスクを減らすことができる。

3 **特定の給付金の削減。**
非感染性疾患や神経変性疾患の体系的な予防政策の実施によって、慢性疾患患者への給付金が削減さ

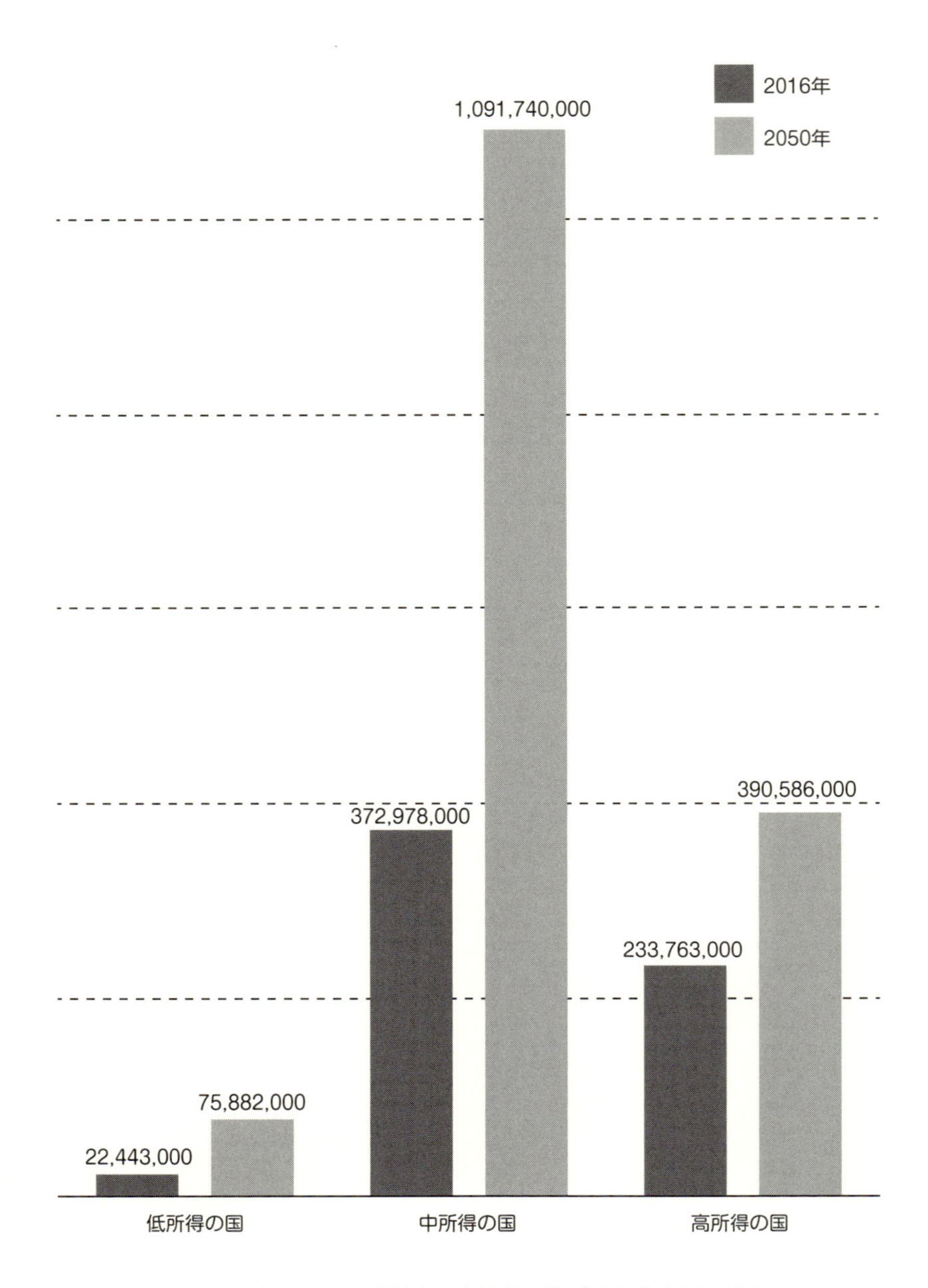

FIG.011　65歳以上の高齢者の数（2016年と2050年）

れる。

4 **移民労働者に頼ること。** 労働力を拡充し、労働市場の需要を満たしつつ、社会保障費の徴収を増やすため。

人手不足に向き合う

2015年、EUの人口の自然増*が初めてマイナスに転じた。言い換えれば、2010〜2015年で人口が100万人減少した日本と同じく、移民を入れない限りヨーロッパの人口は減っていくということだ。かつてEUは比較的若い移民を受け入れれば、世代間のバランスを取り戻せると考えていた。しかしその後、2050年まで高齢者と現役世代とのバランスを維持するためには、住民とほぼ同じ数の移民を受け入れなければならないという試算を出した。しかし、ヨーロッパでいまの社会制度ができた1950年代の人口比を考えると、移民を受け入れても扶養率*を回復できるとは考えにくい。

しかし不足している世代を補充するまでにはいたらなくとも、イタリアやドイツのように高齢化が進んだ国々では、やはり移民によって高齢化のスピードが緩やかになったことは明らかである。反対に、移民が制限されている日本では、高齢化が加速した。別の試算では、移民の流入を阻めば、ヨーロッパは2060年までに人口の16パーセントを失い、同時に65歳以上の高齢者の比率が上昇して33パーセントに達する可能性があるという。このような閉鎖的なシナリオをとった場合、イギリスやフランスのように出生率が比較的高い国であっても人口は2060年を待たずして減少に転じるだろう。

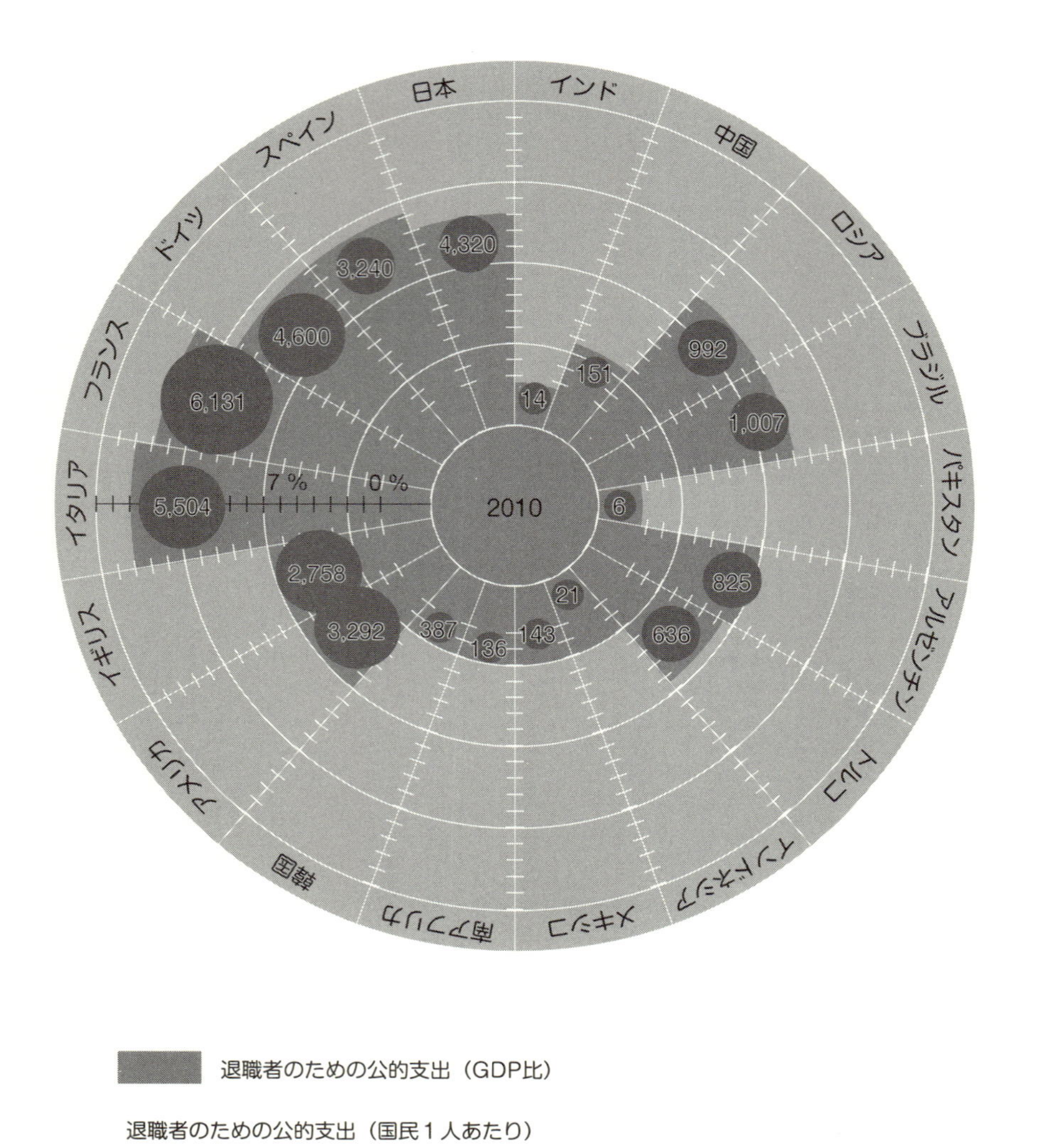
日本
インド
中国
ロシア
ブラジル
パキスタン
アルゼンチン
トルコ
インドネシア
メキシコ
南アフリカ
韓国
アメリカ
イギリス
イタリア
フランス
ドイツ
スペイン
2010
7 %
0 %
4,320
3,240
4,600
6,131
5,504
2,758
3,292
387
136
143
21
636
825
6
1,007
992
151
14

退職者のための公的支出（GDP比）
退職者のための公的支出（国民１人あたり）
～395＄
～2,495＄
～3,645＄
3,645＄～

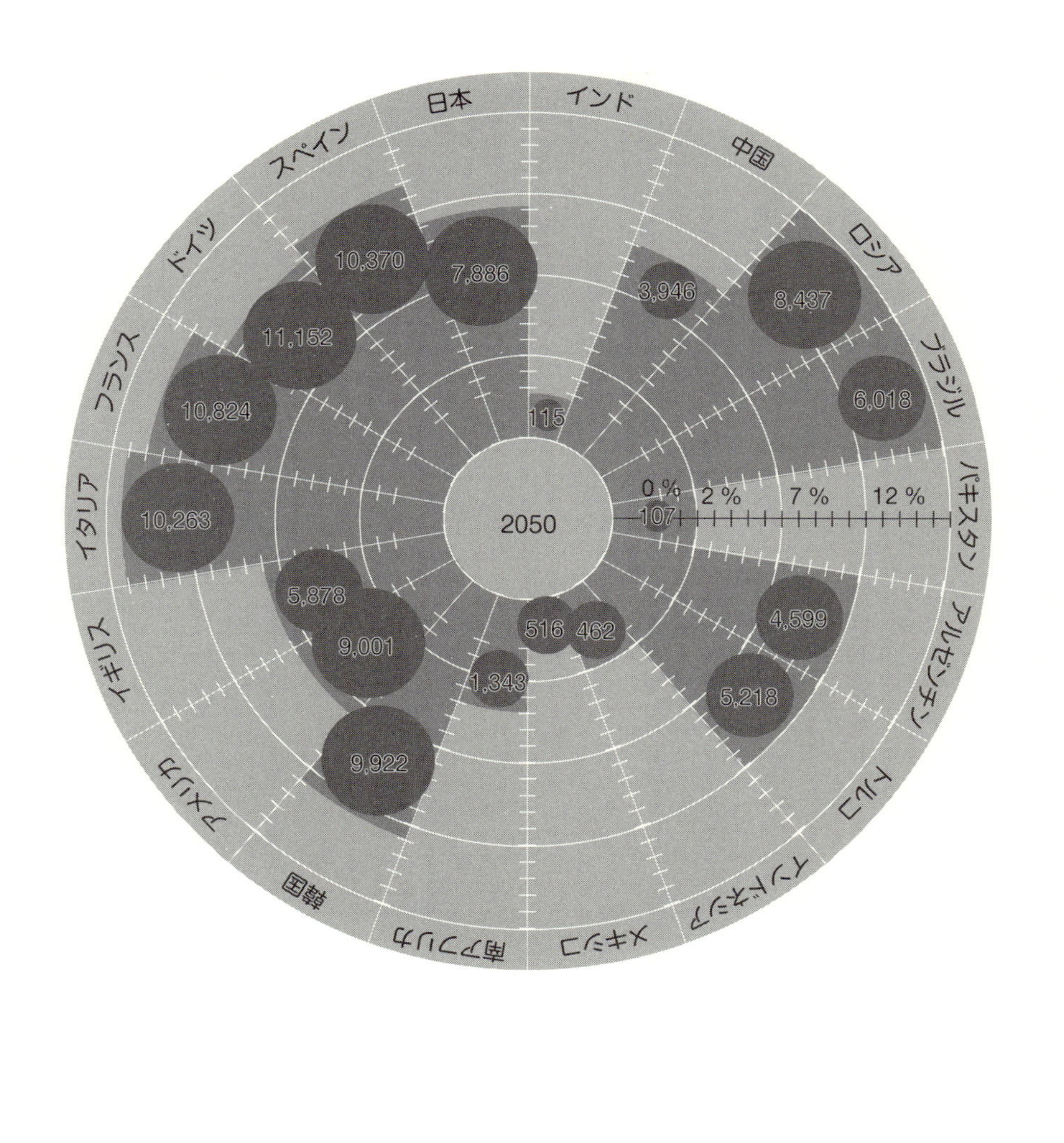

FIG.012 退職者のための公的支出（2010年と2050年）

多くの学術研究やＯＥＣＤと国連の研究によると、外国人労働者は人口比率と社会福祉の面以外でも高齢化社会に貢献しているという。たとえば西ヨーロッパの数か国では、ヨーロッパ人女性が大量に労働市場に参入してからというもの、彼女たちがそれまでしていた高齢者の日常生活の支援を移民が担うようになった。それだけでなく、ＯＥＣＤ加盟国の経済は、ホテル業、外食産業、管理人、建設業、農業労働者、看護師、会計係、情報処理の技術者の分野でも外国人労働者に全面的に依存している。にもかかわらず、カナダを除く先進諸国は多くの専門家や大企業の忠告を無視して閉鎖的な政策を掲げている。これは移民を敵視する世論を静め、ポピュリズムや外国人排斥運動の台頭を抑えるためだとされているが、現状は功を奏しているとはいいがたい。

2015年、
EUの自然増が
初めてマイナスに転じた。

日本が選んだ道

外国人労働者を厳しく制限している日本は、別の道から高齢者扶養の問題に挑もうとしている。高齢化に取り組む世界の実験所である日本は、すでに数年前から人口減少が経済の活力に及ぼす悪影響への対抗策を実施している。老後に余暇を楽しむ第二の人生を保障しようとする欧米社会とは対照的に、日本社会はシニアが仕事を続けることで社会からの孤立を防ぎ、身体の健康を維持できると考えた。実際、日本には60歳以上の就業者が１２００万人いて、彼らが日本の労働力人口の20パーセントを占める。また、老人ホームがあまり発達していない代わりに、ヘルパー、宅配、見守り制度、付き添いなどのサービスを整備して、高齢者が自宅で自立した生活を送れるように支援している。同時に、高齢化対策に特化した研究や開発（ロボット、ホームオートメーション*、医薬品など）に多額の予算を割り当てている。個人融資でさえも年齢制限がなく、かなりの高齢者であっても、起業、不動産購入、消費活動を自らおこなうことができる。日本人の記録的な健康寿命（73・5歳）も有利に働いているといえるだろう。しかし、高齢者のなかでも年齢の高い層が増え、出生率*が下がりつづけるにつれて、後手に回る印象を隠しきれなくなってきた。そこで2015年末、日本政府は出生率を刺激するための対策を相次いで打ち出して少子高齢化問題に着手した。なかには税制面の措置もあった。日本のようなエリート主義の競争社会で新たな対策が効果を上げるには時間がかかるかもしれないが、出生率を上げたいといっておきながら、労働力不足を補うために労働時間を増やして女性の雇用を促進するという矛盾点が早くも浮き彫りになっている。結局、政府が国内の急激な人口減少と年金制度の縮小を受け入れない限り、日本は国内労働者だけでは足りない世代の穴埋めとして安い賃金で働く中国人をはじめとした移民を受け入れざるを得なくなるだろう。

自由主義に基づく高齢化

高齢化によって社会保障制度が破綻しそうな国では、制度を維持するために、連帯の概念をつくりかえる新たな社会保障モデルが生まれている。健康保険や年金保険制度を検討しなおすのではなく、既存のあらゆる社会保障（一定の障害や長期疾病を負担する給付を除く）を単一、無条件、共通の給付金を毎月支払

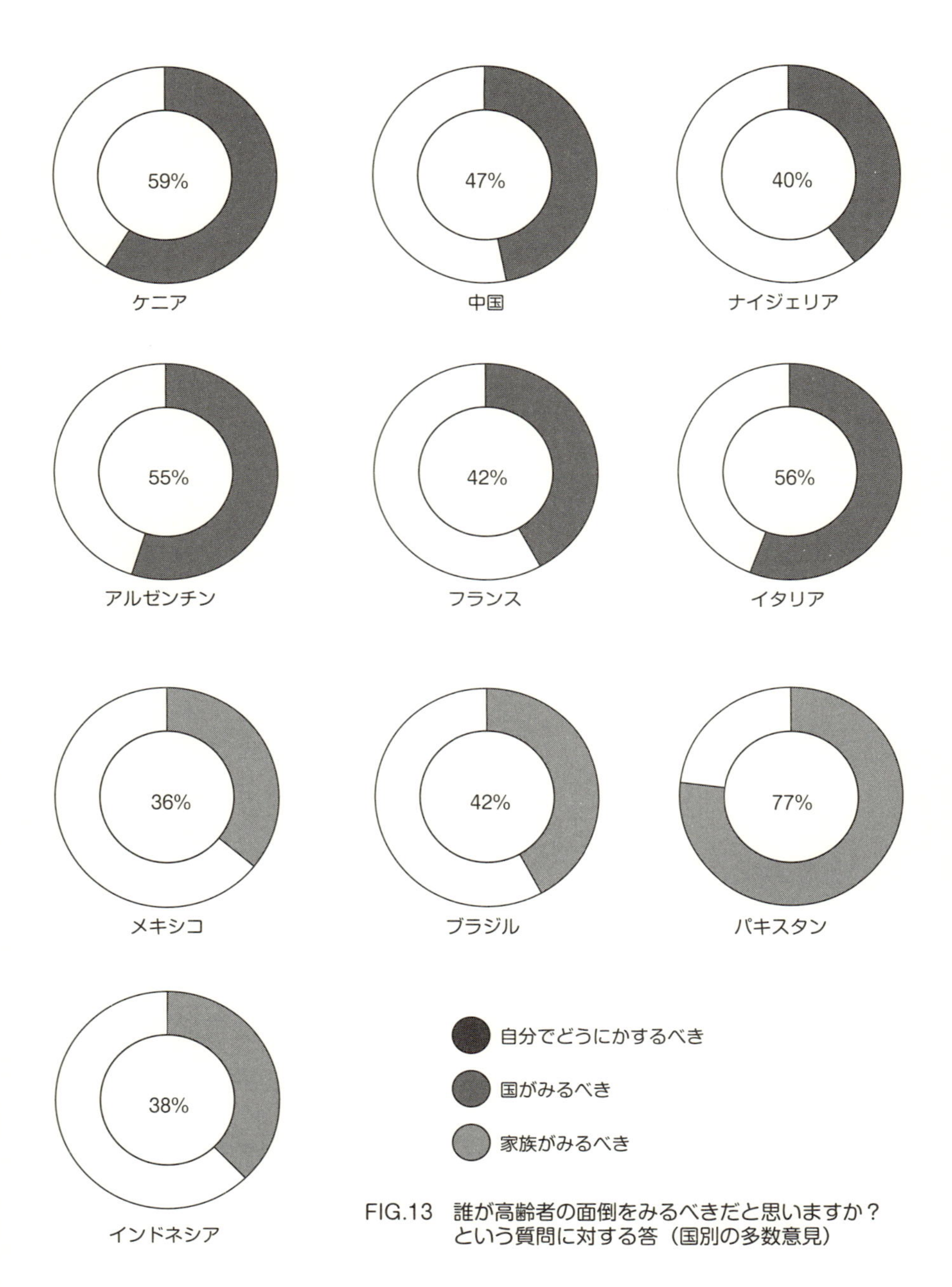

FIG.13　誰が高齢者の面倒をみるべきだと思いますか？
という質問に対する答（国別の多数意見）

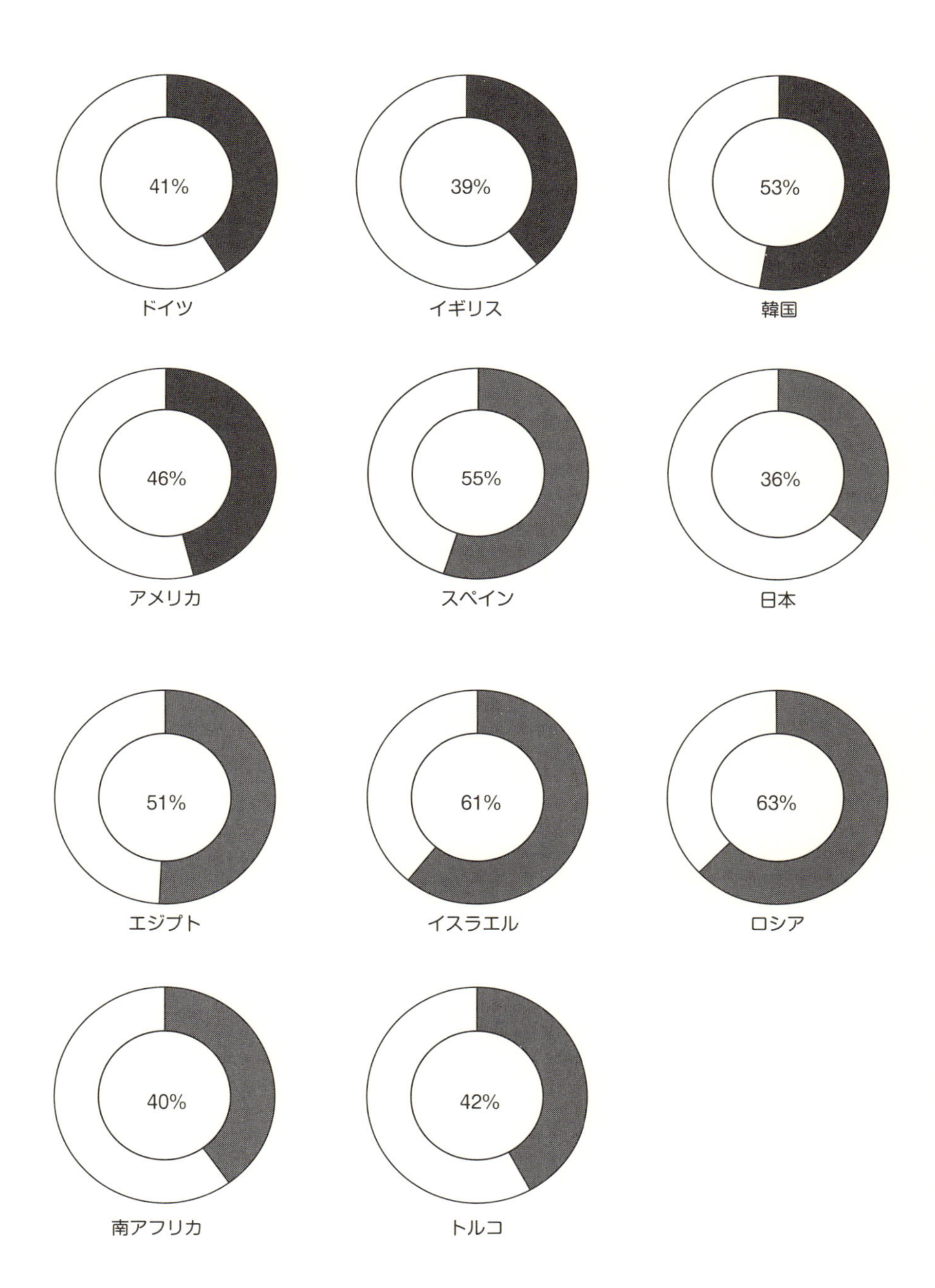
41%
ドイツ
39%
イギリス
53%
韓国
46%
アメリカ
55%
スペイン
36%
日本
51%
エジプト
61%
イスラエル
63%
ロシア
40%
南アフリカ
42%
トルコ

う形に変えようという考えだ。ただし、リスクに備える社会保障を選び管理するのは各自の責任にする。たとえば、介護費用を自分で管理したいと思った場合には、自らの疾患を予測して医療費を理にかなった額にするために人生のオプションをうまく組み立てながら額を抑える。同じように、あらかじめ退職年齢を決めておき、いざ退職したときに支給額を減らさずに充分な保障を受けられるように給付金を貯めておくこともできる。言い換えれば、こうした単一・共通の給付金は、積み立てによる民間保険制度の条件付きの連帯ではなく、各自が保障したいリスクと給付金の使い道を自分で選ぶ責任を負うことで社会的な連帯をつくろうとしているのだ。

この考えは政治のトレンドにも見られ、数か国で導入されているが、いまだ障害は多い。数十年間続いた習慣を変えるという重み、制度そのものの是非を問う消極的な抵抗、そしてとりわけ別の制度へ移行することの難しさがある。社会保障制度の特性上、効果が出るまでに長い時間がかかるため、改革をおこなうには以前の制度が消滅するまでふたつの制度を共存させておかなくてはならない。

緩和される高齢化

最後に、シルバーエコノミーという考えを紹介しよう。シルバーエコノミーは世代間の関係について議論し、高齢化を高齢者の扶養という枠組みから解放するいくつかの道筋を示してくれている。シルバーエコノミーが着目するのは、身体の老化に伴うリスクの予防、高齢者が一人で生活できなくなった際の支援、増加する高齢者への社会の適応の3つの好機だ。この好機を把握するために、シルバーエコノミーはボランティア、アクティヴな老後、指導者としての役割、サービスの消費、預金、投資など、シニア世代の社会貢献のすべてを考慮に入れている。このように、実のところ高齢者扶養の問題は、技術革新と学術的な研究の牽引役になると同時に、経済の再分配のプロセスに充分関与している。

高齢化第一世代はそれまでの世代よりも裕福だ。おそらく次の世代も第一世代と同年齢になったときに同じくらい豊かだと考えられる。さらにベビーブーマー*は50歳以下の世代よりも生活水準が高いうえに預金額も非常に高い。したがって、それを取り込もうと考える人々にとって、シニア世代は好都合なニッチ市場である。すでにいくつかの産業が、快適な生活や人間工学、セキュリティ、高齢者の見守りサービスなどの需要の拡大をとらえている。たとえば、住宅業、都市整備、ホームオートメーション、ロボット工学、電子工学、家電産業、情報工学、建築学、遠隔コミュニケーション、個人向けサービスなどの産業分野だ。また、人口が多い世代の高齢化に伴い、遠隔サポート、遠隔見守り、遠隔医療の需要が増えると考えられる。これらの市場は２０１３年には4億７００万ドルだったが、２０１７年には56億ドルになると見込まれる。さらに、これから退職する世代は比較的健康なので、余暇、娯楽、観光の面でも魅力的な市場である。健康管理、シニア向け住宅、アンチエイジング製品、大学への再入学、金融サービス、ほかの関連商品など、どの分野にとっても高齢者は成長の源だ。ベビーブーマーの数が多いだけにいっそう大きな源泉である。試算によると、アメリカではすでに55歳以上の人々が、国内の可処分所得の70パーセント近くを握っているという。一方、フランスでは２０１５～２０３０年の消費増加の3分の2を高齢者が占めている。したがってこの観点から、高齢者向けの年金とほかの扶助手当の予算を見積もる場合には、需要と消費の経済的な配当に合わせて調整する必要がある。

一方で、各年齢層を均質なグループとしてひとくくりにしてしまうのは間違いだ。世代は、あくまで重大な所得の格差が目立つ社会を映す鏡にすぎない。言い換えれば、高齢化によって生まれた市場をたくみに引き寄せるために商業とテクノロジーを合わせて提供すると、社会的・経済的に不安定な高齢者のサブグループを締め出してしまうおそれがある。特定のテクノロジーのせいで、豊かな高齢者と経済的、そして家族・友人関係に恵まれない高齢者との溝が深まりかねない。だからこそ、高齢者市場の拡大による高齢化への取り組みは、国内レベルであっても国家間と同じように、格差を是正する対策を講じてシニア間の待遇の平等を諦めないことが重要なのである。

06 民主主義は死にかけているのか？

選挙権をもつ人々の中央年齢*が上がっている一方で、西洋社会の民主主義では選挙に行かない若者が増えている。有権者の平均年齢が50歳を超えるにつれて民主主義の弱点が浮き彫りになり、未来を決めていくプロセスから若者が疎外されるという危険が明らかになってきた。結局、こうした世代間の不均衡によって危機に瀕しているのは、民主主義制度の中核そのものなのだ。

時代とともに、民主主義における選挙権年齢は少しずつ引き下げられてきた。19世紀には30歳以上だったのが、現在では代議制の国の多くで21歳以上、さらに18歳以上にまで下がった。オーストリアやスコットランド、ブラジルでは16歳まで引き下げられている。だが、ベルギーやオーストラリアのように投票を義務化している国を除き、OECD加盟国はどこも似たような状況下にある。若者の棄権率が上の世代よりも高く、上がりつづけているのだ。参政権を得てから二度めまでの投票を棄権した若者の80～90パーセントは、その後も慢性的に棄権する。一方で、もっとも投票率の高い60歳以上の人口は、人数の多い戦後生まれの世代の高齢化とともに増加している。

高齢化は予測済み

国の市民参加の度合いを測るには、その国の平均年齢以上に有権者の中央年齢が重要だ。有権者の中央年齢は、全人口から選挙権年齢に満たない人、選挙権のない外国人、選挙人名簿への非登録者、棄権主義者を引くことで計算できる。以上をふまえて計算してみると、２０５０年の有権者中央年齢は、イギリスとアメリカで53歳、ドイツで55歳、フランスとイタリアで56歳、スペインで57歳、スイスは60歳以上となる。

有権者の高齢化と国の政治傾向との完全な相関関係を明らかにすることはできないが、中央年齢の有権者が好感を抱くような公約を掲げた立候補者のほうが当選しやすいといえる。調査によると、有権者は選挙で自らの意思を示すときに自分たちの世代の利益を優先する傾向があるという。そこで問題になるのが「社会的屈性（ソシオトロピスム）」（外部刺激に対して、一定方向に屈曲する反応、反射作用）と「老人支配性」だ。前者は世代による政治的な利己主義を引き起こし、後者は高齢者層の利益を考慮して未来を決めるシルバー民主主義の危険性をはらんでいる。福祉国家モデルをかたくなに維持しようとするヨーロッパのベビーブーマー*の近代保守主義も問題だ。従来の福祉国家のような経済基盤では、グローバル化や人口構造の変化のなかで生き残れないというのに……。政治階級がモデルチェンジの必要性を認めずに正反対の選挙公約を表明しつづけていれば、すでに枠組みや制度そのもののあり方を問う議論の外側で移行に対応している人々は、民主主義世界から追い出されてしまうだろう。

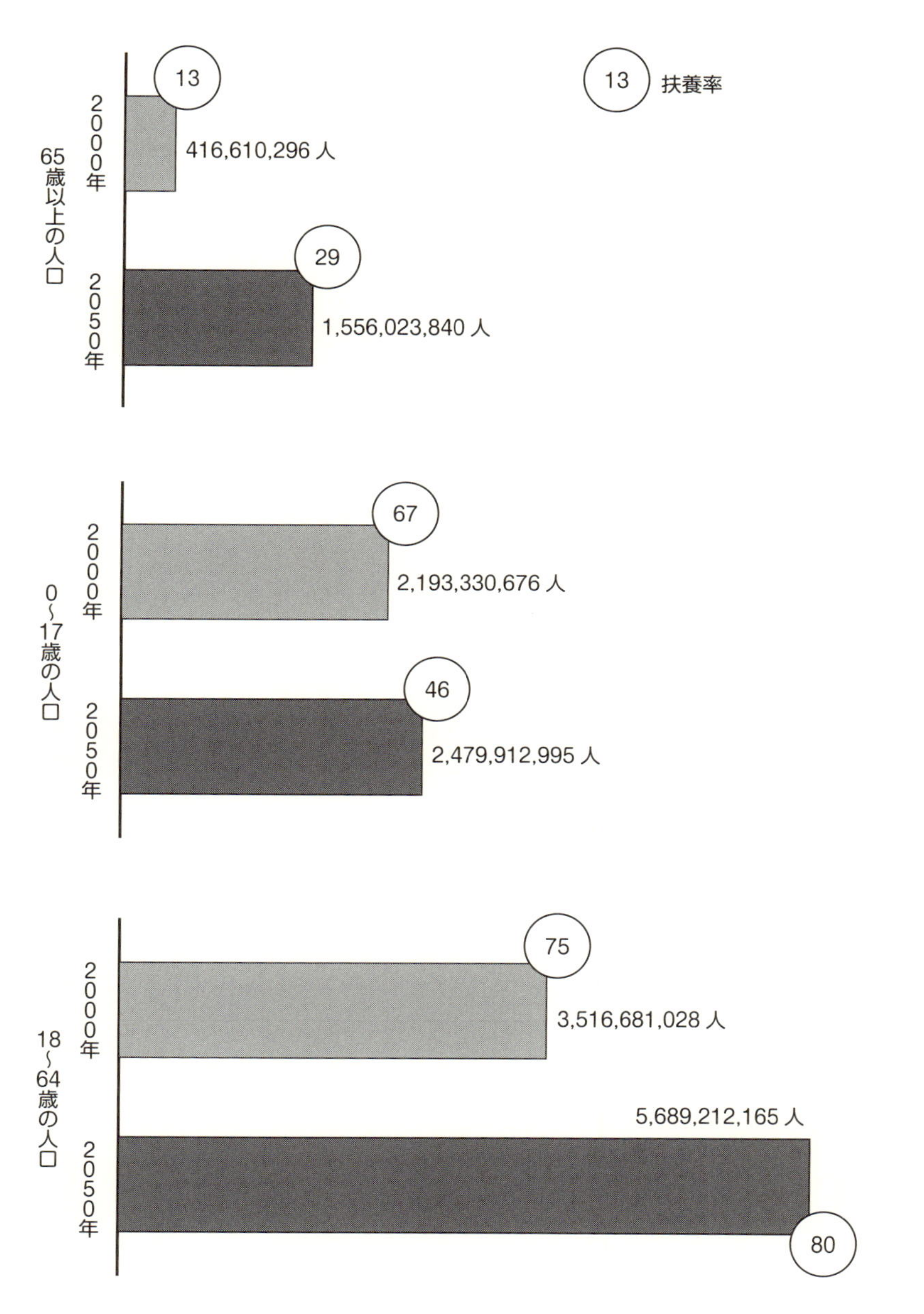

FIG.014　2000年と2050年における年齢別の世界人口と現役世代100に対する扶養率*

有権者の世代によって特定の傾向はあるものの、公共政策を決めるうえで年齢層の高い有権者の比重を抑える要因も存在している。そのひとつに、ひとくちに高齢者といっても思考が均質でない点があげられる。集団としての高齢有権者数は増えてはいるが、この世代の有権者にはいくつかのタイプがいる。たとえばベビーブーマーが老年に達すると、女性の票の割合が伸びる傾向がある。反対に、急激に数が増えた85歳以上の高齢者は、ほとんど全員といっていいほど棄権率が高い。また、とりわけ孫のいる高齢者に顕著に見られるように、年齢を重ねても若い世代に関心がなくなるわけではない。結局、投票の際には、個人的な利益よりも国の利益を優先させる有権者がほとんどだ。しかし問題は経験によって分かれる評価基準である。

軍事的脅威は過去のもの

若者は雇用、教育、研究に関する公約を重視するが、年齢の高い層は健康、安全保障、老人政策に重きを置く。今日、年金生活者は豊かな社会経験をもっているという理由で守られている。しかし、数十年以内に公共支出を削減するために、しだいに世代間の平等*な連帯に関する議論が浮き彫りになるだろう。すると政治家は有権者の期待に応えるために、年金制度と健康保険制度の経済負担を軽減しようとする。政治家は社会保険料を値上げすれば重大な社会的緊張が生じることも承知しているので、国家の支給を減らすために、よりいっそうの引き締め政策をおこなうだろう。年金の水準を維持したまま予算を抑えるために、手始めに、先進国は文化、高等教育、研究に関わる予算を削減し、民間に委託することになる。だが、削られるのはそれだけではない……。

ヨーロッパ各国の政府は、有権者からの圧力を受けて国防費や軍事費を削る可能性がある。すでに、冷戦の終了に伴い、ＥＵ諸国の国防費は２８１０億ユーロ（２００５年）から２５５０億ユーロ（２０１５年）に減っている。アフガニスタン、イラク、リビアへの軍事介入が失敗したこともあって、世論はしだいに軍事費や軍の配備に嫌悪感を抱きはじめた。近年、テロの脅威からいくつかのヨーロッパの国で国防予算が増えてはいたが、ＥＵを巻き込んだ信用不安と「移民」問題によって安全保障と国防を共同で管理する計画がふたたび遠のき、ＥＵ諸国で協力して軍事費を出すという当初の予定も崩れてしまった。結局、世界の安全保障の領域で、ヨーロッパの軍事的な抑止力が明確な成果を上げられなければ、高齢有権者の関心に合わせて政策は修正され、国際社会でのヨーロッパの立場はさらに低くなってしまうかもしれない。

07 ミレニアルのパイオニア

どの世代にもそれぞれ特有のアイデンティティと思考の傾向がある。たとえば、ベビーブーマー*の価値観の中心にあるのは仕事だ。X世代（1965～1980年生まれ）になると、これに情報テクノロジーを好む傾向が加わる。1980～1999年に生まれた世代を指す「Y世代」あるいは「デジタル世代」の若者は、親指だけでいとも簡単に情報にアクセスする。最後に、2000年以降に生まれたZ世代は、生まれたばかりの文明のパイオニアであり、言葉を発する前から携帯のタッチスクリーンを操作している。自覚はなくともZ世代は未来を照らす光であり、成長するにつれて社会を変革するだろう。

未来の礎は、それが実現するよりずっと前から、長期公共政策や学校において、さらに未来の担い手となる人々の日常生活でつくられる。若い世代が、未来を左右する過渡的段階を把握できるようにするには、世代間断絶を避けるために若者の勢いに足並みをそろえて、彼らの思考やヴィジョン、イメージを形成するものを理解しようとつとめる人々にかかっている。

不安定な世界を継ぐものたち

先人たちに比べ、結核やはしかやポリオや肝炎にかかることがなくなった現在の30歳以下の世代は、ナノテクノロジー*、バイオテクノロジー、情報科学、神経科学の恩恵を一身に受けて１００歳を超えても生きつづけるだろうと言われている。しかし不老不死が実現されるまでのあいだ、彼らは生活スタイルや食生活や環境の変化に身を任せ、21世紀とともに始まった疫学の変化*を生きていかなければならない。すでに糖尿病や肥満、うつ病、ガン、内分泌疾患のような非感染性疾患の増加によって、１００年間続いてきた人類の寿命の伸びがフランスやアメリカのような先進数か国で初めて低迷している。

FIG.015　2030 年時点で

さまざまな幾何学的地図

アナモルフォーズ（訳注：縦座標と横座標の拡大係数が異なる図形変換）の原理に基づき、以下ふたつの平面球形地図は、65歳以上の高齢者数（FIG016）と50歳未満の中高年の数（FIG017）に応じて実際の国の規模を変えている。この手法によって、各国のダイナミズムだけでなく、各国の一般的な傾向を比較することができる。

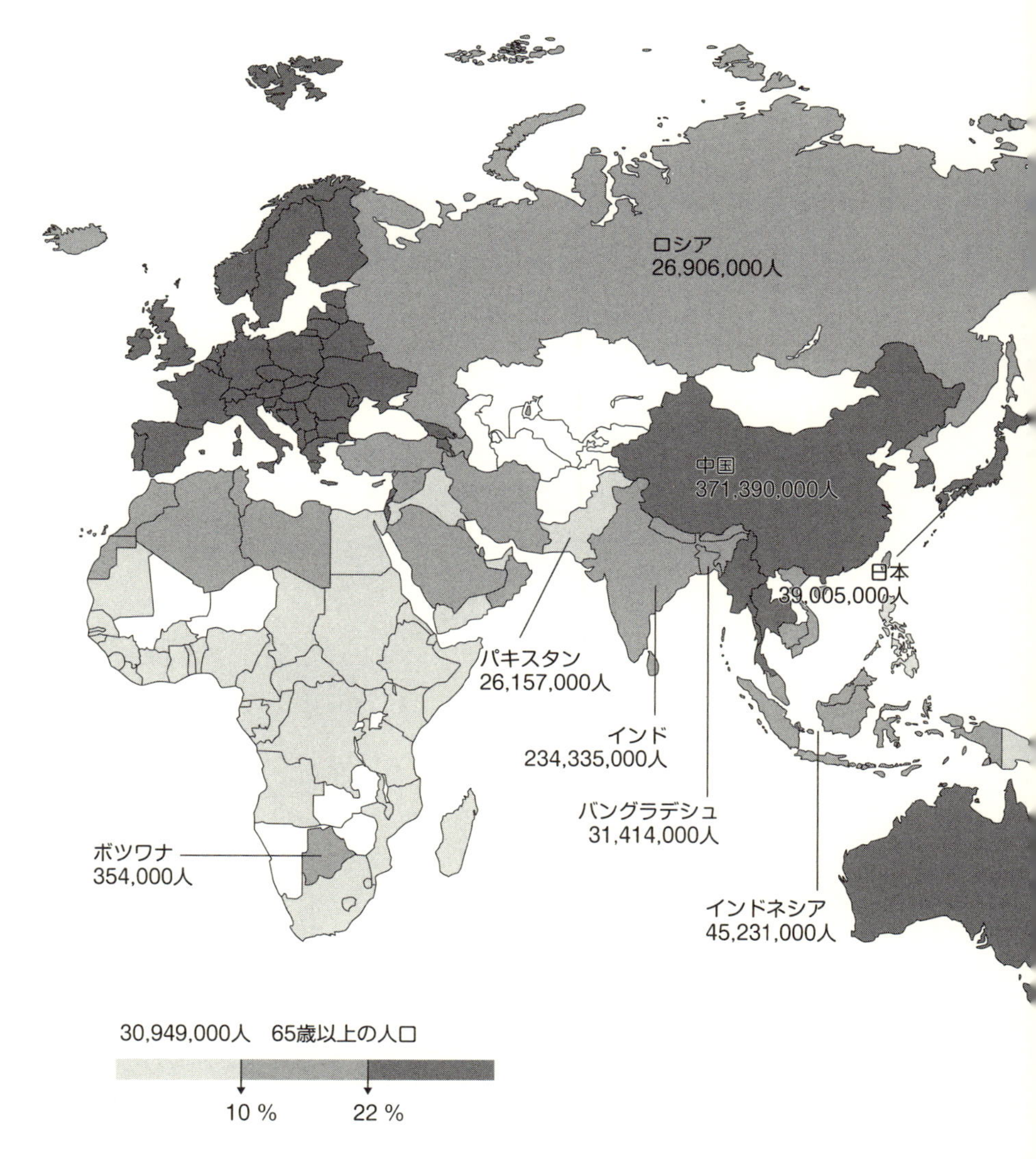

FIG.016　全人口に対する65歳以上の高齢者の割合（2050年）

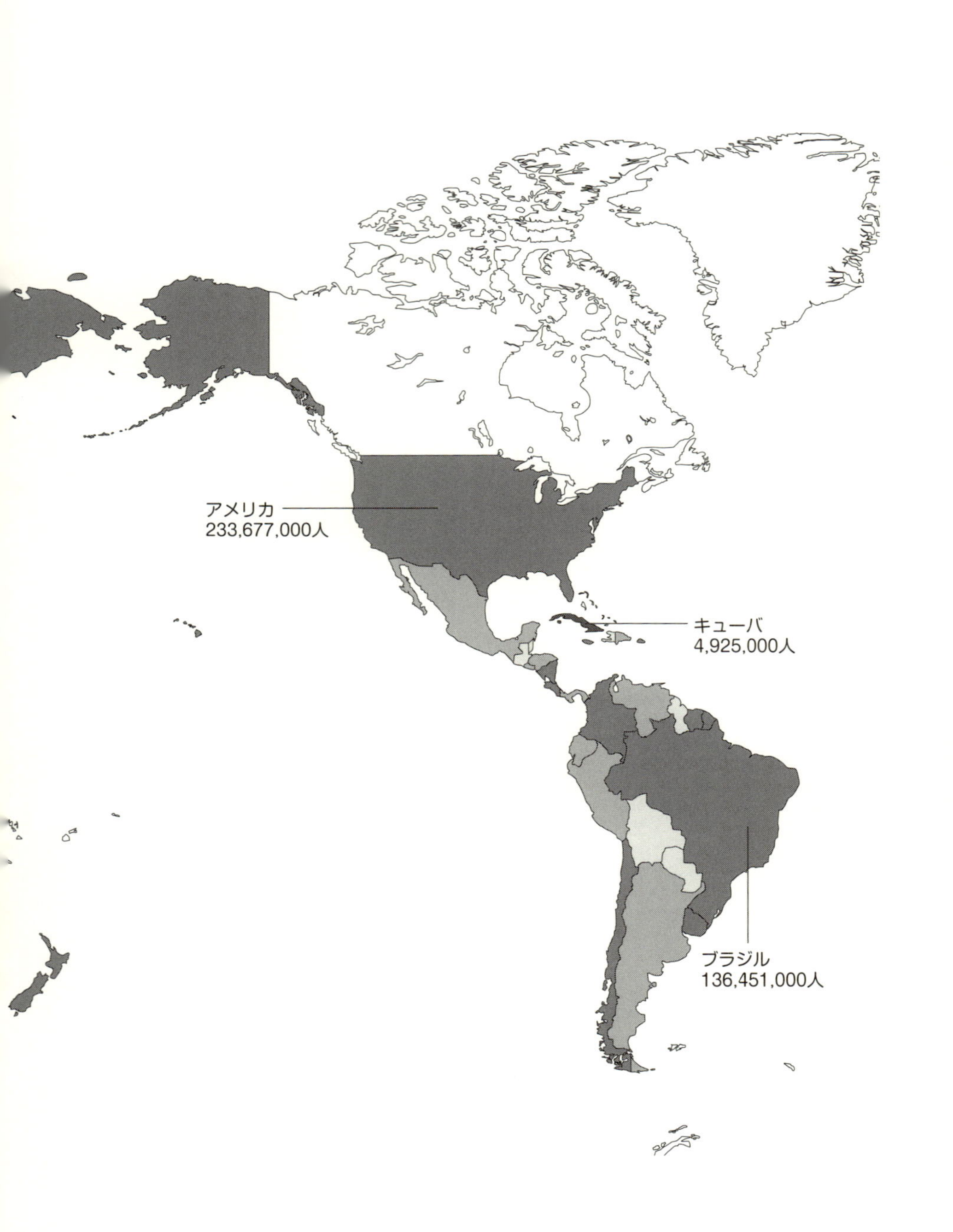

アメリカ
233,677,000人
キューバ
4,925,000人
ブラジル
136,451,000人

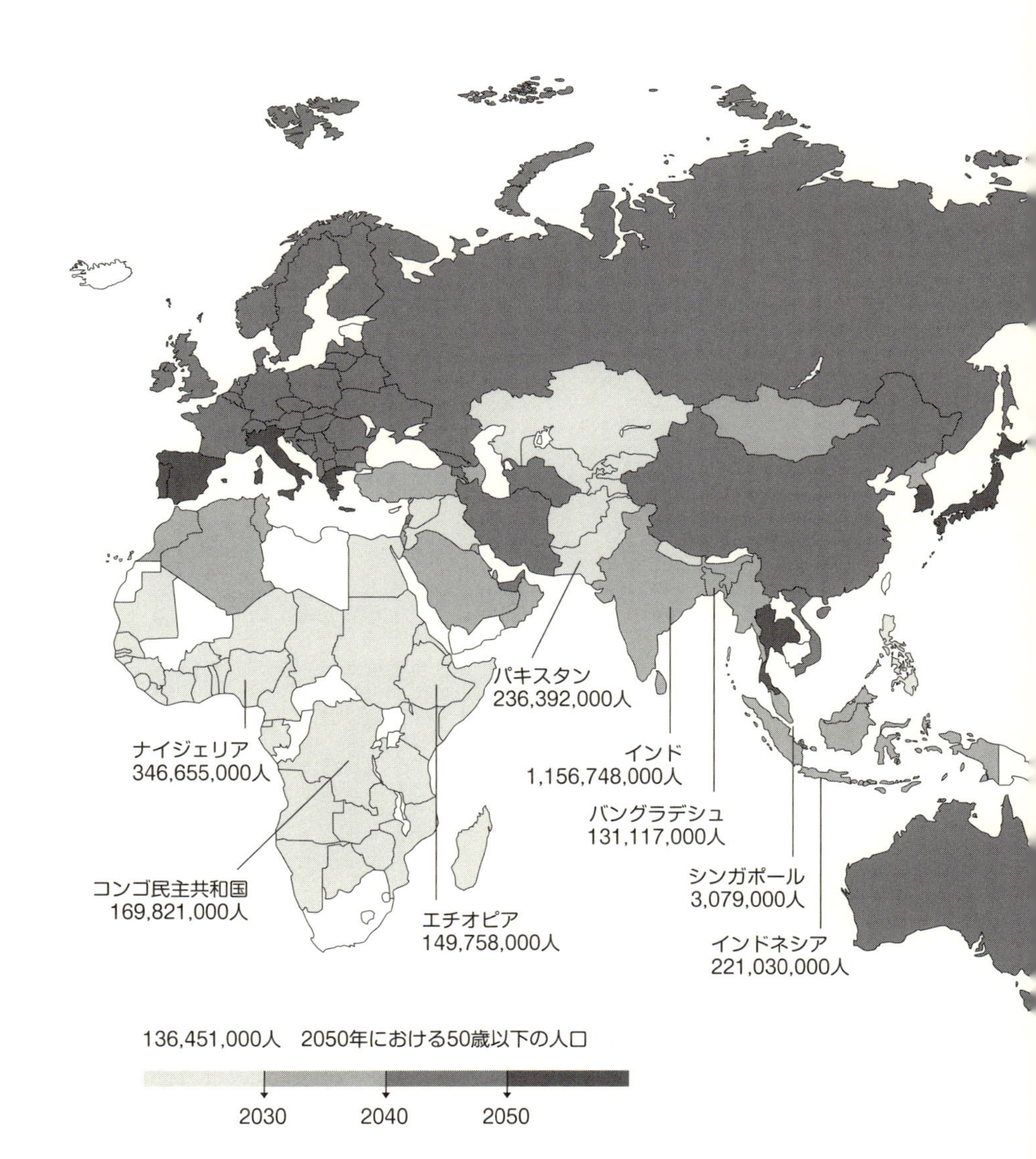

FIG.017　全人口の中でミレニアル世代が過半数を越える時期

冷戦も「自由な西側世界」の勝利も知らない30歳以下の世代は、上の世代と政治観念を共有していない。ベルリンの壁の崩壊とともに、敵の定義が変わったのだ。30歳以下の世代にとって、敵とは社会のなかにいる身近なテロリストである。若者は、世界じゅうに存在して社会に潜入した過激な敵のためならばプライバシーの権利のような生来の権利をも諦めることができる。親世代が自由を求めたのに対し、先進国および新興国のY世代とZ世代は安全を要求しているのである。

ベビーブーマーやX世代とは対照的に、若い世代は極端に不安定な時代のなかで成長してきた。環境破壊の計り知れない影響に加えて、若者世代は生きているあいだに何度もテクノロジーの激変を経験するだろう。同時に、彼らの大半は親世代の職業が消滅するのを目の当たりにする。若者の6割が、いまはまだ存在していない職業に就くことになるだろう。しかし、ごく最近生まれた子どもたちを除けば２０００年以降に生まれた子どもたちはすでに学校に通っているので、学校教育はまさにこの世代が未来に向けて準備できるよう教育する責任を負っている。

そもそも、教育面での若者と年長者との格差はやはり大きい。１９５０年には平均高等教育年数は3年間だったが、２０１６年における15歳以上の高等教育年数は少なくとも8年間、先進国では11年間受ける人もいる。しかしながら、就学期間が長くなっても、新規卒業者が職を得て経済活動に加わるのには苦労が伴う。たとえばインドでは、若者の15パーセントが学生でもなく、就職もしておらず、職業訓練も受けていない。新規卒業者の10人に6人が企業の求める専門知識をもっていない。ＯＥＣＤ加盟国では、Y世代の若者が労働市場に参入したのちに、世界経済危機が起こった。さらに、雇用契約の不安定化や、企業の雇用システムに代わってクライアントとプロの個人がインターネット上で直接コンタクトをとるビジネスモデル「労働のウーバー化*」が起こっている。

マスメディアは、30歳以下の若者が経験する変化を解き明かしたいと考えている。この世代こそが、人類の進化が新たな段階に入ってから初めての標本になるからだ。彼らはデジタルテクノロジーやモバイルテクノロジーを駆使して、向上した知的能力を意のままに操る。集中力が低く早急な答えや対価を求める傾向があるが、順を追った方法ではなく同時進行で情報を処理する能力に長けている。したがって、複雑な業務やマルチタスクの仕事をさせるにはぴったりだ。それに、スペルや計算方法などの情報を記憶する必要がないぶん創造力を発揮できる。しかし、新しいテクノロジーの認知機能に関する影響が科学的に裏付けられ、デジタル世代の存在が有効だと認められても、今度はほかの決定的要因が作用するだろう。たとえば、ハードウェアの普及率*が同じであっても、パソコンに関する知識や手段は一般大衆にはそれほど広く浸透していない。言い換えれば、情報格差*は世代間よりも社会文化的な差異によって生じていて、いまも広がりつづけている。

トランジショニスト*

雇用の減少と環境破壊に直面し、デジタル化した生活スタイルを送るグローバル化時代の子どもたちは、伝統的な政治の枠組みからも取りこぼされている。そのうえ彼らは投票や政党に興味がない。たとえば2012年のアメリカ大統領選で投票所に足を運んだ人のうち35歳以下の割合はわずか45パーセントだった。65歳以上は72パーセントを占めているというのに……。

30歳以下の若者は、
人類の進化が新たな段階に入ってから
初めての標本になるだろう。

上の世代よりも民主主義に関心をもたない「ミレニアル世代*」と呼ばれる30歳以下の若者が気にかけているのは、多党制*や報道の自由よりもインターネットへのアクセスである。なぜならば、彼らが協力して社会の図式、じきに社会契約*をつくりかえようとしている場所が、まさにインターネットの世界だからだ。今日ミレニアル世代はインターネットを通じて３０００年の知識にいつでもアクセスできることを利用して、学識や学識を体現する人々の権威を消し去り、階級や国境を解体している。彼らは理想の実現に身を捧げ、世界じゅうにいる同志と怒りや要望を共有している。チュニスとイスタンブールとカイロで暴動を起こし、アテネとバルセロナで憤りの声を上げ、ニューヨークとテルアビブとクアラルンプールで不服従を掲げ、パリで徹夜デモをおこなうことで、ミレニアル世代は理想主義と活動主義に新たな形をもたらした。デモやストライキにはそれほど熱心ではないが、ほかの欲求を実現させるためには公共の場を占拠する。そして伝統的な代議制や投票によってではなく、自発的な請願書を出して変化を起こそうとする。20世紀に欧米で抵抗運動をおこなった世代ほど転覆思想に傾倒しておらず、東洋哲学から取り入れた博愛思想と自分たちの信念を重視している彼らのやり方は、ますます多くの人を集めている。

時代にそぐわない政治制度の終末期を目の当たりにしながらも、私たちは世界の過渡期という脅威に本質的に向き合えていない。そうしているあいだに、世界各地で新たな提案が示されている。普遍的というよりも局地的な野望と、イデオロギー的というよりも実用的な着想によって始まったこうした主張は、大きな変化が起こるかすかな兆しなのだろう。

第2部

大きな転換期

未来はすでにここにある。
だが均等にいきわたってはいない。
——ウィリアム・ギブスン

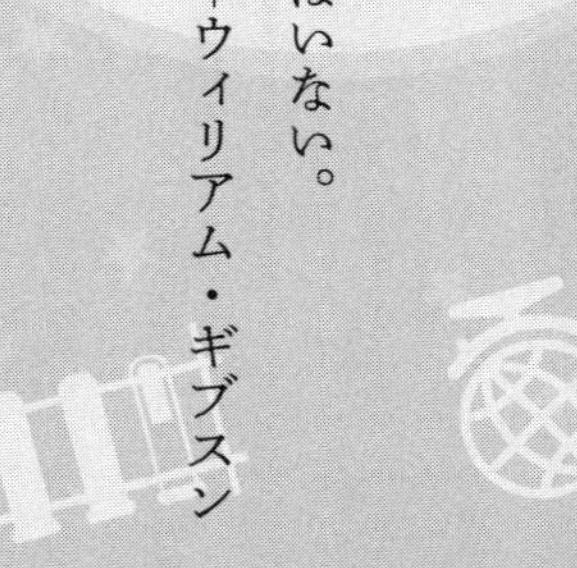

08 中産階級の幸福

中産階級は今後20年で3倍に増加し、2030年にはおよそ50億人になると言われている。所得の増加によって起こる経済的・社会的・社会文化的（ソシエタル）な荒波は伝統、生活スタイル、人間関係、地球の生態系、政治のあり方、人々の欲求などあらゆる物ごとに変化を及ぼす。これまでの世界が壊れようとしているいま、未来のための新たな物語と、無限ではない地球と中産階級の欲望が共存していけるように公正な新しい計画を早々にうちたてなくてはならない。

中産階級の歴史は、産業革命*によって欧米人の生活水準が向上した19世紀に始まった。その後、栄光の30年間*の経済回復で加速し、20世紀末に経済のグローバル化が進むとさらにはずみがついた。世界的な中流化*はいくつかの現象の結果として生まれた。ひとつめは新興国の世帯にも富が行き渡ったという地理的な動き。ふたつめは中流化プロセスの加速。たとえば人口が1000万人いるイギリスの平均所得*を倍増させるのには150年以上を要したが、アメリカではわずか50年あまり、日本では30年、人口10億人の中国にいたってはわずか12年でこれを成し遂げた。そして3つめは、単純に新興国で中流化が進んでいるためだ。その結果、１９００年には全世界の０・１パーセントだった中産階級が１９５０年には13パーセント、今日では27パーセントまで増加した。こうしたデータを考慮すると２０２５年を待たずして全人口の半数以上が中産階級になるだろう。

金持ちではないが貧しくもない

今日、「中産階級」という単語は、かつてないほど生活の水準を指す言葉として用いられている。中産階級には明確な定義が存在しないため、経済協力開発機構*（ＯＥＣＤ）は購買力平価*が１日あたり10～１００ドルである中程度の所得の人を中産階級ととらえている。非常に異な

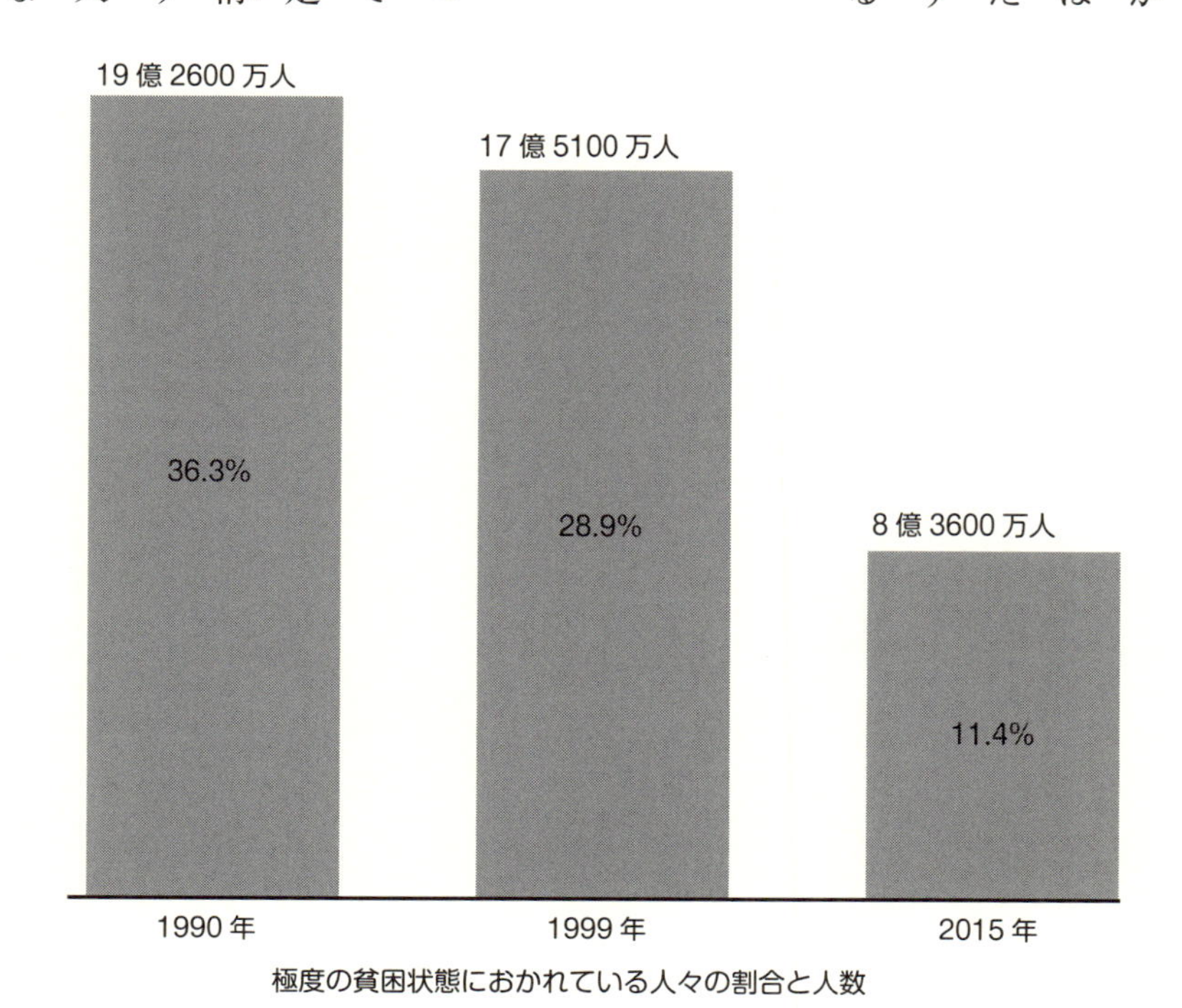

FIG.018　1990 ～ 2015 年の世界の貧困

るケースをいっしょくたにしてしまう危険はあるものの、この広義の離散化*には、貧困線*は越えているが貯蓄はできない人を区別したうえで発展途上国の経済発展を反映させられるという利点がある。つまりここでいう中産階級とは、定期的な仕事でどちらかといえば安定した収入を得ている社会的地位の人を指している。公務員、工場労働者、小規模商人、職人、サービス業従事者、公私問わぬ企業の労働者などだ。彼らは住居と二輪車もしくは自動車をもち、充分に食事ができて、所得の一部を娯楽や子どもの教育や福祉や物質的に快適な設備に使うことができる。とりわけ新興国においては、中産階級とより貧しい人の違いは未来への投資ができるかどうかという点にある。

東で太陽が顔を出す

数値ははっきりと地理的・経済的な転換が起こりつつあることを示している。今日、中産階級は全人口の27パーセントにすぎず、その半分近くが北半球にいる。しかし2020年には42パーセント、2030年には59パーセントにまで増えるといわれている。つまり人類史上初めて、人類の半分以上がまもなく貧困状態を脱するのだ。西洋世界に発展をもたらした工業時代が終わる印として、中産階級の66パーセントがアジアに集中するようになるだろう。同時期にヨーロッパの中産階級の割合は36パーセントから14パーセントに減少する。政治的安定と経済力と国際社会への復活の証である富を手にしたアジアの二大巨頭のインドと中国の未来は、中産階級にかかっている。ムンバイと北京では、ついにそろって世界史における西洋の覇権を脱する「克服の瞬間」を夢見るところまできた。まだその域までは達していないものの、ヴェトナム、エチオピアといった国も同じモデルを追随している。彼らは大都市郊外の工場で組み立てられた安価な製品を国外へ輸出するのに適した人口の窓*を利用して経済成長を遂げている。1年あたりの経済成長率が今後10年間で3パーセント以上を維持すると考えられる国（中国、ヴェトナム、タイ、インドネシア、マレーシア、フィリピン、バングラデシュ、インド、パキスタン、エジプト、トルコ、南アフリカ、コロンビア、メキシコ）の中産階級の増加には、その国のトップだけでなく国際機関も期待をかけている。実際、これらの国の大半は国内政治がじょじょに安定してきていること、債務が減っていること、都市化が進んでいること、グローバル化が進みつつあること、教育とモバイルテクノロジーの活用によって生産性*を向上させる可能性があること、といった決定的な指標を兼ね備えている。このような状況をふまえると、ここ35年で平均5パーセントだった新興市場の成長率が今後35年で3パーセントに低下するのにもかかわらず、2050年には世界経済の規模は3倍になり、人類の中流化が進むだろう。

ここ30年の貿易の自由化によって
製品の消費は
大衆にまで浸透した。

あるがゆえに所有する

中産階級を特徴づける決定的な要素は、収入の水準だけでなく消費が可能になることだ。物的資産を所有しない生活に価値があるという考えが残っている新興国に消費の動きを生じさせる一方、グローバル化と中流化は常に、そして第一に、それまで所有できなかった自動車、冷蔵庫、携帯電話、衣服、髪型のケア、家電製品、家具、スーパーセンター、遊園地、旅行といった資産とサービスに幅広く手が届くようにさせる。

30年前、貿易の自由化*が始まると同時に、いくつかのファクターによって製品を消費する動きが大衆に広まった。ひとつめのファクターは関税障壁の軽減だ。おかげで新興国は世界市場に非常に安い価格の製品を流通させられるようになり、輸出で得た利益をもとに発展することができた。ふたつめのファクターは関税障壁の軽減以前に起こったものでただひとつ、中国に「世界の工場」という有名な名を与えた。中国は豊富で安い労働力を利用しておもちゃ、

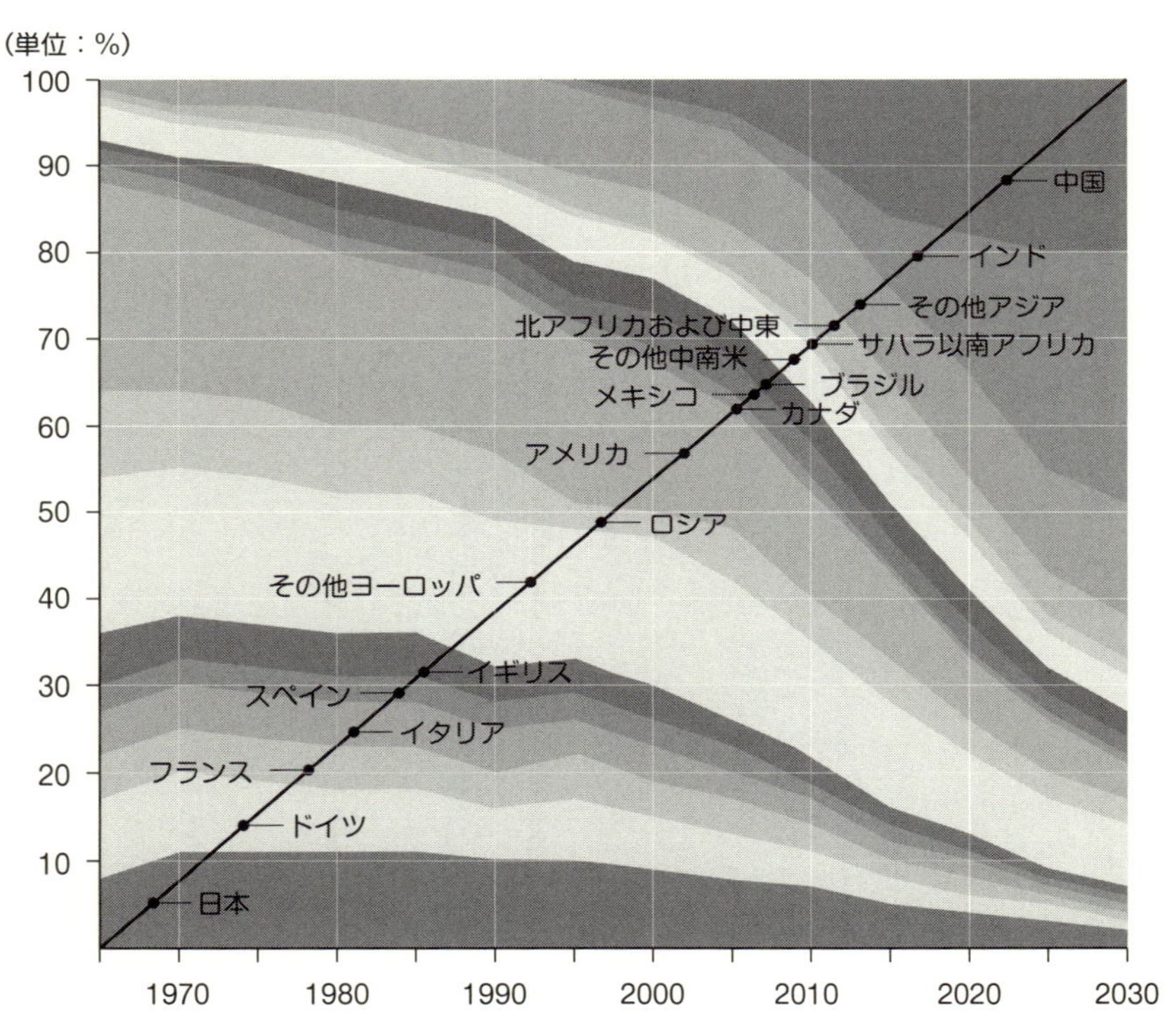

FIG.019　1965～2030年の地域別中産階級の消費の割合

衣服、電化製品をつくり、2001年には世界貿易機関*(WTO)に加盟した。どんな分野の製品でも、もはや中国の工場を通らないものはない。今日、メイド・イン・チャイナ製品はヨーロッパやアメリカやカナダの中産階級の生活に不可欠だ。たとえばカナダでは、中国が家電分野の輸出を2パーセントから17パーセントに伸ばした1992年から2006年のあいだに、家電製品の値段が20パーセント下がった。それからというものほかの国々、とりわけ発展途上国がこの巨大な輸出国の顧客リストに加わった。ダカールやビエンチャンに暮らす人が「現代的な暮らしの快適さ」に手が届くようになったように、発展途上国の中産階級の暮らしにも中国製品が大きな役割を果たしている。

世界の中流化は、その原因であり同時に結果でもある中国とともに増大しつづけるだろう。2009〜2030年のあいだに中産階級の消費総額が21兆ドルから56兆ドルに増えるといわれるのはこのためだ。中国製品によるヨーロッパの漸次的な生活水準の向上を利用して、今後、消費はアジアだけでも6倍に拡大し、外食、旅行、家の設備、私的な教育、安らぎといった新しい出費先を求める人々が現れるだろう。

中流化した生活

関税障壁の軽減、中国の台頭に続く中産階級の安定化の三本めの柱は、所得が上がって製品に手が届くようになって進んだ生活スタイルの画一化である。もともとこうした均質化は北アメリカ、次いでヨーロッパの都市化と関係していた。これからは発展途上国でも都市化が進むだろう。ブラジルから南アフリカ、トルコからマレーシアまで今日新たな中産階級の息吹が感じられるのは、ネットワークを敷くのが難しく発展が遅れる地方を犠牲にしてできた都市部である。世界の多くの地域で貧困が減りつつあるのとは対照的に、北東ブラジルやサヘル地域、またヨーロッパでも地理的な隔たりや再分配が行き届かず取り残されている人たちがいる。インドや中国の都市部の住民は農村に住む人よりも平均で3倍収入が多い。また全人口の38パーセントが集中している人口20万人以上の都市が、世界のGDPの約70パーセントを生み出している。新しい中産階級の大半はそうした都市で誕生しているのである。

15年ほど前から昔ながらの農村が伝統を捨てていくのと並行して、新たな都市の住民はどの都市でも同じ交通手段を使い、同じ生活リズムで暮らし、同じ広告やテレビ番組を目にするようになった。その結果、世界の都市では中流の生活スタイルが「規

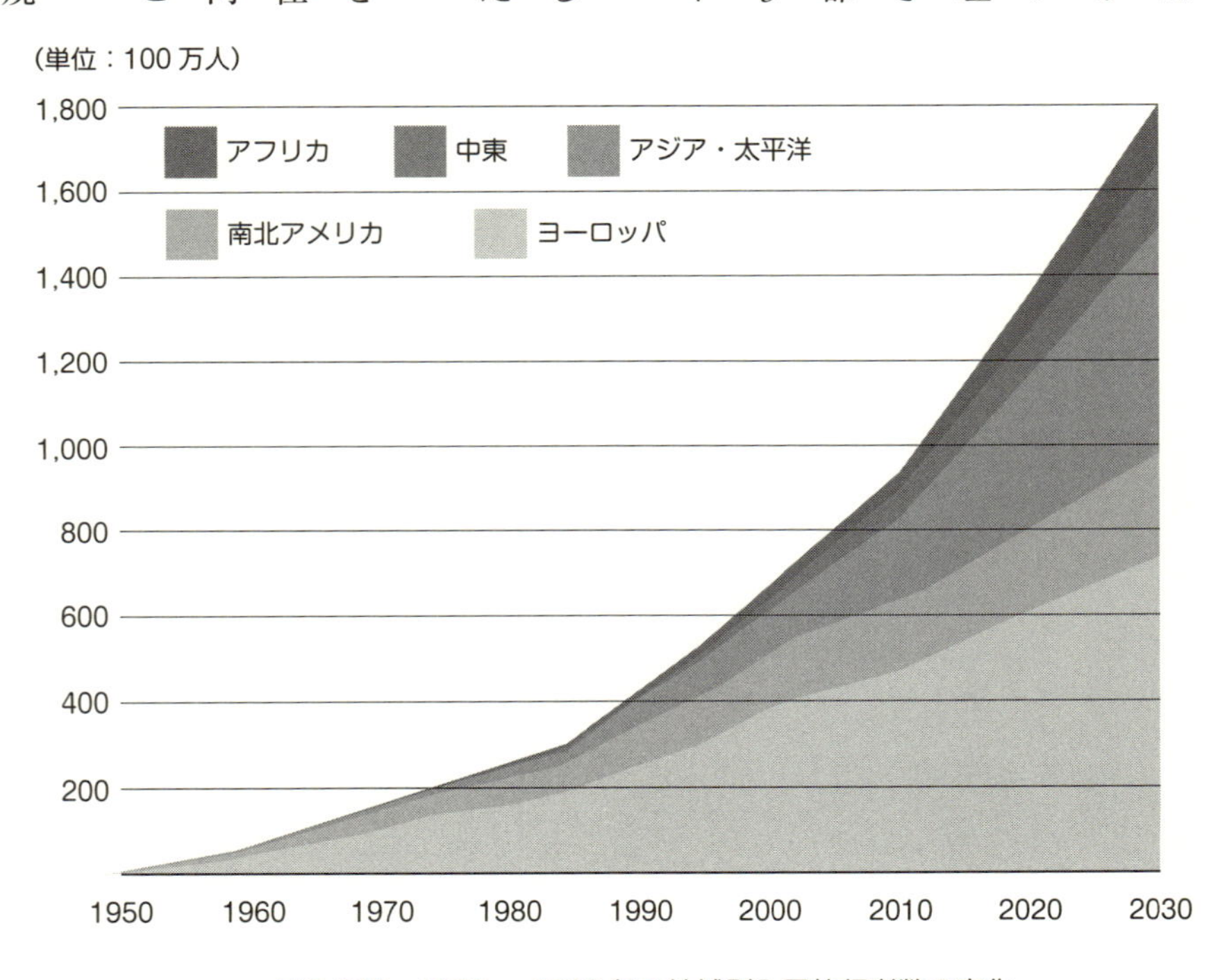

FIG.020　1950〜2030年の地域別入国旅行者数の変化

範」になり、大企業はますます取り分を増やしている。世界価値観調査の年次調査によると、20年前から地方の多くをにぎわせている文化的活力は、伝統的な価値観から「合理的な価値観」と「個人の表現」へ変化しているという。

中産階級のグローバル化を象徴するものがあるとすれば、おそらくマクドナルドの看板だろう。ブラジル（1979年）と中国（1990年）とインド（1996年）に上陸したアメリカのブランドであるマクドナルドは、多国籍企業の「グローカル*」戦略を広めた。グローカル戦略は土地ごとの文化にのっとって現地の人と新しい習慣を少しずつ植え付け、いずれはその国の伝統に取って代わる。そして中国ではおむつやコーヒー、日本ではチョコレート、アジアではビーチサンダル、牛が聖なる動物だとされている国ではチキンナゲットといった市場をつくり出す。最終的にはその地域の中産階級の食習慣をより肉と脂肪分が多く砂糖を大量に使ったものに変え、大量流通と加工食品を使ってあっというまに店舗を増やす。疫学の変化*を引き起こす特別な媒介者というわけだ。かつて裕福な国の証だった心血管疾患とガンと糖尿病は、いまやエイズや結核やマラリアを抑えて、とりわけ新興国では中産階級の死因第一位となっている。

インターネットやソーシャルネットワークも世界の味覚を画一化する媒介者として中心的な役割を果たしている。ネット通販も同様で、ヨーロッパではアマゾン、中国ではアリババ、インドではフリップカート、ナイジェリアではジュミア、言語こそ違えど、どのサイトでも目玉商品は同じだ。東京でもブエノスアイレスでもコペンハーゲンでもラホールでも、皆が同じジョーダン（バスケットシューズ）やｉＰｈｏｎｅやネスプレッソを淹れてくれるジョージ・クルーニーを欲しがっている。均質化された平均的なカルチャーでは流行も韓国のもの（Ｐｓｙ）だろうが、日本のもの（ポケモン）だろうが、アメリカのもの（『スター・ウォーズ』）だろうが関係なく、数回クリックするだけで上海でもイスタンブールでもメキシコシティでも同時期に若者の心をつかむ。このように中産階級はいたるところで同じターミナル駅、地下鉄の車両、フランチャイズのショッピングセンターやスーパーやホテルのロビーや店に触れる。これが中産階級の基準となる共通体験なのだ。結果として異国情緒は、国境を越えたところではなく社会階級を越えたところにしか存在しなくなる。さらに危惧されているのは、中産階級になるためには自由の一部を差し出さなくてはならないのではないかという点である。

自明のものとしての富

経済自由主義が普遍的な基準になった１９８０年代、民主主義と「大いなる歴史の終わり」への道が開かれた。都市の風景のグローバル化と教育を受け情報を手に入れられるようになった中産階級の推進力によって、いたるところで人権としきたりからの解放が進んだ。「自由な世界」が勝利を収めると、市民社会は西洋世界の後押しを得て、まだ独裁者が存在していた国に政治的多元主義を認めさせた。韓国と台湾ではすぐに西洋式モデルを実証するまでにいたった。１９８０年代初頭、韓国と台湾はまだ独裁体制が敷かれていたのだが、あっというまに多党制と自由民主主義*への政治改革が始まった。

そこから一世代遅れて中国やアラブ諸国でも中流化が始まり、ふたたび政治改革という錬金術が実行された。２０１１年春、チュニジアとエジプトとリビアとイエメンで市民が独裁政権を解体しはじめたのを見て、新しい兆候に気がついた人は多いだろう。しかしこの光景は長くは続かなかった。民主主義を定着させるには、それなりの生活水準と生活向上の自覚だけでは足りなかったのである。タイでもトルコでもフィリピンでもロシアでもハンガリーでも、社会秩序の維持や報道の自由と人権を尊重することに熱心になった中産階級の支持を得て独裁体制がよみがえった。中国では独裁体制への抗議運動が活発だが、それでも共産党が民主化改革をおこなうとは誰も思っていない。むしろ共産党は、中産階級が享受している富を保証するためには政治の安定が不可欠なのだと主張している。独裁国家だが穏健で、体制に合意し、豊かでいまの暮らしに満足している多文化な国民が上からの改革を認めているシンガポールのモデルは、新興国の社会契約をよく表している。「定刻で電車を動かす」ことのできる強い誰かを政権に据えて、愛国心で民衆をまとめあげようと試みるインドの旧態依然とした民主主義は滅んだようだ。またブラジルの中産階級は、彼らの急な発展がブラジルの政治・社会秩序にあった暗黙の了解を壊したと政府に宣言している。若い中産階級はその生活水準に達するために多大な犠牲が必要だと知っている。ゆえに、汚職とたたかって中産階級としての「地位」を享受できなくなるよりは、秩序を取り戻すために手早く片付けるほうがましだと考えているのだ。西洋社会はこのように民主主義と人権第一の価値観が広まらない事態を憂慮している。反対に、そうした価値観はいくつかの新興国に政治的報復の機会を与えている。歴史的な報復といってもいいだろう。

西で日が傾く……

中産階級は自らの収入レベルと消費と生活スタイルと、それらを失うことへの嫌悪感を自覚するとともに、将来の世界経済のいくつかの筋書きと資源問題と格差に同時に立ち向かわなくてはならないと知っている。

物質主義者で1950年代の覇者、その20年後には革命に身を投じた西洋の中産階級は50年以上にわたってアメリカの成長の原動力であり、ヨーロッパの福祉国家を支える柱であり、世界的なリベラリズムへの転向の立役者だった。それから数年がたったいま、デジタル化革命と労働のウーバー化*と業務のロボット化にさらされ足をすくわれている。中心部に住み密接につながっている富裕層、もしくは彼ら以上に裕福な少数の人々と、価値を落としてしまったいに社会的、経済的、政治的に周辺

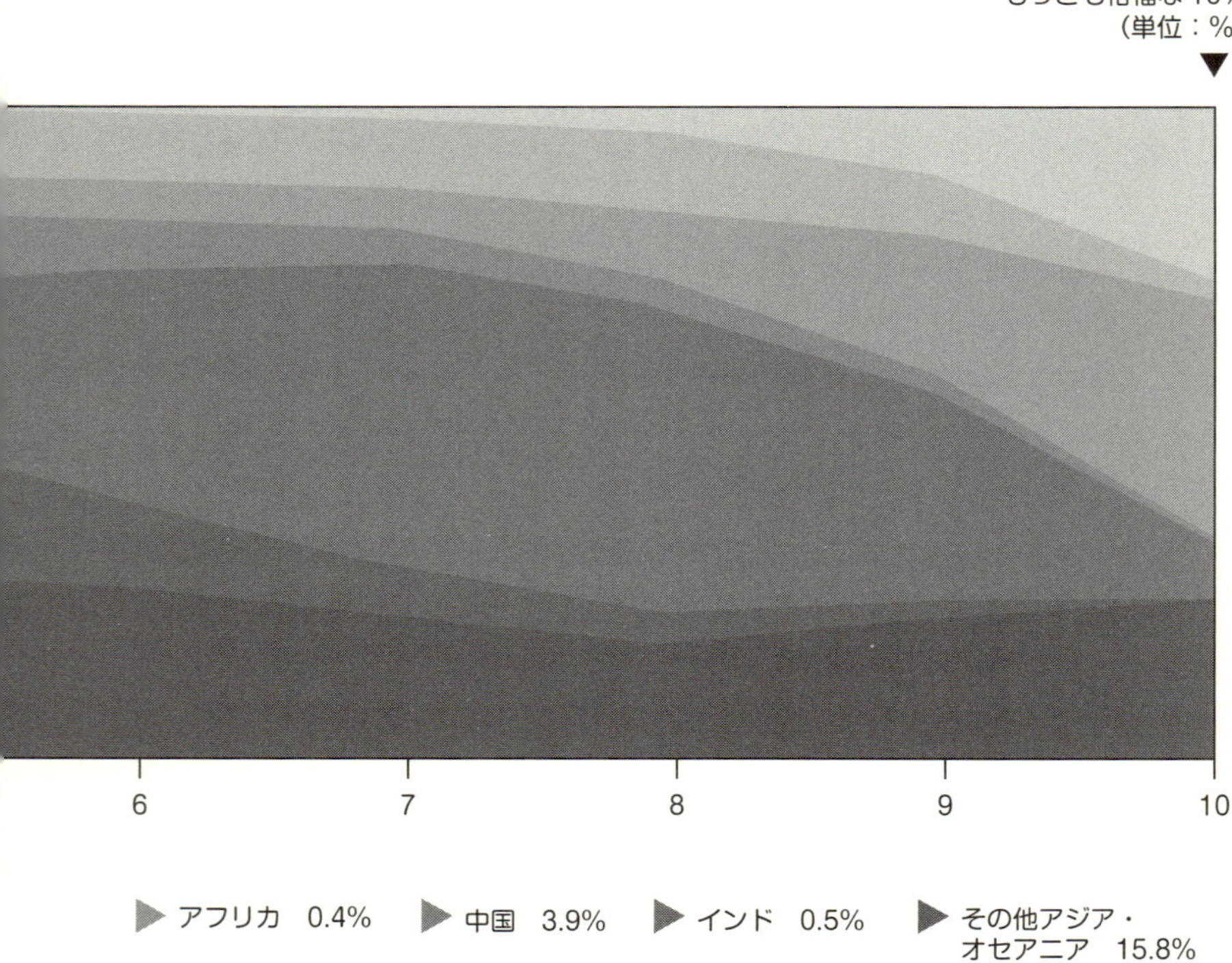

へ追いやられていく中産階級の二重社会が少しずつできあがりつつあるのだ。後者はヨーロッパや北アメリカではまだ多数派だが、金持ちでもなく貧しくもない彼らは衰弱していくほかないように思える。非正規や日雇い労働者が使われるにつれて賃金労働は減っていき、産業やサービス業の自動化（オートメーション）*が進み、クオリティ・オブ・ライフや交通インフラや病院やレジャー施設などが整っていてより魅力的な都市部一帯が栄え、郊外が貧しくなるからだ。経済学者のジョセフ・スティグリッツは、資本主義の世界的な不況は問題だと指摘している。不況は2008年の金融危機で加速し、以来、景気後退へと転じた。実質ドルでとらえると、

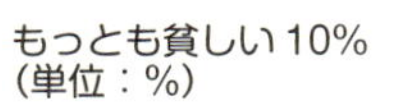

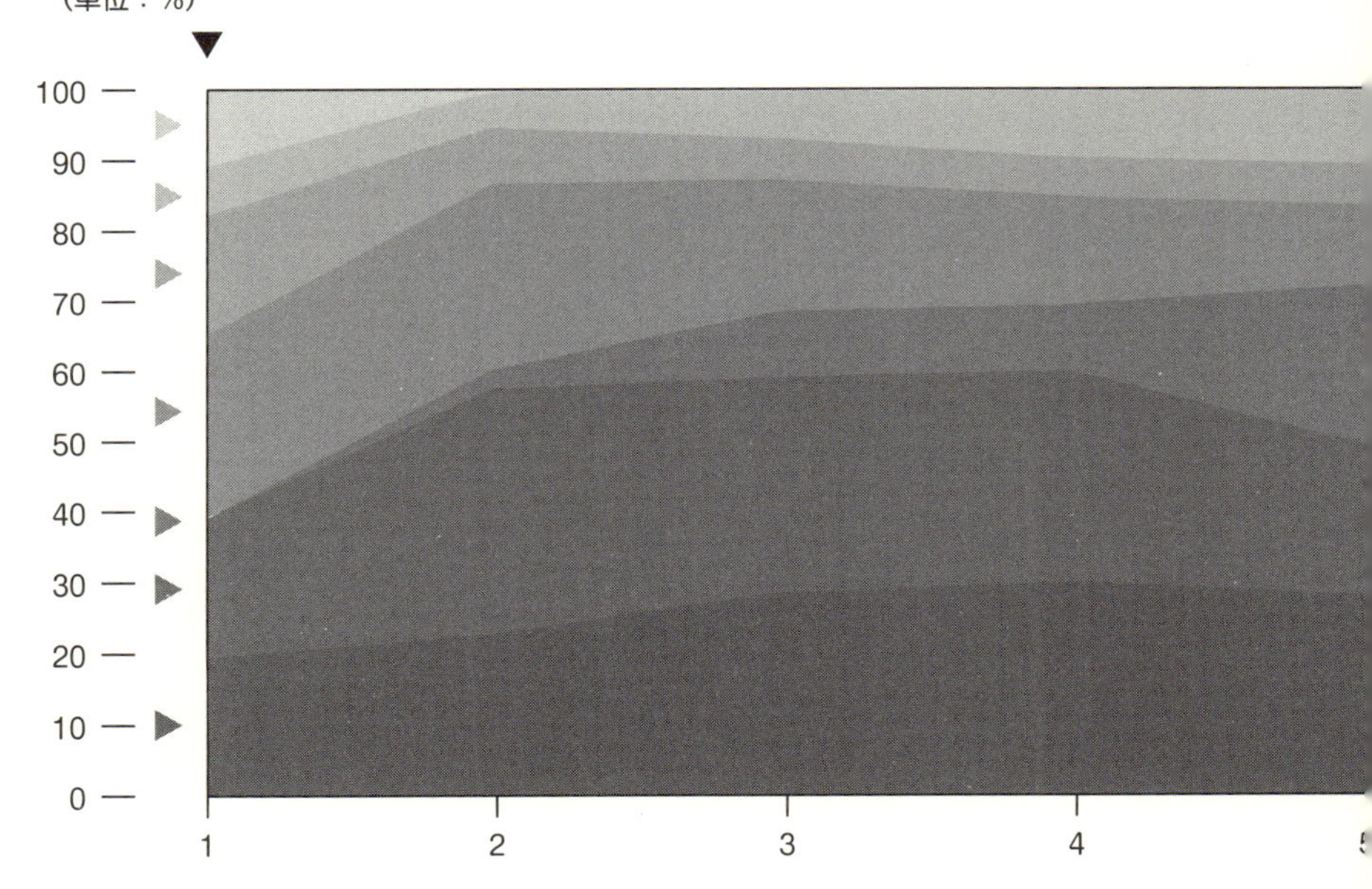

もっとも裕福な上位1%が所有する富の地域別分配

北アメリカ　46.5%　ラテンアメリカ　1.4%　ヨーロッパ　31.4%

FIG.021　十分位数*で見る世界の富の地域別分配（2015年）

アメリカのフルタイム労働者の給与は1973年の水準まで落ちるだろうといわれている。低賃金労働者にいたっては1955年の水準まで落ちる！　より広い視点で見ると、2005〜2014年に工業国の3分の2の世帯収入が停滞、もしくは減少するだろうとスティグリッツは指摘している。彼によれば、アメリカにおける不況は、すでにアメリカ人のとある集団の平均余命*の損失にも表れているという。このように発展途上国がグローバル化の過程で得た経済的な利点を利用できなくなれば、グローバル化は限界に達するだろう。対照的に中程度の労働者や資格を必要としない労働者の給与水準は差がなくなっていき、ヨーロッパで脱工業化が進むことで北半球の国々の中産階級がその地位から脱落する。ところが北半球の中産階級はまだ世界の消費の半分以上を担っているので、彼らが中産階級でなくなると、今度は発展途上国の中産階級の成長と安定が危うくなるのである。

中国が咳き込むとき

工業製品輸出大国の経済が息切れしはじめてから、インドととりわけ中国の国内市場がそれに取って代わるまでのあいだ、台頭してきた新興国は少しずつ輸出販路を失っていく。2015年の時点ですでにサハラ以南アフリカ、北アメリカ、中東、ラテンアメリカの人々の収入成長率は1パーセントを下回っている。それと並行して、いくつもの産業分野で段階的なロボット化が進んだことで、人口の多さと競争力という新興国の利点も失われた。同様に中国やブラジルといった「新興」諸国における中産階級の割合が増える速度も落ちた。アジアの虎やアフリカの若いヒョウのように台頭してきた国々は20年前と同じ規模の経済*、同程度の生産性*になり、難しい立場に立たされかねない。そうした国々の政治的な安定と国内市場の強化には中産階級の購買力の上昇が欠かせない。しかし一方で輸出利益が減少するので、まさに所得格差が拡大しようというときに中産階級としては貴重な富が彼らから奪われることになる。この観点から見ると、ブラジルやロシアの衰退や南アフリカの停滞や中国の成長率低下は悪い前兆だ。そうした国で現在拡大しつつある第三次産業は付加価値のある産業部門ではあるが、まだ工業部門の雇用減少を埋め合わせられるほど充分な競争力があるとはいえないからである。同時に、保護主義*へ回帰する動きから、WTOの漸進的な弱体化や大西洋横断貿易投資パートナーシップ協定*（TTIP）のような、いま

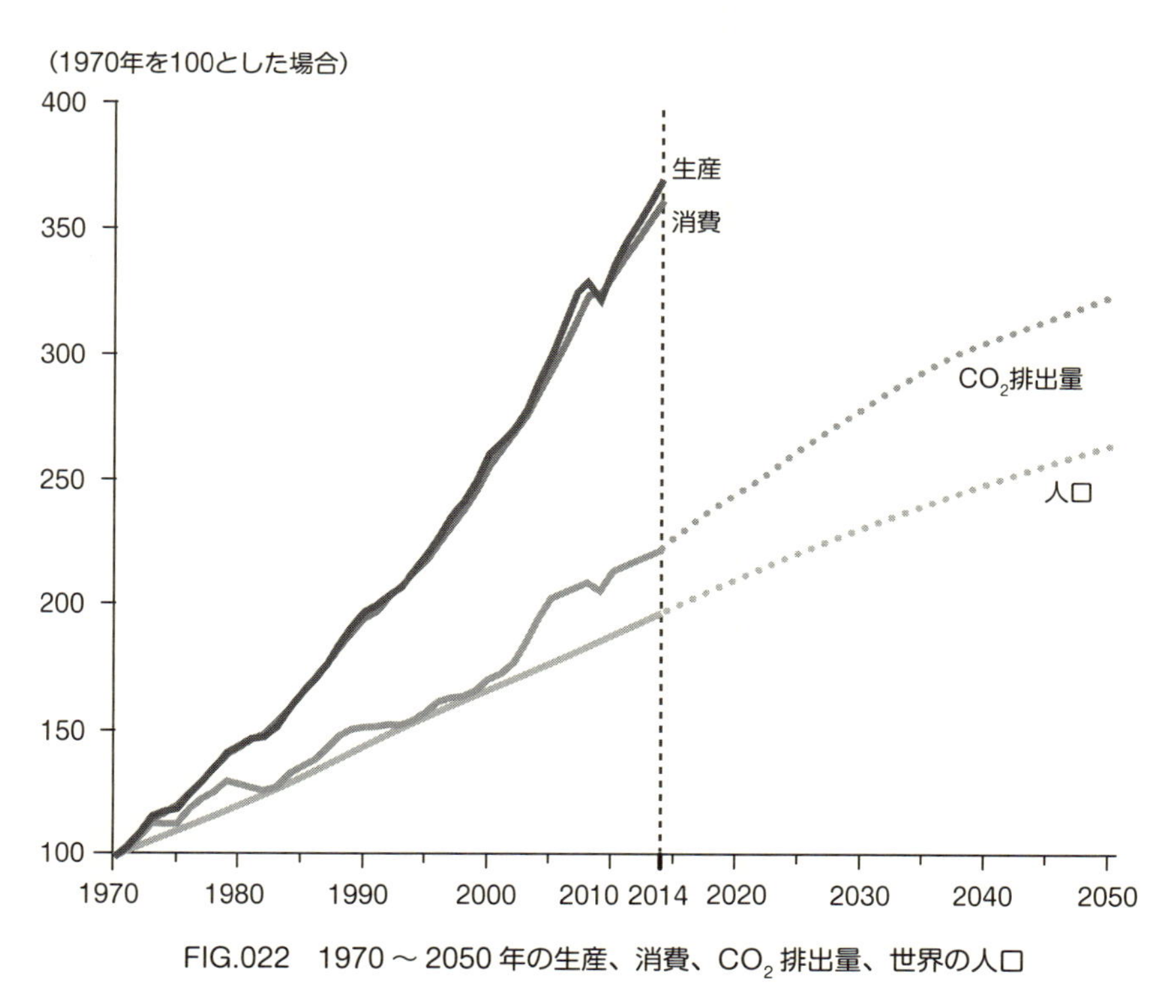

FIG.022　1970～2050年の生産、消費、CO_2排出量、世界の人口

までと異なる形の経済協定が出現している。ヨーロッパ各国の選挙で見られた自国中心、反ＥＵ的な動きと同じである。中産階級は経済発展から得る生活水準に達するまでまだ数十年じっと我慢しなくてはならない。その間、国のトップはこの状況を乗り切る術を身につける必要がある。

どうにかまとめると、経済成長と中産階級の発展と新興国の社会契約モデルは次のように言い表せる。製造業が雇用を生むためには、世帯収入の上昇を余剰消費額の増加につなげなくてはならない。ところが製造業の生産量が増えるほど天然資源の産出量も増えていく。

生物圏の疲弊

ここ15年で加速した10億人以上の生活水準の改善とあらゆるものの画一化には、機械による効率的な生産が不可欠だった。１９７０年代以降を除けば、あらゆるものが同じではなくなったといえるだろう。むしろ同じものは減っている。１９９０～２０１０年で中産階級が倍増したために、世界の原料採掘量はすでに４００億トンを超え７５０億トン近くになっている。細かく見ると、２０１３年の産出量は１９８０年と比較して金属が１８３パーセント、化石燃料が82パーセント、工業や建築用鉱物が２４０パーセント増えている。極端だが、将来的には資源産出量が２０３０年までに１０００億トン（現在の30パーセント増）の大台を突破するという予想もある。産出量に占める再生可能資源の割合は、１９８０年には39パーセント、２０１３年には27パーセントで、いまとは異なり、副次的な地位に置かれていた。つまり１９８０～２０１３年には私たちが消費する資源の４分の３近くがもれなくリサイクルされることなく捨てられていたのである。鉱物や化石燃料を加工することに重きを置いている限り、成長はその埋蔵量に左右される。資源の消費だけでなく、ここ30年で60パーセント以上増えたバイオマス*の利用も生態系の働きを弱体化させている。バイオマスによって人類は、水、耕作地、作物などあらゆるものの不足に直面した。こうしてみると、世界は中産階級のために生み出された欲望の罠だらけだ。中産階級は消費のために生産し、生産のために消費するよう義務づけられているのだから。急激な成長と西洋風の生活スタイルと食生活のグローバル化が生み出した結果に向き合うときがきたのだ。森林伐採、公害、土壌汚染、海の酸性化、地下水位の低下、気候変動……。中長期的に若い世代は3つの必要性に向き合わざるを得なくなるだろう。まず生態系と、成長が終焉を迎えた社会が経済に与える影響を管理すること。次に、フラストレーションを抱えた階級が世界の安定を脅かす前にそのフラストレーションに対処すること。そして経済成長と原料の消費、繁栄と資源の採掘の相関性を断ち切ることだ。当面のところ消費の継続性は成長の物質集約度、つまりある程度の富を生み出すのに必要な資源の量にかかっている。この点に関しては技術革新と科学的な研究が決め手になるだろう。そのためにはGDPのかなりの割合を技術や研究に費やさなくてはならない。すでに韓国、イスラエル、フィンランド、スウェーデン、日本、デンマークは少なくともGDPの3パーセントを研究と開発につぎ込む賭けに出ている。世界の研究開発費の20パーセントを占める中国では、研究費の高騰が危ぶまれている。中国の技術革新への投資額はすでにアメリカに次いで2位だ。3位にはEUが続く。1980～2000年のあいだ、世界の物質集約度（消費された原料の量をドルで換算）は約20パーセント減少した。これは成長と資源の採掘量の相関関係がやや切り離されたことを示している。しかし2000年以降数値は上がりつづけ、2013年には1980年の値に戻った。今日では世界全体のGDPが150パーセント増え資源採掘量は130パーセント増であるのに対し、人口は75パーセントしか増えていない。かつてないほど、経済と人口の増加に相関関係がなくなっているのだ。この事態はすでに19世紀末ソースティン・ヴェヴレンによって予言されていた。アメリカの経済学者で社会学者のヴェヴレンは『有閑階級の理論』のなかで、中産階級のより恵まれた生活スタイルに近づきたいという欲求は環境を破壊する文化的な流行り病につながる可能性があると指摘している。それだけでなく、こうした「誇示的消費」は格差の拡大というもうひとつのファクターへと向かう運命にある。格差の拡大傾向によって恵まれない層（貧困からは脱しているが収入が不安定な状況にある世帯）が貧困に陥り、環境に余分な負荷をかける可能性があると世界銀行などの機関は指摘している。

格差は拡大する

格差に関する分析は中産階級の概念と同じく指標によって異なるが、ここ30年で加速した中流化は世界レベルでの生活水準の向上と格差縮小の結果だという見方がある。たとえば国連は、絶対的貧困*（1日あたり2ドル以下で暮らしている人々）は実質的に減りつつあり、このままいけば2030年までにはいなくなるだろうという見解を示している。言い換えると、富を生み出すという点で新興国が先進国からの遅れを取り戻していて、世界の格差は確実に埋まりつつあるということだ。しかし一方で、中流化はむしろ恵まれない層が増えた結果であるとする見解もある。中流化が格差を拡大しているというのだ。端的にいえば、貧しいものは以前よりも貧しくなくなったが、もっとも裕福な層の所得の上昇のほうが速いので、

格差は
世界の安定と繁栄を脅かす
最たるものである。

貧しいものは実質的には深刻な相対的貧困*に留め置かれ、そのうえさらに差が開き続けている。オックスファム・インターナショナル*がまとめた2016年のレポートには、2010～2014年にもっとも裕福な上位1パーセントが所有する富は1兆3000億ドルから1兆9000億ドルに増加したと記されている。この増加は世界人口における下位50パーセントの総収入の上昇よりも速い。今日ではわずか80人の億万長者が35億人と同じだけの富を所有している。同時に現代は「生産要素（財・サービスの生産をおこなうための基本的な資源。資本、労働、土地など）の報酬の均一化」プロセスが進んでいる時代でもある。つまり先進国であれ発展途上国であれ所得の上位少数派は似通っている。すでに世界規模でもっとも能力のある人々に有利な状況ができていて、いたるところで資本産出量が経済成長率に勝っているという事実はトマ・ピケティも認めている。ピケティいわく、生産よりも資本が早く再生産されはじめると、資産をもたない人々、つまり中間位と下位の中産階級を犠牲にして格差は無意識に拡大していくという。すると人々は格差が拡大しつづける点にしか頭が回らなくなり、キャッチアップ（発展途上国が先進国からの遅れを取り戻そうとすること）の必要性を叫ぶようになる。キャッチアップに伴う急速な工業成長が、もともと脆弱な国の経済にどれほど打撃を与えるかはわかるだろう。新興国で明らかになったキャッチアップ・プロセスの最大の被害者は、もっとも貧しく発展の遅れた世帯だ。そして貧困が環境破壊を加速させる。発展途上国は貧しい状態に追いやられ、人々は貧困と環境破壊という危険な二重の枷（かせ）を負うのである。

同時に、新興国でも中産階級が不安定になり、国内の富を再分配するのに有効な税制が

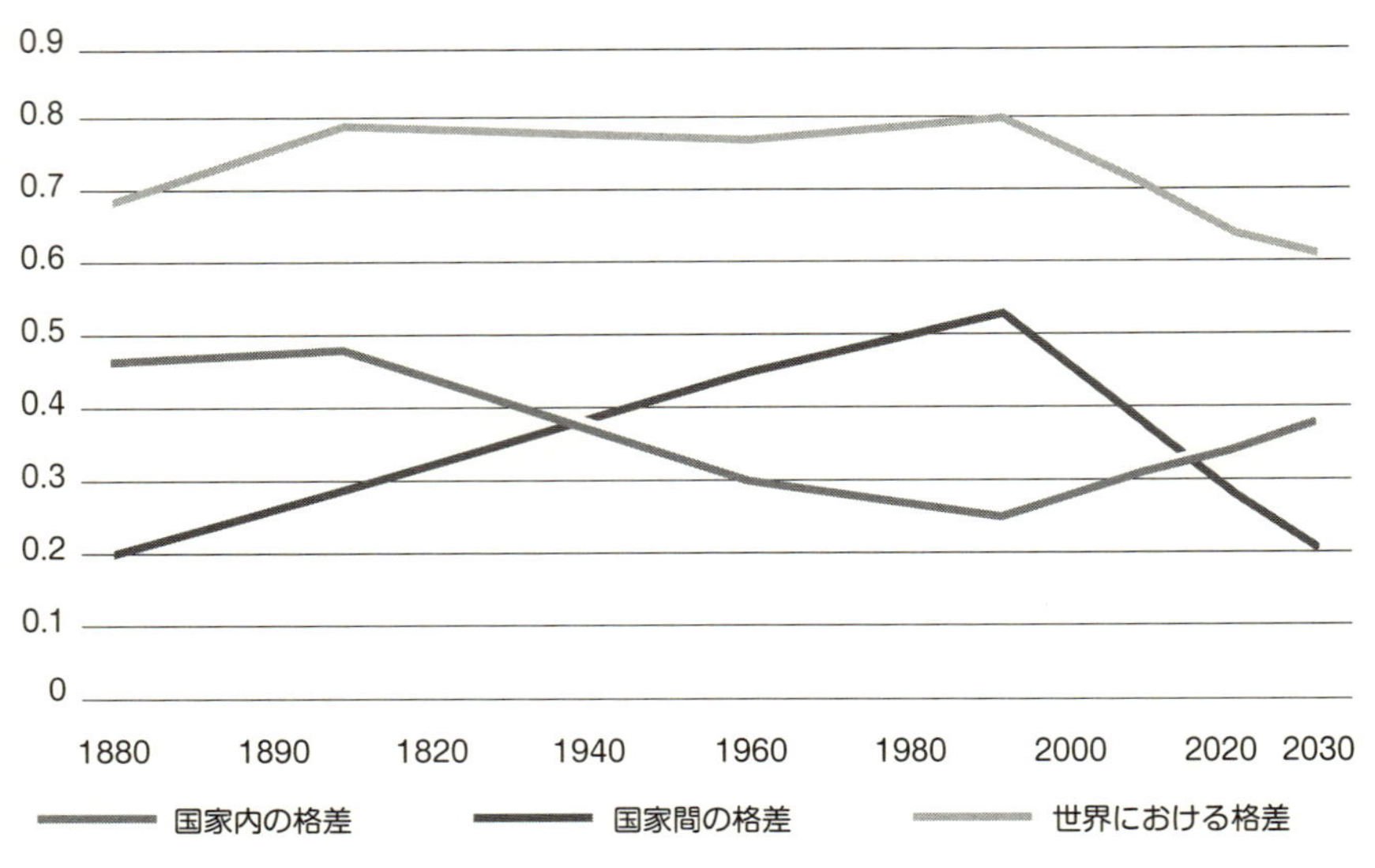

1880〜2030年における世界の格差の変化（タイル指数*を利用）

もっとも裕福な上位1%が所有する富の割合

FIG.023

導入されるだろう。並行して、アメリカやスペインでは所得の格差が生じるだろう。格差は社会の連帯とそれを前提としたあらゆるものの衰退を表している。たとえば、いくつかの資料が再分配政策と相互扶助のシステムが少しずつ機能しなくなってきたことを指摘している。ＯＥＣＤのレポートによると、格差が拡大する危険性と所得格差は成長の減速という形で表れる。ＯＥＣＤいわく、１９９０〜２０１０年の格差の拡大はメキシコとニュージーランドの成長率に10以上、イギリスとフィンランドとノルウェーには約9、アメリカとイタリアとスウェーデンには約6〜7のダメージを与えた。ここ20年でＯＥＣＤ加盟国のジニ係数*は3ポイント上昇している。この速度で格差が拡大すると、25年にわたってＧＤＰの8パーセントが失われるだろうとＯＥＣＤは指摘している。２０１５年にダボスで開かれた世界経済フォーラムで、格差が世界の安定と富をもっとも脅かしているといわれたのはこうした理由からだ。

湧き上がる怒り

中産階級を安定させることは社会経済成長の基盤をなすと同時に、発展にとっても重要な役割をもっている。さらに政治制度の質にとっても中産階級の安定は大切だ。なぜなら政治の透明性は収入と教育水準とともに上昇するからである。裏を返せば中産階級が不安定になれば、消費が落ち込み相互扶助が成り立たなくなり民主主義が崩壊する。現在、先進国もこの問題に直面している。グローバル化が競争力に及ぼした影響、高齢化、そして彼らが普遍的にしようと望んだ原理に関する論争の激化のあおりを受けて、西洋諸国も数年前から中産階級の不満に直面しているのだ。信頼の欠如、目標の喪失、先行きへの不安、宗教不和、選挙への疑念、利害に縛られ後退する核問題……。一世代前には壊れた壁の上で踊り世界が和解したのを祝っていたのに、いまではアイデンティタリアン運動*や有刺鉄線をもち出して人や土地を細分化している。

欧米の中産階級の特徴として、国民投票や選挙でしだいにグローバル化に強い敵意を向けるようになってきたことが挙げられる。2008年の金融危機以降、経済のグローバル化の動きはとりわけ新興国の人間と銀行と一部の金権政治家*に利があるのではないかという懸念が生じ、グローバル化への敵意が実に広く浸透した。そうした敵意はたいていの場合、中国に失業と温暖化の責任を押しつけた。彼らにとって今後重要なのは、中国の購買力が維持されるかどうかという点と、それ以上に他国の購買力はまだ上がらないか、自分たちの利益に反することにならないかという点である。社会のフラストレーションと政治への不満に駆り立てられると、私たちはえてして中国の工場から煙が排出されているのは、おもに西洋の中産階級がとどまるところを知らずに「より安いものを多く」消費するせいだというデータや事実を忘れてしまう。

格差を際立たせた2008年にアメリカで起こったサブプライム危機*と2010〜2013年の欧州債務危機は、中産階級と指導者層をつないでいた社会契約を裏切った。給与格差が将来、断絶を生みつづけるのではないかという考えが私たちの頭から離れないのはこのせいだ。そして、増えつつある移民やグローバル化や経済的エリートや指導者たちから略奪されているという思いを抱いた人を抵抗へと突き動かした。2016年のブラジルやイギリスがこうした例のさきがけだ。それに加えて地球のあちこちが疲弊し人類が増えすぎて、国家の決定や民衆の意思よりも決定力をもったグローバル化は取り返しのつかない

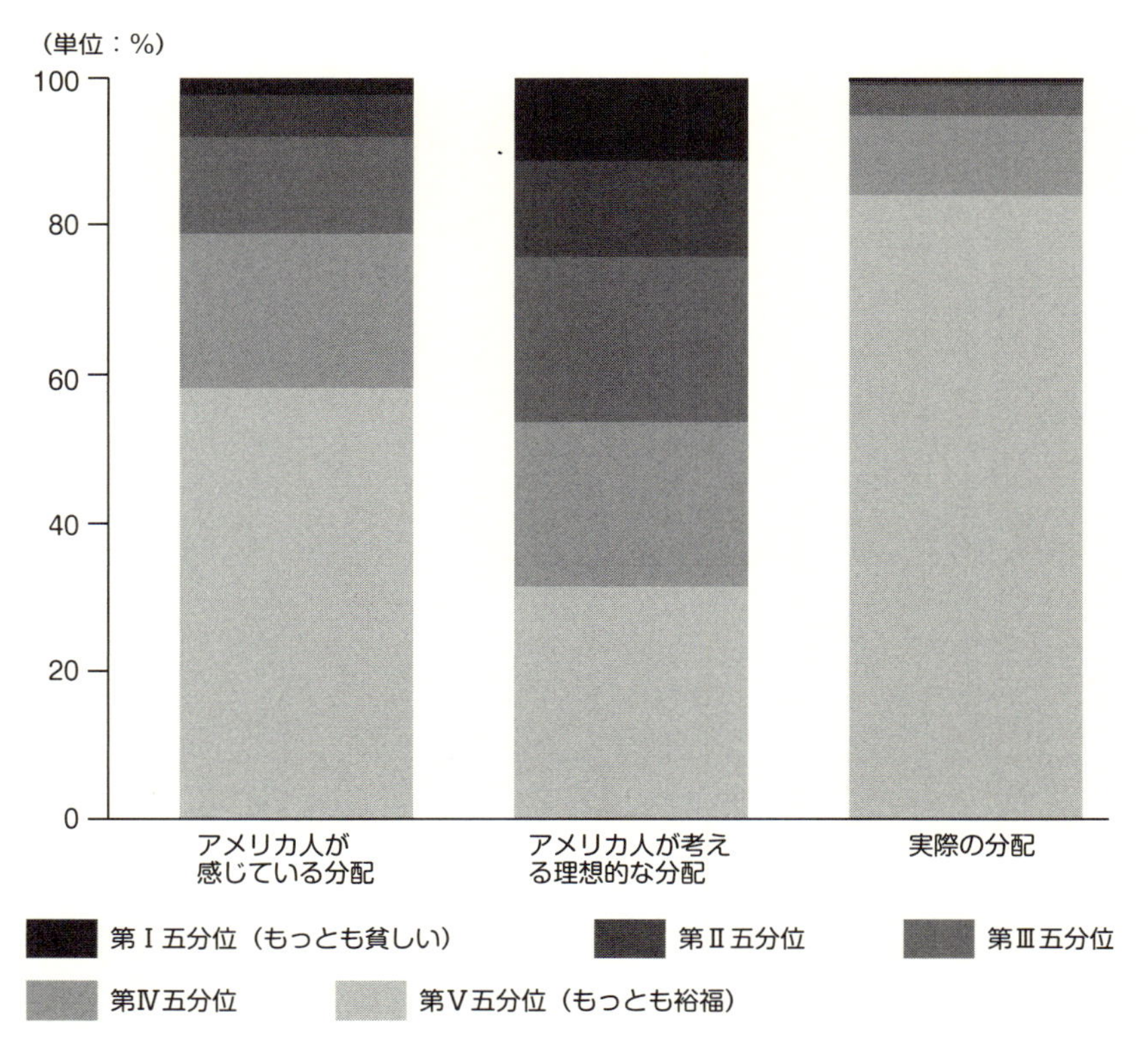

FIG.024　アメリカで富はどのように分配されているか？（2012年）

ところまできている。こうした社会から反体制派の暴力以上のものが出てきたとしても意外ではない。あるいはこれは一時代の問題なのかもしれない。というのも、革命が起きるとき、その予兆は20年前から表れていると歴史が常に教えているからだ。『昨日の世界』の著者であるシュテファン・ツヴァイクによれば、あちこちで勃発しているいくつもの兆候は、第一次世界大戦や1929年の世界恐慌や、ある意味では第二次世界大戦の前に起こった出来事の繰り返しだという。たとえば長引く経済危機、底なしの景気後退、所得格差、かつてないほどの社会の断絶の深まり、知識人層の軽視、ポピュリズムやナショナリズムや外国人排斥思想の高まり、自国ファースト、人権や自由の縮小といったものだ。今日統合されて60年になるヨーロッパでは、構成国同士の社会不信がふたたび問題になっている。

しかし、比較は論拠にならない。というのも、中産階級の推移についてはほかの見解もあるからだ。悪いニュースと事実のみの記述に反応するメディアの屈性は、えてしてほかの意見を見えなくしてしまう。目を覚ました社会の不満と民衆の一部である政治家たちの矛盾に対して、紛争と暴力ではないシナリオを予期させる返答がもたらされた。

そうした人々の願いに呼応してかどうかはわからないが、ポデモス、怒れる者たち（インディグナドス）（２０１１年の経済危機の最中にスペインで起こった広場占拠運動）、ウォール街を占拠せよ、立ちあがる夜（ニュイ・ドゥブー）（２０１６年、労働改正法案への反発から始まったフランスの広場占拠運動）といった運動は、当然のように政治への望みを捨てるのではなく、ふたたび未来に魔法をかけようと考えた人々の決断を示しているといえるだろう。まだ世界の中産階級のなかでは少数派だが、ヨーロッパやアメリカではこうした大規模な跳躍を体現する人々が現れた。トランジショニスト*と呼ばれる人々だ。

トランジショニストは文化的に多様で政治的には控えめであり、まだ活動を共有する仕組みとグローバルな変化への過程にあるが、すでに正真正銘の変化への志と草分けになる覚悟をもっている。若く、未来が不確かでも失うものがないという強み、平均的な教育レベルと責任感……。ユートピアへの希求の念は、一人ひとりのトランジショニストに限られた規模の群衆の意見によって世界の経済システムをくつがえそうという自信とエネルギーを与えた。近郊農業、連帯した企業、心地よい流動性、持続可能なエネルギー、地域通貨、リサイクル。トランジショニストの知恵と運動が大いに広がったので、西洋社会ではかなりの人が、すでに循環型経済*、省エネルギー*、自然食品、環境への配慮、都市部で自動車を減らす運動に協力している。今後は肉の消費を減らす方向にも向かっていくだろう。彼らはそうした考えを誇示することはないが、革命は、常に意識ある活動的な少数の人間から始まったのだという過去を想起させた。

　消費者であると同時に責任ある立場でもあるトランジショニストは、さまざまな産業分野にエコロジーの概念を取り入れるよう促した。たとえば建築、衛生、化粧品、農業、投資、流通販売、運輸といった業界だ。妥協しなかった消費者たちも、しだいに自らが暮らす地球をともに管理していこうと考えるようになった。トランジショニストは、地球を管理するために地方グループの自主性を拒み、投票箱に政治を委ねるよりもネットワークを利用して行動することを好む。彼らはネットワークによる組織を使い、共通の関心対象をコンセプトとしてつくりあげた。このコンセプトは、消費の仕方を変えることで暮らしに必要なものに向き合うという新たなアプローチを生み出した。トランジショニストに加入する人は少ないが、世界じゅうで戦争や貧困問題に携わる人のなかには彼らの動きに呼応する人が多くいる。そうした人々は、トランジショニストの個人主義と博愛心、そして善行をしているという思想に社会的な対話や政治的な行動を融合させた。

相互に抱く猜疑心

一部の政治家のせいで純粋主義や純真さを疑った人々は、ときに社会秩序と法治国家の障害となる。だが彼らは、市民社会と社会ネットワークにいま以上の人々の好意を呼び起こすことができる。というのも、彼らは、産業化された社会でふたたび自分たちの力を復権させようという動きが拡大していることに気づいているからである。彼らは構想中の変化の立役者なのだろうか？　それともそうカムフラージュした衰退の布教者なのだろうか？　西洋の主導権をもって悪ふざけをしているのだろうか？　それとも世界の傾向の先駆的モデルを体現しているのだろうか？　彼らが提唱しているのはスカンディナヴィア諸国に合った改革なのか？　それともアフリカが段階をすっ飛ばすことのできるチャンスなのか？　気候問題や社会のフラストレーションが逼迫（ひっぱく）している観点からすると、その答えはおそらく批判的なものだろう。そして同時に、彼らが提案する学説を練り上げて、何ができるのかを明確にして、その可能性を試すのだろう。もっともウーバーやエアビーアンドビーは待ってはくれない。

未来学がかすかにそうした問いに答えを出そうとしてくれている。というのも、未来学は距離を欠いているのに加えて、新しいモデルに合うインジケータも、現実の影響を見積もることのできる手段も、実行に移す対策の手立てももっていないからだ。実際に基本モデルを変えるとすれば、持続可能な成長と発展のために何を測らなくてはならないのだろう？　満足感か、社会のまとまりか、生態系の維持か、共有資源（コモンズ）*へのアクセスレベルか、分配の割合か、それとも回復力（レジリエンス）*だろうか？

トランジショニストの経済・社会文化（ソシエタル）モデルが形式化されるのを待たずに、彼らはすでに地方分権化を進める立て直しに基づいた社会契約*の改革案に関する複数の道を示している。たとえば、地域的なアクション、連帯責任、自主的行動の自由、使用の経済*、地方に権限を委譲した教育、サブシディアリティーの原理*の普及、世代間の平等*、新しい経済指標、労働の再分配、ベーシックインカム*などだ。とりわけ、トランジショニストは自信と影響力があり自立心の強い行為者であるという利点と、よりよい生活へのほかの道を中産階級に示すという大胆さをもっている。

09 階級のトップ

1980年以来「チャイニーズミラクル」の歴史は最上級の連続だ。中国はヨーロッパと日本経済を抜き去ると、アメリカをも抜いて世界一の経済大国に躍り出た。中国人は数年前から嵐の中心にいるのだ。またたく間に消費社会に突入し、多すぎる中産階級の物欲に押され、中国人の未来はいまや政治体制が硬化した不安定な社会の回復力（レジリエンス）*にかかっている。成長は勢いを失くし、深刻な大気汚染で息もできなくなっている。

欧米人は忘れがちだが、中国は何百年ものあいだ世界の経済・人口秩序を支配していた。中国が世界人口の5分の1から3分の1を占めるようになってすでに1000年以上が経つ。また、中国は西暦1000年ごろには世界の富の5分の1を、ルネサンスのころには4分の1を、産業革命*が始まるころには3分の1以上を生み出していた。だが、西洋で始まった経済革命についていけなかったためにここ200年間は衰退し、1970年代末の世界のGDPに占める割合は約5パーセントにまで減ってしまった。

新たな歴史

１９７８年12月、中国の新たな指導者、鄧小平（とうしょうへい）は１０００年前の地位を取り戻そうと決意し、幅広い改革運動による国の近代化に着手した。そして毛沢東の死からわずか2年で、中国は独裁的で偏った国家体制を維持したまま、しだいに市場経済に門戸を開くようになった。その後起こった経済発展を知るために１９８０年の数値を見てみよう。１９８０年当時、中国の富の産出量はインドの約2分の1、ブラジルの約15分の1だった。しかし、その35年後にはインド人よりも平均で2倍も豊かになり、わずかだがブラジル人をも追い越した。国家規模で見ると数値は目もくらむほどだ。ここ35年でフランスのＧＤＰが2・3倍、アルゼンチンのＧＤＰが3・4倍になったのに対して、中国は35年間で平均10パーセントという年間成長率を利用してＧＤＰを30倍にまで拡大した。その結果、１９８０年のＧＤＰはフランスの半分に迫り、わずかながらアルゼンチンをも追い越した。現在の中国は、フランスの5倍、アルゼンチンの25倍の富を生み出している。そしてアメリカに次いで世界第2位の経済大国にのしあがった。２０２５年ごろにはアメリカをも抜くだろうといわれている。

しかし、中国が取り戻した豊かさは歴史上いまだかつてないほど資源に依存している。今日、世界のセメント、アルミニウム、ニッケル、銅、鋼鉄消費量の半分近くを中国一国が独占している。また、この国は大規模な国外の耕作地の買い手で肥沃な土地の消費者でもある。１９９７年からはエネルギー面での依存が進み、一人あたりのCO_2排出量が世界一でありながら再生可能エネルギー分野への投資額も

1000億ドルと世界一だ。この額はヨーロッパとアメリカとインドの合計よりも多い。石炭を使った火力発電所が非難されていたが、再生可能エネルギー(風力、太陽光、水力)を使った最大供給電力*の大幅な増加と、石炭を電力に使用した工場の段階的な閉鎖のおかげで国際的な誓約にのっとった方針をとるようになった。中国全体のエネルギー生産量のうちクリーンエネルギーの割合は2020年には15パーセント、2030年には20パーセントに増えるだろう。

中国の記録は枚挙にいとまがないが、記録には社会的・政治的・さらには文化的な影響を測る以外に意義も重要性もない。1981年には中国人の90パーセント近くが1日2ドル以下で生活していたにもかかわらず、2016年には都市住民の半数が年に9000(上海の熟練工)~1万6000(エンジニア)ドルを稼いでいる。国内の階層を見ると人口の半数が中産階級だ。つまり、半数が

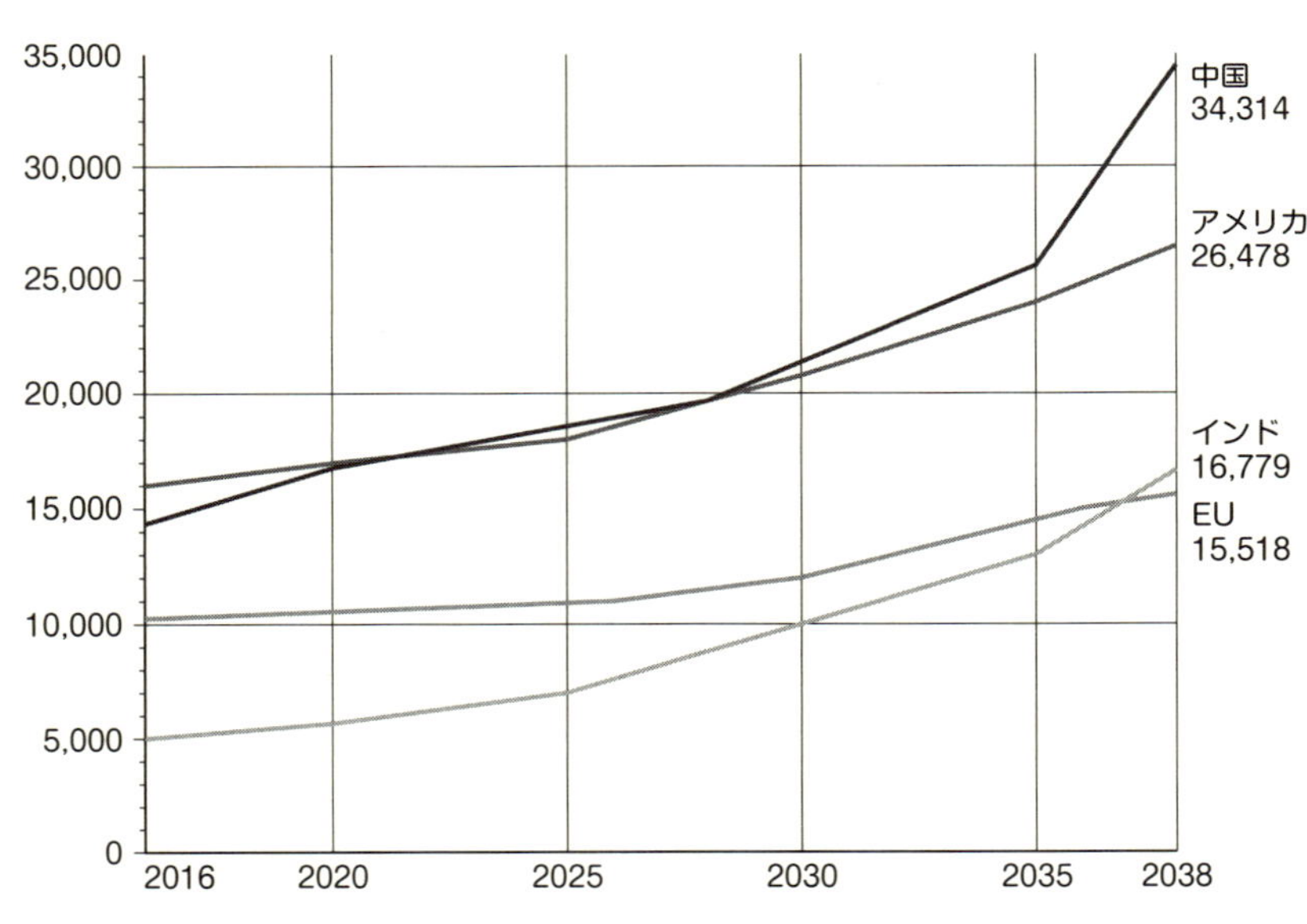

FIG.025　2016〜2038年の中国のGDP*の変化（単位：2010年の購買力平価*で10億ドル）

娯楽や教育や物質的な快適さに使うことのできるだけの所得を得ているのである。

一方で、中国の将来は都市化のような長期にわたるほかの現象によって形づくられていくだろう。中国の都市化では、人類史上もっとも大勢の人口が短期間で移動した。その結果、いまでは中国人の半分以上が都市部で暮らしている。１９８０年には20パーセントだった都市住民が２０１５年には55パーセントになった。ここ20年で進んだ都市部の工場への大規模な人口移動は、中国社会に国内移民の農民出身工員（民工）という新たな社会階層まで生み出した。わずかな所得しか得られないにもかかわらず、民工は短期間で国を工業化し沿岸地域の姿を一変させた。そして中国をふたたび世界の覇権のなかで最上の場所に押し上げ、世界秩序を揺るがせるまでになった。

さらに中国は、豊富で安価な労働力を利用して南部の珠江（しゅこう）デルタ（香港、広州、深圳（しんせん））、中部の長江デルタ（上海、南京）、北部の渤海（ぼっかい）（北京、天津）という3つの経済拠点を中心に国土を整備しなおした。中国経済の新たな骨組みであり、現れた大きな龍の正面にあたる国土のわずか10分の1よりも少し広いくらいの3つの地域に、人口の50パーセント、ＧＤＰの60パーセント、外国からの直接投資の83パーセント、輸出の89パーセントが集中している。なかでも上海と北京と天津の三都市の人口の合計はフランスやタイの全人口と同じくらいで、一人あたりＧＤＰは西ヨーロッパの一地域と並ぶほどだ。しかし、中国の人口ピラミッドを見ると、すでに都合よく安い値段で動かせる大量の労働者はいないことがわかる。チャイニーズミラクルを成し遂げた多くの立役者がまもなく老いていくのに加え、１９８０年代以降出生率が低下したため、中国の労働力のストックはあっという間に減少するだろう。

新たな文化革命

貧しい農業国だった中国は、一世代のあいだに中産階級が暮らす都市化された国になった。１９９０～２０１４年のあいだに世界全体の一人あたり所得が3倍に増加したのに対し、中国は14倍だ！　約６億７５００万人の中国人（中国の人口の約半分）が、平均的ヨーロッパ人と同程度の年収と購買力平価１万１０００～４万３０００ドルをもっている。また別の統計によると、２０００年には５００万世帯しかなかった中産階級が現在では２億２５００万、２０２０年には３億世帯になるという。この推進力のもと、今後数十年で国内の近代化が進み、成都（せいと）や武漢（ぶかん）や西安（せいあん）や重慶といった都市でも経済発展が起こるだろうといわれている。

しかし、中国の変化は完成とはほど遠い。むしろ、中産階級がサービス業を求めて工業労働を捨てはじめ、新たな時代が始まったばかりである。すでに労働力人口の３分の１がサービス業に従事していて、まもなくサービス業の収益がＧＤＰの60パーセントを占めようとしている。かつて雲南省の稲作農家に代表されていた中国人のイメージは深圳市のフォックスコン（電子機器受託生産企業）で働く人に変わった。中国人の新しいイメージは、いまや中国の成功と未来の象徴である新しいテクノロジーのスタートアップ企業の若い社長になっている。ウォルマートを抜いて世界一の小売商になったアリババのＣＥＯ（原書刊行当時。２０１８年に張勇にＣＥＯの座をゆずった）馬雲（ジャック・マー）、６億回記事が読まれたブロガーの韓寒（ハン・ハン）、アメリカのバスケットボールリーグ

> 中国の記録的成長には
> 社会に与えた衝撃の
> 輝き以外の意義がない。

ＮＢＡで活躍した姚明（ヤオ・ミン）……。新しくなった中華帝国の英雄はアメリカンドリームのヒーローに似ているが、名前はいたって中国風だ。

一世代間の劇的な変化は、中国の将来を決定づけるパラメーターだ。２０１６年には、一人っ子政策後に生まれ毛沢東の時代を知らない国民が半数を占めるようになった。天安門事件はいまだ中国政府に影を落としているが、事件の発端となった抗議運動のあとに生まれた中国人は3分の1以上（37パーセント）になっている。中産階級の中心をなす2桁の成長率に育まれた新たな子どもたちは、田んぼや先祖伝来のかまどから遠く離れ、またたく間に成長した巨万の富をもつ都市の摩天楼で育った。そしてわずか25年で、祖先が乗っていた自転車から交通渋滞と公害対策マスクに乗り換えた。彼らは大躍進政策や集産化や毛沢東時代の貧しさの記憶を忘れ、一時代前の中国人ではなく正反対の、競争力があり物質主義者で超個人主義者だった祖先の遺産を受け継いだ。今日では、若い都市住民と50代の両親世代のあいだには深い文化のギャップがある。若い中国人は伝統的な習わしに距離を置き、快楽主義と自由化した道徳を享受している。両親世代が精神的な価値観や父祖伝来の家庭を大切にしてきたのに対し、若い中国人は彼らの文化革命を起こしている。１９８０年と比べると離婚件数は5倍に増加した。カップルの40パーセントは結婚していないというデータもある。多世代同居の家庭の割合は減りつづけ、２０００年には60パーセントだったがいまでは50パーセントだ。その結果１９６０年に5人を超えていた平均世帯人数は、現在では３人を下回っている。また単身者も２０１５年時点で６０００万人に増加した。

幸福とは所有すること

中国が今日、経験しているあらゆる変化のなかでもっとも顕著なのが中産階級の物欲である。中国で製造された、もしくは組み立てられた製品の輸出量は明らかに減少しているため、国内の中産階級の大量消費運動は何よりも欠くことのできない中国経済の原動力になるだろう。国内市場を固めることが中国の成長に新たな息吹を与えられるかもしれない。

今後5年の数値に限るならば、中国の消費はドイツの全世帯の年間消費と同じくらい伸びるといわれている。35歳以下の中国人が主導している新しく現れた欲求は、前の世代が欲しがった「4つの丸いもの」（自転車、ミシン、洗濯機、腕時計）と「3つの家電」（電話、冷蔵庫、テレビ）にしだいに変化を与えている。中国の中産階級と富裕層はとくに牛肉を欲しがる。そして少しずつワインやチョコレートにも目を向けはじめている。彼らはスマートフォンやドイツのSUV、さらにはスターバックスのコーヒーを求めるようになったのだ！　年ごとや流行ごとの消費を可能にしているのは地球のあらゆる天然資源だ。たとえば若い中国人が翡翠（ひすい）の指輪をダイヤモンドのエンゲージリングに取り替えると、世界市場ではたちまちダイヤモンドの品薄が進んでしまう。反対に世界の自動車産業にとって中国人の購買欲は宝の山が残っているようなものだ。２０００年に中国の自家用車は２０００万台しかなかったのに、いまではアメリカとEUの合計よりも多い。２０２０年には装備こそアメリカやヨーロッパに遠く及ばないものの、自動車保有台数は２０１１年の2倍に増えるだろうといわれている。娯楽や観光の面では、ディズニーが２０１６年6月に上海に世界一広いテーマパークを開いたことで、中国人の妖精のおとぎ話好きのニーズに応え

取り戻した富は
かつてないほどの
依存関係を引き起こした。

た。中国の中産階級は、将来有望な福音である。2015年時点ですでに1億2000万人に達した外国への旅行者は、2025年には2億2000万人近くまで増えるだろうといわれている。とりわけ驚異的なのは中国人旅行者の支出だ。2015年の支出額2150億ドルは、アメリカ人旅行者の2倍にあたる。

しかし、アメリカ人とは対照的に、中国の世帯は国の所得のごく一部を得ているにすぎない。アメリカで世帯の消費がGDPの68パーセントを占めているのに対し、中国では2014年の時点でGDPの37パーセント以下である。中国に残されている保留分はこの国のインフラストラクチャ計画に出資するための巨大な投資の可能性なのだ。すでに中国は1万キロに及ぶ世界一の高速鉄道網をもっていて、2020年までにさらに1万キロ延長する予定である。同時に3000キロ近い距離の地下鉄も建設中だ。これは世界で建設されている地下鉄の4分の1にあたる。また数百の新しい都市が今後10年で約2億5000万人を受け入れるだろう。将来的には空港や高速道路や港湾エリアもつくられ、そのたびに新しい記録を生むだろう。中国以前にどの国も、これほどの分野でこんなレベルの投資を経験したことがないからだ。歴史上どの国も中国ほどの貯蓄をもったことがないのである。

経済改革と全体主義国家の終焉によって、中国人は突如、市場経済の変転を経験し、それまで共有財産だったり無料だったりしたサービスを全体的または部分的に剝奪された。若者であっても、いままで数十年の貧困と飢饉を経験してきた中国人は、健康のために金

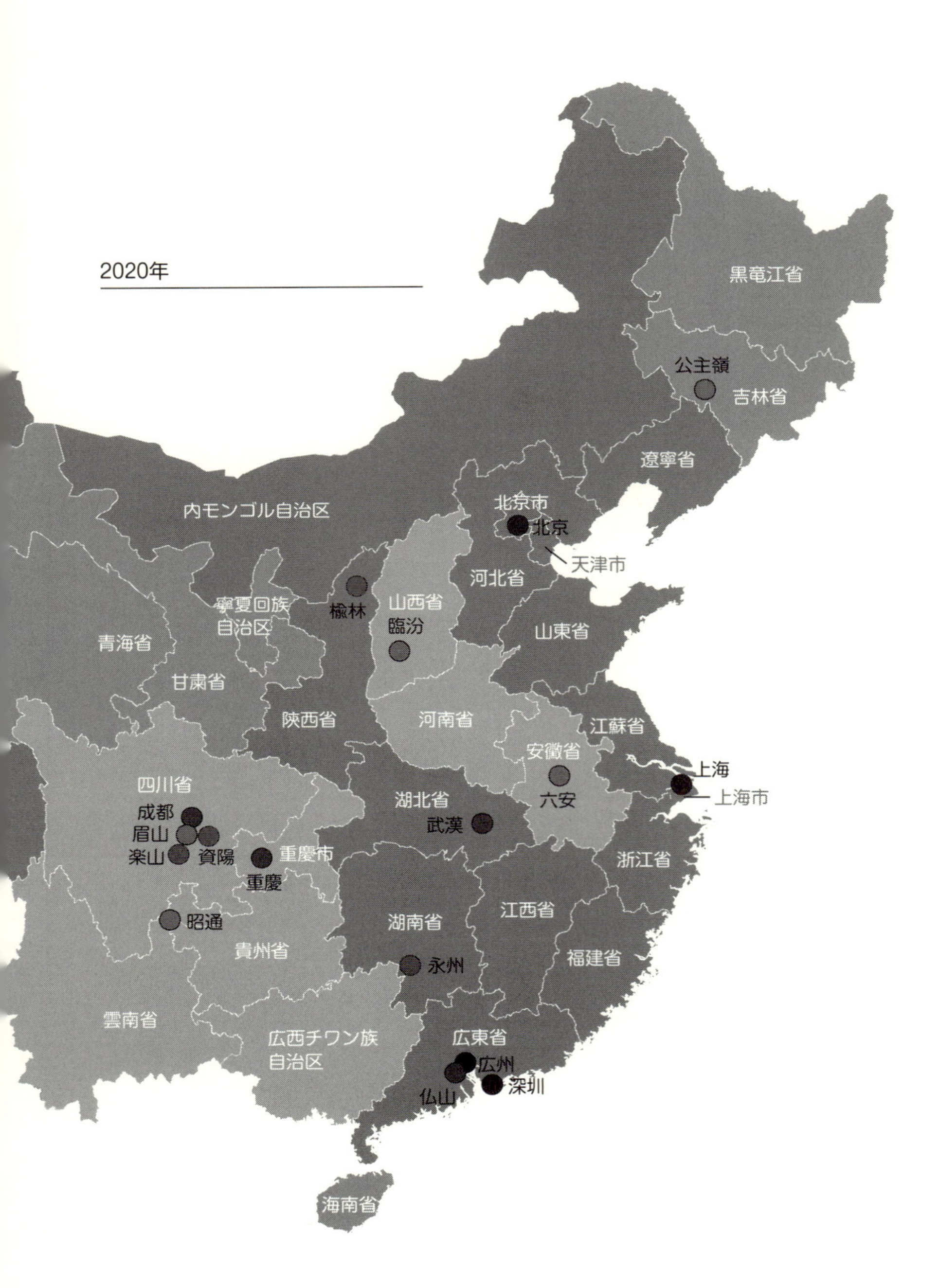
2020年
黒竜江省
公主嶺
吉林省
遼寧省
内モンゴル自治区
北京市
北京
天津市
河北省
楡林
山西省
臨汾
寧夏回族
自治区
青海省
甘粛省
山東省
陝西省
河南省
江蘇省
安徽省
六安
上海
上海市
四川省
成都
眉山
楽山
資陽
重慶市
重慶
湖北省
武漢
浙江省
江西省
昭通
湖南省
福建省
貴州省
永州
雲南省
広西チワン族
自治区
広東省
広州
仏山
深圳
海南省

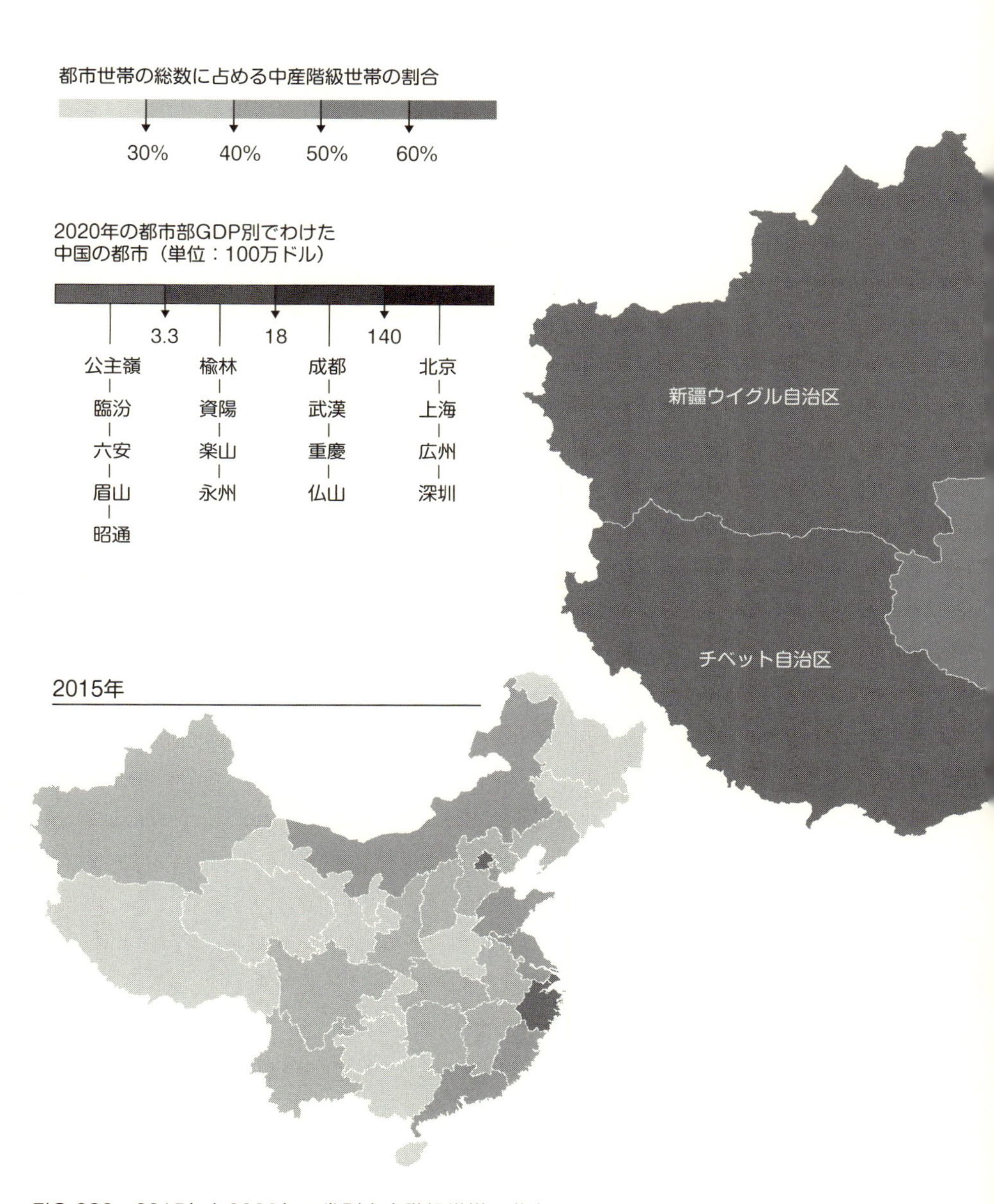

FIG.026　2015年と2020年の省別中産階級世帯の分布

を払ったり老後の準備をしたり子どもの教育費を出したりするために貯蓄するという習慣にすぐに適応することができた。その結果、今日の中国の世帯貯蓄は国内貯蓄額の半分を占めるようになった。ちなみに中国の国内貯蓄は世界の貯蓄の半分にあたる。中国の貯蓄は社会保障の役割を超えて子孫の暮らしを向上させつつある。子どもを大切に扱うだけにいっそう一人っ子が増え、現在ではもっとも多くなった。2015年10月に一人っ子政策が廃止されても、実際のところ出生数に大きな影響は見られなかった。そのうえ今日では、都市世帯にのしかかる増大した経済的・物的拘束へのこだわりが人数の減った家族に浸透している。孔子の国であり、一人っ子の国でもある中国では教育が重視されていくだろう。

知への願望

すでに中国人は、子どもを学術や仕事の分野で成功させるために多額の金を使っている。一組の夫婦が18歳まで子どもを育てるあいだに、平均で年に3000ユーロを支出している。学業成績と大学受験競争へのとてつもないこだわりは、すでに国家規模での高等教育のめざましい発展となって表れている。1980年時点では、大学に在籍していた若い中国人は全体の1パーセントだったが、今日では30パーセントを超えているという調査結果がある。数でいうと3500万人で、天安門事件のころと比べると11倍に増えた。世界全体の高等教育修了者に占める中国人の割合は2020年には18～29パーセントになるだろう。たったひとつの国に2億人の高等教育修了資格保持者がいるのだ。量的な飛躍に加えて、中国の教育水準も非常に向上していることがOECD*のPISA調査*によって明らかになっている。最近の

ＰＩＳＡ調査では小学生部門で上海がトップを独占し、また世界の大学トップ１００でも、すでに中国の大学が21校も名を連ねている。さらには、子どもを国外の学校に通わせる親もいる。留学する中国人の大学生は50万人と世界でもっとも多く（2位はインド人）、すでに大規模なディアスポラが起こっているのだ。実際、母国に帰らず留学先の国で働きたがる中国人学生は非常に多い。２０００年以降、１００万人を超える中国人が外国籍の取得に踏み切った。こうした事態を受け、エリート層と頭脳の流出に歯止めをかけようと考えた中国政府は、金銭的な援助や高い賃金の保障などを通じて帰国者への優遇措置を増やしていった。政府は何よりも中国を世界的な新しい研究拠点にしようと考えた。そして、研究と開発にＧＤＰの２パーセント以上を投じた。これは、購買力平価で比べるとヨーロッパ全体よりも多い。その結果、中国はわずか10年で世界の科学論文発表数に占める割合を13パーセントから20パーセントに伸ばした。なかでも、北京と上海のあいだにある機密分野の研究機関であるニュートリノの地下観測所、世界最大の量子力学センター、上海のシンクロトロン（円形加速器の一種）はとくに目立った計画である。

経済、流行、生活環境、食生活、教育、研究……。結局、中国で変わっていないものは何ひとつないように思える。しかし成功した表の顔を誇示したがる一方で、中国政府はその裏にある日のあたらない地域を隠し通せていない。この「陰」もまた、中国の行く末と中国人の未来を形づくるものだ。

中国のかげり

ここ35年で中国の政治経済が成し遂げたもっとも印象的な出来事は、やはり貧困層を減らしたことだろう。1990〜2015年で人口が4億人増えたにもかかわらず、貧困の「国際的な」基準値以下で暮らす中国人の割合は67パーセント（1990年）から6・4パーセント（2015年）に減少した。圧倒的な数値だが、この割合は別の重要性をもっている。中国にはまだ貧困状態の人が8000万人も残っているということでもあるのだ。また、ほかの新興国と同じく貧しい人がいる一方で、税制の違う富裕層も存在しているという点も衝撃的だ。中国はかつて富の格差が少ない典型的な国だったが、グローバル化を迎えた現在では格差の大きな国になった。1985年のジニ係数*は0・26だったのに、2000年には0・39になり、2008年には0・41になった。急速な成長の副産物である格差の増大の背景には地理的解放と地方分権の掟がある。地理的な解放は農村地域と西部の投資の格差を埋められず、地方分権の掟は北京の中国政府が成長で得た富を全国に再分配して国家内を均等にしようという仕組みを放棄したとき、農村をより貧しい状態に追い込んだ。追い込まれた職も財力もない数千万の農民は、沿岸部の工業化された豊かな地域への移住を決めた。これまでに約2億4000万人が都市労働者の集団に加わったと考えられている。これは世界じゅうで移動する人の3分の1、国境をまたぐ移民の総数に匹敵する。中国国内を移動する人の半分近くが、正規滞在者と不法滞在者を区別する国内旅券（戸口簿）制度のせいで、医療制度や大都市での教育を受けられない不法移民と同等の扱いを受けている。社会的な権利をもたず、不安定な立場に置かれている彼らは二等市民とされる、「チャイニーズドリーム」の主要な担い手だ。「見せかけの大躍進」*から見捨てられ、都市の外側に追いやられた彼らが、実際には中国の競争力の要石（かなめいし）の役割を果たしている。少なくとも暫定的には……。というのも産業の自動化（オートメーション）*や経済における第三次産業の拡大*が進み、将来的な組み立て産業の放棄と高い技術レベルの製品への移行が進んでいる今日、中国経済の未来はすで

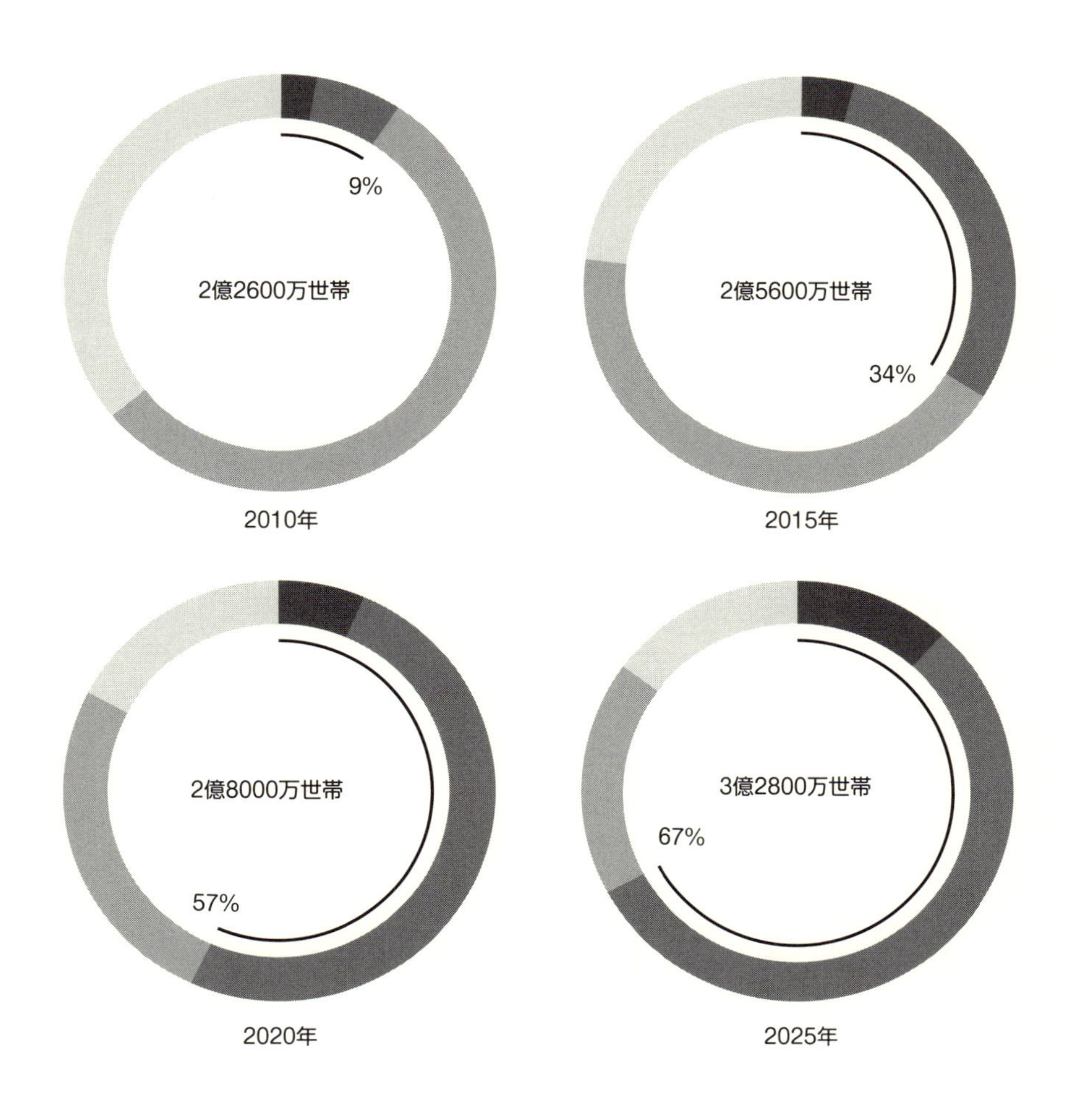

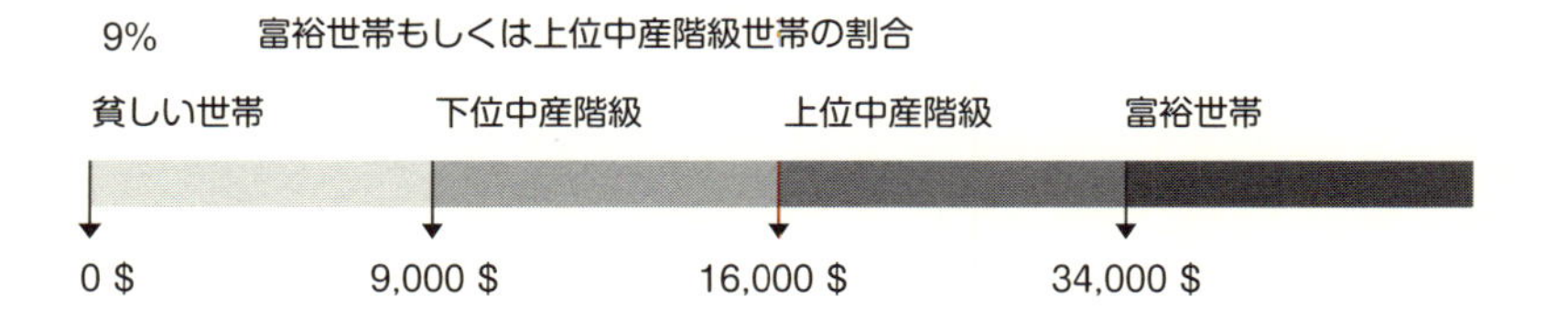

FIG.027　2010〜2025年の所得水準別都市世帯の分布

に近代化の踏み台としての役割を課せられた流動的な労働者を切り捨てなくてはならない段階まできているのだ。

格差だけでなく、環境破壊も中国経済革命の大きな負の側面だ。深刻な微粒子*の増加と頻発する公害のせいでガンと呼吸器系の病気が爆発的に増え、河川は家畜の死骸で汚染された。それだけでなくメラミン入りの粉ミルク、ホルムアルデヒドのかかったキャベツ、不純物の混ざったワイン、発ガン性物質を含むインスタント麵など、大量消費される製品にも有毒物質が見つかった。一人あたりのＧＤＰとその成長は、国内で頻発する度を超した環境・衛生の問題にも現れている。この問題について尋ねると中国人の83パーセントが公害を「深刻な問題」と感じていて、なかでも47パーセントが「非常に深刻な問題」と位置づけている。２００８年に同じように答えた人は36パーセントと31パーセントだった。同様に38パーセントが食品の安全性が気になると回答している。これも２００８年には12パーセントだった。ピュー研究所（世界の傾向や情報を調査するアメリカのシンクタンク）は、アンケートに答えてもらった人のなかでこうした問題にもっとも関心が高かったのは、若者と都市部住民と高所得の中産階級、つまりおもにチャイニーズ・ミラクルを享受している人たちであるという調査結果を発表した。中国政府とその未来にとって、この矛盾は決定的であると同時に繊細な問題でもある。なぜなら環境への不満が政治への不満に矛先を変えるのを避けようとするならば、政府はすぐに二酸化炭素排出量を減らし、より責任のある成長モデルを受け入れなくてはならなくなるからだ。しかし、早すぎる脱工業化は大規模な失業を引き起こし、中国社会を危険な状況に陥らせかねない。

中国の成長の下降傾向が危惧されているが、そこには反対に中国経済の転換を早め、予期せぬ危険を回避する卓越した判断力という別のシナリオも見てとれる。ひとつめはよく言われることだが、中国で加速する高齢化に関連している。人口の窓*が閉じると同時に深刻な競争力の低下が起こる。65歳以上の人の罹患率*が一定だとすると、2015～2050年に高齢者は250パーセント増えると見込まれている。一方で労働力人口は20パーセント減少する。産業化の担い手の高い生産性を保ちつづけ、生産性と人口との依存関係を断ち切るために、中国政府は労働力に頼りすぎない経済生産を目標に掲げた。

それと同時に、意欲があり高等教育を修了した若者という数の多い集団を取り込むために、有資格者を対象にした職や高度な専門職を増やす新しい制度が広がるだろう。そうした若者のニーズに応えず職を用意できなかったために、すでに中国を出る人が多くなっている。中国では専門的な能力の高さよりも共産党といかに親しいかがものをいうので、キャリアを築こうとする人にとって成功への道のりは不安定だ。しかし今日では、数百万人が両親に託された夢とはかけ離れた大都市周辺の「働きアリの群れ」に加わった。彼らは

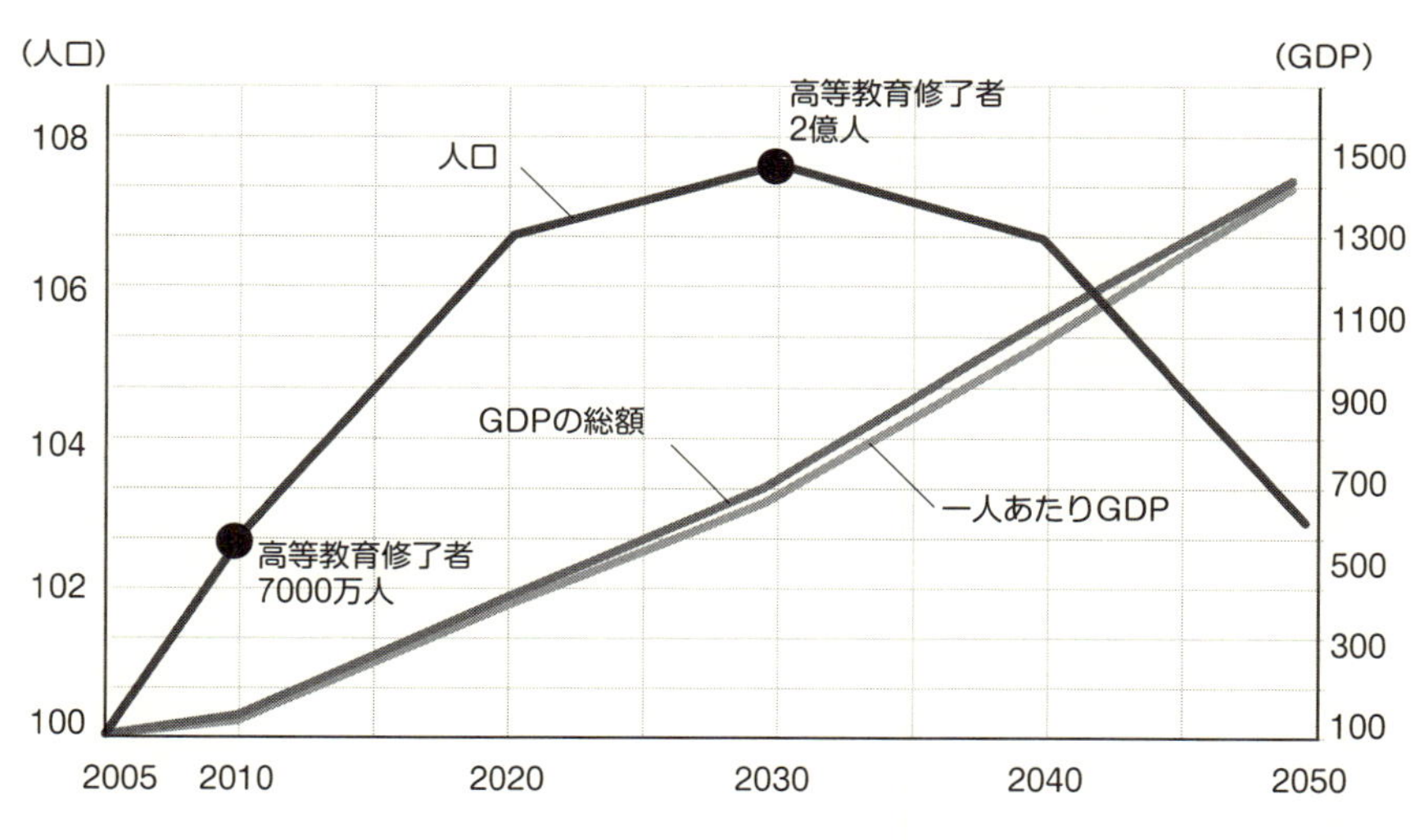

FIG.028　2005～2050年の中国における人口と富の変化（2005年を100とした場合）

安い給料の職に就き、あっというまに建ったビルの雑居状態のなかに暮らしている。両親のもとへ戻って暮らすにはあまりに数が多く、職や満足な所得にありつけない彼らを「ブーメラン世代」ともいう。彼らが中国に戻ってくると、政府はこれまでのように自由に動けなくなるだろう。共産党の幹部よりも学識が豊かな若い世代の不満が噴出するのを避けなくてはならないからだ。しかも体制による政治の自由化を考慮したうえで抑圧具合をコントロールしなくてはならない。そうしなければ共産党による政治体制がまっさきに不満の矛先になりかねない。

儒教的民主主義

西洋人は、政府に抵抗している中国人は政治の自由化をめざしていると思いがちだが、実際のところ若い中産階級の中国人は、民主主義体制よりも自分たちの暮らしぶりに関心をもっている。そのうえ彼らの政治思想は、算数や書道と同じように小学校で学ぶ公民精神や愛国心の授業によって方向性を決められている。彼らの抵抗運動は親世代が天安門事件のあとに共産党と結んだ、国民が政治に口を出さないのと引き換えに発展を約束するという暗黙の契約を忘れていないだけにいっそう理論的に見える。それをふまえると、中国で韓国や台湾のような次の民主化が起こるシナリオを思い描くのは軽率といえるだろう。

速すぎる過剰な発展と、この国を切り回している実力者の悪習に怒りを表す中国人はしだいに増えてきた。２０１０年には18万回以上デモがあった。そのうちのいくつかは大気汚染や食品問題や鉄道の保安への不満から起こった。また数は少ないが、建て直しのために工場を閉鎖したり町の中心部に焼却炉を建設

中国以前にこんな多くの分野で
これほどの投資のレベルに
達した国はなかった。

したりすることへの反対運動もあった。ポンジ・スキーム*をおこなった悪徳銀行が破綻したせいで損害を受けた小口株主によるデモもあった。「太子党」（共産党幹部の子弟など、世襲によって権力を手にした特権階級）や、砂漠との境界部に幽霊都市を建設したり子どもをオーストラリアへ留学させたりパナマに資産をプールしたりしている活動家専従の共産党員を罷免しろと訴えるデモもあった。共産党が監視網をはりめぐらせているせいでまだあまり許されてはいないが、中国の中産階級はこのように成長に対する疲労と、より公正で納得できる制度への希求を表している。だがそれだけではない……。

何よりも共産党中央委員会は、中産階級、とりわけ高いレベルの教育を受けた若い人々に、経済改革や政治家の一新や産業用機械の切り替えやエネルギーシステムの改善を訴えていく必要がある。そうした改善こそが、汚職や公害、バブル経済、失業、低賃金、水不足といった、生活を圧迫し、快適な暮らしを妨げ、夢の実現を邪魔する脅威を取り除くことにつながるのだと納得させなければならないのだ。また遅かれ早かれ、消費の快感や財産の保証以外の、党が権力を握ることを正当化する新しい物語をつくる必要にも迫られるだろう。共産党員の近親者が富を溜め込んでいる様子や、傲慢（ごうまん）な子弟がフェラーリやポルシェ・カイエンを見せびらかす姿を見てきた、能力のある若い企業主たちの苦い経験を広めさせないためにも、いまの若年層を満足させられるような内容の物語をつくらなくてはならない。

中国政府が国政の安定のために手をつけるべき3つめの試練は、間違いなく検閲の撤回

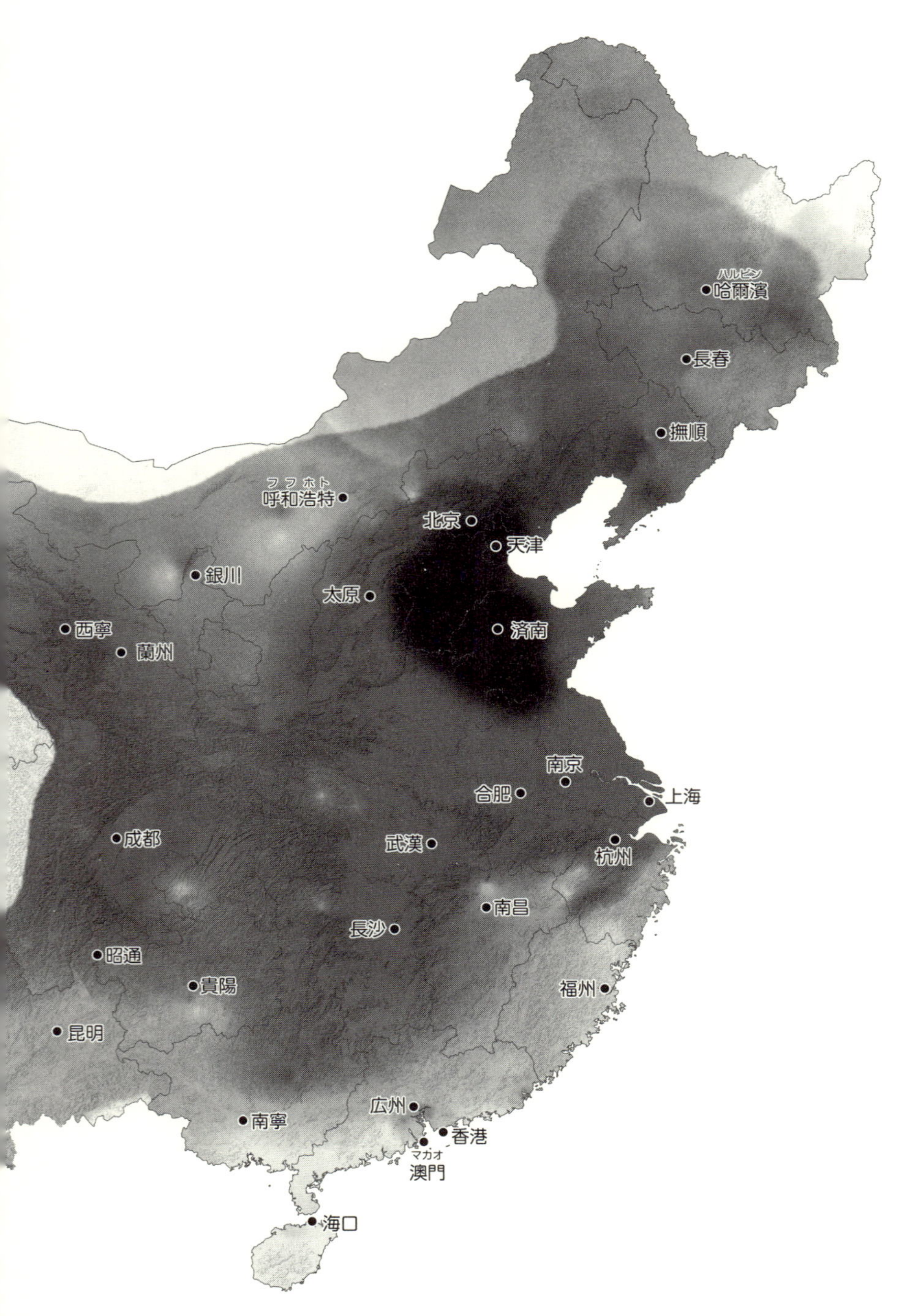
ハルビン
哈爾濱
長春
撫順
フフホト
呼和浩特
北京
天津
銀川
太原
西寧
済南
蘭州
南京
合肥
上海
成都
武漢
杭州
南昌
長沙
昭通
貴陽
福州
昆明
広州
南寧
香港
マカオ
澳門
海口

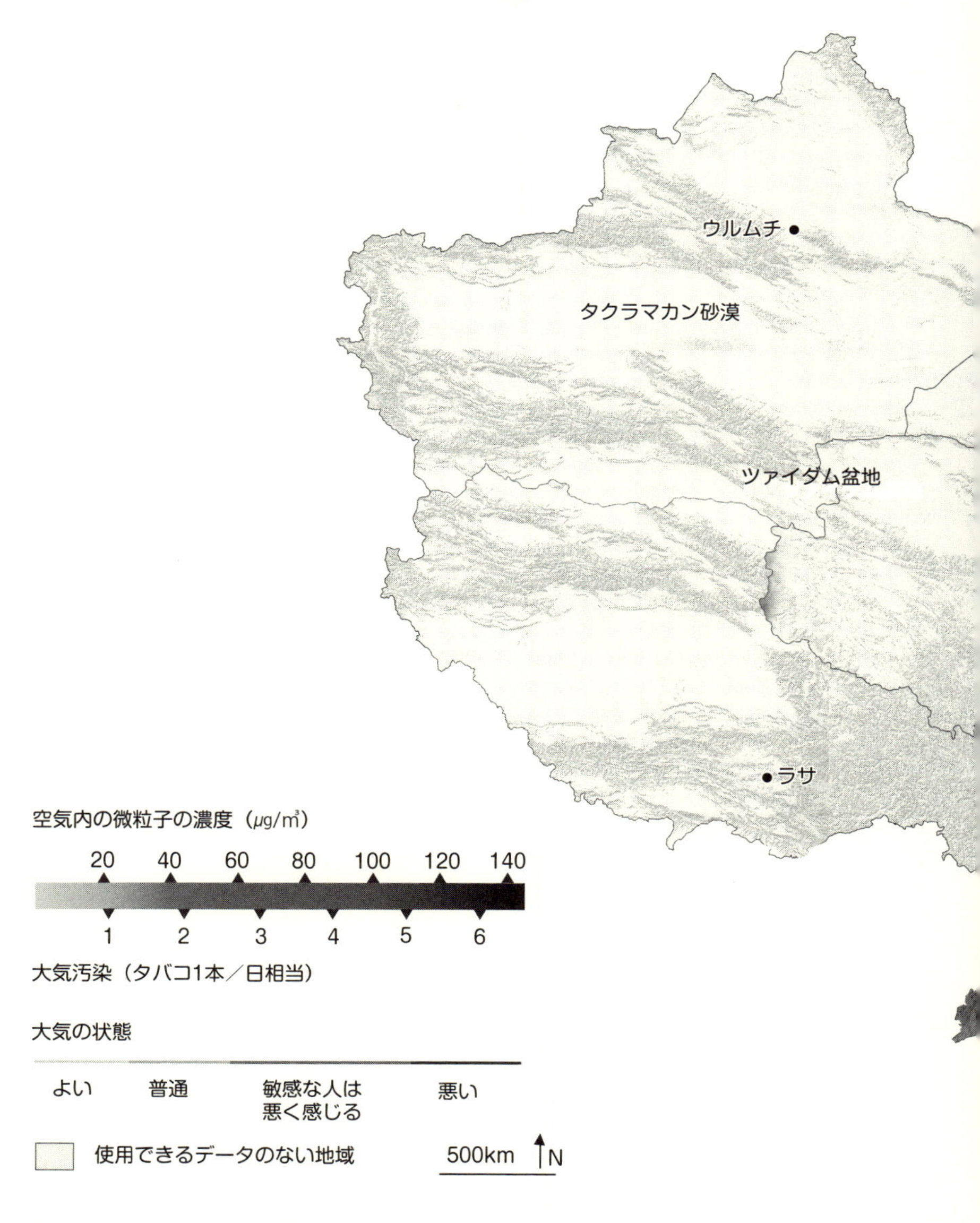

FIG.029　中国で加速する大気汚染の平均値（2015年）

だ。これまで政府は検閲局のおかげで流す情報を統制できていたが、ソーシャルネットワークの隆盛はすでに防火壁だったグレート・ファイアウォール（中国の検閲システム。ファイアウォール機能と万里の長城（グレート・ウォール）をもじっている）の働きを崩しつつある。情報は微博（ウェイボー）（中国版ツイッター）や微信（ウィーチャット）を通じて従来のホームページよりも早く伝わるようになった。実際のところ、政権にとって都合の悪い情報へのアクセスをブロックするのは技術的にだんだんと難しくなり、費用もかかるようになってきている。さらに新技術がネット上で生み出されてシェアされる今日、フィルターの維持は、中国経済や知的エリートに着想を与えたり中産階級に進歩的な技術が広まったりするのを阻害しかねない。

最終的に中国政府は、自らの計画に能力と価値が欠けているという問題をも解決しなくてはならなくなるだろう。生活環境の改善と世界における中国の覇権回復は、階級闘争と集産主義体制を放棄したことでできた空白をカバーするのには充分だったかもしれない。しかし、今日の中国社会では精神的な気運がしだいに目立つようになってきたのが見て取れる。行きすぎた個人主義と公民精神の欠如を示す出来事がメディアによって助長された中国のモラルの危機に駆られて、多くの人が法輪功（気功に仏教や道教の教えを取り入れた健康法。中心組織は共産党と対立している）運動や仏教やキリスト教に立ち戻った。１９８０年には数百万の隠れ信者しかいなかったのに、今日、キリスト教信者は６７００万人になっている。かつてのキリスト教は「よそものの宗教」とみなされていたため、地位が低く国から奨励されていなかった。また、中国政府は中産階級に仏教が爆発的に広がっているのも苦々しく思っている。仏教が広がるということは、数百万人の漢民族が中国政府の長年の敵であるチベットのダライ・ラマの影響下に置かれるということを指すからだ。政府が宗教の拡大に反対し、社会の軸を歴史的な国家の価値に戻して統一しなおそうとしているのはそのためである。最終的に、キリスト教や仏教の台頭を止めようと考えた共産党は、社会主義革命の敵だったもうひとつの先祖伝来の教えを復権させることにした。儒教だ。

政府はかつて捨てた儒教の教えを自分たちに都合のいい方法で再利用した。市民社会と学術的な世界に押されて、再燃した儒教への関心は少しずつ中国全土に広まっている。西洋世界で大きな成功を収めているアクティヴラーニングの代わりに、儒教的な教育の枠組みのなかで子どもの精神を覚醒させ美徳を育ませようとする中国人はだんだんと増えてきた。こうした現代新儒教は、ときには反西洋の意味でイスラム原理主義と結びついたり、儒教の価値を守ろうとするあまり伝統完全保存主義の運動と結びついたりするが、実のところはリベラルな風俗への反発から生じたのではない。むしろ、現代新儒教は民主主義モデルを踏襲しないといっている。憲法にのっとった改革と拡充する表現の自由に好意的な儒教の思想をもった改革主義者は、普通選挙や国家の指導者を選定する仕組みや候補者同士が議論を戦わせる選挙戦に反対している。一人ひとりが道徳的な模範になれれば、想像力や政治判断を下す能力は個人によって異なってくる。現代新儒家にとって制度化したこのシステムは、平等な競争によって充分な能力と徳と洞察力を兼ね備えた人間を探し出して国を動かすポストに就けるということなのだ。つまり、非有権者を犠牲にして有権者だけに特権を与える民主主義にのっとった選挙で選ばれた意思決定者ではなく、選抜された人物が全国民と未来の国民に関する物事を考える自由と義務をもつというのである。現代新儒家にとって、こうした代案は民主主義の別の難点を回避するという利点もある。

共産党中央委員会は
党が権力を握ることを正当化する
新しい物語をつくらなくてはならなくなるだろう。

システムをうまく機能させるためには、国内の重要な選挙や国際的に効力をもつ選挙に投票する有権者が皆充分に賢く教養がある人にならないというのが新儒家の主張だ。アメリカやヨーロッパでは投票の際に、有権者の非合理性が政治的・経済的明晰さをたやすく上回ってしまう例が多く見られる。今日の新儒家は、民主主義は最終的にポピュリズムにも独裁主義にも対抗できないことまでをも明らかにした。

政治の開放に向かう中国政府の現状を見ると、こうしたシナリオは思いつきのように思えるかもしれないが、中国の体制が苦境に陥ってはいないと示すことができるという利点がある。それどころか、多くのアナリストが予見している社会の危機に際して、政府は中産階級の反逆に対抗可能な内発的な代替開放モデルを提示できる。また中国がしばしば西洋的解釈から脱するという点でも興味深い。独裁主義の唯一の治療法は民主主義だと説く西洋的な解釈は、中国の政治体制の未来と対立して語られてきた。資源や西洋的な成長モデルの疲弊によってまさに民主主義の西洋的実践の限界があぶりだされているこのときに、中国人は新しい道を切り開くことができるかもしれない。

10 アフリカが目覚めるとき

数年前から携帯電話会社や投資ファンドやエネルギー開発会社は同じ思いを抱いている。アフリカの中産階級の増加はグローバル化の次なるエルドラドだ、と。アフリカが独創的で創造的な経済の性質と社会の回復力（レジリエンス）*を利用して別の道をたどり、ほかのモデルを探して新たな成長を遂げようとしない限りは……。

21世紀の始まりとともに、アフリカは新しい経済発展の時代に入っている。債務の減少、中国の需要と外国の直接投資が増加したことによる天然資源の価格高騰（〜２０１４年）、そして数年前からは国内市場の成長があったためだ。アフリカ諸国はまださまざまな点で脆弱であり、発展はいまだ大規模な人口増加と増えていくインフラ関連の赤字の制約を受けているが、紛争が落ち着き感染症や栄養失調が減ったのと同様に、ここ15年間の経済統治と民主主義と教育の進歩はれっきとした事実である。大陸規模で見ると２０１５〜２０２０年の年間経済成長率は平均７・７パーセントで、先進国経済の2倍以上だ。また、マッキンゼー・アンド・カンパニー社は、２０２０年にはアフリカの不動産、飲食物、天然資源、農業、インフラ業界の取引高総額が2兆6000億ドルになると試算している。中国とロシアとブラジルの経済の減速は、世界成長に占めるアフリカ経済の割合を増やし、アフリカとアジアの新興諸国の富の差を狭めるだろう。

アフリカの経済発展を示すいくつかの指標は長いスパンで刻まれている。すでに高い成長率を見せている多くの国(ケニア、タンザニア、ザンビア、カメルーン、セネガル、エチオピア、ウガンダ、ガーナ、エジプト、コートジボワール)は地下開発に依存しておらず、経済の多様性やしだいに内発的になっている成長を反映している。アフリカ全体で見れば、メディアテクノロジー、電気通信、消耗品、金融サービス、また不動産、ホテル業、外食産業そして建築業の拡大により、鉱山採掘はもはや外国投資のトップ10業種のひとつでしかない。アフリカ全体のGDPが外国からの投資と国内消費の成長に支えられつづければ、最終的に2050年には現在の中国のGDPに達するだろう。しかしほかの兆しが、急成長のただなかにいるアフリカを酔わせる物語に含みを残している。

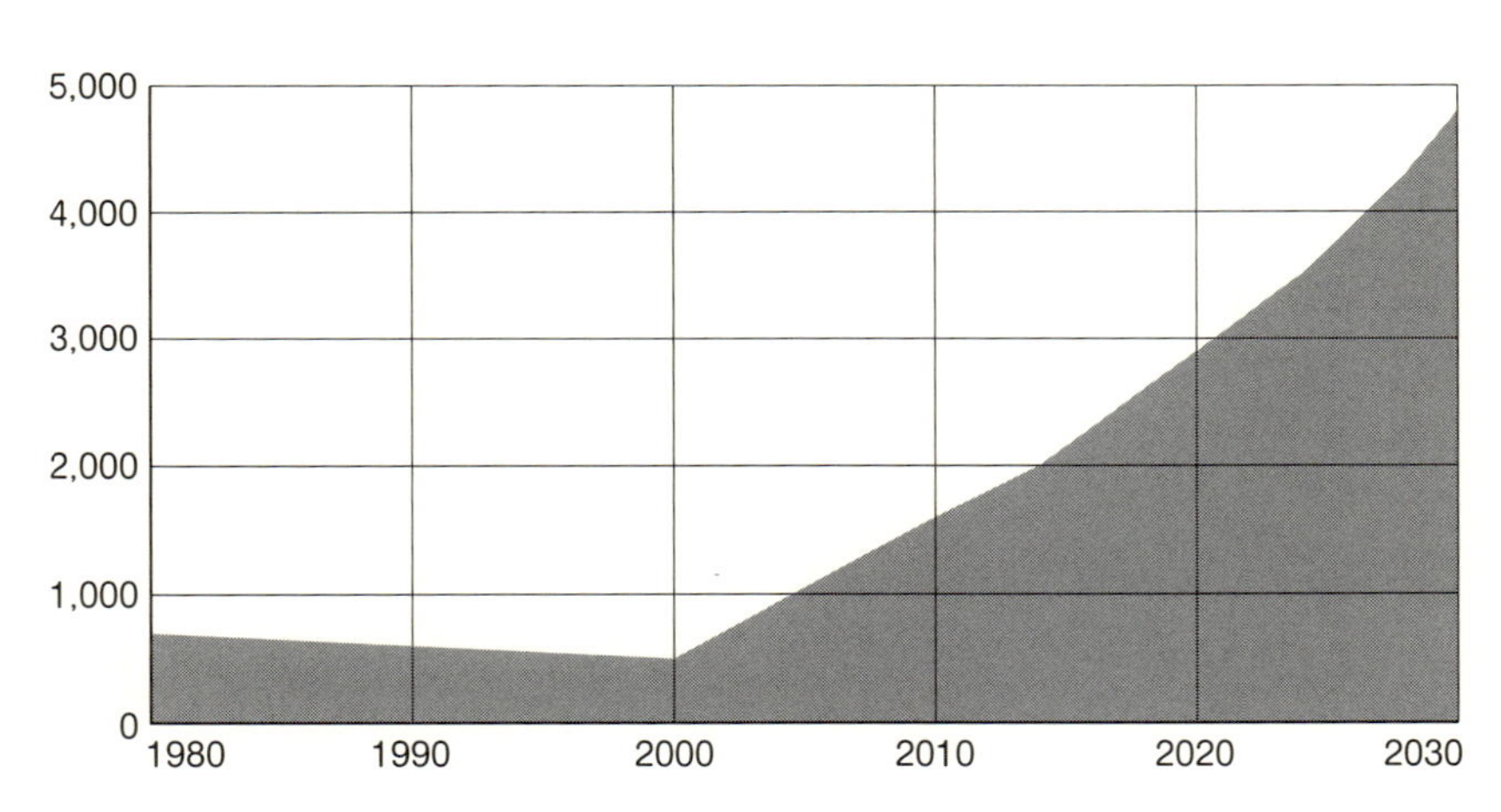

FIG.030　1980〜2030年のアフリカの1人あたりGDPの変化(単位:ドル)

2050年、
アフリカのGDPは
現在の中国のGDPに達するだろう。

たとえば、アフリカの経済成長率を人口の観点から見た場合、その成長ぶりは職を求めている人口の増加にはまったく対応できていない。現在から2030年までに追加で1億1000万人分の職が必要だが、4500万人分しか生み出すことができないと見られている。アジアの新興諸国と対照的に、アフリカの経済発展は輸出や工業生産をおこなう大企業の成長によるものではないからだ。むしろ、加工部門での成長は小さく、農業の発展が著しい。また、加速する都市化とともに、建設中の大都市に職がなく所得もない無職の人の社会離脱現象が起こるという危険も高まっている。同時に、アフリカ諸国の再分配能力は債務のせいで非常に限られたものになるだろう。

G8サミットでサハラ以南アフリカ諸国の債務1000億ドルが帳消しになってわずか10年で、削減を受けた国の債務の割合が少なくとも10年前と同じくらいの高い割合に戻った。たとえば2006年に債務の割合をGDP比48パーセントから26パーセントまで下げるのに成功したガーナでは、今日国の財源の73パーセントに再上昇している。国債の元利支払いだけでも歳入の50パーセント占める。要因としては原料の価格下落とインフラへの大規模投資の減少が考えられる。加えて2000年代初頭から国際的な財政状況が厳しくなってきたのを背景に、こうした理由が金利上昇（2015年には11パーセントまで上昇）を後押しし、債務国が手形債務を負えなくなったからである。つまり、アフリカの中産階級の未来を考察するには、こうした非常に特殊な背景を頭にとどめておかなくてはならない。

アフリカにおいて、中産階級とは1日あたり2～20ドルで暮らしている人を指す。これはアフリカの人口全体の約3分の1、3億1300万人に相当する。アフリカ開発銀行*によると、2060年には11億人に達し、強大なアジアの中産階級の人口に匹敵する推進力をもつという。また2050年には、1日に10ドル以上を稼ぐ人の数が5～6億人になるだろう。これは現在の中国よりも多い。しかしながらアフリカは、貧困とされる人が世界でもっとも集中している大陸でもあり、6～7億人が1日あたり2ドル以下で暮らしている。というのも、アフリカ大陸は格差がもっとも速く拡大した大陸だからだ。さらに、民族文化問題が積み重なったことで経済的な社会離脱が少しずつ中産階級を安定させるという政治機能を弱体化させ、アフリカに新たな地政学的緊張をもたらした。ゆえにアフリカでは「中産階級」という言葉が特別な意味をもっているのを説明する必要があるだろう。

中流でありながら不安定

アフリカの中産階級は所得によって3つの種類に分けられる。ひとつめは「わずかな富」を所有し1日あたり2～4ドルで暮らしている人で、アフリカに出現した中産階級のおよそ60パーセントを占めている。中流化*の過程にあり立場の弱い「不安定な」彼らは、不測の事態が起こったり生活費が上がったりすると中産階級から脱落して貧困に陥る可能性がある。ふたつめはアフリカの中産階級の25パーセントを占める「下位中産階級」で、1日あたり4～10ドルで暮らしている。そして3つめは15パーセントを占める「上位中産階級」で、1日あたり10～20ドルで暮らしている。

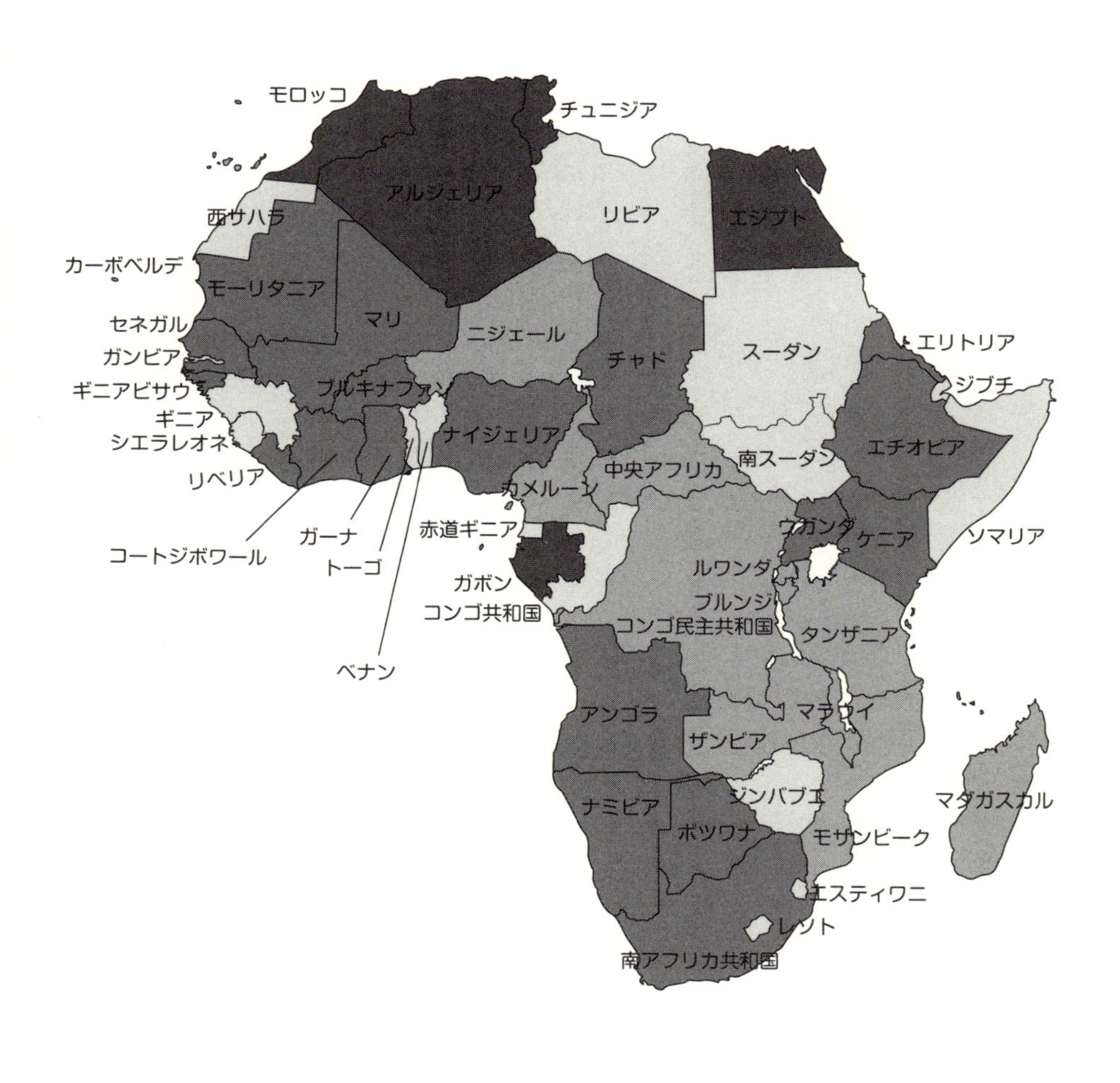

FIG.031　アフリカ諸国の総人口に占める中産階級の割合（2015年）

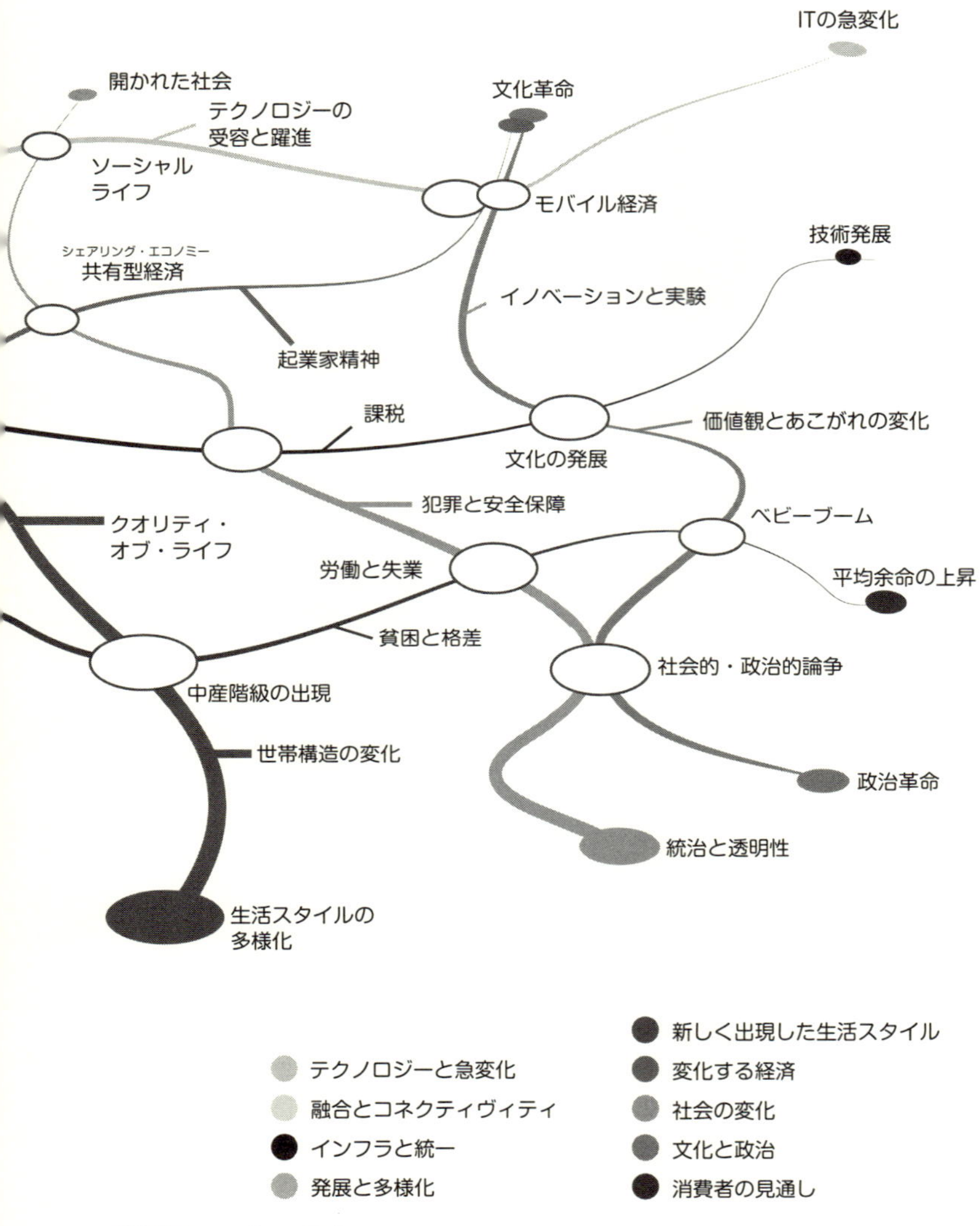

発展のエコシステム

トレンドタイプ研究所の研究者はアフリカの発展プロセスの複雑で特殊なエコシステムを説明するのに9つの傾向や力線を用いている。ここではその9つに凡例のようなタイトルをつけた。線に沿って派生していくいくつもの段階を見ることができる。線と線が交差するとまた別の決定的な事象が起こる。ここではそうした事象を丸で表している。

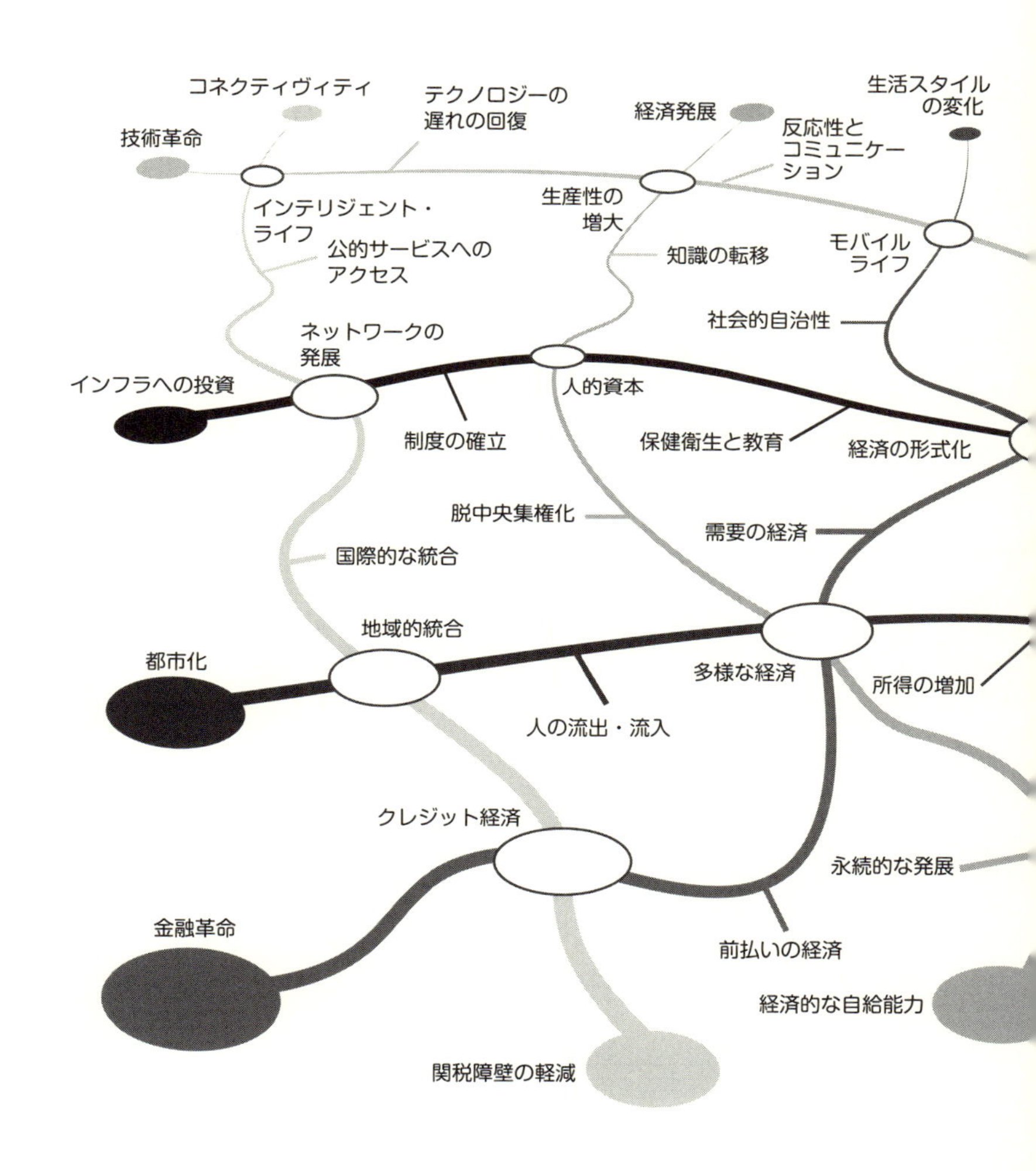

FIG.032　アフリカの発展におけるリスクとチャンス

アフリカでクオリティ・オブ・ライフを向上させるのは個人の能力である。中産階級とはそうした能力をもつ人を指す。

しかし、アフリカにおいて中産階級を定義するものは、所得以上にクオリティ・オブ・ライフを向上させる個人の能力だ。そもそも自分自身の力で境遇を好転させようとは考えていないアフリカの中産階級を安定させるもうひとつの鍵は、激しさを増す物価変動と市場への回復力(レジリエンス)だ。経済的に安定しふたたび貧困に陥らないために、アフリカの中産階級は他人をあてにせずに創意に富んだ方法を編み出した。たとえば、彼らは複数の収入源をもっていて、社会的な関係を構築して消費を制限し、払えるようになればすぐに金を使う。ごくわずかな額であってもしょっちゅう何度も金を使うのだ。アフリカ以外の地域で見られるのとは対照的に、アフリカの中流化戦略は個人主義的な行動から生じるのではなく、個人主義を生みもしない。彼らは連帯組織の改良に精を出した。ただし、今日の連帯組織は自由でより選抜された集団での連帯だ。そして、互いに危険や不測の事態に遭遇したときに身を守るための組合をつくった。こうした組合は西アフリカでは「トンティン」、南アフリカ共和国では「ストックヴェル」、エチオピアでは「エクブ」と呼ばれる。このような形式にとらわれない個人による連帯グループは、実際には相互扶助組織や投資団体や不動産会社などのいくつもの役割を担っている。

「金持ちでもないが貧しくもない」と自称する不安定な中流化をした人々のほとんどは都市部に住んでいる。移住した人もいるが、大部分は都市の生まれだ。彼らはおもに公務員や商売人や私企業の経営者もしくは従業員である。一般的にアフリカの中産階級はこうした「表向きの」仕事に加えてほかの仕事をもっている。フォーマルな仕事ではなく家族経営の外食業、行商の売り子、縫製などの仕事のほうが副業になりやすい。また、多くの世帯が外国に移住した親戚から仕送りを受け取っていて、その総額はアフリカ全体で年間380億ドルになる。

総じてまだ若く、生活を「獲得」する域を出ていない中産階級は、西洋諸国と同じように結婚年齢が遅いうえに、親世代のように多くの子どもを産みたがらない。彼らは食品や消費や職業や、とりわけ通信性の選択肢が増えた生活を享受している。恵まれた社会では教育こそが昇進の手段だと知っているので、すすんで夜間学校に通って勉強したがる。高い需要のおかげで、アフリカは世界じゅうの教育や通信教育を専門にした大学にとって非常に魅力的な市場になった。子どもの学校を選ぶとき、中産階級の両親は学校までの距離よりも教育の質を重視する。結果として彼らの所得では他の地域の中産階級に見られるような集中的なモデルは獲得できない。アフリカの中産階級は自ら継続可能な幸福や別の手段を重視するのである。にもかかわらず、大都市ではスーパーマーケットや大規模ショッピングセンターが個人商店やインフォーマルマーケットに取って代わられつつある。所得の増加と都市化が国内需要に刺激を与えはじめて以来、アフリカ諸国の経済は国外の経済危機の影響を受けにくくなった。すでに8億人のアフリカ人が1台以上携帯電話をもっていて、5億世帯にテレビがある。アフリカの家計の最終消費支出の年間平均成長率は2000年以来10パーセントを超えている。

流用されるテクノロジー

15年ほど前からアフリカの「テクノロジーの大躍進*」を象徴している携帯電話も、間違いなくもっとも予想外で革新的で決め手となる発展の手段である。今日、アフリカはアジアに次いで世界第2位の携帯電話市場になっていて、すでに8億人以上が携帯電話を使用している。早くも2017年にはアフリカ人の97パーセントが一人1台携帯電話をもっている。そのうち半分はインドや中国でつくられたスマートフォンだ。

情報通信技術*(ICT)がここ十数年で成し遂げた進歩として決定的だったのは、その普及率だ。あっというまに広がったモバイルテクノロジーはすでにアフリカに数多くの発展をもたらした。今日では教育、衛生、安全保障、農業、牧畜、政治、商業、売買の世界にも変化を起こしている。アフリカ諸国で携帯電話は次のようなことを可能にした。企業主のネットワークの発展、地方市場を農民に有利にする変革、相場に応じた収穫量の調整、薬の闇売買ルートの追跡、家畜泥棒や密漁の取り締まり、選挙違反の規制、女性同士のネットワーク構築、経済活動への女性の取り込み、ワクチンキャンペーンや食糧の配給の最適化、灌漑設備の遠隔管理、インターネット上での医師による診察、医師と患者のあいだでのデータや情報の交換、孤立した共同体との通信、疫病の予防……。携帯電話を使うことで経済活動と働き方が変わらなかった業界はない。携帯電話は貧困とのたたかいや生活環境と労働の向上やアフリカにおけるわずかな発展の出現と安定化に寄与した。結果的に携帯電話のエコシステムは直接・間接的に880億ドル(2013年)を生み出した。これはアフリカ全体のGDPの7・5パーセントに相当する。

銀行への挑戦

1980年代末まで国営銀行や旧宗主国経営の銀行に支配されていたアフリカでは、近年まで、とりわけ小規模企業主への融資に銀行のシステムが対応できていなかった。また新たに現れた中産階級の預金能力、人々の移動、より広い視点ではアフリカ経済の誕生にも対応できていない。アフリカの中産階級の収入には手数料を払うほどの余裕がない。そのうえ、潜在的な顧客と銀行のあいだに距離がある。このような制約があるために、今日、サハラ以南アフリカでは人口の3分の1しか銀行口座をもっていない。こうした状況に対応するためにマイクロ・ファイナンスをはじめとするアフリカならではの解決策がいくつも誕生した。マイクロ・ファイナンスとは、まとまった金が必要なときや大学に登録金を払わなくてはならないときに金を借りて、借り入れ分を毎週所得から返済できるというシステムだ。また、農民が家畜を増やしたい場合や、小規模食料品店がストックを増やしたい場合は、小口融資(マイクロ・クレジット)から支援を受けることができる。しかしこの方法にも限界がある。マイクロ・クレジットをおこなう銀行が、社会のもっとも弱い層から得た利益としての金利が上昇しているのに加えて、貸付金が認められる敷居の低さが結果として多重債務を波及させ、返済能力を失った一部の借り手を自殺にまで追い込みかねないからだ。

そこで数年前から頭角を現しはじめたのが、携帯電話を使った「モバイルマネー」という別の簡便な融資の手段だ。モバイルマネーはテレフォン・クレジットに着想を得て2007年に始まった仮想取引で、流動性のあるマイクロ・ファイナンスの要素をもっている。認可された店に口座を開き一定額を預けると電話を使って給与や請求書や仕入れ金が支払える仕組みで、低い利率で信用取引ができ、最小限のリスクで家族に送金することができる。タンザニアで始まったこのシステムは、今では38か国で利用でき、登録業者は130以上ある。いくつかの国では主要な取引手段になっている。たとえば2015年のコートジボワールでは、銀行に口座をもっている人はわずか100万~200万人であるのに対して、毎日モバイルマネーを使っている人は300万~400万人もいた。ケニアでは成人の75パーセントが日常生活の支払いにこのシステムを使っている。金融改革とキャッシュレス社会到来のさきがけであるモバイルマネーは、今後もアフリカ特有のニーズと利用法に技術と設備を合わせるためにアフリカの経済発展の中心になっていくだろう。

水やエネルギーのインフラが欠けているだけでなく、国家経済の脆弱さに直面しているアフリカの人々は、テクノロジーは追いついていないながらも現地の資源とリサイクル製品によって革新的な解決策を数多く発展させてきた。アフリカの外ではあまり知られていないが、これらは環境への負荷が最小限でありながら大きな社会的影響を与えることのできるローテク*革命が発展にもたらすものの一例である。

そして光が現れる

アフリカが成長を続けるためにとりわけ克服すべき欠点は、何よりも電力網と通信網の発展だろう。というのも、再生可能で豊富なエネルギー資源が採掘されているにもかかわらず、サハラ以南アフリカは世界でもっとも電化の遅れた地域だからだ。全世帯の32パーセントしか電気が通っていない。中産階級の発展とともに状況はより危機的になってきた。電力需要は今日から２０５０年までに１１０〜１４０パーセント増加すると予想されるからである。

電力の産出と供給は、再生可能エネルギーや、発電方法と規模の小さい消費に対応した、アフリカの制約に適合したものでなければならない。そうした電力が生まれれば、アフリカの次なるテクノロジーの大躍進の下地になるだろう。たとえばルワンダでは、２３７０万ドルがあればわずか1年で８・５メガワットの発電所を建設できた。太陽光・風力・水力・バイオマス*技術に基づき段階的に大規模な計画が進んでいる新しいエネルギーシステムは、アフリカに「ネットワークの網目」を敷く代わりに1か所に集中した発電モデルをつくることを可能にした。いまはまだ4億人にしか電力を供給できていないが、このシステムのおかげで２０４０年には9億５０００万人に供給が可能になる。国際エネルギー機関*（ＩＥＡ）によると、２０３０年には早くもアフリカの電力の半分以上がネットワーク以外の方法で生み出され分配されるという。たとえばケニアでは、約15万世帯に太陽光によるエネルギーを供給しているＭ－ＫＯＰＡソーラー社が今日から２０１８年までに１００万世帯の電力を産出できると試算している。ケニアの世帯はケニアのモバイル送金サービス、Ｍペサで電気の支払いをすることができる。

このように無政府主義の見かけを装い、西洋近代的な経済の仕組みを自ら遠ざける論法にのっとった起業家と協同組合の組織はアフリカのあちこちで見られる。これは西洋近代的経済に取って代わる経済の誕生を啓示している。アフリカでは、裏通りの区画や難民キャンプで独特の統治システムが一時的に政権の不在をしのいでいる。機転のきく自主性をもち、困難をものともしない若い人々の力に押されたアフリカの天才的な創造性は、次世代の経済にもインスピレーションを与えることができるだろう。より大規模になる計画に転向し理論的なプランを蓄えたアフリカの経済によって、アフリカの中産階級は発展をわがものにして、新しい発展の規範をつくり出すことができる。異なる背景のもとに練り上げられ実行されているモデルを踏襲しないアフリカなりの改革は、別の筋書きの可能性を世界に提示しているといえる。

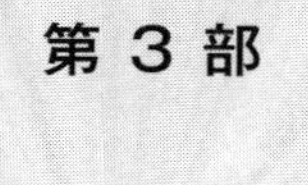

第3部

新たな希少資源

人間は自らが熱愛するがために
生じた結果を深く悲しむ生き物だ。
——ジャック＝ベニーニュ・ボシュエ

11

新たな希少資源のリスト

鉱物の枯渇、温暖化、水不足……。21世紀は私たちの意識に、地球は有限の集合体であり、私たちの経済モデルは疲弊していることを日々思い起こさせる。魚、砂浜、鉱物は、数を減らしながら今日の生活スタイルが子ども世代に残しておく未来の輪郭を描き出している。しかし最新のテクノロジーと新しい習慣は私たちの力関係を変えつつある。習慣や生活の骨組みをつくりかえれば、ふたたび豊かさがもたらされるのだ。そして新たな依存関係や文明の変化の予兆も生み出される……。

第一に希少性とは、特定の集団が一定の資産や資源をわがものにしたいと思ったときに、充分な量を使用できないことを指す。つまり希少性とは、希少な資産に使用価値を与える有用性と市場価値を決める需要の指標である。たとえば不圧地下水が枯渇している地域では、淡水が希少資源になる。またヘリウムは世界じゅうに豊富に存在しているが、工業や研究分野において代替不可能なために希少資源のリストに掲載されている。

予測不可能な希少性

前述の例が示しているように、希少性とは消費の量や科学の進歩に応じてそのときどきで変化する相対的な状態である。しかしながら、いくつかの発見によって希少だったものが大量に再現されて希少でなくなったり、反対に新たな希少性が生まれたりする場合がある。典型的な例が天然資源だ。天然資源の埋蔵量はテクノロジー、鉱山開発、貯蔵量、市場価格、需要、ひいては気分や推測といったほかのファクターによっても変動する。世界経済の金融化が進むとともに情報やそれ以外の兆候も、ある商品や資源の突然の品薄状態や市場に影響を与えるようになった。数あるなかでも石油がもっともわかりやすい例だろう。実際のところ誰も石油の「真の」希少性を知らないからである。石油の希少性を測るには数多くの不測の事態を考えなくてはならない。たとえば現在知られている余剰量、すでに知られている埋蔵量、潜在的な埋蔵量、利用できる埋蔵量、新しい鉱脈の発見、産出割当量の取り決め、中東の政治情勢、再生可能エネルギーの価格、中国の需要、サウジアラビアの産出量、ドルの相場といったことだ。そのうえ、石油の採掘そのものも経済的な背景に依存している。1バレルあたりの価格が値上がり傾向になると同時に希少性の原理が起こる。ところが逆説的には、この値上がりがうわべだけであっても産出量の回復を後押しする。というのも鉱脈の採掘には莫大な資金がかかるからである。たとえば根源岩*からとれる石油がふたたび採掘に充分なもうけをもたらすとしよう。すると今度は関係が逆転する。石油が市場に大量に出回るために価格が下がり、採掘への投資は削減される。つまり最終的に石油の希少性を決めるのは、埋蔵量に限度があるという性質ではなく、経済主体の動きなのだ。世界規模での貿易の自由化*が進んで以来、実際に世界の経済はすべて希少性の原理のもとで動いている。希少資源のリストは、こうしたメカニズムを解き明かし、資源不足から生じる危険に向き合い、資源の獲得や平等な再分配について考えさせてくれる。希少性のリストを考えることは、同時に利益を嗅ぎつけて希少性を生み出そうとしている主体やメカニズムを突き止めることでもある。

グローバル化した希少性

希少性リストでもっとも重要なのは、物理的な希少性だ。たとえば経済成長に欠かせず、需要は無限なのに有限な石油や砂などの資源の採掘がこれにあたる。原料に関する世界経済の依存関係をもっとも象徴しているといえるだろう。そして次が輸出国にとって鉱脈が戦略的な資源調達元に変わるという経済的希少性だ。例としては、オーストラリアが中国に輸出している原材料農産物や鉱物資源やボリビアで産出されるリチウムが挙げられる。密接につながった（ハイパーコネクテッド）社会ではバッテリー製造に必要なリチウムの需要がますます伸びているからだ。資源の地理的な集中も同じ経済的希少性のカテゴリーに入れられるだろう。たとえばレアアースを見てみると、今日17種の金属の収集や採掘はほぼ中国の独占状態にある。使用権の希少性も経済的希少性のカテゴリーに含まれる。この例としては、地域レベルで土地所有に関する諍い（いさか）いが起こっているあいだに、世界規模で譲渡の交渉がおこなわれている耕作地が挙げられる。人類にとって「突如現れた」希少性は間違いなくもっとも深刻な問題だ。たとえ輸出の制限や誤った採掘の結果によって希少になったのだとしても、希少性は生活必需品の相場を高騰させるので、所得の大半をパンや油や砂糖に使わ

郵便はがき

料金受取人払郵便

新宿局承認

1993

差出有効期限
2021年9月
30日まで

切手をはらずにお出し下さい

160-8791

343

（受取人）
東京都新宿区
新宿一－二五－一三

原書房

読者係 行

1608791343 7

図書注文書（当社刊行物のご注文にご利用下さい）

書名	本体価格	申込数
		部
		部
		部

お名前　　　　　　　　　　注文日　　年　　月　　日

ご連絡先電話番号（必ずご記入ください）　□自宅　（　　）　□勤務先　（　　）

ご指定書店（地区　　　）（お買つけの書店名をご記入下さい）　帳合

書店名　　　　書店（　　　店）

5702

グラフと地図で知る **これからの20年**

愛読者カード ヴィルジニー・レッソン 著

＊より良い出版の参考のために、以下のアンケートにご協力をお願いします。＊但し、今後あなたの個人情報(住所・氏名・電話・メールなど)を使って、原書房のご案内などを送って欲しくないという方は、右の□に×印を付けてください。 □

フリガナ
お名前 男・女（ 歳）

ご住所 〒 -

市 町
郡 村
TEL （ ）
e-mail @

ご職業 1 会社員 2 自営業 3 公務員 4 教育関係
5 学生 6 主婦 7 その他（ ）

お買い求めのポイント
1 テーマに興味があった 2 内容がおもしろそうだった
3 タイトル 4 表紙デザイン 5 著者 6 帯の文句
7 広告を見て（新聞名·雑誌名 ）
8 書評を読んで（新聞名·雑誌名 ）
9 その他（ ）

お好きな本のジャンル
1 ミステリー・エンターテインメント
2 その他の小説・エッセイ 3 ノンフィクション
4 人文・歴史 その他（5 天声人語 6 軍事 7 ）

ご購読新聞雑誌

本書への感想、また読んでみたい作家、テーマなどございましたらお聞かせください。

グローバル化が始まってからというもの、
経済のすべてが
希少性の原理によって動かされるようになった。

ざるをえない最下層の人々を圧迫する。2008年の小麦価格の高騰による飢餓と暴動がとくにアフリカで多かったのは、記憶に新しい。

経済的希少性のカテゴリーには、社会の変化や技術によって生じた新しい希少資源が並んでいる。なかでもチョコレートの希少性は、新たに出現した中産階級がヨーロッパやアメリカ社会の生活スタイルと食習慣を取り入れるにしたがって進んだ世界の西洋化と、彼らが非常に高額の製品を大量に手に入れられるようになったという欲求をも象徴している。また、ミツバチの希少性は農業生産よりも早く工業化が進んだことと、世界共通の生産性や競争力への要求の二次的影響である。より包括的・逆説的に、生物多様性の喪失と種の絶滅は、世界経済のシステムが自然資本を維持するための管理能力をもっていないことを証明している。海洋での過剰搾取がその例だ。また、無料で豊富に存在したものを金を出して買う希少な存在へと変える生物の商品化が進むにつれて、別の希少性も生まれた。種の特許権取得はその顕著な例だ。種に特許権が認められると、農家が伝統的に育て祖先から受け継いできた作物や種子を所有したり利用したりできなくなる。言い換えれば、グローバル化とグローバル化に伴う私有化のプロセスはここ30年で希少性の概念を手が届くかどうかの問題から使用権の問題に変えてしまった。希少性は資源の分配を決めるだけでなく社会秩序をもつくりかえていくだろう。

特権としての希少性

希少性は世界経済を管理し、同時に社会階層の確立、もしくは階層や役割の特権と結びついている。そうした階層は特定の資産やサービスにどれほどアクセスできるかで決まるからだ。たとえば、経済制度や富がありあまる豊かさを惜しみなくふりまくことのできる西洋諸国や新興国では、希少性と特権が混同されている。特権はそこにアクセスできる人に、独特のサインや帰属を示すものや地位や成功の証を与える。希少性とは、貧しい少数派にはひとつの選択肢しかないのに、豊かな人は子どもの学校を選ぶ選択肢がいくつもあるといったようなものである。この場合、希少性はインフラの不備や学校設備の不足から生まれるものではなく、社会的・文化的エリートだけがもっている独占性に由来している。反対に、いくつかの都市圏で託児所に子どもを預けられないことは所得の水準によるものではなく、使用権の欠如から生じるものである。希少化がさらに進むと「階層の希少性」はヨット、無人島、非常に手の込んだオブジェなどの希少性になり、そうなるともはや需要に対して供給されるという弾力性*の問題ではなく不足を補う形をとる。こうした「希少な」特権へのアクセスは飛行機での旅行や劇場や電子機器などに拡大し大衆化していく。ほかの希少性もすぐに希少性の社会的役割を保ったままでっちあげられる。VIPルーム、貸し切りでの観劇、限定版（リミテッド・エディション）といったように……。

私たちの時代を示す証であるこのような希少性は、グローバル化した社会で「成功」の基準を与える社会移動（個人の社会的地位の変化）の道具だ。社会的な地位と富に関連性がない狩猟採集民族の社会にこうした希少性は存在しない。このような問題を受けて、解決策がいくつか実行に移されてはいるが希少

アンチモン 2025年	ダイヤモンド 2025年	セシウム 2028年	錫 2030年	鉛 2030年	亜鉛 2031年
クロム 2031年	金 2033年	銀 2034年	ストロンチウム 2035年	カドミウム 2037年	マンガン 2046年
ニッケル 2048年	フッ素 2049年	銅 2051年	ビスマス 2052年	タングステン 2054年	水銀 2064年
ジルコニウム 2065年	レニウム 2066年	ホウ素 2070年	鉄 2073年	コバルト 2078年	ニオブ 2087年
タンタル 2097年	グラファイト 2108年	カリウム 2114年	チタン 2117年	ボーキサイト 2134年	白金 2219年
ベリリウム 2310年	リン 2319年	リチウム 2389年	泥炭 2415年	マグネシウム 3196年	レアアース 3196年

FIG.033　2015年12月31日現在の鉱物の枯渇カレンダー

性を改善できるかもしれない。たとえば社会的連帯経済*が提案している資源や資産の公営化。製品や製品をつくる材料の寿命を延ばすことのできる循環型経済*。習慣を変えるように促す規格や品質保証のついた製品を個人的もしくは税の強制によって選ばせる抑制。このような考え方から、「汚す権利」という新しい希少性が誕生した。温暖化や温室効果ガス*の排出量削減とたたかうために、協定と公的決定機関によって定められた規定のCO_2排出割当量を国や企業間で交換できる「排出取引」の仕組みが世界のあちこちで実施されはじめた。

もっとも複雑な世界共通の希少資源は時間と「遅さ」だ。天然資源が有限であるように、時間はたえず進み戻ることはない。ゆえに時間は貴重な資産だ。現代を生きる人間は時間と「スロー」な経済に責任を負っている。何よりも時間に価値が置かれる先進国で「スロー」であることほど贅沢なものはない。しかし、現代人ほど時間という資源をもっている人はいない。20世紀初頭、フランス人は平均で人生の40パーセントを仕事に費やしていたが、現在ではもうわずか10パーセント（人生を70万時間だとすると6万3000時間）しか仕事にかけていない。今後数十年で経済活動の大半で自動化（オートメーション）*が進み、この比率はますます下がるだろう。オートメーションだけでなく、労働時間の削減とトランスヒューマニズム*研究が、バイオテクノロジー*と脳科学の助けを得て今世紀末までに人類の寿命を伸ばすことも比率が下がる一因だ。砂浜や原始林*に経済的希少性を見出し、生態系や生物や動植物の希少性を生み出し、遅さの希少性を売ったあとで、人類は最終的に究極の希少性を生み出すだろう。死と人間性への希少性を。

12 やせていく海

岸から海を眺めるよりも勢力範囲の土地を整備したり拡大したりするのに忙しい西洋社会では農業ほど注目を浴びてはいないが、漁業は昔から人類に非常に多くの食の恵みや、社会的・経済的な利益をもたらしてきた。また詩情や美食や神話をも育んできた。イヌイットや日本やポリネシアやスカンディナヴィアといったいくつもの文明にとって、漁業は精神的な拠り所でもある。しかし、このままでは貪欲な市場の影響を受け、漁業の歴史はとぎれてしまうだろう。人類は海から資源と生物をとり尽くそうとしているのだ。人類が生き延びるかどうかは海しだいだというのに……。

20世紀、所得が上がるにしたがって動物性たんぱく質の需要が増大し、世界の海は狩り場へと姿を変えた。それからというもの、海の生態系破壊の仮説は早まってきている。クジラ、タラ、クロマグロは最初の犠牲者だ。次に絶滅するのは、おそらく漁師という仕事だろう。

牧場としての海

ここ50年で魚の一人あたり平均消費量は2倍に増えた。今日では一人年間20キロで、これは牛肉と鶏肉を合わせた消費量と等しい。1950年と比較するとすでに5倍になっており、漁労資源*の総需要は2010〜2030年でさらに25パーセント以上増加すると考えられている。インド（45パーセント増）と中国（30パーセント増）での需要の伸びはそれ以上で、この2か国が日本とアメリカを抜き世界最大の魚消費国になるだろう。そもそもアジアだけで世界の漁業市場の70パーセントを占めるようになるだろう。これは世界人口に占めるアジアの割合（60パーセント）よりも多い。

需要に応えるために漁労生産の規模は変わった。特定の地域でしかおこなわれていなかった漁労は、ここ数十年で世界じゅうに広がり、職人の仕事から産業になった。漁と養殖双方の技術発展のおかげで、世界の漁獲量はすでに1900万トン（1950年）から1億6000万トン超（2014年）に増えた。2030年には1億9000万トンに達するだろう。全体を見ると、そのうち80パーセントを人間が直接消費し、残り20パーセントが油や魚の養殖に使う魚粉に加工されている。1980年代までは海での漁獲が世界の生産量のほぼすべてを占めていたが、現在では部分的に養殖が取って代わっている。

漁業技術はここ50年で魚の需要の高まり、設備の進化、航海技術の進歩、そして農業分野ではすでに広くおこなわれている生産の3つの方法（集中、強化、機械化）の影響を同時に受けて大きく変わった。産業としての漁業が頭角を現しはじめたのにはこうした背景がある。

北では船、南では魚

中国、日本、韓国、アイスランド、ノルウェー、EU諸国の数か国でのみおこなわれている大規模漁業は、2014年にすでに世界の漁業収益の半分にあたる1600億ドル以上の収益を上げている。しかし大規模漁業をおこなっている船は世界の船舶の1パーセント、人数でいうと4000万人いる世界の漁師の2パーセントにすぎない。それ以外の大半は発展途上国に暮らす零細漁業者だ。

こうした動きの背景にある漁獲法は、多くの問題を引き起こした。大規模漁業の漁獲法については、世界じゅうの生物学者が海の衰弱と資源破壊のリスクがあるという結論で一致している。だが、漁業は資源に頼って成長してきた。魚の平均価格は2000〜2014年で約60パーセント上昇し、生息数はもう回復しない。わずか20年で、南太平洋のアジは90パーセント以上、西アフリカのハタは80パーセント以上、北太平洋のクロマグロは95パーセント以上減少した。その結果、ある魚が多く獲られるとその魚がいないのを利用してほかの魚が増え、遠洋*の海洋生物の食物連鎖全体が崩れる「栄養カスケード」と呼ばれる現象も見られるようになった。安定した高い収入が魅力的な大規模漁業はまるで海での強奪だ。今後、大規模漁業は3つの方針に沿って利益を上げていくだろう。

ひとつめは、より遠い沖合、南やさらには南極や各国の排他的経済水域*から遠く離れた海や監視区域外へ漁に出ること。こうした漁は違法漁業や非合法の漁を助長し、生息数の回復に不可欠な沿岸部への魚の回遊を減らす。ふたつめは、水深数百メートルのところまですくうことができるトロール網の使用だ。トロール網は海の底をこそげとり生態系全体を破壊する。とりわけ、海底山脈や多くの種類の底生*生物が身を隠すための起伏を壊してしまう。今日、深いトロール網による漁業は、すでにユーラシア大陸と同じ面積の5000万平方キロメートル以上の海底をさらってしまった。3つめは、大型魚（マグロ、メカジキ、タラ、スズキ）の漸進的な減少に対処し、魚粉や魚油の需要に応えるために、イワシやサバやアジや深海魚といったより小さな種の魚の漁獲量を増やすという方針である。

漁獲高競争の先を行くには、より高性能な船舶の力が求められる。高度に機械化された船には、音波探知機、GPS、さらには冷凍設備までついている。セールスマンはまさに漁業産業コンビナートである船の機能を国際的な決定機関のもとで競っている。たとえばヨーロッパでは、漁労産業の圧力団体が共通漁業政策（EUが加盟国ごとの漁獲高を制限した漁業政策）の枠組みのなかで決議の方針を決めようとしている。ヨーロッパ全体では、職人としての漁師が全体の65パーセント、船舶でいうと80パーセント超を占めているのに対し、彼らへの割当量はごくわずかだ。たとえば地中海では、伝統的な漁による漁獲量が全体のたった10パーセントしかない。フランス会計検査院がまとめた2013年のレポートによると、大規模漁業は密売ルートの売上高と同額の公的補助金をもらっているという。海洋資源を専門に研究しているカナダの生物学者、ダニエル・ポーリーによると、ヨーロッパの助成金の80パーセント近くが海洋資源を持続的・永続的に管理する条件には合わない漁業法に割り当てられているということだ。

多数派の悲劇

ヨーロッパは漁労資源の乱獲に直面している（地中海の資源の80パーセント、北海の資源の88パーセン安定した高い収入が魅力的な大規模漁業はまるで海での強奪だ。

トが過度の漁獲にさいなまれている)。そこで、EUは漁業の進んでいない国の外洋に漁獲量を分散させて消費者の需要に対応することにした。つまり、そうした国から使われていない漁獲割り当てを買うのだ。ギニアビサウ、マダガスカル、ガボン、セーシェル、それにキリバスといった国が、数百万ユーロと引き換えに法的な合意の枠組みの範囲内でヨーロッパの船舶に漁業権を「貸す」のに同意した。賃料の不公平さとヨーロッパの船舶が誘発する搾取の収益が槍玉に挙げられてはいるが、それでもこうした合意は、漁船の「セネガル化」の害に比べればだいぶましだ。「セネガル化」とは、ヨーロッパの市場向けに漁をするためにヨーロッパの船舶にセネガルの船籍を使わせることである。ヨーロッパの市場で引っ張りだこになり、現金の不労所得に魅了された伝統的な漁師が漁をやめることで地元の市場が魚不足になっている。

セネガルの沖ではさらにひどい略奪行為の動きが現れつつある。違法・無報告・無規制(IUU)漁業*と呼ばれる略奪だ。よそからやってきた船が、なんの罰則も受けずにアフリカ諸国の国家権力の弱さを利用して、漁労資源を根こそぎとってしまうのである。IUU漁業のせいでセネガルでは国民的な魚であるマハタが消えかかっている。そして、資源を失った現地の住民が取り残される。このままでは、サハラ以南アフリカの一人あたり年間魚消費量は、2030年までに1年あたり1パーセントずつの減少を余儀なくされ、2030年には6キロ以下になるだろう。これは日本人の消費量の10分の1だ。しかし、2016年6月に革命的な国際合意が実施され、セネガルの魚の消費量が別の道筋をたどる可能性が出てきた。29か国が批准したこの合意は、IUU漁業に真っ向から反対しこれを撲滅するために、大国(チリ、アメリカ、ノルウェー、韓国、タイ）に港に着岸し入港を望む無国籍船舶を通報するという厳しいルールを定めた。２００９年に始まり数年にわたる外交努力を経て採択された「国際連合食糧農業機関（ＦＡＯ）合意」は、不法漁業にはっきりと判断を下した初めての罰則付きの条約である。この条約が実施され尊重されるようになれば、実際に世界の漁労資源の枯渇を避けられるだろう。そして、世界に４０００万人以上いる漁師と２０００万人の水産養殖業者（うち90パーセントは発展途上国）は今後も漁業に従事することができる。しかし、いずれ食用となる海洋生物の数が劇的に減ると今度は大規模漁業従事者が自らの乱獲の被害者になり、物語を不条理な結末に進めることになる。

大規模漁業の進歩によって漁獲量は増えた。そして、ここ50年で消費量がもっとも多いマグロやタラといった種の90パーセント以上が消えた。２００６年に発表された『サイエンス』誌の研究によると、商用魚のストックは２０４８年までに底を突くという。近年の研究では枯渇する期限が２０３５年に早まった。また、今日70〜90パーセントの種が完全に搾取もしくは過剰搾取を受けているとする研究もある。世界銀行は、現在の漁獲水準がストック回復に生態系が必要とする量の２・５倍にあたると指摘している。そのため、短期間で大規模な魚不足に陥ってしまい、すでに消えてしまった種もいるという。また、大規模漁業は海の生物を大量に殺すだけでなく、「二次的に」とれてしまった種を海に捨てることで著しい無駄遣いをしている。総漁獲量の約３分の１が捨てられているのだ。二次的にとれてしまったサメは、世界で年間１億匹以上殺されている。サメは人間が消費を調節しなかったがゆえの間接的な犠牲者だ。ＩＵＵ漁業とたたかう新しい合意にならって生態系にかかる圧力に対処する動きはいくつもある。最初に到来する群れは、より漁獲高を増やすストックを大量に再生産するのに役に立つので、まず季節による漁獲割当量

今度は大規模漁業従事者が
自分たちの乱獲の被害者になり、
物語を不条理な結末に進めることになる。

を変えなくてはならない。代わりに「個人の漁獲可能量」と呼ばれるモデルで、漁師一人ひとりが長いスパンでふたたび市場に売りに出せる確かな漁獲割当量を得られるようにする。さらに、資源が持続可能でありつづけるための最大量にしたがった漁獲割当量を管理する責任を漁師に委任する。そうすることで短期間でシステムが浸透し、ストックの管理を向上させられるようになるだろう。このシステムが実施されたアイスランドでは効果が得られている。反対に、被害を受けている発展途上国では、とりわけ大規模漁業との漁獲高競争に対抗する法的手段がないので、この方法は役に立たない。割当量はあっというまにこの機に乗じた北半球の国々に買われて、現金資源になってしまうからだ。譲渡可能な（安く買った）いくつもの割当量分だけ大量に水揚げされた魚は冷凍保存され、認可された漁獲量が使い果たされて、価格が上がったタイミングを待って売り出される。このような逃げ道をなくすために、あくまで売買の可能性を残しつつ、漁獲割当量の売買取引を管理する新しい解決策をつくる必要がある。

育てる場としての海

おそらく、漁業の未来は厳しい。その一方で、世界の漁労生産に占める養殖の割合は増えていて、2014年にはすでに45パーセント、7300万トンになっている。2030年までに、とりわけインドとラテンアメリカと東南アジアで、2010年に比べて60パーセント上昇するだろう。養殖場の3分の2、アジアに限ると90パーセントが陸地（湖、池、川）にある。現在、すでに養殖は人類の食料消費の半分以上をまかなっているのだ。

養殖によってある種の魚は絶滅を避けられるかもしれないが、養殖方法もいくつもの環境問題を抱えている。たとえば、サケやスギやエビのような肉食魚の養殖に必要な多くの動物性たんぱく質は、たいていの場合、魚油や魚粉でまかなわれている。言い換えれば養殖は、「餌になる小魚」を得るために小さい種類の魚を捕まえる「製粉」のための漁業を促進する。養殖魚1キロのために2・5〜4キロの天然魚が必要なので、今日では世界の漁獲量の3分の1以上が養殖にあてられていると考えられる。しかし、もっとも多くとられて今後減っていくと思われるペルーのカタクチイワシ、サバ、イワシもそれらが暮らしている生態系の保持には不可欠なのだ。今度は養殖が海を枯らさないために養殖魚の餌の多様化が重要になるだろう。すでにそれに対応した方法がいくつも進んでいる。たとえば、餌の代用品として、植物や穀物や養殖魚廃棄物から出る栄養物のリサイクルを使った雑食魚の養殖が挙げられる。結果、15年間で養殖魚を育てるために必要な天然魚の量が平均で80パーセント減った。サケにいたってはすべて代用品で育てられるまでになった。

しかし、もっとも発達しているのは電力を使った養殖なので、エビや魚の養殖場はさまざまな形で周囲の水質に負担をかけ汚染する。たとえば、養殖設備をつくるためにマングローブや河口が破壊されたり、水の富栄養化*や海藻の発生を助長する大量の窒素やリンや動物性排泄物が排出されたりする。このような問題に対して、非常に小規模ではあるが環境への負担を和らげる新しい解決策も出てきた。排泄物の再生利用と水の処理ができる貯水槽での養殖、波を使って排泄物を除去できる沖合での養殖、ある種の魚が出した残り滓（かす）をほかの食用の種（牡蠣、貝類、ナマコなど）に再利用させる食物連鎖を利用した複数種の同時養殖などだ。最終的に、養殖が永続的な方法を大規模に取り入れて、消費者にそうした方法で育てられた魚だとわかるようにすれば、消費者がこの種の養殖魚を優先的に買うようになり、養殖魚は大規模漁業でとられた魚に取って代わることができるだろう。そうすれば、海にとって望ましい未来を用意できる。さらに、魚の養殖のCO_2排出量が少ない点を考えると、養殖魚が肉の代わりに消費されるようになれば、温室効果ガス*の排出量を抑えることも可能だ。

しかし目下のところ、このような明るい未来の実現はまだ遠い。漁労生産を悪化させるほかのファクターがかかわってくるからである。たとえばプラスチックや重金属や炭化水素による海洋汚染、獣疫*、海の酸性化が挙げられる。『サイエンス』誌に載った近年の研究によると、2億5000万年前のP－T境界（古生代と中生代の境を示す地質年代区分）で起こった海洋の酸性化の際にも、地球上の海洋生物の96パーセントと陸上生物の70パーセントという大規模な生物の絶滅が起こったという。これとは比べ物にならないが、現在、いくつかの海域はすでに農薬の工場や企業から出た化学廃棄物のせいで、環境に悪影響を及ぼす数種の海藻しか生えていない「海の砂漠化」という名にふさわしくなってしまった。このような死んだ海域としては、バルト海、メキシコ湾、アメリカのミシシッピ川河口、中国の黄河と長江河口が挙げられる。

つまり、あらゆる可能性のなかでもっとも望ましいものへ向かおうという考えのもとで海と漁師の未来の理論的なモデルをつくるには、多くの内発的な変数（ストックの管理改善）と外発的な変数（ウイルス、気候など）を考慮することが重要だ。世界銀行は「FISH TO 2030」という研究レポートのなかで、6つのシナリオの理論的モデルを示している。そのうちのひとつは、中国のエビやカニ類やサケやマグロの需要

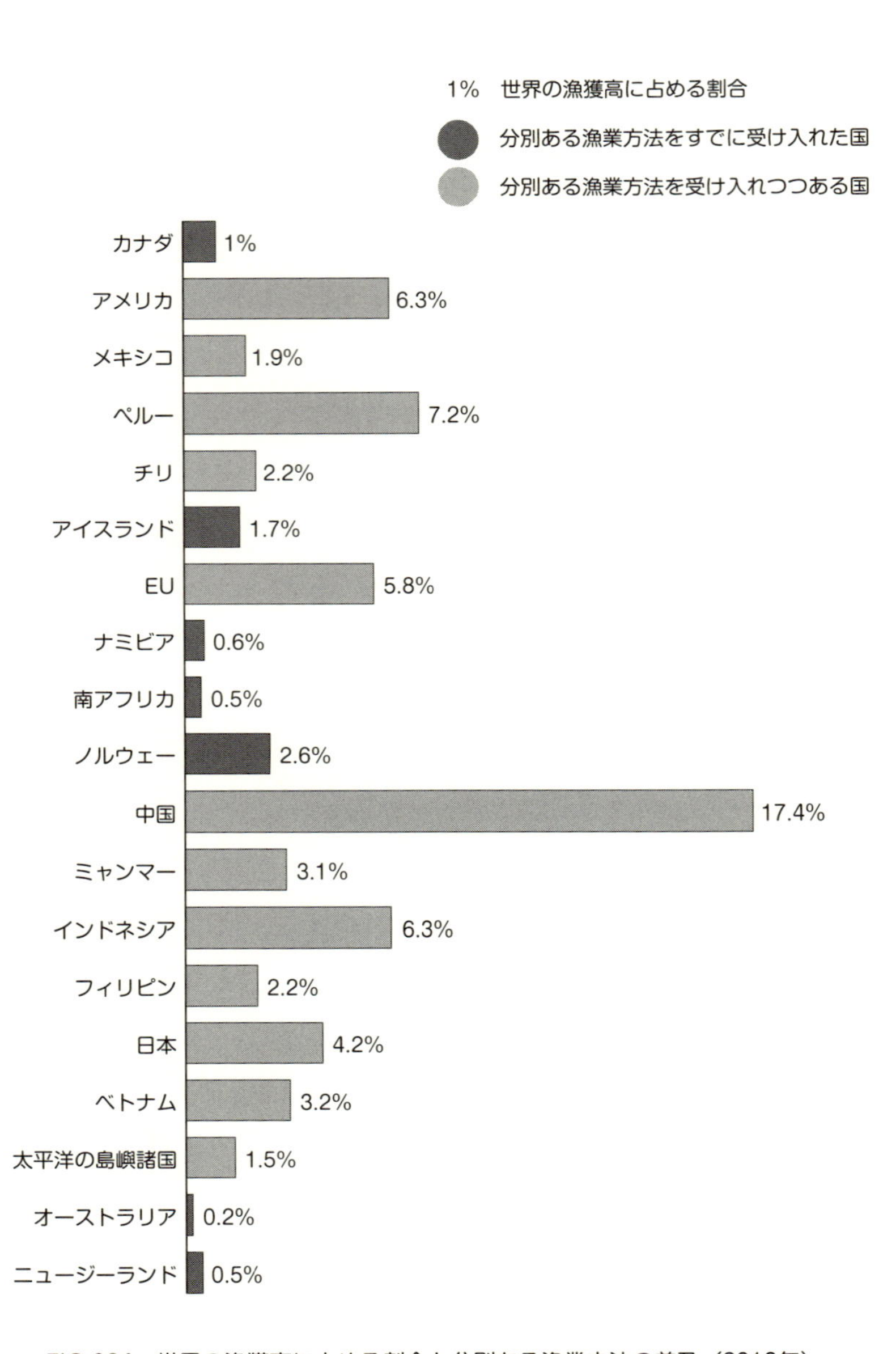

FIG.034　世界の漁獲高に占める割合と分別ある漁業方法の普及（2013年）

の増加が長引けば、中国以外の地域で消費量が減少するだろうと指摘している。

外洋の未来

近年、海洋保護区がつくられたことで海の将来へのもうひとつの扉が開かれた。漁労資源の備蓄が子孫を産み、種を維持できるように、大規模漁業と海底の掘削を禁じた保護区域内に遠洋性・底生生物が数を増やせる海洋公園とビオトープの収蔵庫を提供したのだ。しかし今日、保護区に指定されているのは海の3パーセント以下である。しかも実際のところ、あらゆる乱獲を禁じられ完全に保護されている海域はたった0・2パーセントだ。世界でもっとも大きな保護区は、アメリカによって２０１６年8月26日にミッドウェーとハワイの外洋につくられた。面積はテキサス州の2倍にあたる。この海域では、気晴らし程度の釣りと伝統的な漁以外は禁じられている。アメリカでは、海洋資源の生態系管理と非常に厳しい政府の統制の連携によって、もっとも有効な規制政策のひとつも実施されている。１９９０年代、豊かな魚のストックが衰退していくのを前にした政府が、魚が生息数を回復できるように乱獲された種の保存に関する新しいルールを定めたのである。ルールが定められて15年がたったが、このルールに沿って漁師が習慣を根本的に変えているあいだに、早くも3分の2の実施区域で生息数の増加が見られた。

海洋開発の生態系へのアプローチが、漁師、消費者、生物学者、エコロジスト運動などそれぞれの関心を海洋環境と海洋生物の保護へ結びつけたときから、魚を救うのは漁業になるのだ。

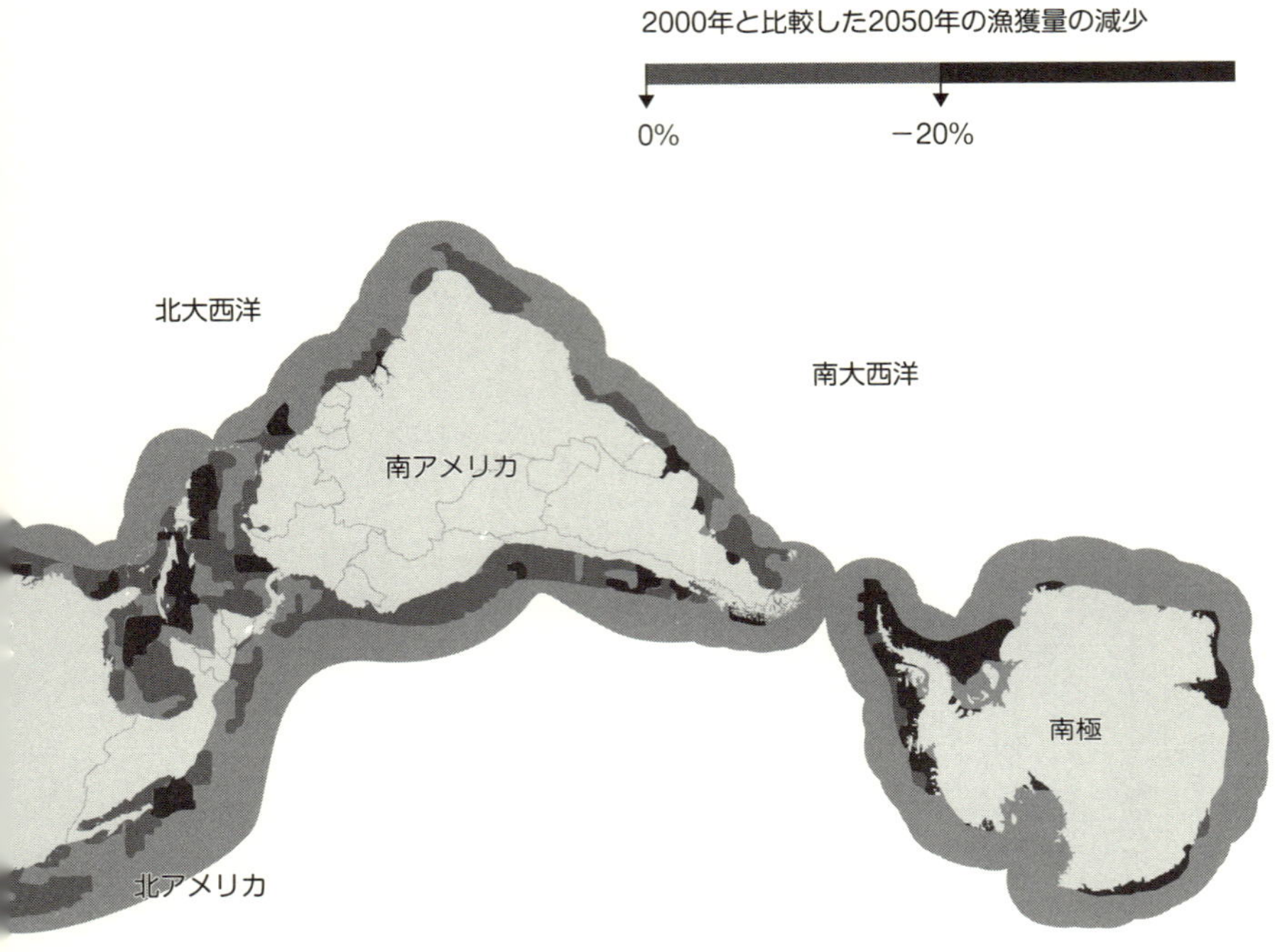

2000年と比較した2050年の漁獲量の減少

0%　−20%

北大西洋
南大西洋
南アメリカ
南極
北アメリカ

ノルウェー海
フィンランド
ノルウェー
北海
スウェーデン
ロシア
イギリス
ポーランド
ドイツ
ウクライナ
大西洋
フランス
黒海
イタリア
スペイン
トルコ
地中海
モロッコ
チュニジア
アルジェリア
リビア
ヨーロッパ

日本
中国
東シナ海
インド
太平洋
ベンガル湾
南シナ海
インドネシア
インド洋
東南アジア

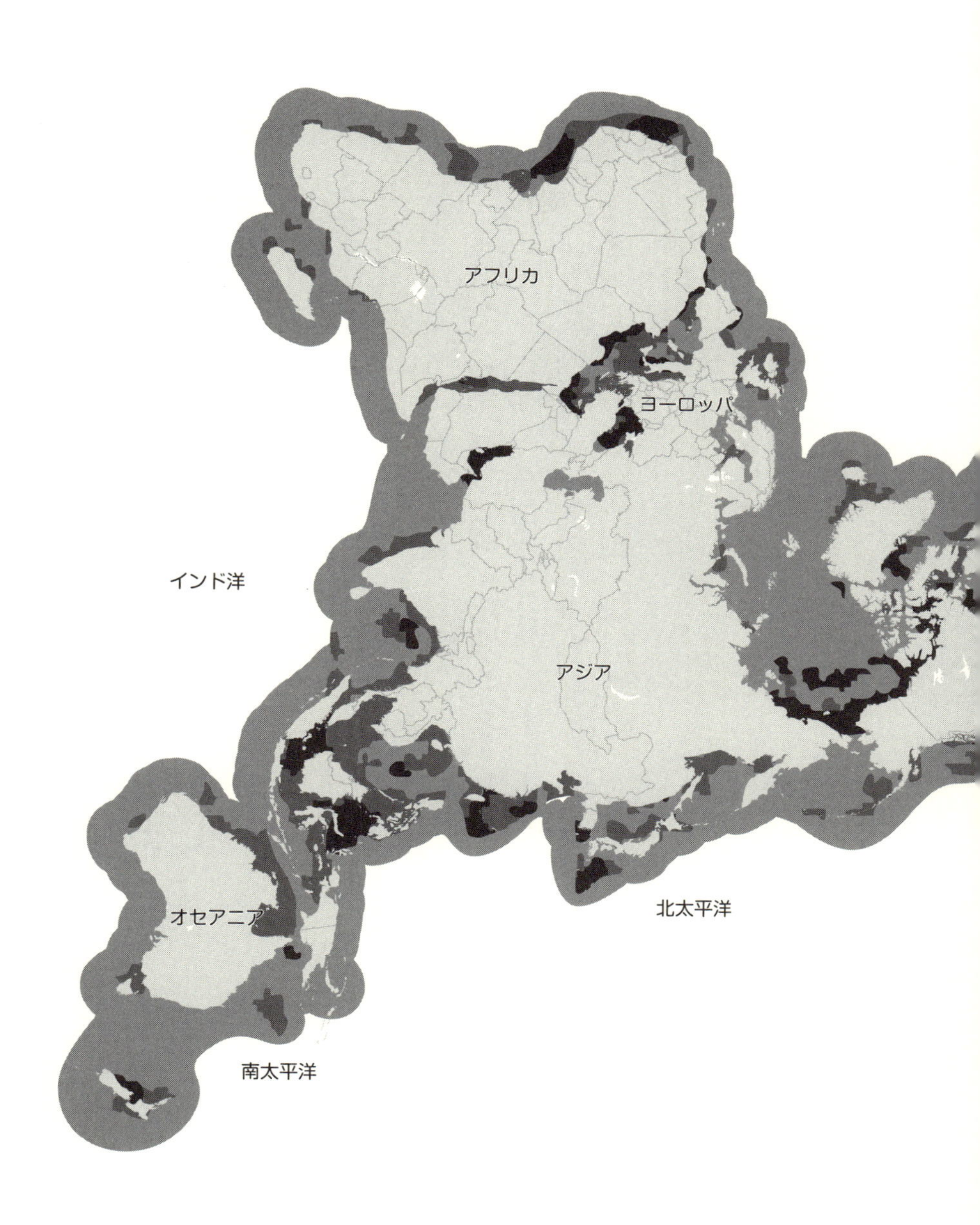

FIG.035　資源の枯渇による漁獲量の減少

13

チョコレートが存在しつづけるために

世界じゅうで中産階級が勢力を拡大し、チョコレート好きが増えるに伴い、2020年までにはカカオの消費量が約30パーセント増えるだろう。すでにここ20年で世界のカカオ豆の需要は何度も生産量を上回り、ストックを使わざるをえなくなっている。板チョコレート、プラリネ、スプレッドのようなパテ好きにとっては将来が心配だ！　チョコレート愛好者はチョコレート製造業者と販売業者と協力してこれまでの流れを変え、チョコレートに別の可能性を開くだろう。

現れた美食家

一見すると、新興国でのチョコレートの需要は、ヨーロッパや北アメリカに比べて非常に少ない。たとえばアジアは、世界の人口の半分を有しているが、カカオ製品の14パーセントしか消費していない。しかしカカオの未来は、経済のグローバル化と同時に進んだ所得増加と味覚の規範化を利用して、まさにアジアで変わっているように思える。たとえば、２０１１年以来、新興国では菓子産業が50パーセントを超える成長を見せている。また２０１０～２０１１年の中国のカカオ平均消費量は一人あたり年間わずか40グラムにも届かなかったが、２０１４年にはすでに２０１０年比で75パーセントも増加した。ちなみに、ヨーロッパの消費量は一人あたり1～6キロだ。この調子で増えつづければ、10年後には中国が世界第2位のカカオ消費国になるだろう。一方、同期間のインドでは60パーセント、ブラジルでは23パーセント増えている。需要の加速によるカカオ消費の拡大によって、私たちは少なくともふたつのシナリオを余儀なくされる。カカオの価格の上昇と供給量への適応だ。しかし実際は、同時にいくつもの異なるファクターがカカオの量と質だけでなく、世界の食糧問題の方向性をも変えていくだろう。

限りある低木

カカオの木のゆっくりとした成長に必要な条件（気候、緯度、高度、湿度）がそろっているのは、南北ふたつの熱帯に位置する標高４００～７００メートルの特殊な地域だけだ。土壌の質と水はけと季節ごとの雨量に敏感なカカオの栽培も地域の気候変動の影響を受けるだろう。カカオの栽培地域では温度が上昇し、雨の頻度・量・周期を乱すと予想されている。２０５０年までの温度上昇の推定で、すでに多くの生産地域、とりわけコートジボワールとガーナでのカカオ栽培が不安定になりかねない。ところが２０１４年時点で、この2か国だけで世界のカカオ豆の60パーセントを生産していた。ラテンアメリカでは、土地の起伏がカカオ栽培にぴったりの条件を生んでいる。だが、西アフリカほど急ではないものの、傾斜のあ

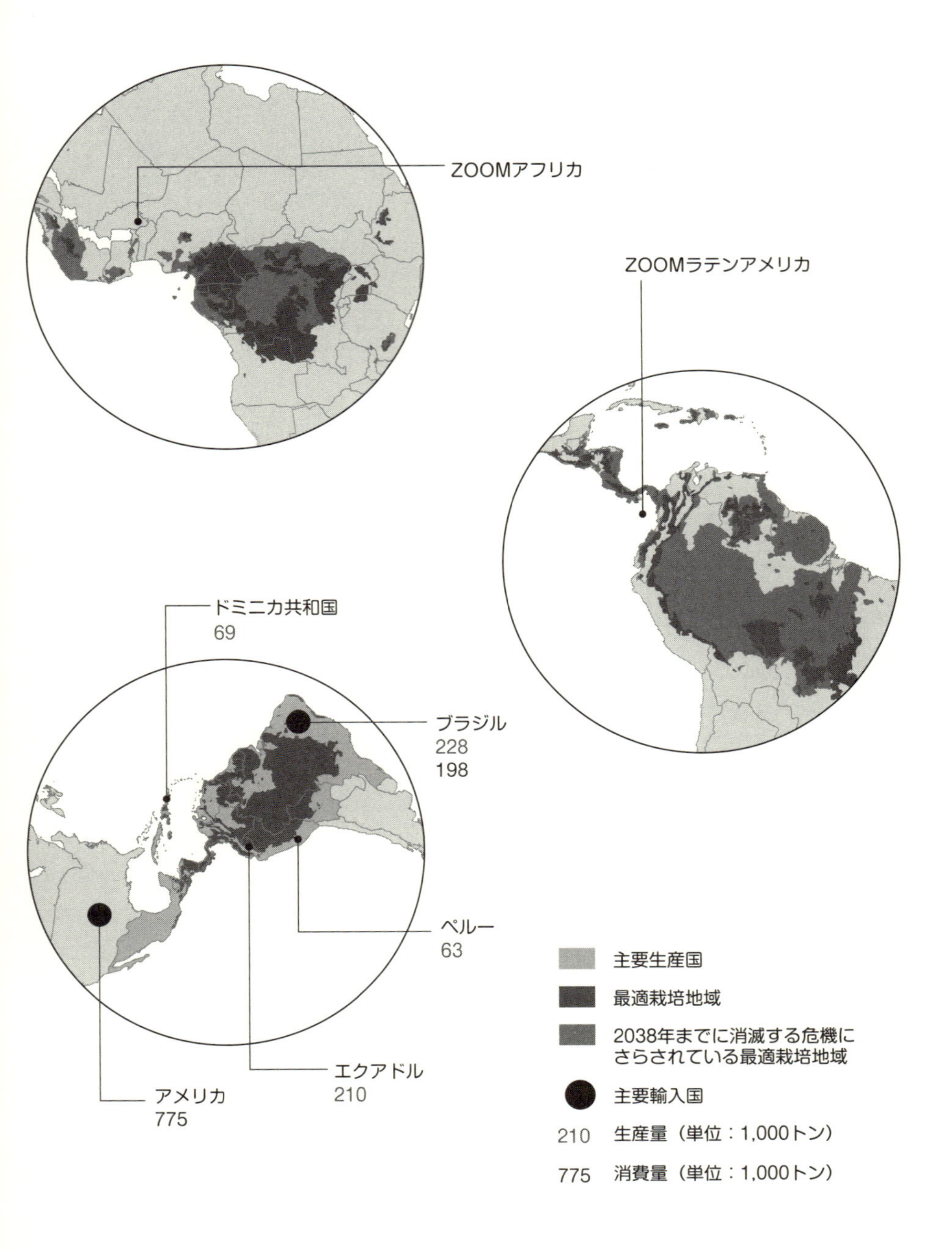
ZOOMアフリカ
ZOOMラテンアメリカ
ドミニカ共和国
69
ブラジル
228
198
ペルー
63
エクアドル
210
アメリカ
775
主要生産国
最適栽培地域
2038年までに消滅する危機に
さらされている最適栽培地域
主要輸入国
210 生産量（単位：1,000トン）
775 消費量（単位：1,000トン）

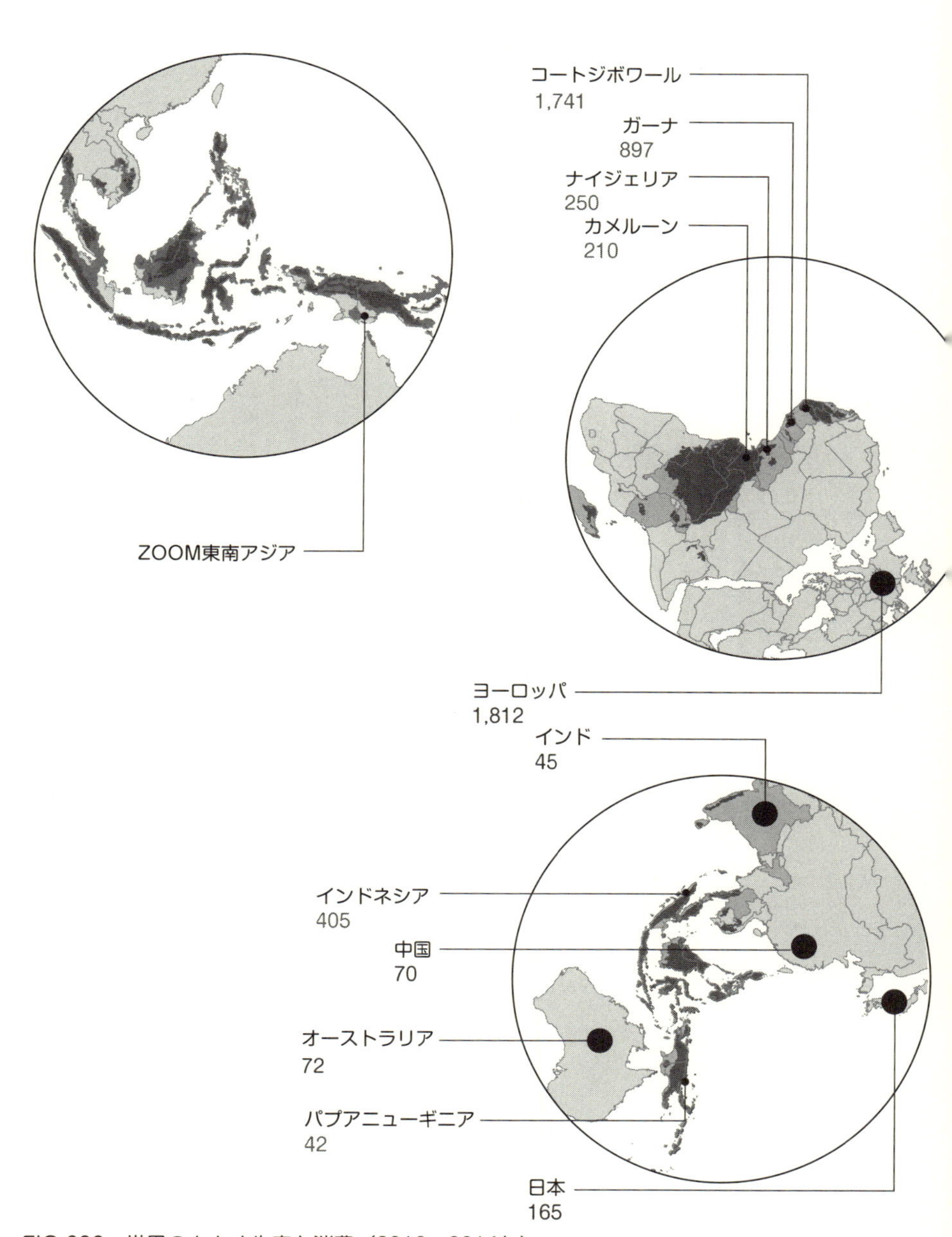

FIG.036　世界のカカオ生産と消費（2013〜2014年）

る高地での栽培は難しい。こうした地域では生産者がより丈夫で利益の出るゴムや油用のヤシなどの栽培に鞍替えする可能性がある。そうなれば、カカオ畑が今日まで守ってきた生態系が壊され、CO_2の吸収量が減ってしまうだろう。一般的に、カカオの木はゴムやヤシよりもCO_2を多く取り込むからだ。

しかし、カカオの需要増加自体もCO_2増加のプロセスを加速させているといえる。というのも、カカオ栽培はもともと森の茂みの下でおこなわれていたのだが、20年前からは栽培を拡大するためにカカオの木だけの畑がつくられるようになり、原生林が伐採されているからである。そうした原生林が温暖化対策に大きな役割を果たしているのは誰もが知っていることだろう。たとえばコートジボワールでは、原生林の総面積の約13パーセントがカカオ畑に変わった。ガーナでは、とりわけカカオ栽培の影響を受けて、森が年に2パーセントずつ減っている。インドネシアでは17万ヘクタールの森が姿を消した。また、世界のカカオ栽培の未来は病理学も関わっている。1970年代末には早くもトウモロコシ畑と牧場由来の「凍った莢（さや）」と呼ばれる菌性の病気がコスタリカのカカオ畑に甚大な被害をもたらした。また、ブラジルのカカオ生産量は「てんぐ巣病」によって5分の2に落ち込み、二流のカカオ輸出国になってしまった。あと10年もすれば、ブラジルはカカオの輸入国に転落することだろう。こうした殺人的な菌類はまだアフリカ大陸には上陸していないが、貿易の自由化や交易と観光の発展を見れば、世界のカカオ倉地帯が毒されるのはもはや時間と運の問題だ。

ところが、こうした危険に対してカカオ生産者の大半がなんの知識も財源も技術ももっていない。これからチョコレートとチョコレート愛好者の未来が直面するファクターのなかには、病気よりもひどいものがある。殺虫剤や殺菌剤*を使う過程で、カカオの生態系に手が加えられて地域の生物多様性が崩れると、環境や気候の変化に耐えうる新たな害虫や捕食菌類が発生するおそれがあるのだ。しかし、近年の技術の進歩にもかかわらず、今日でも、生産性*、回復力（レジリエンス）*、抵抗力という3つの条件を満たしたカカオの品種は開発されていない。最初に実をつけるまで3～5年かかるカカオの成長リズムが市場の性急さに合っていないからだ。新しい交配種の質を上げられるようになるまでには、最低でも10年はかかる。中央アメリカで有望な品種がつくられたにもかかわらず、アフリカのようなもっとも重要な地域ではどのカカオ農家もいまだに現地の種から改良された固有の味を守ろうとしていて、生産を守り拡大するための困難な挑戦に挑もうとしていない。しかしこの点では、西アフリカでの最新の研究がチョコレートの未来が続いていく望みを残している。カカオ農家に志願する人がいて、彼らに正当な対価が支払われるならばの話だが……。

生産者が減れば生産量も減る

カカオ栽培においては、気候の変化への適応、古くなった畑の改良、もしくは生産能力や競争力*向上が進められてはいる。しかし、実際のところカカオ生産者に足りないのは何よりも投資と改革への手段である。

すでに世界規模で農業市場の規制緩和と金融化によって時価相場の変動が拡大しているため、生産の不安定さ以上に投資に不可欠な見通しが立たなくなっている。一方、20年前からカカオの価格が上昇傾向を見せているにもかかわらず、カカオ生産者の所得は増えていない。その理由は、チョコレートの販売ルートの仕組みを見れば理解できる。カカオ生産農家の90パーセント以上が広さ5ヘクタール以下の畑で栽培

生産が続く限りにおいて
カカオは存続できるだろう。

をおこなう小規模農家なのに対して、カカオ販売の80パーセントはわずか5社に握られている。カカオ豆の最初の加工はまた別の5社が70パーセントを、チョコレート市場は6つの多国籍企業が80パーセントをシェアしている。こうした独占が利益の分配に反映されているといえるだろう。流通業社と小売商がチョコバーや板チョコレートの収入の43パーセントを、製造業社が37パーセントを受け取り、500万のカカオ農家とその家族（合わせて約4000万人）がチョコレートの販売売上高の3〜5パーセントを受け取っている。つまり、0・5（コートジボワールの1日あたり平均所得*）〜0・8ドル（ガーナの1日あたり平均所得）を稼ぐために、カカオ農家はカカオの木の手入れをし、実を収穫し、実を開いて豆を取り出し、豆をバナナの葉にくるんで発酵させてから天日干しにし、選別をして卸売業社に渡すために袋詰めをしなければならない。そして最終的に、製造卸売業者が10パーセント、豆の粉砕業者が5パーセント、同じように仲買人や輸出業者やカカオを買って市場で金に換えるその他のトレーダーがカカオ農家の所得から分け前を取っていく。チョコレート愛好者をチョコレート不足の危機に、もしくは価格高騰の危機にさらすのは、カカオの木の気候や土壌や高度の変動に対する脆弱なレジリエンス以上に、販売ルートの仕組みそのものなのだ。価格が高騰しても、新しいカカオの木を植えて生産量を増やすために充分な見返りは小規模農家に戻ってこない。つまり、カカオの供給の変動にチョコレートの需要の変動が追いついていない。というのも現状を改善する手立てもなく将来に備えることもできない生産者が、ラテンアメリカやアジアでカカオの栽培をやめているからだ。多くのカカオ生産者の子どもが一族の畑をカカオよりも金になるほかの作物の畑に変えている。また別の研究によると、今日、西アフリカのカカオ生産農家の平均年齢は51歳にまで上がっているという。生産と供給の減少傾向というファクターを考えると、チョコレートの生産者と消費者にとって未来はより厳しいものになるだろう。力と依存の相関関係に取って代わるようなことが起きない限り……。

どんな対価を支払ってもチョコレートが欲しい？

ある種の鉱物や送粉昆虫の希少化とは異なり、カカオの希少化は確実なものではなく、また人類の未来を脅かすわけでもない。2038年にカカオの希少化が起こったとしたら、高品質のチョコレートに手が届くのはエリートだけになっているだろう。しかし食欲のレジリエンスはチョコレート産業に新たな見通しを開いた。

ひとつめの方法は、製造業者が売値を変えずにチョコレート製品のサイズや量を減らすことだ。これは根本的な解決にはならない。チョコレートの大手メーカーは自分たちの取り分を守ったうえで相場の上昇を埋め合わせようとしている。ふたつめの方法はナッツ、油脂、砂糖、牛乳、レーズン、米といった材料を加えてチョコバーやパウダーや板チョコレートに含まれるカカオの量を減らすことだ。不純物が多くカリカリ音がして刺激的な味がするチョコバーの供給が増え、カカオ含有量が多いチョコレートは限られた人だけが手に入れることができる特別な製品価値を取り戻すだろう。このようなふたつの方法を使えば、チョコレート風味製品に広く手が届く状態は保たれる。しかし、チョコレートには心血管疾患や老化防止に対する効能があると保健衛生の権威が認めているのに、余計なものの入ったチョコバーで脂質や糖質を過剰摂取すると、コレステロールや糖尿病や肥満といった人体への悪影響のほうが効能よりも大きくなってしまうだろう。気難しくチョコレートをよく知る消費者は、いじられたカカオのバランスに満足できないだろう。その主導権を握っているのは、生産者ではなく製造業者と販売業者である。

新たな希少性、新たな依存関係

世界の貿易と国際的な財政の管理の予定はまだ立っていないが、実際市場でのカカオ不足（たとえ相対的なものであっても）は少しずつ小規模生産者に得になるように再分配しなおすことができているのではないだろうか？　この点では最近大手産業メーカーが持続可能な生産とフェアトレードと品質証明の計画に賛同して、イメージ戦略を超えた目標へと向かっているように見える。というのも「責任ある消費」の推進とフェアトレードのニッチブランドと出会って成功した大手メーカーの傾向に加え、まだカカオなしでチョコレートをつくる方法はないということが再確認されたからだ。

２０１４年秋の西アフリカでのエボラ出血熱の拡大状況もカカオの生産に深刻な影響をもたらした。ガーナとコートジボワールの労働者、さらにはカカオ豆の生産に病気が拡大する可能性を懸念して、２０１４年10月から世界じゅうのショコラティエがエボラ出血熱とのたたかいに70万ドル近くを拠出した。当時見られたカカオ時価の上昇によって、チョコレート産業が買い手寡占*という脆弱さと販売ルートの平等を考え直さなくては未来がないということが、図らずも明らかになった。カカオ生産者のほとんど

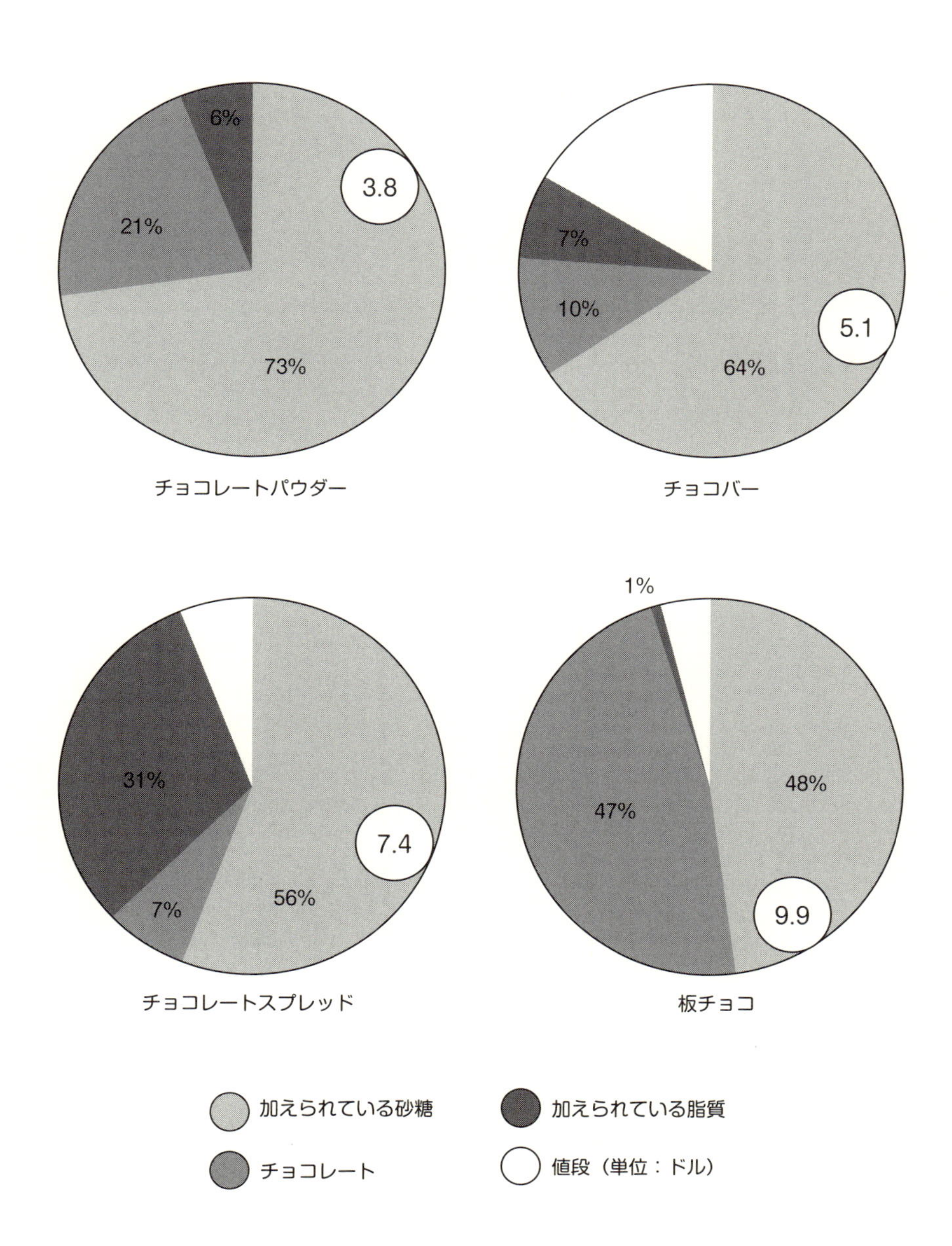

FIG.037主なチョコレート風味製品1キロあたりの含有物と値段（2013年）

が孤立・依存・貧困状態にあり、今日まで、生産者は彼らに有利な市場ルールを決められなかったために、チョコレート製造業者と消費者に都合のいい力関係に対して異議申し立てをすることができなかったのである。カカオ需要の高まりとモバイルコミュニケーションの発達を利用してネットワークを組織しはじめた彼らの動きは、ソーシャルネットワークのおかげで以前より動かしやすくなった消費者の支持を得られるだろう。この点では２００１年に抗エイズの後発薬を製造しようとした南アフリカ政府を相手取って39の製薬会社が起こした訴訟の断念が典型的な先例である。というのもこの裁判は、とりわけインターネットを利用して南アフリカのエイズ防御非営利組織が世界全体に広げた圧力キャンペーンが成功したあとで起こったからだ。カカオ業界の根本的な改革なしでチョコレート産業を維持するためには、消費者の選択を重視していく必要がある。

アフリカのカカオなしには
スイスのチョコレートもベルギーのプラリネもない

チョコレートにとって、起こりうるなかで最良の未来は、チョコレートの質と手の届きやすさを大切にしながら生態系を傷つけずにカカオの生産量を増やすことだ。そのためには、カカオ農家の暮らしを向上させるのが最重要課題ではないだろうか。70万人から搾取を受けながら国民の30パーセントがカカオで生計を立てているガーナや、60万人から搾取を受けながら国民の約25パーセントがカカオで生計を立てているコートジボワールで、彼らを絶対的貧困の領域に留め置いているのはカカオとチョコレートの販売ルートをつくる経済モデルそのものなのだ。このような状態でなぜカカオ産業が少しでも発展するといえるのだろう？　この２か国でもほかの生産国と同様、農学の進歩と市場の年間平均成長率（２０１４〜２０１９年で２・３パーセントの予想）は、生産者が生産の実権を奪い返すことができたときしか影響を及ぼさない。だが、チョコレートの販売過程で生産者により多く利益が再分配されないうちは、生産者の手に主導権が戻るなどというのは実現可能性の低い仮説でしかない。今後、消費者が小売価格の上昇の理由として、カカオ含有量の多さだけに頼る状況になるだけに、この問題はいっそう重要だ。増していくカカオ生産の不安定さに対処し、情報にアクセスしやすくなった消費者からの圧力に押されて、大半のチョコレート製造業者は対応を決めた。最近の運動の例として「ココア・アクション」が挙げられる。２０１４年にカカオ国際基金によって始まり、11

FIG.038　板チョコレートの値段の構造（2014年）

の大手チョコレート製造業社が加わったココア・アクションは、2020年までにコートジボワールとガーナの30万人以上に及ぶカカオ農家に改良された畑と設備と肥料を与えることを提唱している。そしてより生産性の高いカカオの木を手に入れられるようにし、児童労働とたたかい、カカオ生産業に従事する女性が置かれている状況を改善するとも宣言している。こうした考えの影響と効果の答えを出すにはまだ早すぎるが、充分に恵まれたこれらの運動が、チョコレートの利益分配というキーポイントには触れていないことはすでに指摘できる。これはおそらく、競争力とやる気があり、生産性の高い新しい世代のカカオ農家が生まれるかどうかを決める賭けなのだ。1998年にガーナで始まったチョコレートブランドであるディバイン社では、資本金の45パーセントをクアパ・ココという協同組合と6万5000の小規模生産者が握っている。ディバイン社のラベルはカカオ生産の発展への貢献を示す証明だ。それだけでなく、直接生産者たちの興味をヨーロッパとオーストラリアと韓国市場での急速な売り上げ増加に向けさせた初めての会社でもある。決まり文句や免罪符や道徳を超えて、ディバイン社はチョコレートの製造はカカオ生産あってこそであり、その利益が平等であってこそ持続可能なのだということを思い出させてくれた。

14 危機に瀕する砂遊び

バカンスや夕日に欠かせない砂浜が消えようとしている。いまの子どもたちの孫世代は波にのまれる砂のお城を見られなくなるのだろうか？　砂浜が消えるという予想はファンタジーではない。年々道路や建物や発電所が建てられるたびに海底がこそげとられるにつれて現実になりつつある。資源をより継続的に管理していくために人類が軌道を修正しない限り、ある資源が空気や水と同じくらいほぼ生命にかかわるものになるだろう。その資源とは砂だ。

石油産出量がピークを過ぎたことと温暖化の見通しが世論に警告を発し、政治家を２０１５年のパリでの世界的なエネルギー転換へと導いているあいだに、もうひとつの危機が起こっていた。よりゆっくりとした静かな危機だ。発展に深刻な影響と衝撃を与えかねないにもかかわらず、この危機に感づいているのはいくつかのエコロジスト団体だけである。その危機とは……砂と砂利の世界的な過剰搾取だ。

砂に押し寄せる人の波

世界規模で見ると、砂と砂利は空気と水の次にもっとも必要とされている資源だ。しかし空気や水と違って、今日、世界の砂の採取量は砂ができるスピードをはるかに越えている。砂は少量であっても多かれ少なかれ希少な鉱物を含んでいるので商品価値があり需要がある。たとえば南アフリカの砂には金とダイヤモンド、スマトラ島沖の砂には錫（すず）、「黒い砂浜」に堆積している鉄分の多い砂にはチタンが含まれている。ガラス産業や電子工学や宇宙工学の分野では、シリカという非常に強度があり再利用しやすい素材が入っている石英を含む砂も用いられる。しかし世界規模で見ると、砂はとりわけ骨材*として建物や地面の整備に使われている。砂の採取量を量るのは難しいので、世界のセメント使用量をもとに、コンクリートをつくるときに加えられる骨材の量を考慮して算出してみよう。実際のところ、建築産業はセメント1トンあたり6～7トンの砂と骨材を使用している。それをふまえて計算すると、建築業での現在の骨材世界消費量は高さと幅が27メートルの壁×赤道の長さ分と等しい。海岸整備と道路の盛り土にも

1901～2000年の101年間に
アメリカで生産されたセメント
（ギガトン）

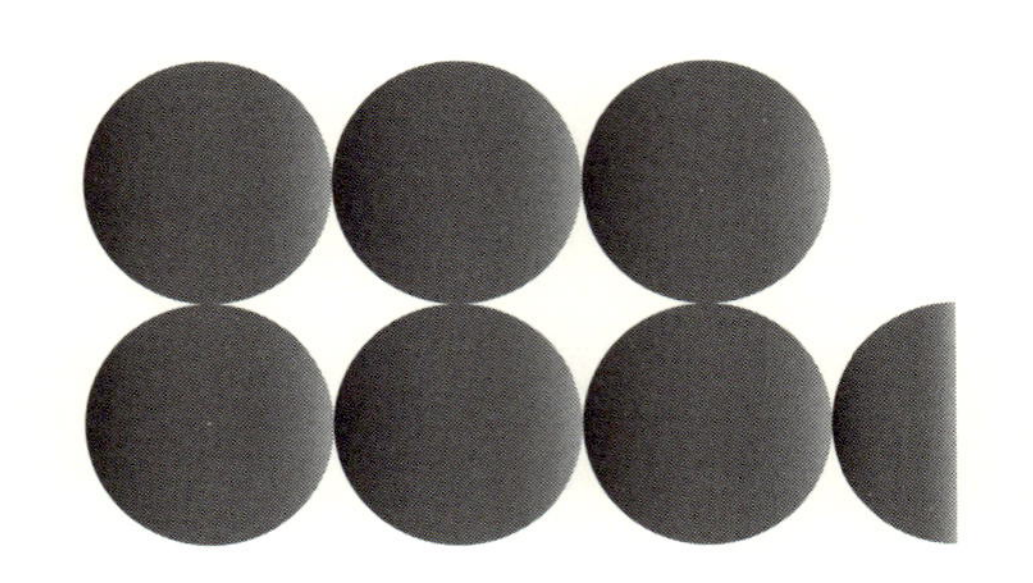

2011～2013年の3年間に
中国で生産されたセメント
（ギガトン）

FIG.039　セメントの生産

世界規模で見ると、
砂と砂利は空気と水の次に
必要とされている資源だ。

数百万トン、アスファルトの敷き替えとコンクリートの道にも砂や骨材が使われている。トータルで世界の骨材年間消費量は約400億トンにまで増えている！ アジア諸国の経済と都市の成長を見ると、これでも暫定的な数字にすぎないだろう。

最近まで、採掘場と川は世界の砂の需要に応えるのに充分だった。しかし、消費の伸びと大陸での資源衰退によって沿岸部と海で砂の採掘がおこなわれるようになった。ナトリウムの腐食作用は建物をもろくするので、沿岸部と海で採掘された砂は洗わなくてはならない。このときに大量の淡水を必要とする。同時に海砂の採掘はその場所の生態系を破壊する。自然や生物的ファクターは砂と密接な関係があるからだ。骨材の採掘によって生じた水の濁りは、ときにはある区域でトロール漁業ができなくなるくらいに海の植物相と動物相にいくつもの影響を与える。同時に採掘地の底の地形変化が波の流れを変え、ひいては海底の堆積物のバランスや沿岸部の侵食の速度やデルタの地形まで変えてしまう。時が経つにつれて別の影響も現れてくる。たとえば、遠洋性生物*の食物連鎖に欠かせない底生*生物の減少、産卵場所としての海底の破壊、稚魚がまとまって暮らしている場所の破壊などだ。

海砂の採掘が生物の育成と再生産の活力にダメージを与えていけば、じきに砂浜が消える日が来るかもしれない。すでに世界の75〜90パーセントの砂浜が縮小している。海砂の採掘の増加に加えて、温暖化によって海面が上昇しているからだ。そもそも、とりわけ大量のエネルギーを使うセメントの生産は破壊的なサイクルを拡大してきた。1トンのセメントを生産するごとに0・9トンの二酸化炭素が排出される。セメント産業は、世界の温室効果ガス*排出量の5パーセントを生んでいるのだ。

川での鉱山開発の結果が広がると、環境に与える損害も大きくなる。骨材の採掘は水のPH値と水質を悪化させながら川沿いに広がって水の流れに悪影響を及ぼし、川べりの侵食を加速させ、帯水層の貯水力を減らして大規模な洪水を起こりやすくさせ、干ばつと被害を激化させる。世界の人口が増えて淡水の需要が増えているだけに、こうした出来事はいっそう気がかりだ。

増える島、なくなる島

砂の採掘は環境に負荷をかけるのと同様に、人間、とりわけ発展途上国の人にも損害を与えている。発展途上国では、違法な活動を規制したり統率したりする手段を国家がもっていないことが多いからだ。骨材は空気や水と同じく、たいていの場合、金のかからない資源だ。しかし、骨材の採掘には2倍のコストがかかる。増加している沖での採掘のコストと、とりわけほかの経済分野に与える影響という意味でのコストだ。砂の採掘が著しく増えている発展途上国において、生態系破壊の最初の二次的な犠牲者は漁業従事者だ。たとえばインドネシアでは、海底の集中的な砂の引き揚げ作業がすでにかなりのサンゴ礁を破壊している。多くの種の遠洋性生物や底生生物の暮らしはサンゴに依存していて、現地市場に魚の96パーセントを供給している伝統的な漁師の収入は、つまりサンゴの状況に左右されるのだ。

砂浜で直接おこなわれる採掘や沖での採掘のせいで砂質の入り江の侵食が進んでいるなかで、漁業の次に危険にさらされるのは観光業だ。このメカニズムは、とりわけ旅行客がホテルで長時間を過ごすモロッコのような国で密かに進んでいる。そのホテル自体も沿岸部の砂地の上に採取した砂を使って建てられている。しかし危険が迫っていてもなお、どの地域も砂を節約していない。オーストラリアやアメリカのフロリダ州では、すでに定期的に人工的な盛り土をおこなわなければ90パーセントの砂浜が消滅する可能性があるというのに……。

時を同じくして、過度の砂の採掘によってアラブ首長国連邦やシンガポールのような豊かな国や土地の足りない国が国土を増やせるようになった。たとえば、ドバイのパーム・ジュメイラをつくるためには120億ドルをかけて3億8500万トンの砂と1000万立方メートルの岩が輸入された。ドバイ自体の資源が枯渇しているうえ、砂漠の砂は建築に使うには凸凹が足りないので、タワーや住宅や会社……そして新しい島を建設するためには骨材の大半を輸入しなくてはならない。今日、アラブ首長国連邦はそうした砂の大半をオーストラリアから輸入している。ここ20年でアラビア半島に骨材を輸出しているオーストラリアの3500以上の会社は利益を3倍に伸ばし、毎年オーストラリアに50億ドルをもたらしている。

一方でシンガポールは、東南アジア、とりわけインドネシアから砂を輸入している。2015年、シンガポールとマレーシアはフォレスト・シティという新しい「エコロジーシティ」の建設計画を発表した。敷地面積1370ヘクタールの新しい都市は、ジョホール海峡のマレーシア側の4つの人工島の上につくられる。420億ドルをかけて2035年に完成する予定のフォレスト・シティには6万2000の雇用、70万軒の住宅、ショッピングセンター、インターナショナルスクール、ホテル、病院ができる。この都市

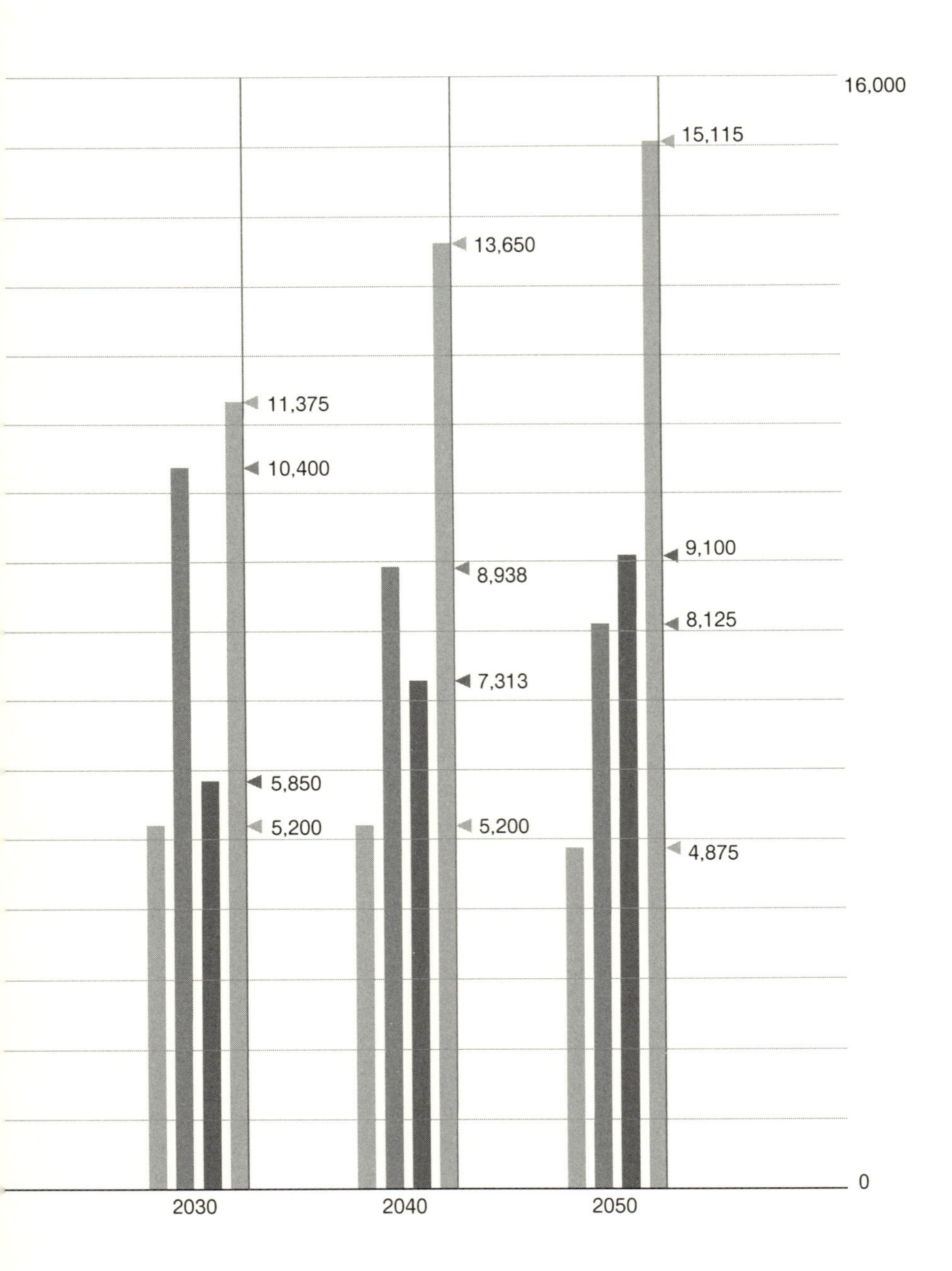
16,000
15,115
13,650
11,375
10,400
9,100
8,938
8,125
7,313
5,850
5,200
5,200
4,875
0
2030
2040
2050

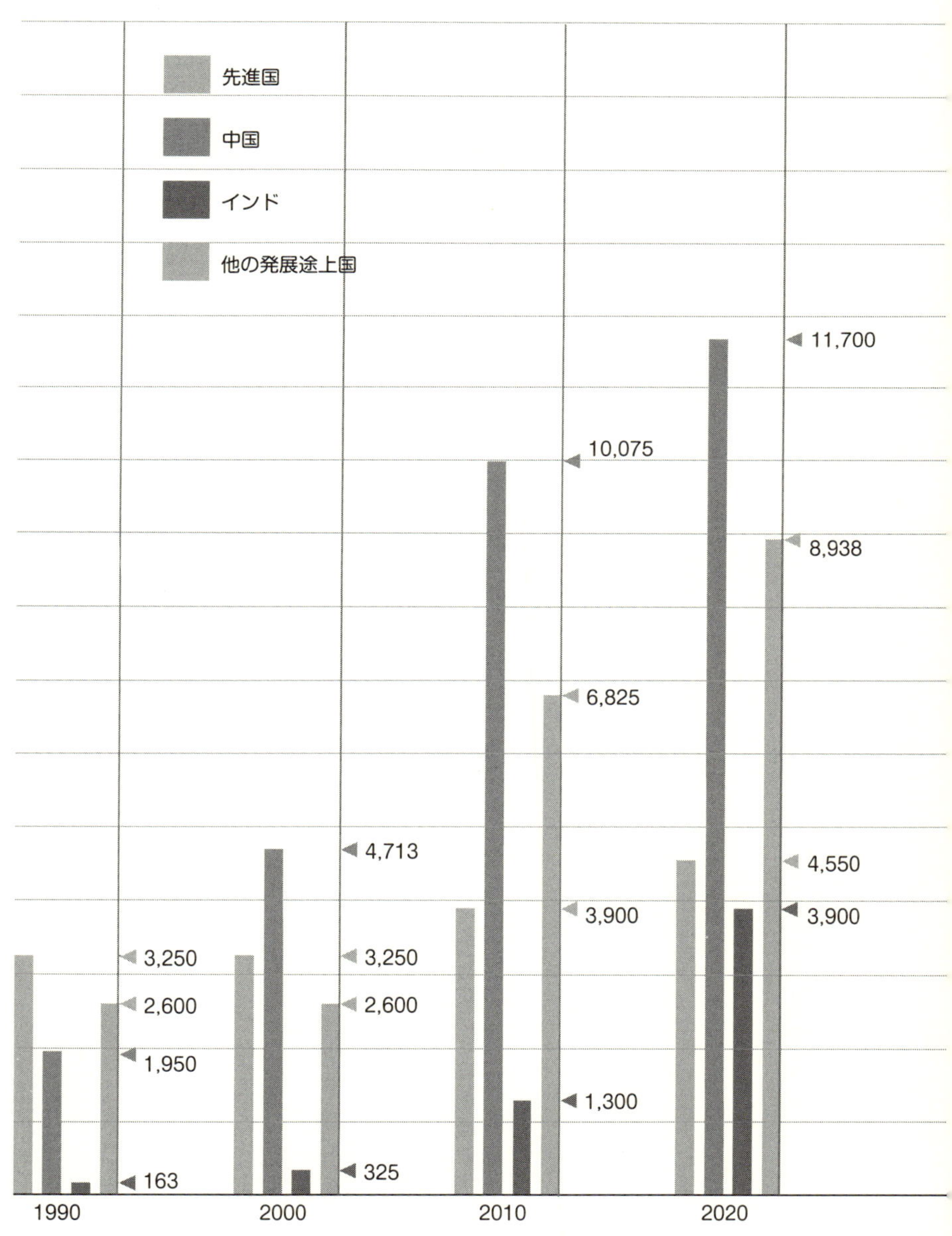

FIG.040　1990〜2050年にコンクリート工業で消費される砂の量（単位：100万トン）

は独自の入国システムまで備えている。フォレスト・シティがエコロジカルで持続可能な都市だとしても、1億6200万立方メートルの砂を必要とする計画そのものは環境にダメージを与えるだろうという見解で識者は一致している。また、このプロジェクトを請け負っている会社が「伝統的な漁業区域の決定的な喪失」が進み、海底草原とマングローブが傷つくという衝撃的な研究結果を出した。すでにマレーシアの漁師は漁獲量が減っているのはジョホール海峡の開発工事のせいであると異議を申し立てている。規制が甘く管理がうまくできていない多くの発展途上国では、需要が増えるにつれて利益も増える砂の採掘がインフォーマルセクターの発展に一役買っている。たとえばモロッコでは、砂の総採掘量の40〜50パーセントが海岸での違法採取によるものだ。密輸業者はあちこちの海岸を岩だらけの景色に変えてしまった。インドでは砂の密輸業者が国でもっとも権力を握っている。というのも、密輸業者は8000か所以上の非合法の砂浜から砂を採取し、実質的に建設産業のすべてを牛耳っているのだ。建設業はインドの経済発展とインフラや住居が求められている恩恵を受けて非常に成長しているので、密輸業者の利益は政府や警察や公権力に「資金提供」できるほどに増えつづけている。

また、それほど後ろ暗い仕組みではないが、スペインなどの国で不動産バブルを維持できているひとつの理由は「骨材の原価の安さ」である。建設業界が資源の希少化と生態系に与える衝撃の対価を骨材に払わなくてはならなくなると、建築水準は低くなり、結果的に国は借金に対してより慎重になるだろう。

ルールなしのゲーム

国際的な利害衝突の場において、砂の過剰採掘は何よりも経済的な力関係にしたがって動いている。そうした力関係は、信頼できるデータ、共通の定義や目標、とりわけ国際的な規制が根本的に欠けている状況を変えようとしない。この点ではラオスが典型例だ。長いあいだ砂の売買から取り残されていた東南アジアの小国ラオスは、今日の中国の建設業者にとっては重要な国である。たとえばビエンチャンの南では、メコン川の川底に長いパイプを埋めて河岸に溜まった砂の山を急速に吸い込めるようにした。下流では漁師や農民が少しずつ川の豊かさを享受できなくなっているのだが……。生態系の変化によって川がやせてしまったため、漁師や農民のなかには減った収入を補うために砂の採掘現場で働きだしたものもいる。メコン川はトータルで年に約２０００万トンの砂を堆積させると考えられているが、その一方で年に５０００万トンの砂が採掘されている。現地の国際機関はそろって、メコンデルタの塩化と重要な農業地帯であるデルタへの海水の浸入とたたかうためには砂が上流から下流へと運ばれなくてはならないと述べている。そのとおりだ。しかしラオスの砂を使おうと決めた中国は、あらゆる大きな建設現場と建物を統率していて、ラオスに初めて投資してくれた国でもある。今日、砂が掘り出されるときに、その採掘や使用や売買に適用できる法律や国際合意はひとつもない。先進国はただちに法律をつくるために必要な準備をしている。いまのところ原料の売買の適切な量を調整するために測定をおこなったのはＥＵだけだ。

陸で適用可能な法律がないのと対照的に、海での骨材採掘に関してはふたつの法律が適用できる。鉱山操業に関する法と海洋環境と生物の保護に関する法だ。しかし、砂の採掘の大部分は採掘費用を抑えるために水深50メートルより浅いところでおこなわれているため、排他的経済水域内やその国の大陸棚での活動であるという理由から国家の裁判権の領域である。

海の権利に関する国連条約は海域を制限し、使用や発展や種の保護に関する権利と義務を定めるのに有用だ。とりわけこの条約は鉱山開発に応用できる。それと並行して、地域間で結ばれたいくつもの条約が、人類の活動が海洋にもたらす衝撃を最小化しようとしている。たとえば、バルト海保護を目的としたヘルシンキ条約、地中海の保護を目的としたバルセロナ条約などだ。最終的に国内・地域間・国家間といったさまざまなレベルの条約が、理論上の衝撃をできる限り和らげるために砂の過剰採掘に適用された。しかし、異なる機関が異なる目的でつくった規制や合意や法律のメカニズムは、当然のことながら、効力の妥当性に懸念があり、適用することすら容易ではない。とりわけ、万が一紛争状態になったときには、法律を適用させる手段がまったく、正確にはほとんど整っていない。

人の手による砂の移動が島やデルタを消滅に追い込んでいるのとは対照的に、砂の移動によって姿を現す島もある。砂の移動が大地の侵食に寄与する場合もあれば、反対に大地の拡大に寄与する場合もあるのである。つまり問題は、国家間の領土と海の境目の定義そのものなのだ。たとえばインドネシアでは、すでに24の島が砂の採掘によって地図から姿を消した。砂の大部分はシンガポールへ輸出された。シンガポールの国土面積は700平方キロメートルもないが、人口密度は世界一高い。シンガポールがおこなった40年間で130平方キロメートルもの領土拡張は、1960〜2010年に3倍になった人口に対処する決め手になった。シンガポールはさらなる人口問題解決のために、2030年までに100平方キロメートル以上領土を広げようとしている。河川や海岸や砂浜に与える影響など、砂の輸出に関連するあらゆる事態を憂慮した周辺諸国（カンボジア、インドネシア、ヴェトナム、マレーシア）は、2002年からシンガポールへの砂の輸出を禁じている。シンガポールはこの障害から逃れて計画を続行するために、ブラックマーケットの砂に手を出さなくてはならなくなった。すでに危機に瀕している自然環境が砂の採掘に脅かされている国から砂を輸入することは、貧しく報酬の少ない労働者の搾取につながるのである。

砂か砂浜か

持続性や開発を検討しなおさなくても済むほかの資源や消耗品とは異なり、砂の採掘は世界の経済発展と都市化に欠かせない。また、採掘量が資源の自然回復の量を越えたときから、需要は観光や漁業や農業といった地域・国家・局地的な規模の経済分野全体を脅かす圧力となる。これはほかの資源についてもいえることだが、砂の過剰採掘は暗に経済のシステムそのものを問い直し、人類と天然資源、原料、生態系との関係を考え直させようとしている。

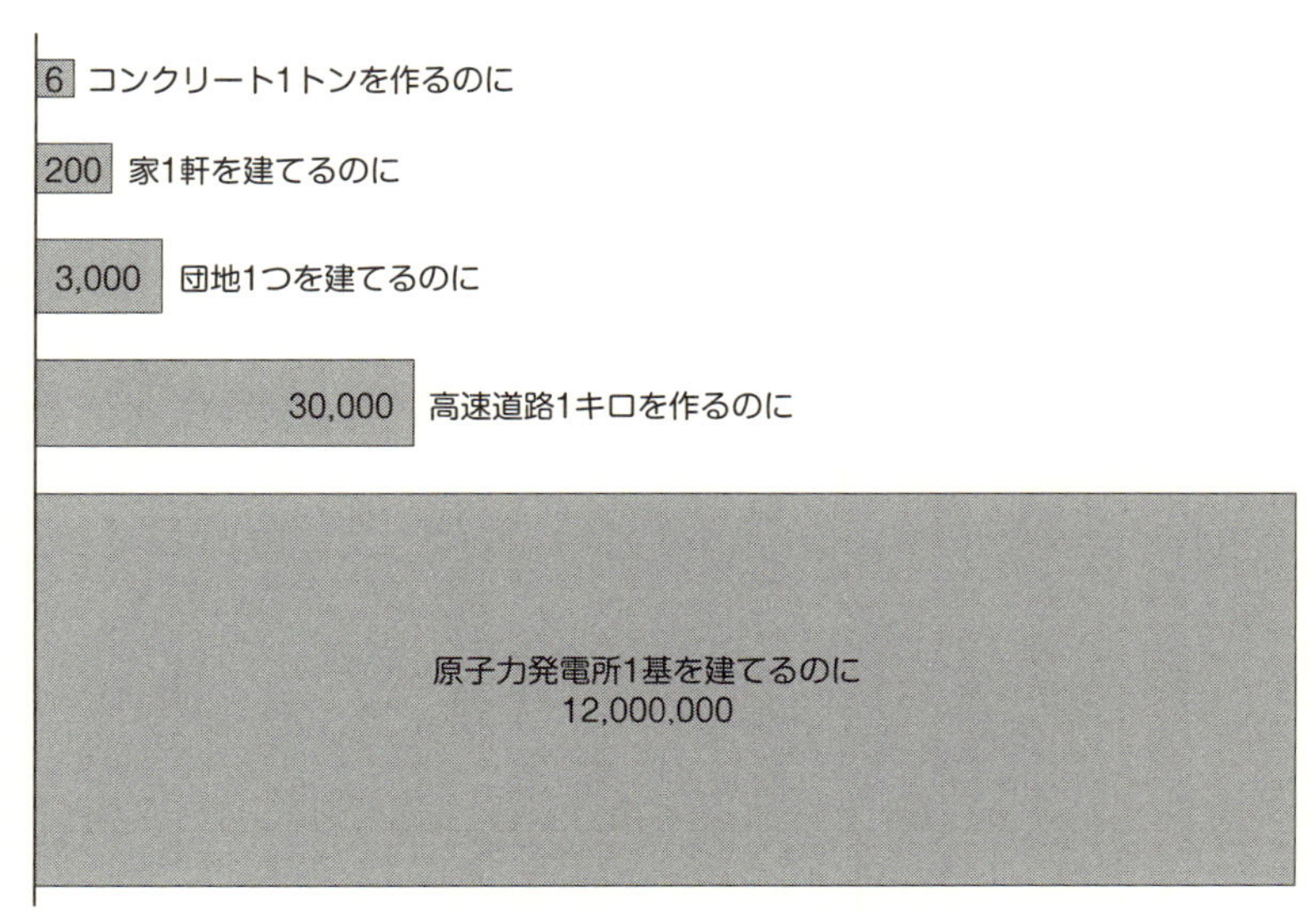

FIG.041 建設業における砂の消費（単位：トン）

たとえば、砂浜の未来にはいくつかの可能性がある。いまの状態が今後も変わらなければ、砂浜は海面の上昇と、砂浜の維持に必要な沖でおこなわれる採掘にのまれて21世紀末を待たずに消え失せるだろう。この筋書きをたどると、世界の都市化と新しい住居の建設（今日から２０３０年まで1日あたり10万戸）のために骨材はますます需要が増えて高値で売れるようになるので、違法売買の取り締まりはあまり進まない。ほかの筋書きでは川や海の砂の採掘を遅らせるいくつかのファクターが働き、同様に世界経済に欠かせない生態系と景観を守ることができる。

すでに、技術面では骨材の代わりとなるいくつかの素材や製品が需要を減らすのに成功している。たとえばガラス製造や鉄鋼業ではクロム鉄鉱、かんらん石、十字石、ジルコニア粉といったほかの使用可能な素材が存在している。建築分野では岩石の屑と焼却炉から抽出された灰が砂と同じ特性をもっていることが知られている。もっとも有効な発明は、コンクリートに匹敵する強度にするためにセメントの20分の１の炭素バランスになるように粘土を改良したフランスの技術だろう。セメントの製造過程では１３００度の窯で石灰質を焼かなければならないのに対し、粘土は加熱を必要としない。２０１７年に商品化をめざしているこの新技術は使用後40年までリサイクル可能で、リサイクル後はコンクリートをつくる結合材として使える。とりわけ、生産コストが従来のセメントをわずかに下回っているので、廃材や素材のリサイクル品からつくった骨材でコンクリートが製造できるようになるだろう。それだけでなく麻のような植物性素材や、砂漠の砂も含むどんな砂からでもコンクリートがつくれるようになるのだ。

初期に工業化された国では、人類が鉄筋コンクリートの発明を待たずして頑丈な建物を建てたことがわかる。ヨーロッパ諸都市の中心部がその証明だ。しかし、木や藁（わら）のような再生可能素材は新しい視野を開いてくれる。まだこうした新しい方法に精通した技術者が建築業界にいないため、充分な能力をもった都市計画家に頼らざるを得ないのではあるが……。木造の建物とコンクリートの建物の技術的特性が違うように、再生可能素材でできた都市は鉄筋コンクリートの都市と同じ人口密度には耐えられないので、都市の居住計画を考え直す必要がある。

一方、循環型経済[*]はリサイクルによって砂の採掘を減らすことができる。アメリカでは、4万～8万基のもう使われていないダムが砂の流出を食い止めつづけている。私たちは、流出をまぬがれた砂だけでなくコンクリート建造物をも解体して再利用できるのだ。ダムのリサイクルによって川の役割を再評価しつつ、資源を救うこともできる。

さらに、タイプの異なる方法が砂の採掘による環境破壊の軌道を変えようとしている。節度と高い生産性を重視するように法律で定めるのだ。採掘に膨大な経済的・社会的・人的コストを必要とするにもかかわらず、砂の価格は２０１６年時点で1トンあたり11～45ドルと比較的安定していて非常に安い。浪費の流れを変え、砂を扱う会社にアプローチの仕方を変えてもらうために、生物学者とエコロジストは、骨材の最終価格に骨材の採掘が引き起こした環境へのコストを含めたり、税金を課したり、譲渡可能な割当量を決めた市場を導入したりしてはどうかと提案している。政府が骨材に税金をかけ、砂以外の素材の再生利用に助成金を出すようになったデンマークでは、建設物への海砂の投入量が20年で94パーセントから12パーセントに下がった。最後の頼みは、国家の指導者が「資源を採取したあとの生態系復元」を義務づけることかもしれない。

人類は鉄筋コンクリートの発明以前から頑丈な建物を建てている。

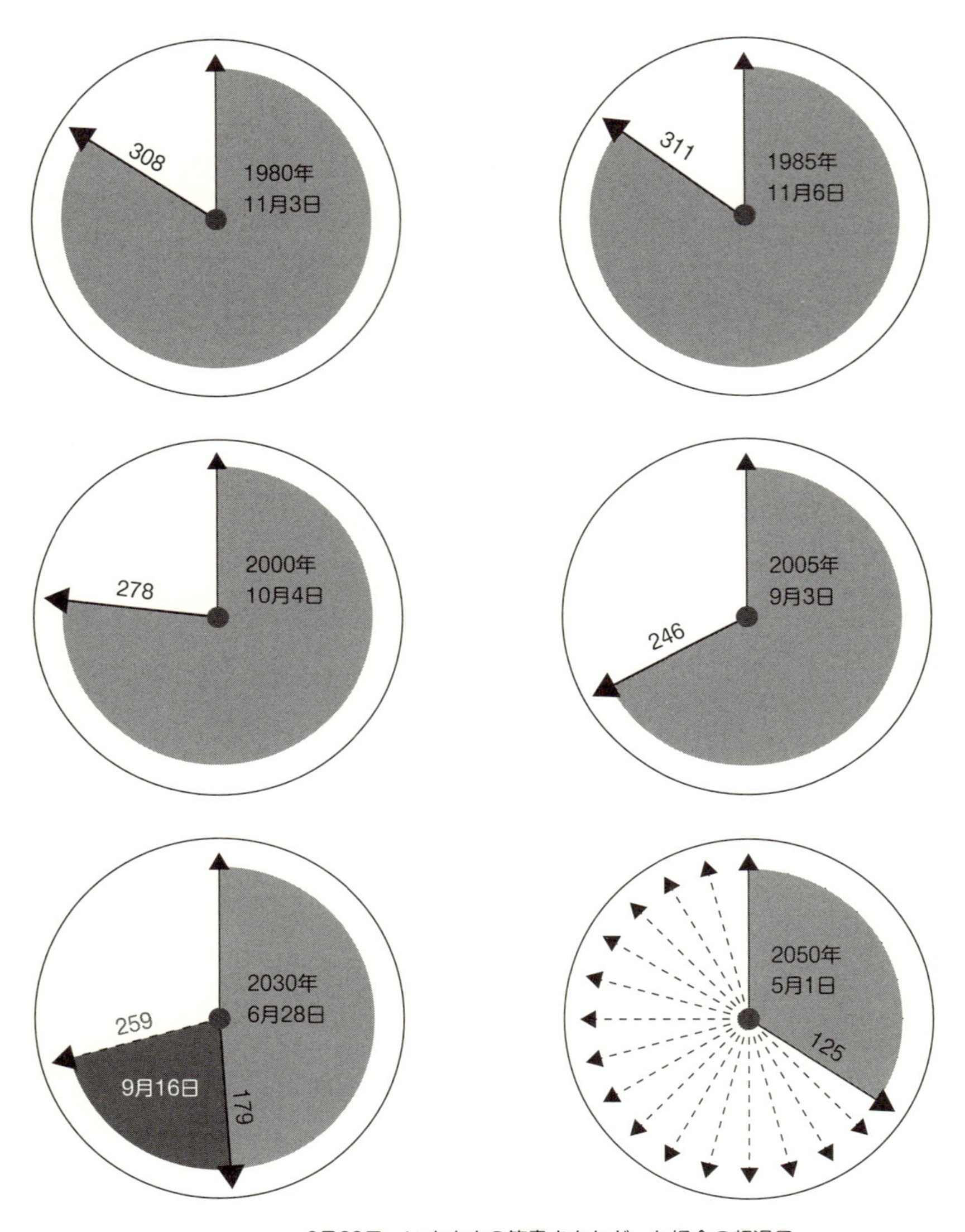

6月28日　いまままの筋書きをたどった場合の超過日
9月16日　いままでの筋書きを取らなかった場合の超過日
179　超過するまでの日数（いままでの場合）
259　超過するまでの日数（いままでの筋書きを取らなかった場合）

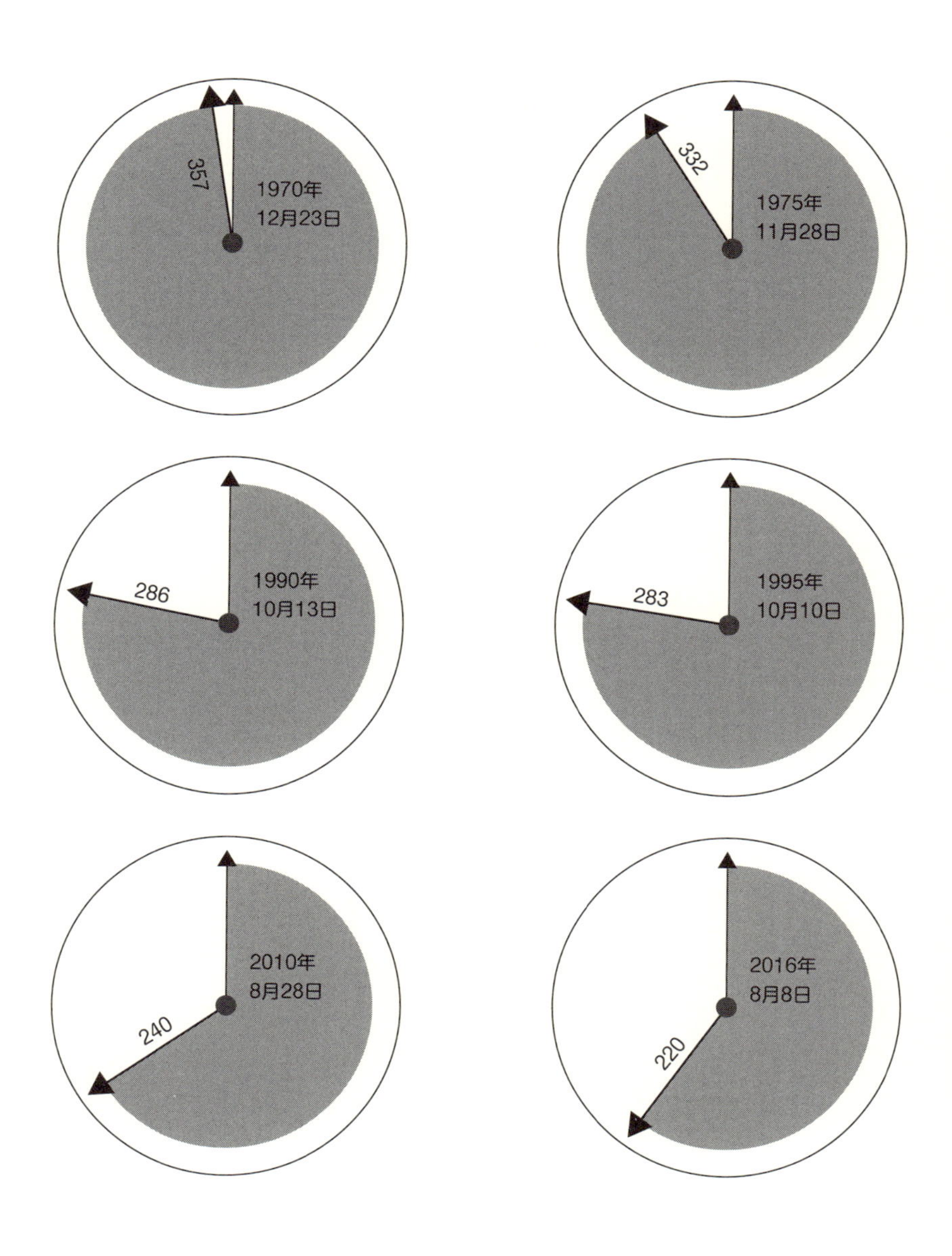

FIG.042　1970～2050年の世界の超過日の伸び

地球の用途はひとつ

人類が生産したり消費したりしているものは、もとをたどればすべて生物圏*に由来する。鉱物、森林、海洋、淡水、さらには耕作地も、資源の使用権は常に地球の物理的な限界を思い起こさせる。限界があるからこそ、人間は自然の仕組みの生産性を向上させ、限界を押し広げるために技術を発展させてきた。まさにそこに産業化文明の核があるといえるだろう。しかし、数年前からの科学と加速する生物圏の破壊は、うぬぼれ、そして技術と生産本位主義が先へ先へと進んで行く危険を証明している。同時に人類が生態系に与える影響は、生態系の回復が世界のニーズに継続的に応えるには充分ではないことを示している。今日、人類の需要は地球の生産性を上回ってしまった。超過しているのだ。２０１６年には、生物圏が1年かけて生み出すものを８か月で使い切ってしまった。超過を迎える日取りが年々早くなり、それに伴い影響も大きくなっていく。土壌の破壊、大量に山積みにされた廃棄物、気候変動……。しかし、別の試算が人類に新たな筋書きを提案してくれた。15年間でCO_2排出量を30パーセント削減するだけで、人口の増加を考慮してもなお、超過する日を８か月から９か月と16日に遅らせてくれるというのだ。

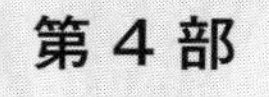

第4部

指針となる未来

常に可能性の限界を
知っていなくてはならない。
歩みをとめるためではなく、
最善の状態で不可能に立ち向かうために。
——ロマン・ガリ

15 ビッグデータ

ビッグデータ*は、インターネット上で交わされる情報データの大きな集合体、もしくはサーバーとハードディスクに保存される前のインターネット上のデータを指す。ユーザーの行動記憶を形成するビッグデータは、未来の経済に欠かせないものだとみなされている。しかし石油資源が掘削・精製作業を必要とするように、ビッグデータの生産性はデータをストックし選別する能力と、データを利用できる形に変えるコストにかかっている。同時にビッグデータの倫理的バランスと同様、生態学的バランスに関するほかの争点が議論されなくてはならない。

1980年代末にインターネットが登場して以来、データセンターやハードディスクで取り交わされ、収集され、保存されたデジタルデータは指数的に増加している。このデータには文章（ホームページやeメールなど）、マルチメディアファイル（写真、映像など）、さらには暗号化された情報（ペイパル、金融取引など）が含まれる。そうしたデータが関連付けられカテゴリー別に分析されると、まぎれもないドル箱になる。ただし、それらを活用できるならばの話だが。実際、複雑なアルゴリズムを使って、ビッグデータからより詳しい予測モデルが抽出されるようになった。今日、多くのエキスパートはビッグデータをデータセンターの雲(クラウド)に保存できる情報量を知るためというよりも、この取引の仕組みの規模を計るものとして計量化している。というのも、ビッグデータのエコシステムの規模と複雑さはいままでにない問題を起こしながら、現実世界の規模と複雑さを追い抜くと見られているからだ。

ゼロから無限へ

2016年には、ビジュアルウェブ*で一秒につき5万5000回のグーグルサーチがおこなわれ、200万通のメールが送られ、3万7591ギガオクテットのデータがやりとりされていた。ところがこれは、見えていて数量化しうる氷山の一角でしかない。なぜなら、インターネット上で集められるデータの96パーセントを占めているのは、検索エンジンによって変動するデータを集めたディープウェブ*だ。このように30年前にほぼゼロから始まったインターネットは2016年には10垓(がい)オクテット、つまりゼタオクテットの時代に突入した。ゼタオクテットは無限空間の様相で、デジタル情報の集合体は人類の脳の表象能力の埒外(らちがい)にある領域だ。すでに2016年3月にはウェブに46億6000万以上のページがあり、1年で生み出されたデータの総量は1ゼタオクテットを超えた。

ふたつのファクターがこの指数的な増加の方程式の決め手になった。インターネット利用者の増加と、アクセスと使用レベルを左右するテクノロジーの発展だ。ところが、この考えには客観的事実が足りな

16,280
44,000
2020

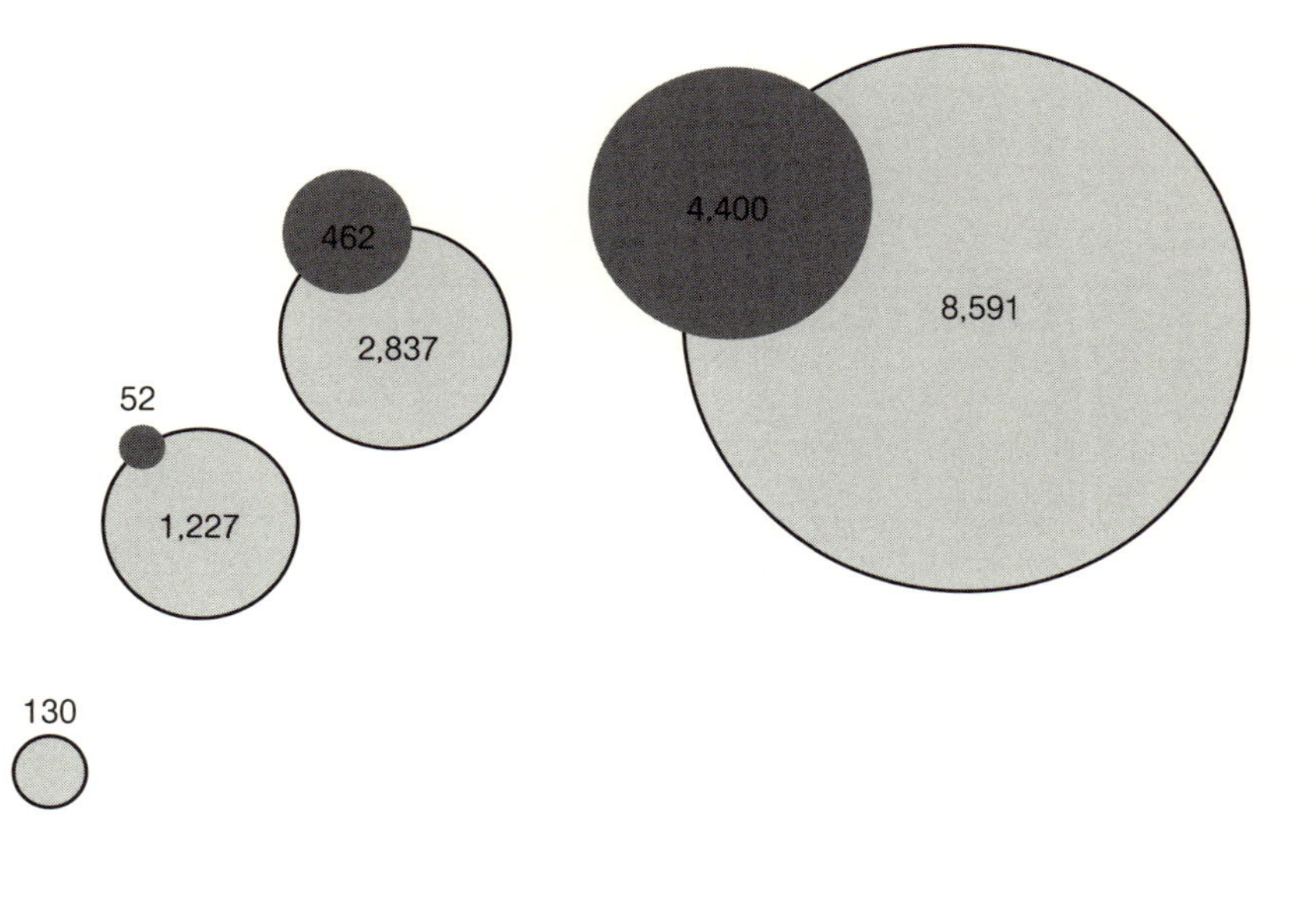

FIG.043　2005〜2020年のデジタルデータ量の変化（単位：エクサバイト）

ビッグデータは
無限の空間のごとく
人類の脳の表象能力には収まらない。

い。まさにモバイルインターネットの展開がもっとも早く進んだサハラ以南アフリカのような地域での人口成長は、実際のところ世界が、「接続性」とビッグデータのキャパシティの黎明期でしかないと気づかせた。次の時代にはデジタルな世界で生まれた大量の情報が2年ごとに倍増し、2013年に4・4ゼタオクテットだった情報量は、2020年には累積データ量44ゼタオクテットに達するだろう。それと同時にユーザーの「遊動民化」、接続している機器の増加、発展途上国でのモバイルインターネットに関連する技術革新も決め手になるだろう。2050年までに接続機器の数は数千億になるだろう。それ以前に世界じゅうにネットワークを広げ地球のあらゆる場所をつなぎ、ビッグデータなどを届けるために必要不可欠な大陸間ケーブル、光ファイバー、人工衛星、3G・4G回線、さらには5G回線などの非常に多くのインフラが敷かれなくてはならない。

この点では、韓国と日本がかなり先に進んでいる。2か国ともすでに国内で5G回線による集積化が進んでいて、いますぐにでも都市への水や電力の供給、交通の流動性、交通機関のオートメーション化、ゴミの収集、駐車、温度調節を管理できるスマートグリッドを容易に進めることができる。スマートグリッドは住人の生活の枠組みを決定し、都市社会の環境へのダメージを軽減するだろう。

選別された世界

少しずつ、あらゆる経済分野がビッグデータの発展に利用されるようになってきた。たとえばたった1日のあいだに、あるインターネットとモバイルテクノロジーのユーザーはすでに生活パターン、移動、普段消費しているもの、関心のあるもの、バカンスの趣向、所得の水準、食生活、健康問題、ネット上での友人、家族構成、保険、支払い能力、さらにはセクシュアリティや宗教や政治的立場の情報を、その人が使っているサービスプロバイダとほかのウェブアプリに提供している。こうしたさまざまな領域のデータの分析がもたらすものを見ると、ビッグデータはそれを握っている人にとって完全に戦略上のリソースであるといえる。しかし興味深いことに、個人データへの絶え間ないデータの供給によってすべてが組織化されているビッグデータのエコシステムでは、データの持ち主は発信した人ではなく、そうした人から明確な了承を得ずに第三者にデータを転売している人なのである。データの活用の経済的可能性は、20世紀初頭の石油の可能性に相当するといえるだろう。

天気予報はまだビッグデータ化をまぬがれているが、実のところアルゴリズムは多くの雑多な情報を取り込むにつれて、しだいに信頼できる予測を出すようになってきた。そうしたデータから、それぞれのインターネット利用者のサイバープロフィールをより詳細につくりあげることができる。自由に使える手段のなかでもっともよく知られているのがグーグルだ。グーグルは利用者がグーグルを使っておこなったことのほとんどを記憶していて、広告や検索結果までもユーザーの関心や癖に合わせてパーソナル化している。二人の人物が同じ時間に同じ場所で同じキーワードをグーグルで検索したとしよう。すると、それぞれの個人的願望を熟知したプログラムが、ときには大きく異なる内容を表示する。アメリカでもっとも力をもっているグーグルのアルゴリズムは、ユーザーの「統計学的」意向や好みを反映するあまり、おびただしい数のほかの選択肢と、ユーザーが「フィルターバブル*」から抜け出す可能性を奪っている。フィルターバブルはユーザーをビッグデータの活用に閉じ込めてしまう傾向がある。つまりユーザーごとに表示される内容が異なるとすれば、デジタルアイデンティティ（ＩＰアドレス）を変えない限り、状況を変えるのは難しいということだ。

ビッグデータの実用領域には限りがない。広告はその最たるものだ。それぞれの見えないプロフィールに応じた広告のパーソナル化は、プロモーションキャンペーンやマーケティングの実用性を著しく上げることができる。近年ではアメリカのリアルタイム配信ビデオ（ストリーミング）のポータルサイト、Ｎｅｔｆｌｉｘによる利用者の好みの予想が新たな領域に突入した。今日、オンラインビデオ配給会社は利用者の数回のクリックを記憶して、彼らの好みや傾向に関する膨大な量のデータを所有している。それによって制作会社や配給会社は加入者の好みにぴったり一致したフィクション・シリーズをつくれるようになった。だが、慣れ親しんだ世界の見方に利用者を閉じこめて、そうした見方を維持させる人がもうかる状況を作り出す危険性はある。

しかしながら、ビッグデータの成長はほかの業種にも進歩をもたらした。とりわけ科学と学問の分野だ。たとえば医学と薬学では、膨大なデータがもたらす将来の希望はとてつ

ビッグデータの持ち主は
データを発信した人ではなく
それを取り扱い転売する人なのだ。

もなく大きい。データは予防措置と、個人だけでなくすべての人への治療行為を結びつけることができるからだ。より「ターゲットを定めた」健康システムを可能にする予防医学だけでなく、一人ひとりが遺伝的情報もしくは遠隔生態計測記録を提供して、情報による検査協力者となる積極的な参加型医学も可能になる。ここ100年のあいだは、海、山、砂漠、空間上の隔たり、機密性ルール、備蓄の義務、職業上の秘密、職業倫理、密かな趣向、言語の壁、国境、壁、柵が権力からの道徳的・公的な尋問を制限して、人々のプライベートな生活を守っていた。しかし最終的に人類は熱に浮かされて数年でプライベートな生活を捨て、個人の情報と引き換えにインターネットが「無料で」提供してくれるサービスと安楽に魅了されるだろう。そして選択の余地なく、利用者も把握しきれていない個人情報を規制のない市場に売る人々の収入を増やす手助けをしてしまうのだ。

大文字の歴史が終わる前に

21世紀の幕開けに、現実世界とビッグデータの境界面に新しい文明の形が誕生したことを実証できるのは歴史哲学だけだ。新しい文明の形とは、情報によって接続された人類が継続して情報を提供しつづける人工的・非時間的・普遍的な「メタ記憶」だ。情報の交換が未来を描く、永遠に動きつづけるひとつのエコシステムである。このなかでは、あらゆる出来事が数学的計算から得られるロジカルな結果に行き着く。つまり、人類に運命の執行人としての役割しか残らなくなる大文字の歴史の終焉は近い。にもかかわらず、ビッグデータが世界の首相を決められるようになるまでのあいだ、単純化されたこのシナリオはい

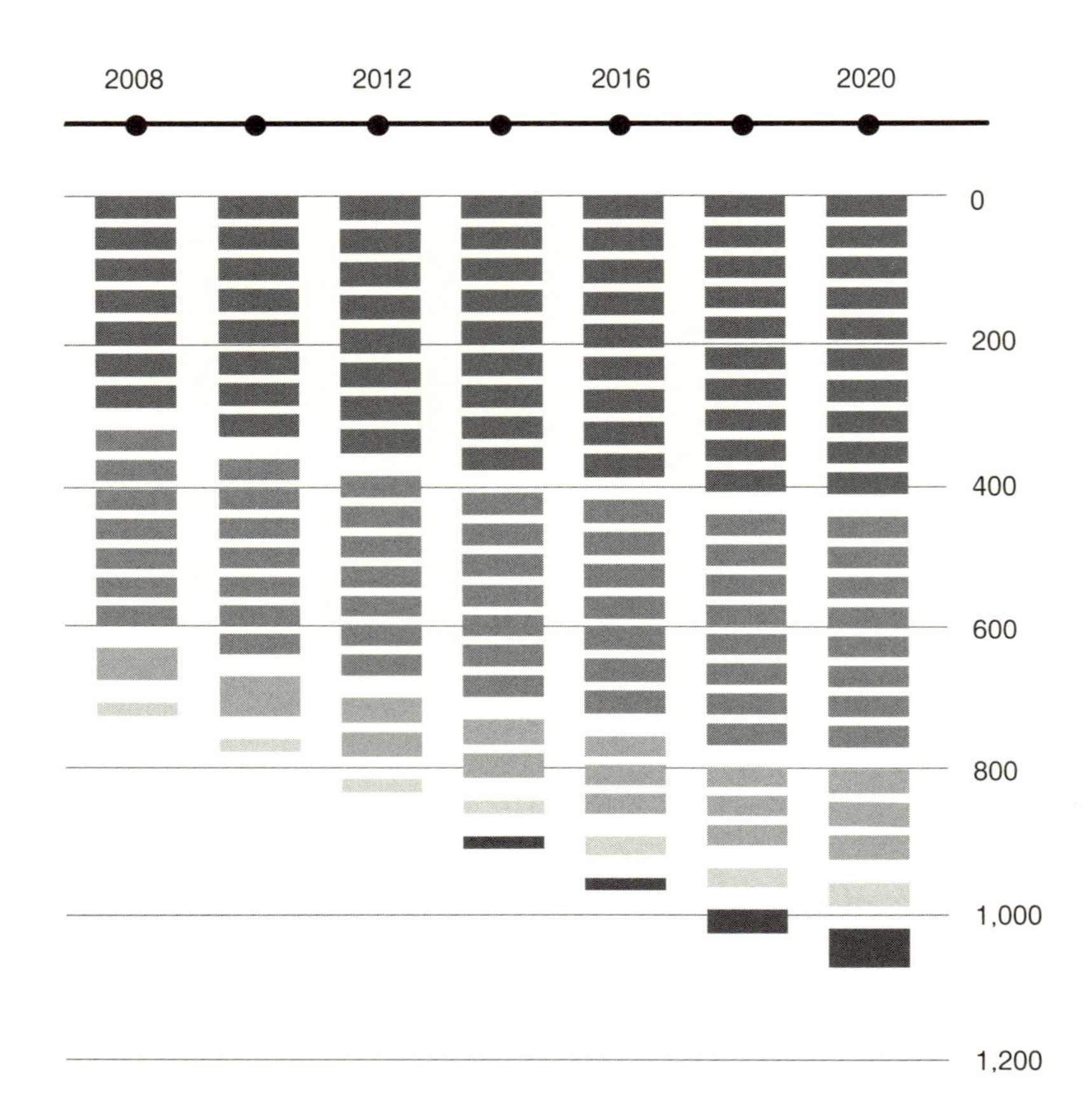

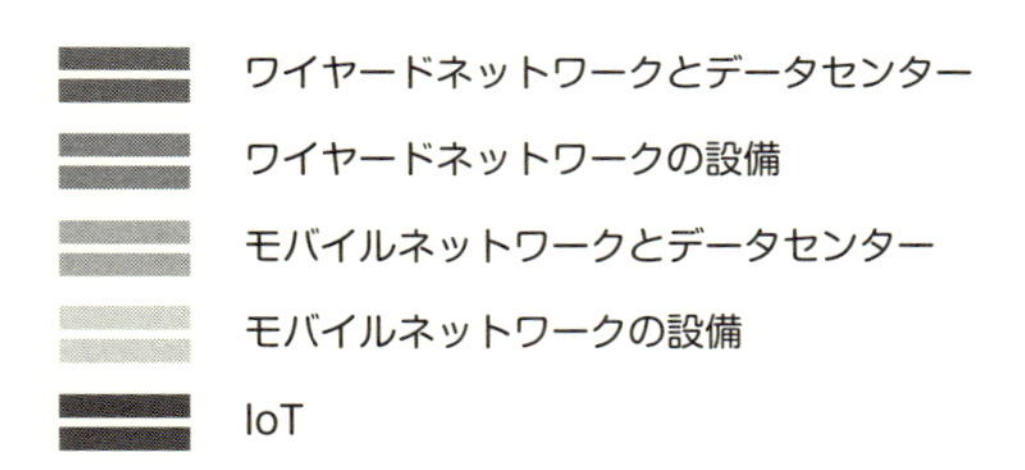

FIG.044　2008～2020年のネットワークインフラストラクチャー、モバイルネットワーク端末、ワイヤードネットワーク端末のエネルギー消費量（単位：テラワット時）

くつもの非常に具体的な問題、さらに避けられない倫理的・哲学的な議論を引き起こすだろう。

また別の課題としては、公私問わず潜在的なクライアントがアクセスしやすくなるようなデータの選別と分析システムの向上と簡略化が挙げられる。そのためにはまだかなりの投資が必要だ。たとえばアメリカで2012年に導入されたビッグデータ研究開発イニシアティヴは15以上の連邦機関を巻き込み、研究とビッグデータの地域ハブ施設の創設に2億ドルを要した。一方、公私の協調の発展とデジタル・シングルマーケットの創設を見越して、データ分野におけるヨーロッパの新しい戦略が2014年7月に採用された。同時期に中国がビッグデータに関する白書を示し、続いて韓国もビッグデータ専門の政府機関をつくって、のちにソウル大学に研究所を置いている。

しかし、データの激増はまた別の課題を生んだ。保存方法に関する問題である。世界はまだデータセンターの飽和状態にさらされていないが、センターが必要とするエネルギーはさらなる問題を引き起こした。ビッグデータの活用によって世界のエネルギー消費の最適化が可能になり、関連する汚染物質の排出量を減らせる一方で、データセンターやほかのスーパーコンピューターそのもののカーボンフットプリントは上がりつづけている。端末機器、回路、データセンターの温室効果ガス排出量を合わせると、すでに世界の2パーセントに相当する。これは民間航空機の排出量と同じだ。データセンターは温度の変化に弱いため、24時間稼働しているならば24時間空調管理が必要なのである。これが世界の電気料金の40パーセント近くを占めている。たとえばアメリカでは、ノースカロライナ州にあるデータセンターに供給されている電力の大部分は石炭による火力発電所でつくられている。つまりデータセンターが気候変動と石炭が採掘されているアパラチア山脈の自然環境の破壊に直接的にかかわっているのだ。近年フェイスブック社が主として再生可能エネルギーを使うと宣言したが、アマゾンのようなウェブ関連のほかの大企業は今日でもまったくこの動きに追随しようとしていない。早くもほかの解決策も考えだされている。たとえばデータセンターの代わりに、離れたところにあるクラウドを必要とせずに集めた情報を自身で取り扱える接続機器だ。フォグコンピューティングと呼ばれるこの新しい技術的な解決策は、ネットワークへの過剰なプログラミングに関連する問題を避け、ビッグデータの新たな未来の雛形を描くのを可能にするだろう。

16

もうひとつの新たな歴史

想像しにくいことだが、インターネットとソーシャルネットワークがもっとも大きな交換システムになる時代がやってくる。2年ごとに太古の昔から現在までと同じ量の情報を生む、接続された世界へと私たちを連れていくだろう。インターネットとソーシャルネットワークは恐怖や所有欲を表現する場、国家権力や私生活の弱点、デジタルな犯罪の前段階もしくは準備の整った革命や世界の歴史と常に相互に関連している革命の場として、今後はフィクションや人類の意識の想像の範疇を超えたものを描く手助けとなるだろう。この章が紹介する「ドキュフィクション」的物語は、人目を引くこともない、いたって現実的な行為から始まり、想像される実現可能な未来へと急激に変わっていく。

世界のセキュリティの歴史（抜粋）

歴史的に市民の私生活を尊重することに重きを置いてきた西洋民主主義は、常に監視システムの枠組みを法や正義で定めてきた。ヨーロッパと反対に私生活の価値を憲法で定めていないアメリカでさえ、電話などの通信の傍受は経験によらずして、そして経験によって制御できていなくてはならないとしている。ヨーロッパでは、１９９５年のＥＵデータ保護指令が国に手紙と通信の秘密を保証する義務を課している。この指令はとりわけ、「通信が合法的におこなわれている限り、当該者を除くいかなる人物もその通信を盗聴、傍受、録音してはならない。また通信をほかの傍受や監視の手段に委ねてはならない」と求めている。この指令が採択された１９９５年、世界には携帯電話もグーグルもフェイスブックのようなものもなかった。リアルタイムで個人や団体やコミュニティーや特定の集団やマフィアや犯罪者や詐欺師や相場師や活動家をつなぐものもなかった。つまり世界は急転換を迎える前

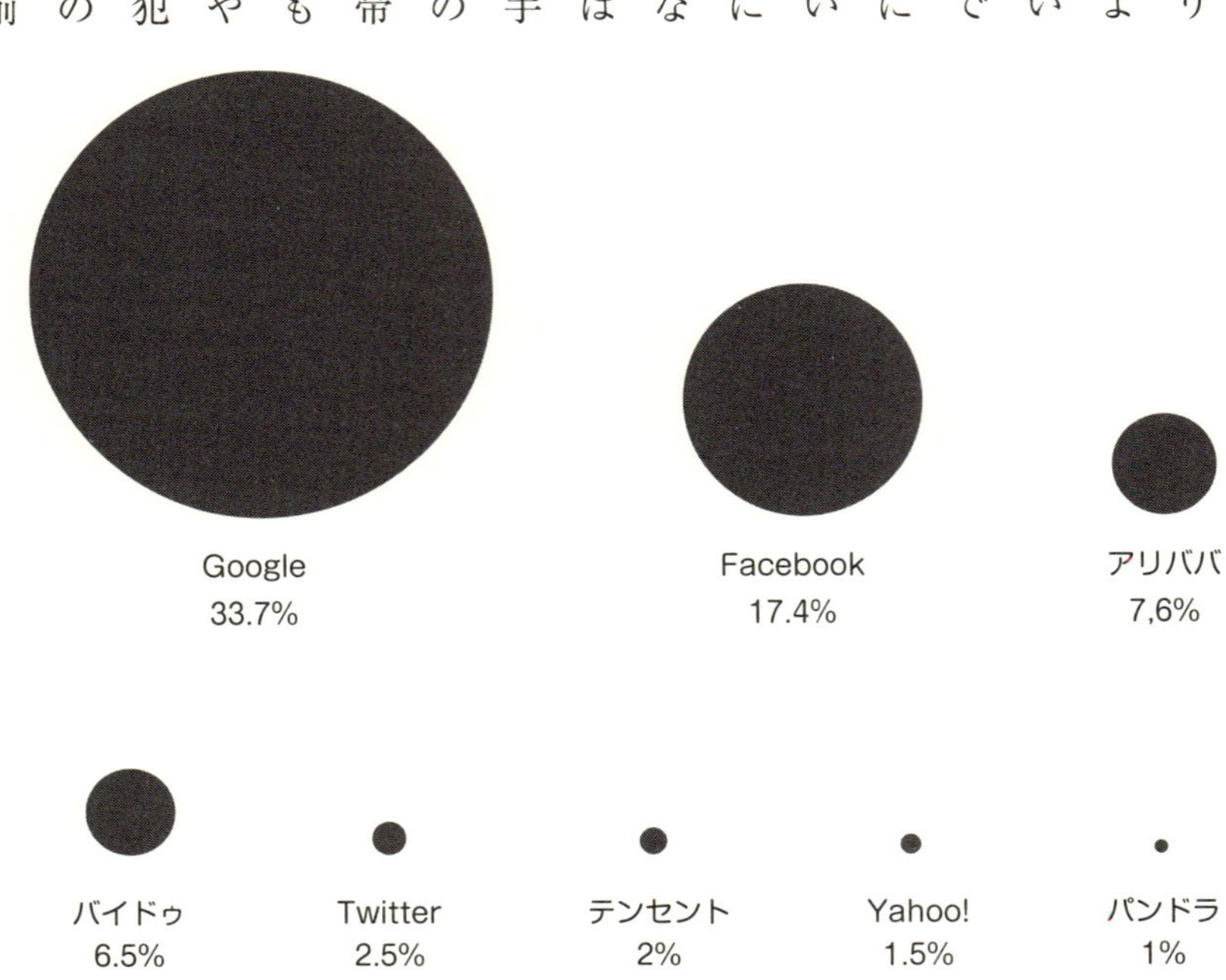

FIG.045　世界のオンライン広告収入の配分（2015年）

夜だったのである。このような急転換は国も予測不可能だったが、国はソーシャルネットワークが公的な空間、異議申し立ての場、革命の始まるプラットフォームを兼ね、選挙に勝つ決め手となる道具になるだろうと予測したうえで利用していた。

セキュリティ上の理由

インターネットという６つめの大陸の
流動的な地理的位置が
犯罪に影響を与えた。

２０１０年の時点ですでに、インターネットは株価を下落させ、遠隔地からテロを誘発し、国内法を廃案に追い込み、租税回避を容易にし、宣伝キャンペーンを推進し、未成年の誘拐や横領や職員へのストーカーの手段になり、模造品を売り、性的な映像を拡散し、地理的に離れたところにいる人々を動かし、爆弾犯を雇うことができた。つまり、ワールドワイドウェブは誕生からわずか20年で、その流動的な立場によって不正行為に影響を与える新しい大陸として頭角を現したのである。犯罪はインターネットよりも前からあったが、ともかくも世界の情報ネットワークは犯罪にコストのかからない新しい力とターゲット層を与えたのである。ネットワーク上で位置を捕捉しながら、悪行と詐欺と犯罪はまさに通信・私生活保護法と１９９５年のデータ保護指令の恩恵を受けて民主主義を複雑な状況に追い込んだ。しかし２００１年９月11日のニューヨークとワシントンＤＣでのテロ以降、アンスバハ、バグダッド、バリ、バマコ、バンコク、ベイルート、ブリュッセル、ダッカ、ガズィアンテプ、イスタンブール、カラチ、昆明（こんめい）、カイロ、ロンドン、マドリッド、モスクワ、ナイロビ、ニース、オーランド、オスロ、オタワ、パリ、テルアビブ、ヤンゴンやほかの都市でもテロが増えるにしたがって、最終的にインターネットの危険性が民衆に周知されたのは、テロリストの活動を阻んだ情報機関の破綻だった。

テロが驚きをもって迎えられたため、国家は世論を落ち着かせるために迅速かつ毅然とした態度で行動しなければならなかった。というのもセキュリティと防衛の任務を遂行するのに加えて、2015年以降はあらゆる不安定なものに対してより排他的になってきた市民の圧力に対応しなくてはならなかったからだ。テロ以外の犯罪のほうが多数の人命を奪っているのは変わりなかったが、国内で活動しているテロリストという敵を追い払うのが急務だった。そこで脅威に立ち向かいテロリストと同じ武器で武装して戦うために、いくつもの国の政府が防衛の分野とインターネット上の情報を管理する機関を設けた。数年後には、反対されることもなく民主主義プロセスを経て多くの新しい監視装置ができあがった。アメリカとイギリス、続いてフランス(2016年)、オーストラリア、ポーランド、オーストリアでも、とりわけ軍隊と警察がインターネット上やネットに接続されたモバイル機器のなかの私的な情報にアクセスできるようになり、対テロリスト措置が強化された。危険とたたかい自由を守るという法にのっとった避けがたい大義名分のもとに、民主主義は少しずつ会話や電子メールや移動や私的な空間を監視する法律を認めた。さらに警察は事前の認証や司法の許可なしで発信者と宿泊客のメタデータを開示させられるようになった。同時にキーボードに打った言葉を傍受するためのパソコンへの侵入とスパイウェアの導入もおこなわれるようになり、まるで監視人物の家にマイクとカメラを置いているかのような状態になった。

ネット上の恐怖

権力の座の世代交代とともに
市民が警戒する対象は変化した。

執拗（しつよう）なテロ攻撃を受けて2018年からふたたび強化されたセキュリティ対策の勢いに押され、西洋社会の市民は快く対テロ対策の適用範囲を小児性愛やポルノグラフィや売春の規制へ拡大するのを受け入れた。それだけでなく武器や麻薬の取引、人身売買、臓器の売買、脱税、マネー・ロンダリング、模造品や海賊版製作、さらにはドメスティックバイオレンスやハラスメントの域にまで適用されるようになった。最終的に2015年5月にフランスで採択された法律をもとにして2019年から施行されるヨーロッパの新規制は、「国家の経済・産業・学術的利益を侵害する」可能性のあることや、そうした人物にまで監視領域を広げた。つまり研究者、ジャーナリスト、外国人留学生、組合活動家、さらには政権に反対する人も等しく対象になるのである。監視対象になるのは疑わしい人だけではない。その人たちとコンタクトをとれるすべての人、つまりヨーロッパ人の大半が対象になる。アメリカ人やオーストラリア人も同様だ。きわめて個人的な空間や時間まで、盗聴や追跡の対象になるのである。それと同時に、警察や情報局は追跡・監視・暗号解析手段の技術の急速な進歩を利用している。競争が激しく成長が著しい市場の推進力に押され、追跡・監視・暗号解析手段はより信頼度が高く、高機能で、安価なものになった。一方、私生活の保護が行き届いていない国ではデータ保存の分散が、情報の保存能力と保存期間を減速させている。ひとたび個人情報が書かれてしまえば、いかなる司法措置ももう書きかえることはできなくなる。私的なセキュリティ組織や警備員の増加によって、データの収集はしだいに増えている。収集データの増加は、高齢化が進み格差が社会的緊張を高めている社会の恐怖の表れだ。公的な場所であろうと私的な空間であろうと、家のなかだろうと仕事場であろうと、すべての領土はまもなく警察の監視対策によって接続できるようになるだろう。ビッグデータに限界がないと私たちが知ったとき、とりわけ顔認証とデータ処理の技術に磨きがかかった２０２０年以降は、プロフィールづくりと予測分析の有効な道具を進歩させるためにあらゆる情報をメタデータ*に取り込むことが可能になる。20世紀末に、ＤＮＡ型を利用することで科学警察が生まれ犯罪捜査の効率が上がったように、デジタルな監視（トラッキング）と統計の情報科学は犯罪曲線を反転させる予測捜査の時代の扉を開いた。２０２５年以降、民主主義国家の警察の大半は、犯罪が起きる前に予測日時と場所を割り出せるアルゴリズムを利用するようになるだろう。統計学、数学、情報科学、社会学、心理学によって形成された予測部隊の新たな統制は、保安組織の性質と方法をも変える。新しい部隊の導入から２年と経たずにヨーロッパで軽犯罪が25パーセント減少したことは、最新の刑事ドラマの主人公も認めている。

よりよく罰するために予測する

このようなシステムの導入によって世界的に犯罪が半減したという成果を得た警察が、より精度の上がった道具を備え、犯罪予測分野の研究開発にもっと労力を割く必要性を認めさせれば、国と地方自治体はさらに多額の税収を監視にかけるようになるだろう。代わりに、犯罪が減るにつれて必要性も減っていくであろう行政や司法にかける金額が減らされる。司法官や人権保護団体の強い反発にもかかわらず、ヨーロッパやアメリカで実施されたいくつかの調査では有権者の多くが監視政治を支持していると示している。これは、欧米社会のほとんどの国でポピュリストやナショナリストの政党が新たに躍進してきている影響だ。2020〜2022年に起こるイタリア、ドイツ、オランダ、チェコ、スロヴェニアの選挙での勝利を利用して、そうした政党は、犯罪防止政策が、一貫した抑圧を目的とする政治と結びついている限り有効ではないという思想を広めるだろう。極右政党のリーダーは、アルゴリズムがはじき出した時刻と場所での刑事事件は防げても、いつか別の場所で再発する危険までは防げないと述べている。犯罪をくわだてたテロ陰謀罪の例を根拠にして、極右のリーダーは活動の次元と意思の次元の両面で犯罪とたたかうことを表明している。攻撃的な人権保護団体内部でいくつかの反対運動は起きているものの、陰謀罪に関する議論の消極性は別の現象を際立たせた。権力の座の世代交代、そして集団の共通記憶の発展とともに、市民が警戒する対象が逆転したという現象だ。今後セキュリティへの要求は自由への要求を上回るだろう。

透明(クリア)な生活

1990年以降に生まれた世代にとって、マッカーシズムやシュタージ(東ドイツの秘密警察)はもはやあまり重要な存在ではなく、歴史に登場するものでしかない。そのうえ、学校の授業でも扱われなくなってきている。いつなんどき襲ってくるかわからない馴れ馴れしい顔をした敵の存在が目立ってきているなかで、監視社会に対する市民の抵抗は少しずつ息切れしはじめている。弱い立場におかれている年齢の高い層が、超セキュリティエリア、つまり超監視エリアで暮らすことを重視しているのに対し、若い人たちにはずっと前から私生活の不可侵性というものがない。彼らはＳＮＳ上に私生活をアップすることで「親友」の境界線を押し広げた。

若者が「やましいことがなければ恐れることはないはず」、私生活の尊重はむしろ時代遅れと考えるようになったので、ヨーロッパの判事や弁護士の集団が呼びかける「犯罪をくわだてた罪」への反対運動に加わる人は現れなくなった。そして、反対に多くの人がＮｅｉｇｈｂｏｕｒｓという「隣人と親切と集団と市民の監視」をうたう新しいＳＮＳに熱中している。２０２３年１月にフェイスブックを参考にして韓国企業が始めたＳＮＳ、Ｎｅｉｇｈｂｏｕｒｓは、「隣人を知っていますか？」をテーマに掲げた監視装置だ。この新しいプラットフォームは、より多くの人々の継続的な参加によって都市部の治安を向上させるための「一人ひとりが皆のセキュリティのために行動」する「監視兼情報共有グループ」である。新しい監視装置はウイルスのようにスイス、オーストリア、ハンガリー、オランダ、イギリス、アメリカのいくつかの州（テキサス州、ヴァージニア州、サウスカロライナ州など）へまたたく間に広がり、大量のユーザー登録は西洋民主主義に社会学的な転覆をもたらした。２０２３年６月に、ヨーロッパ議会の政治権力のトップにポピュリスト政党がのしあがってからは、政治面でも転覆行為が起きた。最終的に彼らはヨーロッパに死刑を復活させせた。（以下略）

２０２５年２月17日付『ニュー・ワールド・タイムズ』紙、ニューヨーク

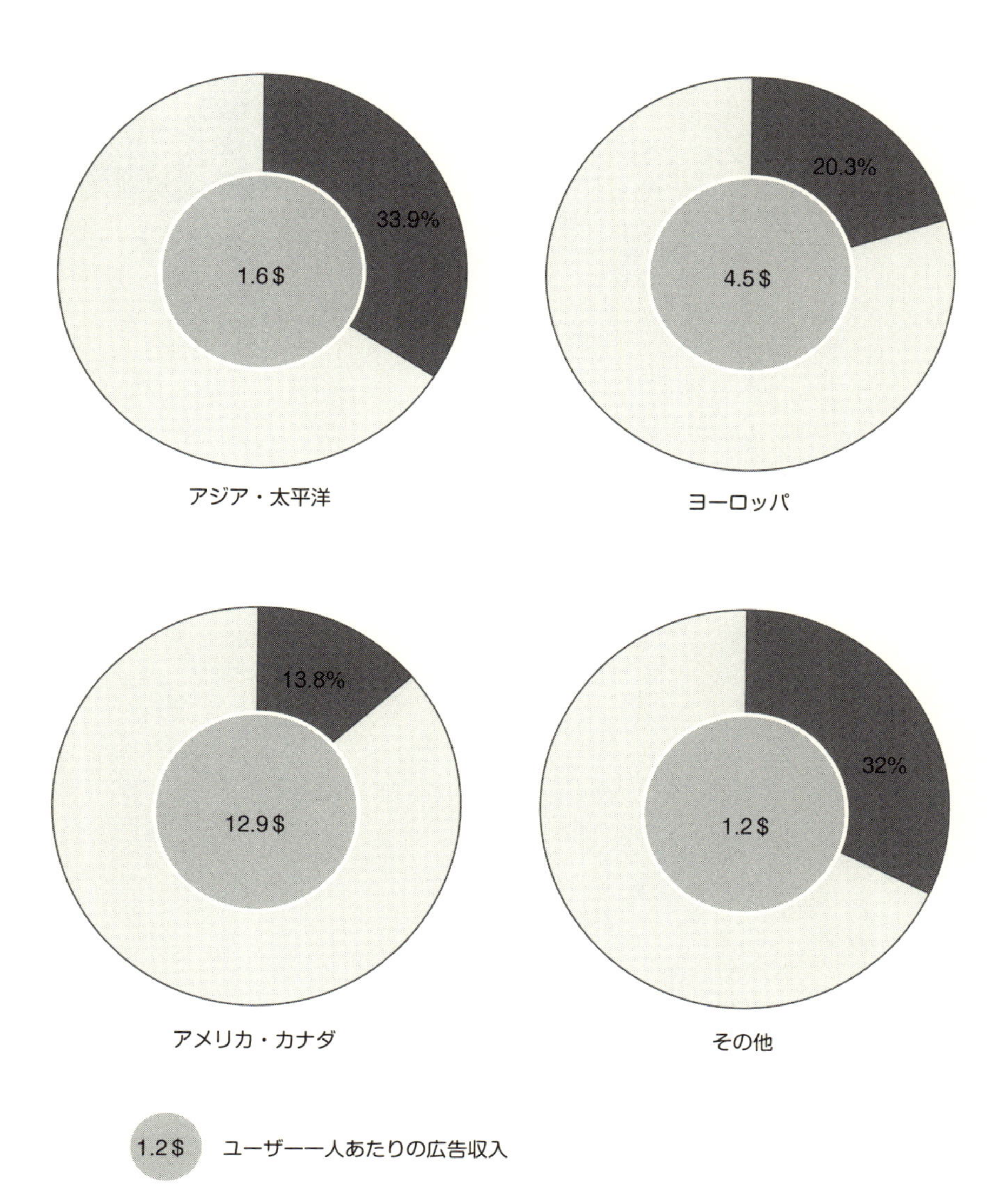

FIG.046　2015年のフェイスブック広告収入の地域別配分（単位：%）

17

100億人を乗せて

空飛ぶ車、テレポーテーション、軌道エレベーター……。

長いあいだ、夢とSFはあらゆる分野の技術に未来の姿を想像させるきっかけだった。より速く、より遠く、より高くに人類を運ぶためにはどうすればいいか……。なかにはまだ突飛なアイディアもあるかもしれないが、レオナルド・ダ・ヴィンチやイーロン・マスク（スペースX社とテスラ社のCEO）やベルトラン・ピカール（パイロット、精神科医）は、そうしたアイディアが実現されるのも時間の問題だろうと思わせてくれる。当面はグローバル化と人口の増加に押されて機動力の需要が急激に伸び、未知の乗り物をいくつも生み出すだろう。いったいどうやって、持続性・安全性・等価性の原則を尊重しながら増えつづける商品や人を運ぶのだろう？　そして、コストはどのくらいかかるのだろう？

ガリバーの収支

２０５０年、世界の人口は現在より3分の1近く増加し、今日2分の1である都市人口が3分の2を占めるようになると思われる。世界は１００億人とその人々が必要とするものを運ばなくてはならなくなる。さらに彼らの購買力を考えると、商品の流通と観光に伴う移動も前代未聞の成長を記録するはずだ。たとえば、２０３０年には国境を越えて18億人が移動する。そのうち60パーセントは新興経済地域へ向かう。この成長のひとつめのファクターに、２０５０年までに世界で進む66パーセントの移民の増加も加えなくてはならない。こうした移民のなかには、温暖化とその局地的な影響が進むにつれて増えた気候変動による難民も含まれる。

以上のような急変に始まり、貨物と乗客はとんでもない数に増える。たとえば、航空業界では２０５０年には乗客が１６０億人に達する。一方、貨物の量は２０１０〜２０５０年で４・５倍に増えるといわれている。そのうち84パーセントが海上から運ばれる。また、全貨物のわずか10パーセントでしかないが、陸路を行く貨物はアジアとアフリカの地域内貿易の増加によって４００パーセント増えるだろう。結果的に、今後20年での自動車の生産量は、自動車が誕生してから１１０年のあいだの総生産量をも上回るだろう。

エイヤフィヤトラヨークトル・コンプレックス

30年前から、運輸業は貿易自由化のおもな媒介者のひとつである。同時に、中産階級のグローバル化を物的に支援するプラットフォームでもある。さらに貧困とのたたかい、資源の分配、発展における第一級の役割をも担っている。反対に輸送手段が整わず危険で、充分に展開していなければ、成長の大きな足枷のひとつになる。今日、経済と国際関係の核である信頼度、安全性、流動性の争点に、モビリティの高さが置かれているのはそのためだ。2010年3月に、発音しにくいアイスランドのエイヤフィヤトラヨークトル火山が噴火していたあいだ、ヨーロッパの上空が機能不全に陥って、世界のGDPに50億ドル近い損害を与えた！　航空産業は、関連企業も含めると、フランスの全人口に匹敵する数の従業員を雇っている。フライトはもちろん、航空業界が大きく貢献している観光業などの収益を含めると毎年約2兆7000億ドルを生んでいる。以上を考慮すると、2016〜2035年に世界の飛行機の数は2万機から4万機に増えるだろうとエアバス社は予測している。また、ここ100年間の飛行機利用客は650億人だが、今後20年で同じ人数を達成するだろうと考えられている。

機体と船舶は、数が増えるだけでなく機能も上がる。規模の経済を実現し、魅力的な価格を提示するために、今日、運行しているもっとも大きな船舶は長さ400メートルを超えている。サッカーコートの縦4面分だ。ところが、船舶の数が増え、サイズが大きくなるにつれて、船の通り道も拡張しなくてはならず、膨大な労力を強いられる。今後40年で、人類は誕生から現在までよりも多いインフラを整備することになるだろう。

制約のあるモビリティ

移動と運搬の需要が高まるにつれて、交通・輸送手段の価格はじょじょにエネルギーと気候の制約に縛られることになる。今日、国際エネルギー機関*(IEA)は、2040年には交通・輸送手段が世界のエネルギー消費の20パーセントを占めるようになると述べている。そのうち88パーセントは液体の化石燃料によるものだ。石油の枯渇と価格高騰が起こる可能性を考えると、予期されている交通・輸送手段の成長はただの予想なのではないかという疑問が浮かぶ。いずれにせよエコロジーの観点から見ると、成長はもはや耐えられないレベルに達している。気候変動を引き起こす環境破壊が拡大し加速している一方で、国家間を移動する貨物の量は2010~2050年のあいだに4倍に増えるだろう。より細かく見ると、ヨーロッパでは3倍、アジアでは4倍、アフリカでは8倍になる。

大陸間で差が生じる要因は、少なくともふたつ考えられる。ひとつめは、ネットワークが充分に行き届いていないことから発展が危うくなる新興国で自動車による輸送が増えるためだ。ふたつめは、生態系の持続性*よりも、社会の安定のために経済成長を必要とする国にCO_2排出量を制限する規制がないためである。しかし、国際的な規模では予測の信憑性は低い。というのも交通・輸送手段が気候変動に与えるダメージ以外の、石油流出、古い機体の取り壊しによる廃棄物、騒音、耕作地の独占、動物相と植物相の破壊、さらには呼吸器系の病気の増加

30年前から運送業は
世界の中流化の媒介者である。

貨物量（単位：ギガトンキロ）

50,000 10,000 5,000 1,000

FIG.047　2010〜2050年の輸送手段別の世界の貨物量変化

といったあらゆる影響を考慮しなくてはならないからだ。世界保健機関*(WHO)は、2012年の死者のうち700万人が公害によって亡くなったと考えている。

新しい羅針盤

今後数年で起こるエンジンの推進力、高いエネルギー生産性、環境面での破壊(ディスラプション)*的なデジタルイノベーションは、交通・輸送手段の成長の決め手になるだろう。現在・未来の交通・輸送量、輸送されている貨物のタイプ、インフラの状態、流通の管理、経路の位置決定と最適化など、輸送業で新しいテクノロジーを運用する場はとどまるところを知らない。

携帯電話、GPS、制御装置、マイクロチップ、レーダー、スキャナー、ほかのセンサー……。モビリティに必要なものもだんだんと広まっている。こうした装備は、需要に応じた供給を提供できるようにするだけでなく、商業論理をもひっくり返す。旅行者はこれまで時間と価格の厳しさの制約を受けていたが、ビッグデータ*は顧客の行動、予算、好み、習慣、時間、好きな経路、さらには食生活に応じた運搬船を実現し、モビリティの供給をパーソナル化できるようにした!

コネクテッドオブジェクトとその機能性は、交通・輸送手段の一対の核だ。すでにアメリカ、日本、イギリス、フランスの道路では自動運転の試験が増えている。ロールスロイ

2010 ~ 2050年、
国際貨物によるCO_2排出量は
4倍に増加するだろう。

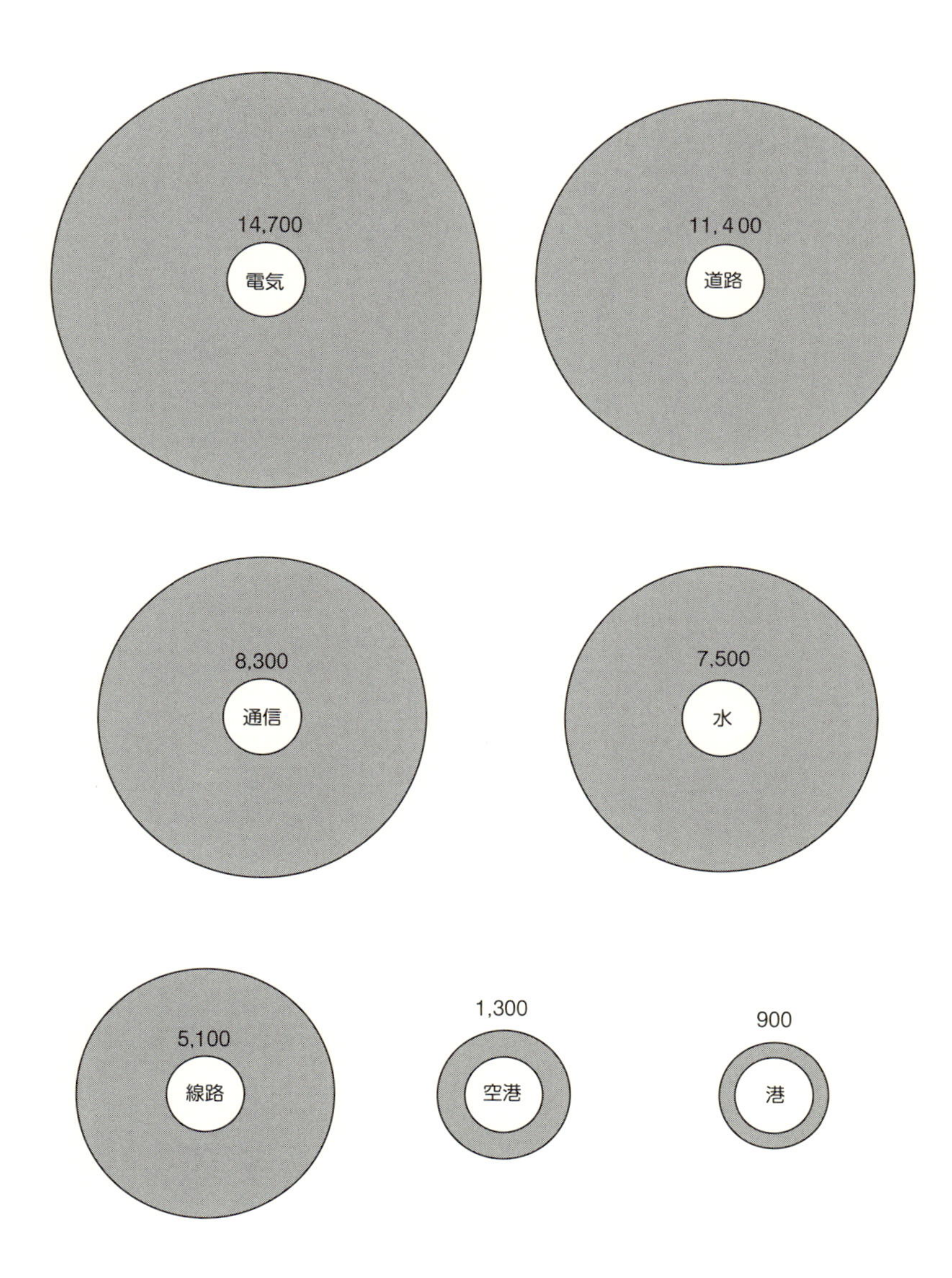

FIG.048　2016～2030年のインフラへの世界の支出（単位：2015年の10億実質ドル）

スのブルーオーシャン開発チームは、乗員なしで動く貨物船の実用化に取り組んでいる。一方、商品輸送の分野ではドローンが台頭してきた。アフリカでは、奥地の診療所や紛争地域に薬や医療品を配送するのにドローンが用いられている。また、アメリカのオンライン消費の雄であるアマゾンも、保管場所から最終届け先までの配送の最終段階でドローンを使っている。いくつかの都市ではピザまでもが宙を飛んでやってきて、公害と渋滞緩和に貢献している。空飛ぶ車はまだ空想かもしれないが、革命的な交通・輸送手段の計画は無限にある。そのなかのひとつであるスカイトレインを紹介しよう。スカイトレインは大都市用にＮＡＳＡが開発した交通手段で、自動車の代わりに磁力で浮いて空中を移動する小さなキャビンだ。より大規模なものでは、時速１２００キロ以上で電磁波を使った管のなかを4~6人乗りのカプセルで移動する超高速鉄道「ハイパーループ」も計画されている。この計画の試験運転が予定どおり２０２０年に始まれば、イーロン・マスクはジュール&ミシェル・ヴェルヌ親子の中編小説『西暦２８８９年』に登場する未来予想を８００年早めたといえるだろう。イカロス、レオナルド・ダ・ヴィンチ、ヴェルヌ親子が生きていたら、太陽エネルギーを使って太平洋と大西洋を横断した最初の飛行機「ソーラー・インパルス」をも受け入れただろう。

　こうした斬新な計画の実用化と大衆化を待たずして、すでに新しいテクノロジーが交通・輸送手段に与える重大な影響が審議されている。運営側と顧客にとって新しいテクノロジーは、燃料を節約し、渋滞と交通事故を減らし、微粒子と温室効果ガス*の排出を減らすことができるものだ。さらに、モビリティの将来の需要に詳細なヴィジョンを与え、1年あたり数十億ドルを生み出すことができる。たとえば、ＧＰＳを利用する運転手は12パーセント近くガソリンの消費効率を上げられるというデータがある。CO_2排出量に換算すると、GPSを使う運転手は使わない運転手に比べて25パーセント排出量が少ない。世界全体で見ると、新しいテクノロジーは2030年までに温室効果ガスを2・4ギガトン削減すると見られている。これは、2015年にパリ協定*で決められた総排出量の4・3パーセントに相当する！

ルートを変える

しかし、エネルギーと公害の経済は、地域規模で見るとすべて同じファクターから生じているわけではない。北側諸国では、エネルギー生産性と推進システムを上げる方向へ技術革新が進んでいる。同時に余計な移動を制限し、公共交通機関を優先的に使用させ、代替移動システムを探るよう率先する行動が増えている。たとえばカーシェア、ライドシェア、自転車などのソフトな移動、テレワーク、都市税、エコ減税、ナンバープレート制限制度、相互交通、都市構造の再開発、ロカヴォア*運動、地方観光、スロートラベル*などだ。アフリカと、アフリカに比べて整備の進んだアジアでは、むしろ交通・輸送手段の内容そのものがまだ充分ではない。まさに、モビリティの需要がもっとも大きく成長すると見られているところだ。国連が定めた17の持続可能な開発目標*のうち、インフラの質が今後ほかの16の目標に変化を及ぼすと記載されているのは、このような地域の交通・輸送インフラが未整備のためである。

つまり発展途上国が今後数十年で立ち向かうべきなのは、接続性、流動性、節度という21世紀の要求にぴったり合うモビリティシステムを確立することである。ほかの地域より成長率が高いにもかかわらず、アフリカ諸国は経済面でもっとも脆弱なままなのだから。それゆえ、アフリカ諸国が港や空港のインフラ

ロシア
中東
アジア
インド
オセアニア

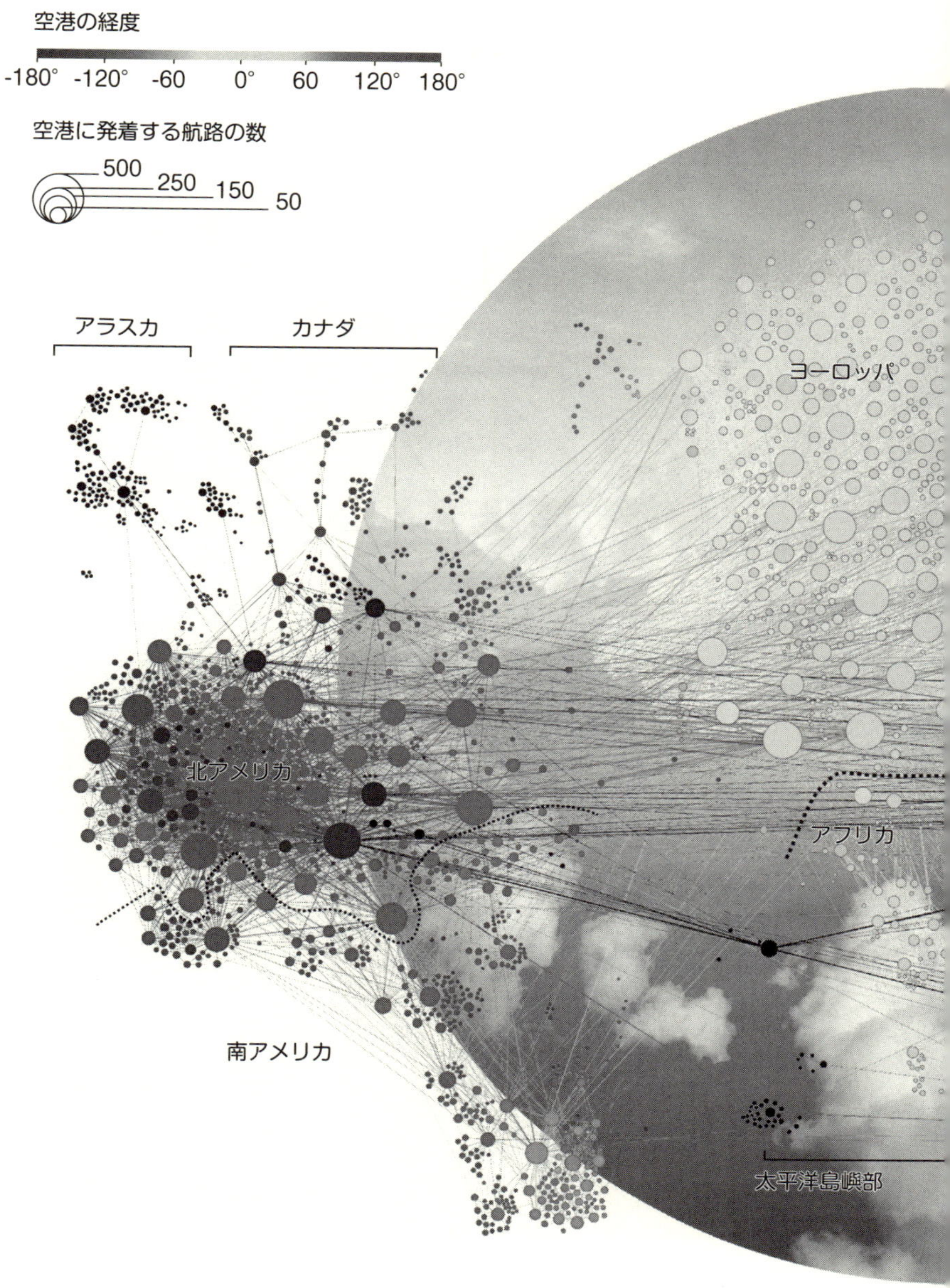

FIG.049　空港と航路（2015年）

人間同士を隔てる国境よりも
私たちをつなぐ
道路のほうが長い。

整備に必要な海洋開発の手段を得る可能性は低い。ほかのハンディキャップもあるうえに手段の制約もあるのだから、発展途上国のモビリティの仕組みは交通・輸送手段というよりもむしろ、接続性の観点から考えたほうがいいのではないかと思わせる。

まず、地域レベルでの交易をスムーズにして、輸送時間がかかるせいで隔離されている地域にもきちんと流通が行き渡るように、道路と鉄道の情報分析の構築の建設に力を入れるべきだ。すでに東アフリカの6か国が鉄道網と様態の異なる貨物、燃料、旅客の輸送路に投資している。おかげで、ルワンダやブルンジのような周囲を他国に取り囲まれている国でも生産物を市場に運べるようになった。また、国連食糧農業機関*が推奨してきたより多様な作物の栽培と食料栽培をめざした農業再編も、発展途上国の輸送需要の増加を抑制するのに貢献した。そして、あちこちでインターネットへのアクセスを可能にした大陸全体での4Gネットワークの発展が、遠隔地教育、銀行システム、経営、会計管理、翻訳サービス、電話の基地局、医者による診療、職業支援といった面でアフリカが大きなテクノロジーの大躍進*を実現する助けにもなった。多くの移動をなくすことができるインターネットへの幅広いアクセスは、成長の原動力と同時に、設備の整っていない地域に物理的なモビリティに代わるものをもたらすだろう。

天然資源の量と多様性で知られるアフリカが、資源の蓄積によってではなく排出によって発展をつくりあげる最初の地域になるという筋書きは、政治面では非現実的だが、技術面に限れば実現可能である。競争によってではなく、分配と相互の助け合いによって競争力を確立するのだ。アフリカの未来は、植民地支配によって遠回りをさせられた時間と歴史ではなく、ネットワークとモビリティによって決まるのである。

矛盾する成長

テクノロジーは交通・輸送手段を妨げているいくつもの障害を取り除くことができるが、同時にすでに見られているいくつかの反動・逆説的影響に人類をさらすことにもなる。モビリティを容易かつスムーズにして安定させ、交通・輸送手段の時間を短縮して料金を下げれば、テクノロジーの発展によって今後数十年でモビリティの需要が増加すると見るのが論理的だ。ところが航空輸送を見てみると、多くの国の空はすでに飽和状態である。欧州航空航法安全機構(ユーロコントロール)によると、2035年には航空会社が危険と過失の水準をかなり高く設定しない限り、世界の航空輸送需要の12パーセントにあたる190万便のフライトがヨーロッパの空港から安全を保証されなくなるという。

設備とインフラの巨大さと同様、100億人の動きと彼らが消費するものの増加もエネルギー資源や鉱物や砂や耕作地の枯渇を加速させる。テクノロジーの進歩に真っ向から取り組まなければ、危険や依存関係はその対象を変えていくだけだ。ある意味では、これは詐欺とテロリズムが共謀してグローバル化にしかけた罠である。船と航空機の交通量だけでなく、グローバル化によって港や駅や空港の数が増えたことでテロの標的とテロを起こす機会も増加した。道路の監視と同じように、テロの危険に対処するために旅客機や貨物船もより綿密な管理を必要とするにつれて、コストが上がり輸送の速度は落ちるだろう。影響はそれだけではない……。

グローバル化は貿易自由化と経済競争力のもとに成り立っているのと同様に、製品、学生、ビジネスマン、研究者、移民労働者の行き来を増やすことでしか成長できない。しかし今日では、多くの地域でテロや移民の流入だけでなく世界的な経済・金融統合に反対するアイデンティティのうねりの動きが見られている。ヨーロッパではシェンゲン圏（1985年のシェンゲン協定で人とものの移動が自由になった26か国にまたがる領域）に反対し、移民への門戸を閉ざそうという声が上がった。ほかの地域でも生活スタイルや消費の画一化に抵抗する動きが、グローバリゼーションと正反対の方向へ向かっている。ふたたび共同体の小さな領土に限定された相互扶助を利用した食料生産、衣服の生産、信用取引、通貨その他のサービスといったものが例としてあげられる。

中国では、情報統制と検閲が25年前ほど力をもっていない。世界レベルでは、新しい鉄条網やレンガの壁や監視カメラが領土を区切っている。鉄のカーテンが解体されてからわずか一世代で、すべての人が自由に移動する権利、国内でどこに住むかを自由に選ぶ権利、国を去って戻ってくる権利を阻害する壁が66か所に増えた。１９８９年には16か所しかなかったというのに。

モビリティの進歩は、まさにテクノロジーが交通・輸送手段とコミュニケーションの発展の限界を押し広げるときに国境を閉じるというパラドクスを強調することで、グローバル化の揺り戻し効果を示している。文化、宗教、アイデンティティ、共同体、民族、宗教の細分化がおこなわれているのだ……。しかし同じデータから読み取れる長いスパンのもうひとつの物語が、人類の異なる未来を指し示している。

地理的隔たりの終焉

人の行き来、次いで思想、金、商品の行き来は、何千年も前から地理的な距離と土地の起伏の制限を受けてきた。ところがわずか20年で、技術革新は東西対立の終焉と地球規模のインフラ建設の後押しを得て、モビリティの大半を物理的な制約から解放した。今日の世界には、6400万キロの道路、400万キロの鉄道、200万キロのパイプライン、100万キロのインターネットケーブルが通っている。つまり歴史上初めて、国境線よりも人と人をつなぐ道のほうが格段に長くなったのである。国境線はすべて合わせても50万キロにも及ばない。また、今後10年で人類は1年あたり9兆ドル以上をモビリティネットワーク（旅客、貨物、エネルギー、インターネット）の発展に費やすことになるだろう。ちなみに、2015年の世界の

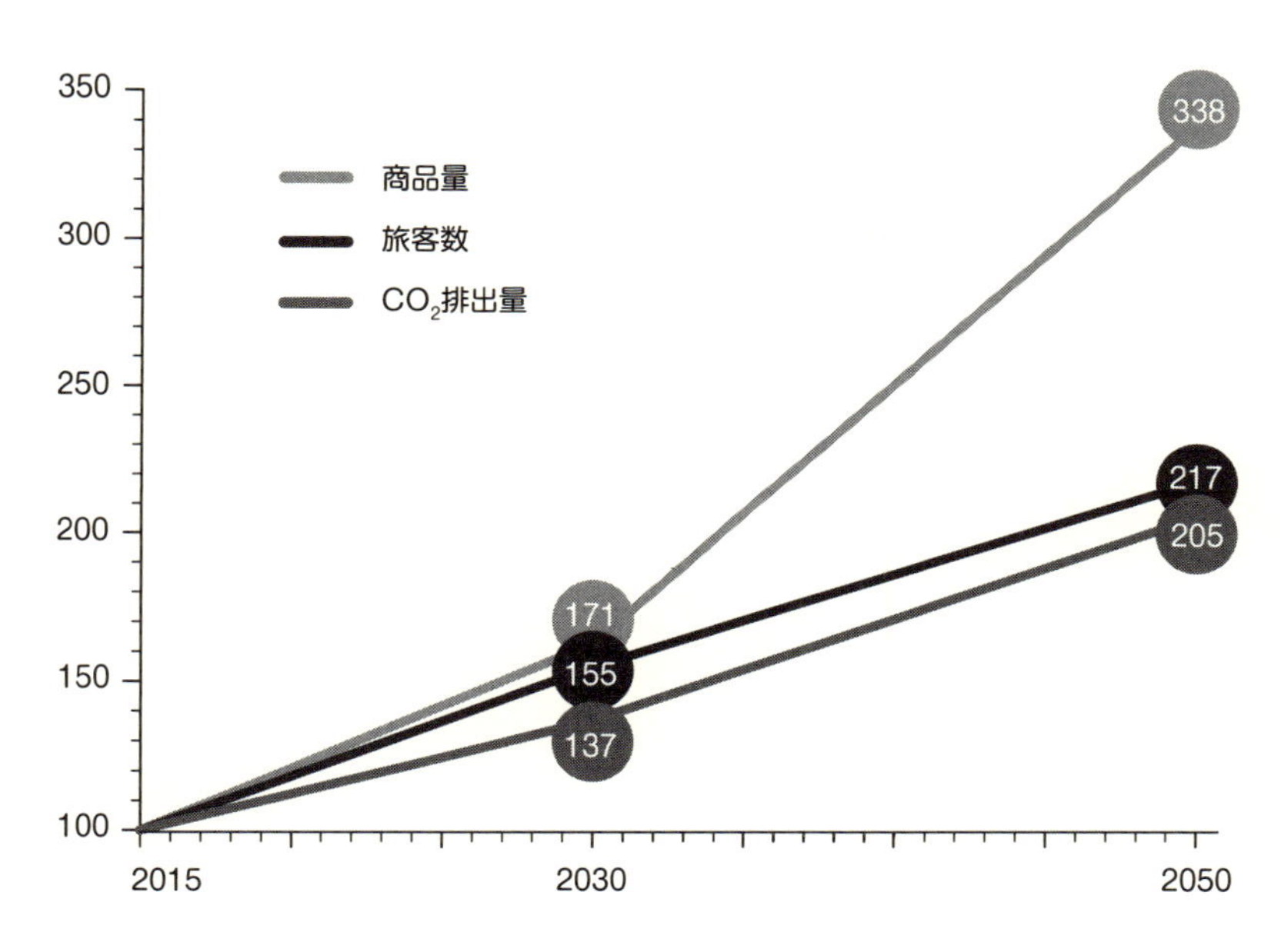

FIG.050　2015〜2050年の輸送業界の変化（2015年を100とした場合）

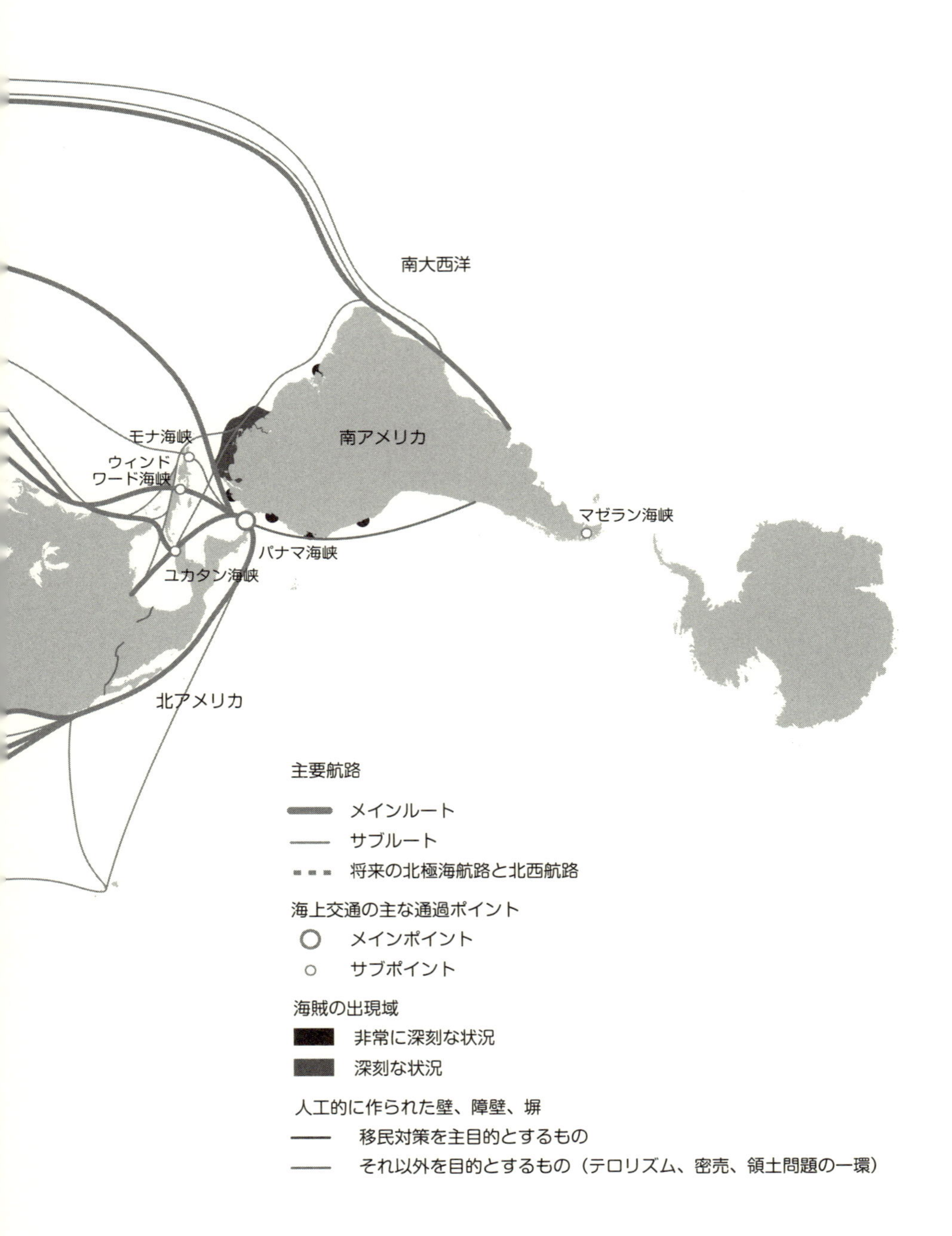
南大西洋
南アメリカ
モナ海峡
ウィンド
ワード海峡
パナマ海峡
ユカタン海峡
マゼラン海峡
北アメリカ
主要航路
メインルート
サブルート
将来の北極海航路と北西航路
海上交通の主な通過ポイント
メインポイント
サブポイント
海賊の出現域
非常に深刻な状況
深刻な状況
人工的に作られた壁、障壁、塀
移民対策を主目的とするもの
それ以外を目的とするもの（テロリズム、密売、領土問題の一環）

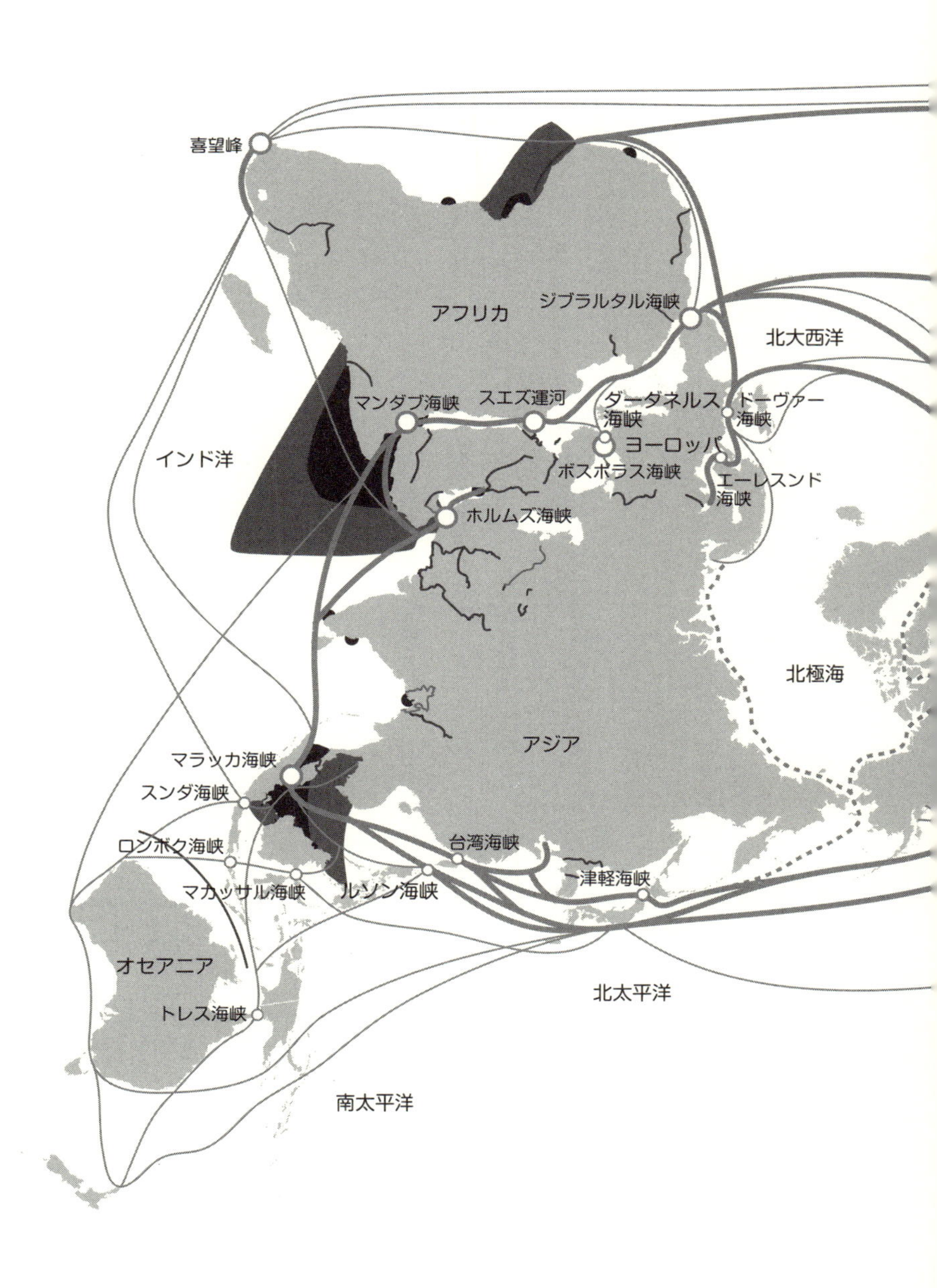

FIG.051 航路、海賊の出現域、壁（2015年）

軍事費は1兆6760億ドルである。

今日、毎年10億人以上が国境を越えて移動している。2025年には30億人が移動するようになるだろう。さらに毎日数億人がインターネットにアクセスし、今後決して顔を合わせることのない人といっしょに働いている。現在おこなわれている研究によると、まもなく人類はアエリオンAS2（マッハ1・4の超高速ビジネスジェット）の1・5倍の速度で移動できるようになるという。それだけでなく、思想も資産も光ファイバーのおかげで光の速度で伝わっていく。しかし思想、資産、労働、財産が人間抜きで行き来するようになった瞬間から地政学は過去のものになり、国家からモビリティへの権限を奪う。つまりモビリティが強化されるとき、その未来は現在の人類が未来に抱いている政治ヴィジョンを追い抜いている歴史の流れを表しているのである。

人類の暗黙の同意を得ずとも、実際に世界は変わりはじめている。これまでのモビリティは、相互に依存している国家間で管理される水平的なものだった。しかし、これからは貿易の流動性が何よりも領土の接続性に依存するネットワーク状の組織へと変わっていくだろう。富と資源と思想の再分配が、それらの取り分の総量を超えるのを世界じゅうで可能にすることで、難解な問題をも解決することができる「流動的な」システムである。しかしこのシステムは完成するまでは脆弱だ。アフガニスタン、パキスタン、サハラ以南アフリカといったインフラの欠如によってネットワークの外に置かれた地域が世界を緊張にさらしている。世界をまとめる流れから外れたそうした地域は、危機的状態に置かれている。

地理を政治組織的役割に追い込んだように、接続性とネットワークとモビリティは歴史に新しい形を与えられるかもしれない。たとえば、ヨーロッパでは、モビリティが統合の象徴的な存在になって以来、国家にヨーロッパの防衛・流動性への共通の関心を管理するように強いている。ヨーロッパがたどった道にならって、世界のいたるところで接続性が成長し対立の種が減っていった。東南アジアの場合、ＡＳＥＡＮ諸国のあいだでは言葉よりも橋やパイプラインや高速鉄道の力によって情勢が安定し、かつてはいがみ合っていた国同士の和解が成し遂げられた。最終的には国と国の代表が国家の立場にしがみついているあいだに、ケーブルや光ファイバーや衛星がおそらく次の歴史をつくるようになるだろう。あるいは、それらがつくっているのは次の歴史ではなく、新しい文明なのかもしれない……。

18

海上交通

地球の表面積の70パーセントを占め、大部分が未踏であるために予測不能で征服不可能で国境線を引くことができない海は、世界のもうひとつの顔だ。フェニキア文明の時代から貿易の重要な舞台だった海は、今日ではグローバル化の連鎖の所産になっている。今日、何十億トンもの鉱物やハイドロカーボンやコンテナが到着するのは海なのだから。人類は食糧、快適さ、経済成長の点でも海に依存している。人類の未来は港、船、コンテナ、航路、海賊の未来とともに語られていくのである。

世界じゅうで、日常生活にとって海上輸送がいかに重要かを知るには次の数値を見れば充分だろう。実に商業貿易の80パーセントが海を通って運ばれている。2015年には100億トンもの商品が運ばれたという点も挙げておこう。これは1975年の3倍以上だ。世界には9万隻の商用船があり、2020年には船の保有会社、港、造船所、保険会社なども含む商船業界が2兆ドルを生み出すと見られている。結局のところ、海上輸送の競争力はインフラの最低限の強度と、ほかを大きく上回る許容搭載量にある。今

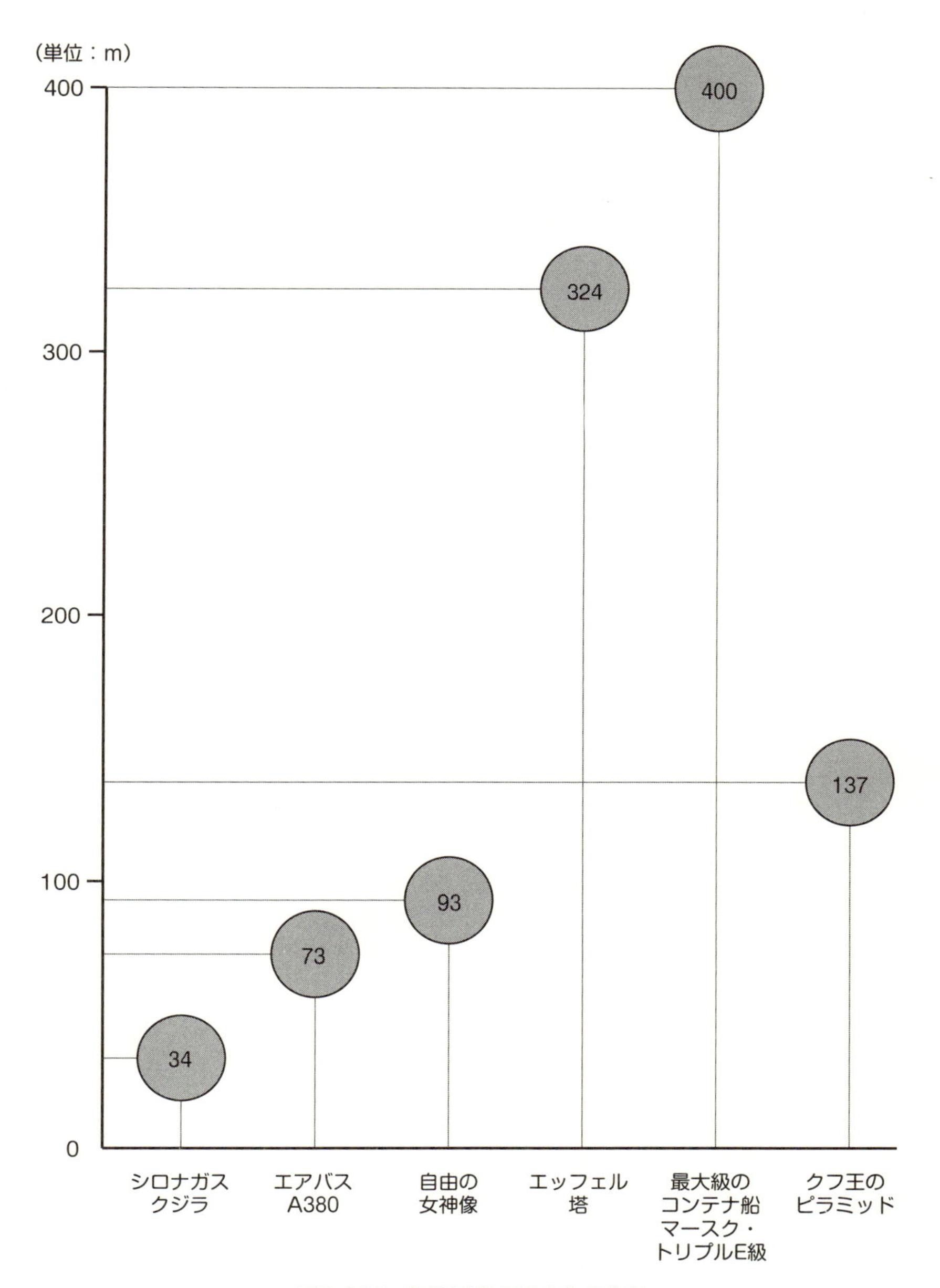

FIG.052　物流手段の巨大化の比較

日、海上輸送の価格は鉄道輸送の3分の1～2分の1、自動車輸送の30分の1、航空輸送の80分の1～60分の1だ。

箱に詰められて

実際のところ、海上輸送成功の歴史はそれひとつで完全に貿易をつくりかえ、世界経済の形を変えた非常にユニークな発明に始まったといえる。コンテナだ。インターネットや携帯電話ほど知られていないローテクな発明であるにもかかわらず、コンテナはグローバル化の主要な原動力だった。たとえば、コンテナのおかげで22の工業国の双方向貿易が20年間で８００パーセント増えた。これはあらゆる自由貿易協定とＷＴＯ加盟国の合計よりも多い。コンテナという鉄の箱がなければ、今日のように中国が経済のメトロノームになれたかどうかもわからない。

１９５６年に、アメリカ人運送業者のマルコム・マクリーンが発明したコンテナは、２・４×２・６×６メートルと規格サイズが定められている。もっとも、もともとはフィートで決められていた。１９６６年以降は、コンテナのサイズを決めるＴＥＵ（20フィートコンテナ換算での個数）という単位ができた。実のところ、コンテナができる前の時代の海上輸送貨物技術は古代からあまり進歩していなかった。船倉にケースやパッキングした荷物や包みを積んでいたので、港から港へ移動するよりも荷の積み下ろしをするほうに時間がかかっていたのである。そうしたなかで、コンテナはわずか数年で普及した。貨物を規格化し、港での作業を簡略化することで船の積載量を2倍、保険にかかるコストを6分の1、港湾作業者の生産性を20倍、そして1トンあたりの商品輸送平均コストを35分の1にするのに成功した。平均コストの低下は二次的に輸出品の値段を下げるのに貢献したために、国際貿易はより価値の低い物品にも拡大され、世界の貨物量は爆発的に増加した。

また、カラフルなコンテナ輸送のリズムに乗った世界経済が、安い布や加工製品で中産階級の物欲を満たしているあいだに、港自体も競争力、規模の経済、ジャストインタイム生産*の研究によって組織化された世界共通のシステムを作らなくてはならなくなった。

年々、海上貿易のコンテナ輸送は進化しつづけている。1980年の輸送コンテナ数は1億個だったが、2014年には16億個を超えた。また1980～2014年で世界の船舶の積載量が3倍に増えたのに対し、コンテナの量は20倍になった。すべて合わせると、海を渡るコンテナ船は5000隻以上に増加した。これはすでに世界の商業輸送の5・5パーセントに相当し、量でいうと海上輸送の15パーセント以上、経済的価値でいうと、実に50パーセントを占めている。

巨人の道筋

1956年に運航が始まった初期のコンテナ船の積載量は、100TEUにも満たなかった。以来、規模の経済の研究とエネルギー生産性の向上に押されて、造船業者はより巨大な船を海に進出させてきた。なかでももっとも大きなものは、2017年には2万TEUの大台を越えた。同時に、コストを抑える巨大化競争は海上輸送のエネルギーと環境に関するファクターを緩和するのに成功した。

実のところ、貨物比率で見ると商業船による輸送は自動車の輸送に次いでCO_2排出量の3分の1を占める。ところが、世界全体で見ると総排出量の3パーセントしか出していない。しかし船はより比重の重い、つまり自動車やトラックが使うガソリンやディーゼルよりも多くの硫黄を排出する燃料を使っているので、より多くの汚染物質（窒素酸化物と硫黄）を排出する。2015年1月1日からヨーロッパとアメリカが、商用船が使う燃料の硫黄分濃度を0・1パーセント以下に制限するという新たな規制を導入したのはこのためだ。

この規制は事実上、独占的な経済領域に突入した瞬間の印である。規制によって船舶は沖合でエンジンを動かすときに、重油ではなく、硫黄分濃度が非常に少ない自動車のディーゼルのような燃料を使わなくてはならなくなった。今日、海上輸送業界が奨励している天然ガスへの転向はコストがかかり技術的にも複雑だが、これが進めば商用輸送の温室効果ガス排出量が抑えられると期待されている。つまり2050年に海上輸送が4倍に増えるとしても、当面はエネルギー効率が自動車輸送の10倍、航空輸送の100倍高い状態にとどまるだろう。2050年までに技術・工学の改良が船のエネルギー効率を25～75パーセント向上させるといわれているだけに、この予想はいっそう確かなものになる。だが一方で、ばら積貨物船、*天然ガス運搬船、タンカー、コンテナ船は、地球の生態系を別の脅威にさらしている。「生物の流出」だ。重量のある加工製品が海を行き来するようになると、菌類やウイルスもいっしょに船で運ばれる。破壊、病気、侵食、疫病、繁殖、感染症……。海上貿易が生態系にもたらす破壊的な影響のリストはすでに古く、長い。リストは世界の貨物の増加を利用して速度を増している。たとえば、ニュージーランドにここ5年で着岸した11万6700隻以上のコンテナ船の5パーセントは、内側が外側の2倍汚れていたという研究結果もある。楡を食べるエダシャクガ、アフリカの巨大なカタツムリ、アルゼンチンのアリ、ほかの多くの有機体が耕作や森林や世界じゅうの都市空間を脅かしにやってくる。たとえば被害を与えるものがグローバル化した象徴であるクサギカメムシは、ときに貨物を遠くから大陸の奥に届ける「ジャストインタイム生産」の供給作業で移動するのを利用して、あっという間に果実や野菜をダメにすることもできるのだ。

また侵入してきたある種の生物が航路の閉塞や発電所の閉鎖を引き起こす場合もある。最近の研究によると、生物の侵入による被害は世界の年間経済活動の約5パーセントにあたり、約10年分の自然災害と同等だという。脅威に向き合い、船に荷物を積む際の厳しいルールの採択と遵守、バイオセキュリティへの現代の技術、定期的で綿密な調査を実施することでリスクを減らすことができるだろう。しかし今日でも、この問題に関する有効な方策はどの国際条約にも明記されていない。有害生物対策にはコストがかかるので、実行に移すかどうかは任意であって強制力はない。

沿岸にひそむ危険

海を行き交う巨大なコンテナ船は、貨物が環境に与えるリスクのほかにも大きなセキュリティへの危険、見込まれる利益とこうむる損害のあいだの望ましいバランスの問題を世界に突きつけている。

航空輸送と同じように、今日では海上輸送の貨物の動線もまさしくテクノロジーの工場だ。コンテナ船がもっとも効率よく停泊、荷下ろし、航路の設定がおこなえるようになっている。しかしこうした精密化

インターネットや携帯電話ほど
知られていないが、
コンテナはグローバル化の
主要な原動力だった。

も、不調などの精密化特有の危険を引き起こす。まれにしか起きないが、航海システムが複雑で積荷が高価なだけに結果は深刻だ。不調が生じると、1万5000TEUのコンテナ船はもう手の打ちようがない。2016年2月に1万9000TEUのコンテナ船、CSCLインディアン・オーシャン号がエルベ川河口で座礁した。浚渫（しゅんせつ）船が長さ400メートルあるインディアン・オーシャン号の周りの堆積物を4万5000立方メートル取り除いているあいだ、6500トン以上も船を軽くして、ふたたびもとの航路に戻すためには12隻の船と1機の飛行機が必要だった。現代のコンテナ船は、オートメーション化されているのでわずかな乗組員しかおらず、ときにはたった十数人しか乗っていないこともある。良港の浮き栈橋まで船を連れていくのには充分な人数なのだが、コンテナ船が海賊の襲来といった不測の事態に陥ることもある。2009年、ソマリア沖で乗組員23人が4人のソマリア人海賊に人質に取られたフィリップス船長の1万7000トンの船、マースク・アラバマ号を思い出す人もいるだろう。アメリカ特殊部隊が介入する口実となった事件だ。

黒ひげやウィリアム・キッドの冒険譚は遠い昔のことで、今日の海賊行為はグローバル化の影響を大きく受けている。今日の海賊は、格差と暴力と拝金主義から生まれ、新しい世界の秩序の亀裂で育った。国際的な規制緩和と国境線の消滅に呼応し、商品輸送、地方住民の経済格差、貧しい生態系の海に暮らす漁民の所得減少、世界の富が増えていくのに彼らには再分配されないという状況、犯罪とテロネットワークの資金調達の必要があって増えているのだ。ここ30年、1年あたり7パーセント以上増えている国際貿易の成長を象徴するかのごとく海賊行為も大幅に増加し、２０１５年の襲撃の数は２５０回近い。

海賊は、水道、海峡、地理的に狭くなっているくびれ部分だけでなく、とりわけ紛争状態にある地域やごく単純に不安定な地域といった地球上のあらゆるグレーゾーンに現れる。たとえばアフリカの角の沖合にあるマンデブ海峡のように船が頻繁に通る海峡付近の海賊は、ソマリアが国家として脆弱で、船舶とその乗組員から金品を奪う海賊を取り締まる力がないのを利用している。また、世界の海賊の溜まり場である東南アジアでは、非常に適した地理的条件（無数に島がある）とマラッカ海峡の船の行き来（１日あたり３００隻）が多いことを利用して略奪や海賊行為が増えている。

リアルタイムで船と陸地にある大切な貨物を結ぶ先進テクノロジーの力があるにもかかわらず、海での犯罪の増加を前にして乗組員と船主と警察と国家は、海賊行為に介入する手だてと法的枠組みをもっていない。領海の範囲を定める海洋法に関する国連条約は、逆に海賊行為の40パーセントがおこなわれている公海に軍事介入できる可能性を減らしてしまったのだ。またほかのファクターも、存在するあらゆる警察組織に付随する動員が、継続的に海賊を撲滅するには足りていないことを示している。根幹には発展途上国の沿岸部に住む人々が収入源として依存してきた資源の枯渇がある。資源が減っているためにソマリアやイエメンやフィリピンの漁師が貨物の略奪者になってしまうのだ。つまり海賊は、世界経済の機能不全、グローバル化が生んだ富の不均衡、船が世界のこちらからあちらへと運んでいる原料の過剰搾取による生物圏*への影響を体現する出来事なのである。

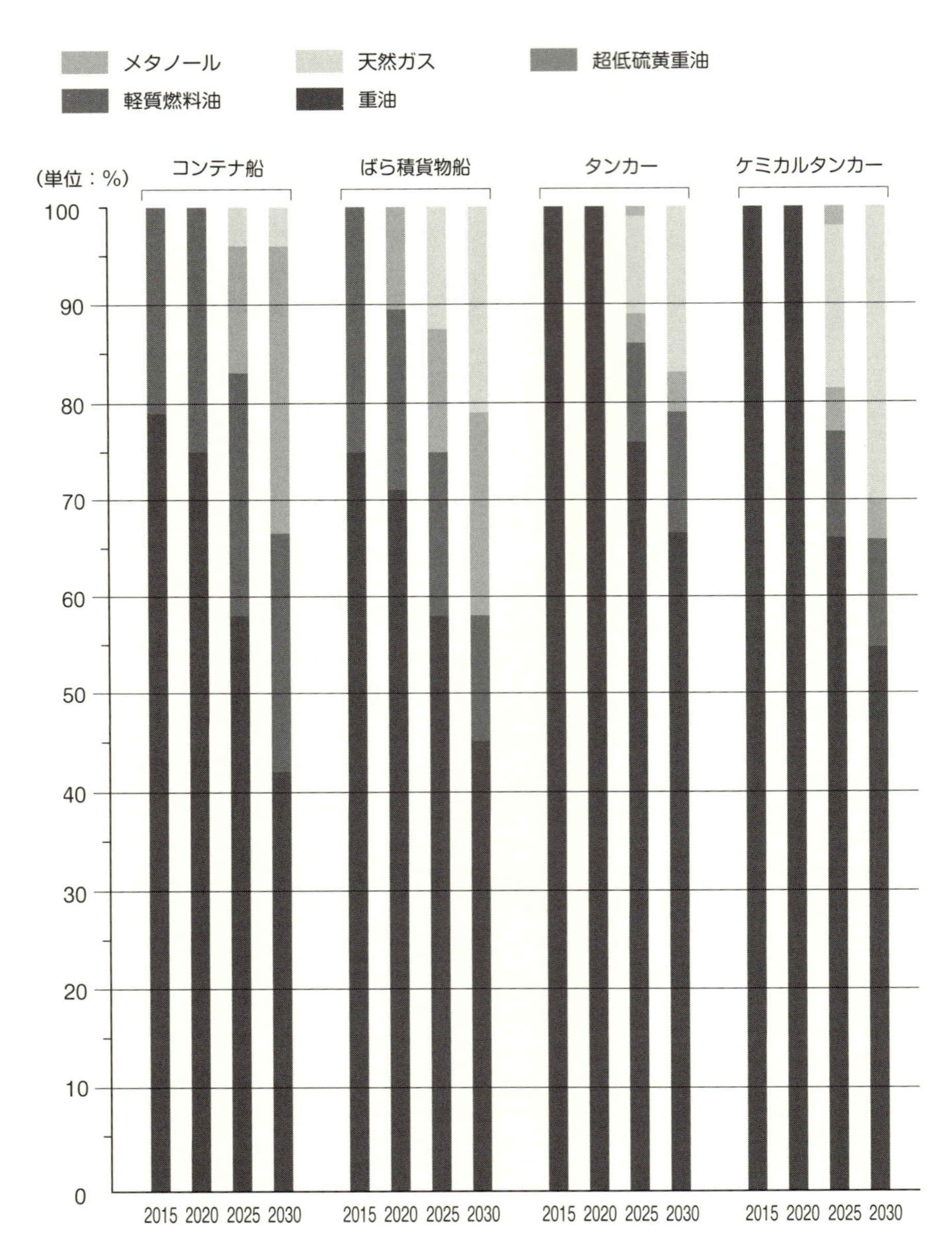

FIG.053　商船のエネルギーミックスの変化（2015～2030年）

新しい要塞

コンテナの普及とともに、港は世界の海上交易の増加にとって重要な装置になった。ハブ*空港に似せて、港はグローバリゼーションのさまざまな空間のインターフェイスを形成し、世界システムにおける主要な接点としての役割をなしている。しかしこうした役割は最近できたわけではない。古代から政治・経済大国は海と航路の制圧に力を割いてきた。ピレウス、広州、マラッカ、ホルムズ、アレクサンドリア、イスタンブール、ヴェネツィア、カディス、リスボン、カルタヘナ、サルヴァドール……、グローバル化の歴史は長いあいだ港に刻まれてきた。スーパータンカーやコンテナ船が海を縦横無尽に行き交うようになるずっと前には、ジャンク（中国の伝統的な木造帆船）やダウ（アラビアの近海用小型帆船）やカラベル船（１３～１６世紀にポルトガルなどで用いられた小型帆船）が港を結んでいた。しかしシンガポール、香港、ロッテルダムを上回る海上王国が消えて久しい。30年前から世界の覇権は中国の港にその座を譲った。中国の港は１９７０年にはコンテナ輸送世界トップ10にひとつも入っていなかったにもかかわらず、現在は７つも入っている。またトン数順の世界の主要な10港のなかにも中国の港が６つある。結局、中国の13の主要港だけで、世界じゅうで取り扱われる荷物の60パーセント以上を受け入れている。たとえば１９９０年の中国の取り扱いコンテナは50万トンだったのに、いまでは上海だけで1年に３５００万トンを扱っている。これは世界のコンテナ量の20パーセントに相当する。実のところ、問題は海上輸送とそのインフラの調整だけでなく、北ヨーロッパ（ロッテルダム―アントウェルペン―ハンブルク）、ペルシャ湾（ドバイ）、メキシコ湾（ニューオーリンズ―ヒューストン）を押さえてアジア（中国、インド、韓国、日本）が支配している世界経済の再構成なのである。

製品や重量貨物が
海を行き来するようになるにつれて
菌類やウイルスもいっしょに船で運ばれる。

かたや、何かに特化することで頭角を現す港もある。たとえば中東がハイドロカーボン、ラテンアメリカが農業消耗品、アジアが加工製品、ヨーロッパと北アメリカはあらゆるジャンルのものを輸入している。反対に、とりわけアフリカのいくつかの国はまだ世界の発展の外に置かれている。ダカール（セネガル）とウォルビスベイ（ナミビア）のあいだにあるすべての港が1年で扱う量が、上海がわずか1か月で扱う量よりも少ないほどである。

一方で、いくつかのファクターが港の空間地理自体を変えている。たとえば、船舶の巨大化、貨物の増加、それに伴う貨物を管理するためのインフラの巨大化、また複合一貫輸送の必要性といったファクターだ。ばら荷、ハイドロカーボン、コンテナを区別なしに受け入れられるように港が規範化されるにつれて、大規模港は海上輸送の富の集中に貢献している技術や実践やメソッドや戦略や受け入れ口を配備するようになった。巨大化の制約を受けて、港は外に向かって自らの立場を認めさせるために都市との切り離しをはかり、しだいに自治を進めている。一般の人の立ち入りを禁止した閉じられた空間や、ときには沖合や巨大な投資と引き換えにつくった人工島で作業がおこなわれる。港は文化の混交や交配という歴史的に担ってきた役目を捨て、昔ながらの重要なネットワークを用いて国際的な港から「主要な航路」でつながっているグローバル化したハブ港の群れへと変わった。たとえば釜山、上海、香港、シンガポール、ドバイ、ロッテルダムなどがその例だ。最終的に、港は航空業界の成長と同じ道をたどり、数の減った超接続（ウルトラコネクテッド）サービスプラットフォームを中心にして、二流の港であろうが街であろうが勢力範囲であろうが世界のシステムであろうが、海上輸送業界全体をつくりかえる。

ふたつの海のあいだで

以上のような、毎年大きくなっていくピースが迅速かつ正確に合わさった巨大なパズルは、港・航路・船舶の3つで構成されていて、今日ではグローバル化や発展途上国と新興国の富を基盤にしている。しかしその危うさも明らかになってきた。海賊行為、テクノロジーがはらんでいる危険、環境リスクに加えて、今日の海上輸送業界はもうひとつの脅威に向き合わなくてはならない。中国の経済成長の減速だ。2014年以来、船主と輸出業者と貨物会社は世界一の経済大国も同然の中国に依存しすぎていることに気がついた。2014年から新しい公害防止の基準と、ごくわずかではあるが地熱発電が始まったことで、すでに中国の石炭輸入量は減少している。また鉄鉱石の需要の減速も中国の港への膨大な流入に影響を与えた。より広い視点で見ると、現在過密状態にある海上輸送業界は今後数年で過渡期を迎え再編成されるだろうが、その前に中国経済の再建が起こるだろう。ほかの要因がそれを後押ししている。

2015年11月にパリで定められたエネルギー革命を今後数十年で実行しなくてはならないとすると、石炭と天然ガスと石油の国際取引は減少すると考えられる。しかし、化石燃料の輸送は2015年の時点で世界の海上輸送の約42パーセントを占めていた。3・7パーセントが天然ガス、17パーセントが原油、12パーセントが石炭、9パーセントが石油精製品という内訳だ。化石燃料の輸送が減ると、造船業は新し

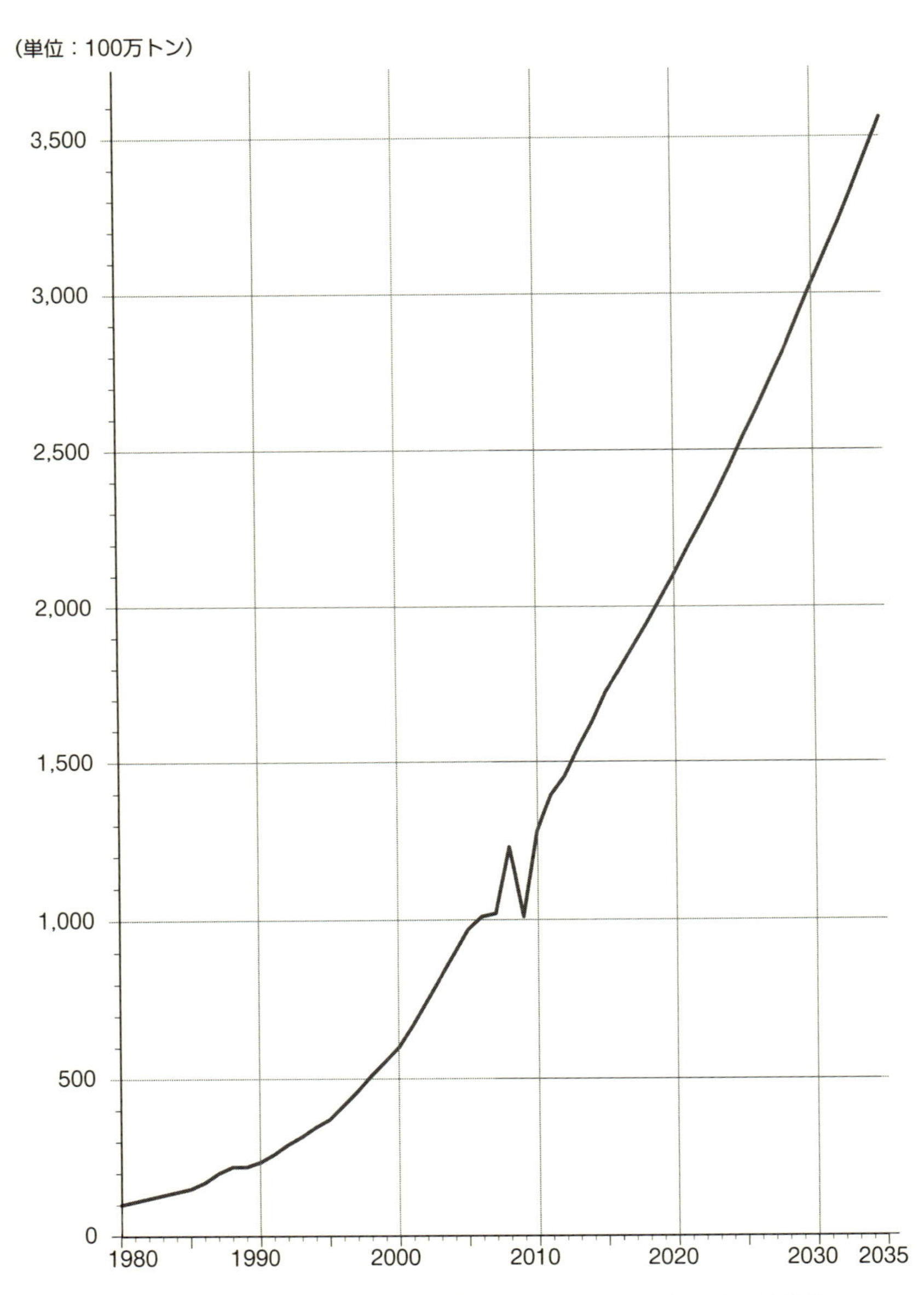

FIG.054　コンテナで輸送された商品総量の変化（1980～2035年）

い海上輸送の再編に適応するために部分的な切り替えを余儀なくされる。すでに中国の経済減速とともに中国の船主と造船業者の受注量は半減している。一方で、2016年2月に署名されアジア太平洋・アメリカ地域経済の統合を目的とした多国間自由貿易協定、環太平洋パートナーシップ（TPP）協定は、この地域での商業貿易がまだ成長できるかもしれず、同時に市場の世界バランスを変えるかもしれないと思わせた。

結局、海以上に世界の変化を反映しているものはない。ネットワークと集中の現象、自由な動きをとれなくさせるいまだ過密なモビリティ、しだいに精密になりリスクをつくりかえる技術革新、思想・文化的交換に対する物品・金銭の交換の優位、地元の資源の採掘者たちを枯渇させる資源開発、経済のスピードとその速さから生じた経済モデルの衰退。これらのすべてが海で繰り広げられているのだ。

19 空の玄関口

チャールズ・リンドバーグが大西洋を横断（1927年）し、サン＝テグジュペリが『人間の土地』を執筆（1939年）してから100年と経たないうちに、航空技術は世界の日常生活に浸透して多くの変化を起こした。

人類の未来に欠かせない航空技術は、不安定さとあいまいさを顕在化させた。輸送手段であるにもかかわらず、飛行機はそれ単体で未来に提起される期待と疑念の大半を示している。たとえば景色、夢、旅行、他者、贅沢、セキュリティ、偏在性、分配、外国、人の流入、利益、時間、距離といったものと人類のかかわり方を……。

1914年にフロリダ州のタンパとセントピーターズバーグ間でおこなわれた世界初の商業飛行以来、飛行機のチケットは世界で650億枚以上発行された。それから約100年が経ったいま、10万本の定期航空路線や、1400社ある操業中の航空会社がチャーターする2万6000機のチャーター便に乗って、1日あたり1000万人以上の旅行者が空を移動している。このように航空輸送は時間や距離やルートの基準を変えるだけでなく、人類のモビリティに革命を起こした。完全な権限をもった産業であり、たえず進歩しつづけるテクノロジーの展望を抱いた飛行機は、世界経済と社会の変化に対応している。同時に、将来飛行機に起こりうることにも対応する義務を負っている。

万人のための飛行機

航空輸送によって人類が非常に長い距離を行き来できるようになって以来、飛行機はイカロスの夢を工学的・商業的な冒険へ、さらに今日では都市と生態系への脅威へと変えるいくつかの劇的な変化を経験した。機械による推進力を応用した技術革新は航空輸送の方法を劇的に変えた。パリ—ダカール間を最低限の装備と安全で飛行する場合、1939年のピストンエンジンの飛行機には34時間と6つの中継地が必要だった。しかし1960年には、ジェットエンジンを使って同じ航路を一度も下りずにたった5時間で行けるようになった。

以来、ピストンエンジンからジェットエンジンへの変化ほど劇的ではないにせよ、技術は進化している。シュド・カラベル（1950年代の短中距離用ジェット旅客機）が約100人を乗せて3000キロに満たない距離を時速800キロで飛んでいたのに対し、最新の商用航空機A350は300人以上を乗せて1万5000キロ以上の距離を時速1000キロで運ぶことができる。さらに同じ距離で比較すると、A350は1960年代の飛行機の半分しか燃料を使わない。1965〜2013年のあいだにフライト数が15倍に増えたにもかかわらず、事故発生率は同期間で4分の1になった。飛行機事故の死者数は1キロあたり10億分の0・

101人で、今日では電車よりも安全なもっとも信頼のおける乗り物である。さらに、大量生産のおかげで機体は50年前よりもかなり安くなり、1950年以降航空輸送の平均コストは4分の1になった。それに伴い、航空券も1930年にはニューヨーク―サンフランシスコ便が3500ドルだったのが、今日では300ドル以下になっている。1945年のシドニー―ロンドン往復便はオーストラリア人の130週分の労働に値していたが、現在では平均所得のわずか2週間分だ。かつてエリートにしか許されていなかった航空輸送は、今日では先進国の中産階級の購買力上昇によってより広く共有される交通手段になった。現在、1回でも飛行機に乗ったことのあるアメリカ人は80パーセントを超えている。1965年の時点ではたった20パーセントだった。

かつて定期航空便がアエロポスタル社を支えたように、グローバル化は航空輸送の仲介者として頭角を現した。飛行機そのものが1970年代以降の世界の転換の引き金である。国際貿易増加の後押しを受けて、航空業界はここ45年で世界のGDPの3倍の年間平均成長を見せている。15年ごとに行き来が倍増していることもあり、1970～2010年には航空業界の経済活動は10倍に増えた。1973年と1980年には石油危機、1969～1972年の86件に及ぶハイジャック、2001年9月11日の同時多発テロ、2008年以降の先進国の経済減速、飛行機事故、大々的に報道された空港内でのほかのテロなど、航空業界に爪痕(つめあと)を残す出来事があったにもかかわらず増えているのである。1970～2010年には新興国の経済活力や旅行の「大衆化」といったほかの傾向が航空業界により長期的に働いた点も忘れてはならない。たとえば国境をまたいだ移動の半分以上が空路になった。また飛行機はiPhoneの組み立てのような、特定の産業プロセスにとって重要な役割を果たすようになった。空輸される貨物は世界の貨物のわずか1パーセントにすぎないが、価値でいうと3分の1にあたる。

全体としては、飛行機の旅客数は１９７０年から今日までですでに5倍以上増加し、２０１５年には36億人に達した。今後20年でまだ2倍増えると見られているので、飛行機は毎年現在の世界の人口と同じ人数を空へ連れていくということになる。これは世界初の格安航空会社、サウスウエスト航空が運航を始めた１９７１年の10倍にあたる。合計すると今後20年で、これまでの１００年と同じだけの人数を乗せるのである。

論理的に考えれば、年間増加率予想が5パーセントを超えると思われる飛行機の便数の顕著な成長が見られるのは、中東、アジア、太平洋、アフリカのもっとも人口が密集していて住民の多い地域だろう。航空業界が中心地をアジアへ移すことで世界経済の再編が起こる。世界経済の中心はまもなくロンドンとニューヨークのあいだではなく、デリーと上海の近くになるのだ。すでに飛行計画の面でトップを占めるアジア・太平洋地域は、毎年ヨーロッパや北アメリカとの差を広げている。１９９５年にはヨーロッパと北アメリカの乗客が全体の64パーセントを占めていたが、２０３５年には37パーセントまで減ると考えられる。一方で中国は２０３０年には乗客数で世界のトップになるだろう。ちなみに2位はアメリカ、３位はインドだ。この成長の差はフライト数の再分配と一致している。つまり今後15年で新興国の中流化*の推進力に押されて、新興国間を結ぶフライトの数が現在まだ大部分を占めている先進国間のフライト数を抜くということである。

数が増え豊かになっていく中産階級も、より遠くへ、より頻繁に旅行するようになっていく。新興国でも先進国と同じく、年収１万５０００ドルの壁を突破すると同時に、またたく間に便数が増えた。この一線を下回ると成長は減速する。世界でもっとも高い割合を占める中産階級は、まだこの所得水準をはるかに下回っているので、航空輸送の成長予想は全体的に高いままである。たとえば２０３５年には飛行機を使った中国人の移動の回数が現在のヨーロッパの水準（年間一人あたり1回の旅行）に達するだろう。新興国では1年に1回以上飛行機を利用する人が、現在の25パーセントから75パーセントに増えるだろう。インドと同じ人口の国で、国民のわずか4パーセントが飛行機で移動するだけで、めざましい成長が約束されているのである。

巨人たちの空

今後の旅客数が増えるなかで、需要に合わせて供給を調整し、空の渋滞と空港インフラの混雑を和らげ、コストの激増や安全水準の低下を避けられる規模にしていくためには、ひとつのエコシステムをつくらなければならない。最低でも3万３０００機という新たな機体の需要がある未来は、機体メーカーにとって僥倖（ぎょうこう）だといえる。この数字は現在の飛行機の数の2倍にあたる。今後20年の航空市場の規模は5兆ドルを超えると見られている。中国の中国商用飛機、ブラジルのエンブラエル社、ロシアのイルクート社のような新しい企業が航空機業界に参入するとしても、２０３０年ごろにはアメリカのボーイング社とヨーロッパのエアバス社が民間飛行機製造の87パーセントをシェアしているだろうというのが専門家の見解だ。効率性を研究して業界内で差異化をはかるために、機体メーカーはより静音でエネルギーを節約できるエンジン、空気力学、バイオ燃料や電気を使った推進（エアバス社のＥ－Ｆａｎ）、燃料電池、滑走路

2035年、航空機産業は
1億の雇用と
6兆ドルの収益を生むだろう。

を自走しているあいだのエンジン（電動タキシング装置）など、エネルギーと環境面での技術革新をめざしている。現在の飛行機の研究は速さよりもエネルギー収支の節約を重視している。飛行機の燃料が会社の運営コストの3分の1近くを占めていて、航空産業がすでに人キロ*あたりの排出量ではもっとも空気を汚染している業種であるだけに、航空輸送にとってエネルギー収支の問題はいっそう深刻だ。

また航空各社そのものも、速いスピードで発展する市場の隙間をとらえるためにすさまじい競争に身を投じている。20世紀には国の象徴だったヨーロッパ（エールフランス、アリタリアーイタリア航空、ブリティッシュ・エアウェイズ、ルフトハンザドイツ航空）やアメリカ（デルタ航空、ユナイテッド航空、アメリカン航空、エア・カナダ）の歴史ある航空会社が、しだいに激しくなる世界の競争のなかでたたかわざるをえなくなってすでに20年が経った。たとえば短・中距離便の分野では、大規模航空会社は低価格、最低限のサービスで二級空港同士をつなぐ便を提供するローコスト企業によって隅に追いやられた。

ヨーロッパでは、ライアンエアーやイージージェットといった企業がすでに国際旅客数の面で上位にのし上がっている。長距離便ではどんな競争相手も寄せ付けない料金と質の供給を打ち出した湾岸諸国の航空会社の拡大戦略によって、国を代表してきた欧米の航空会社は短・中距離便以上に追い込まれている。ここにいたるまで格安航空会社は物資補給のプラットフォームを整備し、国家から調達した（ここ10年で400億ドル）競争力の非常に高い空港のトランジットの開発をおこなった。それだけでなく、長いあいだ採算のとりにくい行き先とされていた場所への客を取り込み、空の便の地図をつくりなおすことを可能にする国際航空における第5、第6の自由*を利用した。このような新しい競争と向き合うため、そして空港から要求される額の増加や競争力*を求める会社によっておこなわれるソーシャルダンピング*に対応するために、多くの航空会社がワンワールド、スカイチーム、スターアライアンスなどのコンソーシアムをつくったり、さらにはエールフランス－KLMのように統合したりした。こうした対応策でいくつかの企業が消えずに残ったことはたしかだが、状況はまだ緊迫している。というのも、大手航空会社は業界を支配している寡占企業の航空機メーカーに依存しつづけているからだ。チケット購入システムにおいても業者が上にいて、インターネットでのチケット購入は下位に置かれている。世界規模のアライアンスの代わりに、今後数十年で納入業者に対して航空会社の経済力の相関関係を向上させられる別のフライト面の復権や物資供給などの戦略的パートナーシップが現れるかもしれない。

空へいかに頻繁に出かけているかを示す数値は、ただの航空会社の業績という以上に航空輸送の経済への比重を浮き彫りにする。航空業界はすでに世界最大の経済にも匹敵している。広く受け入れられるようになった航空業界の経済活動は、実際、直接的・間接的に6000万人近い雇用を生み、2兆7000億ドル以上の経済的な影響力をもっている。今後わずか20年で、1億人の雇用と6兆ドルの経済規模に成長するかもしれない。こうした数字は、世界の経済空間に航空輸送がどれほどのものかを示す以上に、航空業界がグローバル化の3つの局面において主要な役割を演じていることを証明している。インターネットが情報を伝達し、金の流れをリアルタイムであちらからこちらへ誘導し、コンテナ船とタンカーが生産されるものと消費されるものをあちこちへ運んでいるあいだに、飛行機は人間の世界を狭めてメガロポリス

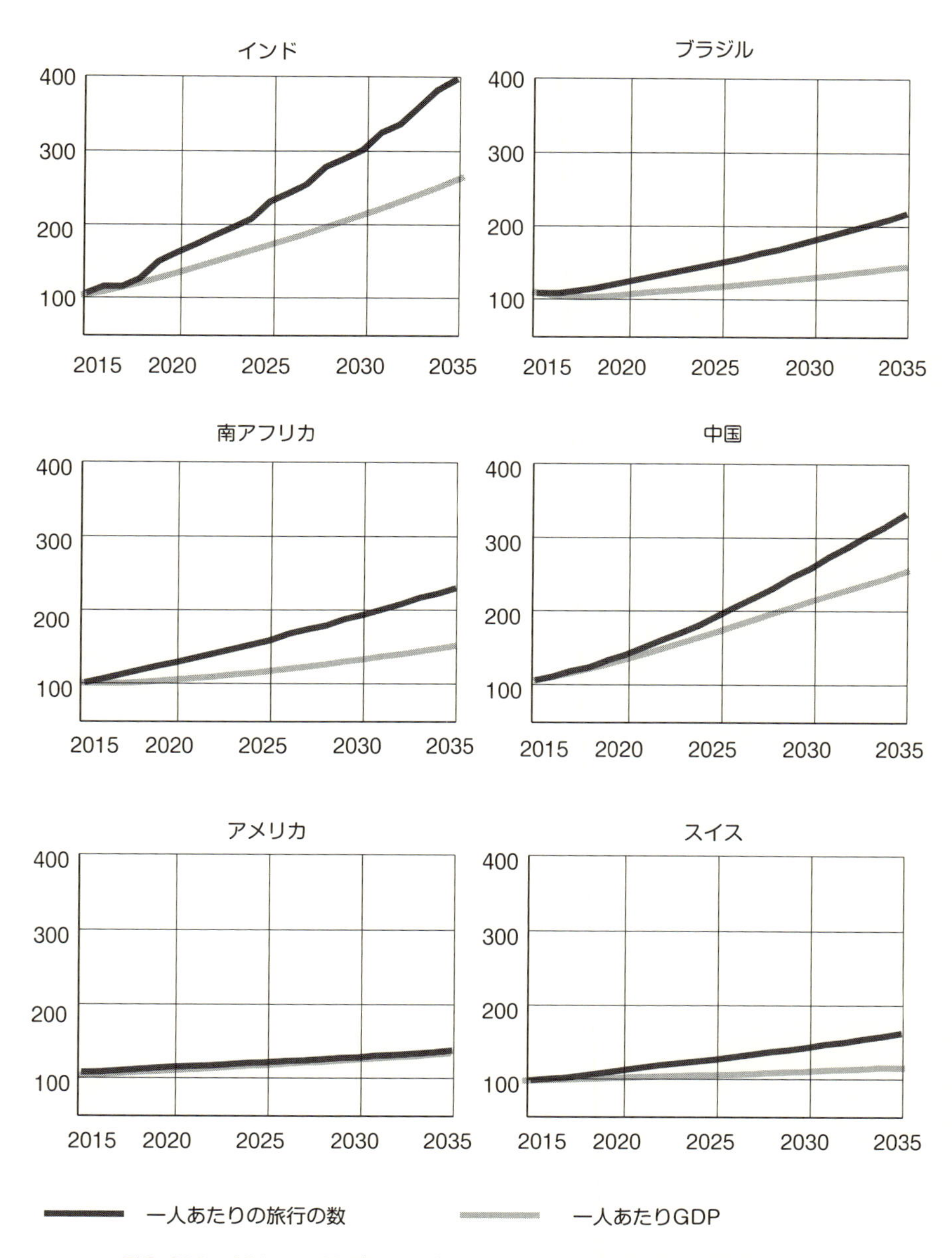

FIG.055　2015〜2035年の一人あたりGDPと飛行機旅行数の変化
（2015年を100とした場合）

をつなぐ物理的なモビリティとなった。そして、流動的で多極的な交通輸送ルートと結びついた世界の地図を描きなおした。世界経済と地政学の新しい中枢であるハブ空港*が、こうしたネットワークでつくられた産物の主要な交差点の座に収まった。２０１６年に世界でもっとも乗降者数が多かったのはアトランタにあるデルタ航空の拠点空港で、すでに毎日20万人以上を受け入れていた。これはドバイにあるエミレーツ航空の空港と、ロンドンにあるブリティッシュ・エアウェイズの空港の乗降者数の合計とほぼ同じだ！

地面のない街

運送業者にとって不可避の技術通過点であり、旅客にとって避けられない存在であり、世界経済にとっては欠くことのできない空港は、地球上の点と点をつないでいる。それだけでなく、乗り換え時間を最大限に活用し、待ち時間を最小限に抑えてもいる。これからの飛行機の便数を考えると、空港エリアへの立ち寄りだけが戦略的市場になるだろう。今後も増えていく流れをつかまえるため、大きな世界の空港はインフラを充実させようとしている。なかでもハブ空港の世界競争の勝者としては、北京、デリー、イスタンブール、ジャカルタが第一に挙げられ、ロンドン、フランクフルト、アムステルダム、パリ、東京、ニューヨークといった伝統的な拠点空港をしりぞけて年間２桁の成長率を見せている。グローバル化と航空産業に密接な関係があるとすれば、象徴的な空港はドバイだろう。たとえば、ドバイの空港を１分間閉鎖すると、わずか２３０万人しか住んでいない３８８５平方キロの地域に１００万ドルの損害を与える。ちなみにドバイでは航空産業が雇用の10分の１、ＧＤＰ*の16パーセントを占めている。２０３０年には雇用の5分の1、工業と金融業を抜いて所得の4分の1を生み出すかもしれない。

世界レベルでは55の空港が長距離便の90パーセントをシェアし、グローバル化された都市群を形づくっている。数百万人が働いている空港を毎日100万人以上が通過している。今日空港のある世界の都市だけで世界のGDPの4分の1を生み出している。そうした都市はOECD加盟国[*]に点在している。ロンドン、パリ、フランクフルト、ニューヨーク、東京……。だが今後はシンガポール、ドバイ、サンパウロ、上海、バンコクに移るだろう。今後20年でラゴス、アディスアベバ、ホーチミン、テヘラン、リマなどの35都市が未来の主要都市のリストに加わり、世界のGDPの3分の1を生む90か所の「航空都市」をつなぐネットワークを生み出すだろう。90か所の超巨大都市の空港だけで、1日あたり250万人の旅客を受け入れて長距離便の95パーセントを占めるようになると見られている。

絶頂に達した空港の知恵はグローバル化した分離といった似たような領域にまで広がる。

こうした観点から見ると、空港のシステムは複数の機能をもつ超巨大機器といえるだろう。たとえばドバイのアール・マクトゥーム空港は、2020年以降毎年1200万トンの貨物と1億6000万人の旅客と90万人の住民と2000万人の観光客を受け入れる物資補給・商業・技術・居住・観光用途をもったドバイ・ワールド・セントラル計画の中心になるだろう。これは香港の2倍の規模の都市計画である。中国河南省の鄭州(ていしゅう)でも、中国政府によって2030年に世界初の巨万の富をもつ空港都市「エアポートシティ」が建設されようとしている。ここではすべての経済が航空産業にかかわっていて、貨物の荷下ろしから研究や成長活動にいたるまで、あらゆることが多くの航空関連企業によっておこなわれる。

新しいエアターミナルのなかでは、乗り換えをする乗客や出発客が、さまざまなファストフードカウンターの横を通りながら、荷物を預けるカウンターから免税店まで完全に組織化された流れのなかを移動するようになる。最終的には、客のレベルに応じて区分けされるようになるだろう。ターミナルのなかでビジネス客、得意客、ファーストクラスの乗客しか入れない場所では、彼らが世界じゅうのどの空港でも同じサービスを提供する高級店の落ち着いた照明のもとを行き交い、プライベートサロンに用意されたサービスを楽しむ。そこには待ち時間も混雑もない。チェックインは簡単で、丁寧なシャトル便が意のままに使えて、マッサージや休憩室などのさまざまな予約システムもある。要するにここは、世界の政治的・社会的動乱から逃れ、気候変動のせいで一般の乗客が強いられている節度を守るという義務をまぬがれることのできる、選ばれた人のための空間なのだ。

ＶＩＰ客に用意された設備と対照的に、団体客用のサービスやローコストターミナルでは特権も無料サービスも手続きの簡略化も得られない。コストの削減された世界では、飛行機に乗る順番も足を伸ばす権利もすべてがお金で買えるようになるのだ。朝の出発便、夜遅くの出発便、最低レベルの設備と変更可能な条件、非常に長い待ち時間と手続き、アクセスしにくいターミナル、安い賃金で雇われているスタッフしかおらずスタッフの数も少ない、ボーディング・ブリッジがないなど……。飛行機は中産階級がよく使う団体旅行のための一般的な交通手段の一種になる。ヨーロッパや湾岸諸国の大手航空会社のチケットが利用者にいくつかのサービスを提供する一方で、格安航空各社は乗客の快適さや従業員の労働環境に関するあらゆる責任を取り払いたがっている。一定期間の需要に供給をもたらしユーザーの人物像を想定し

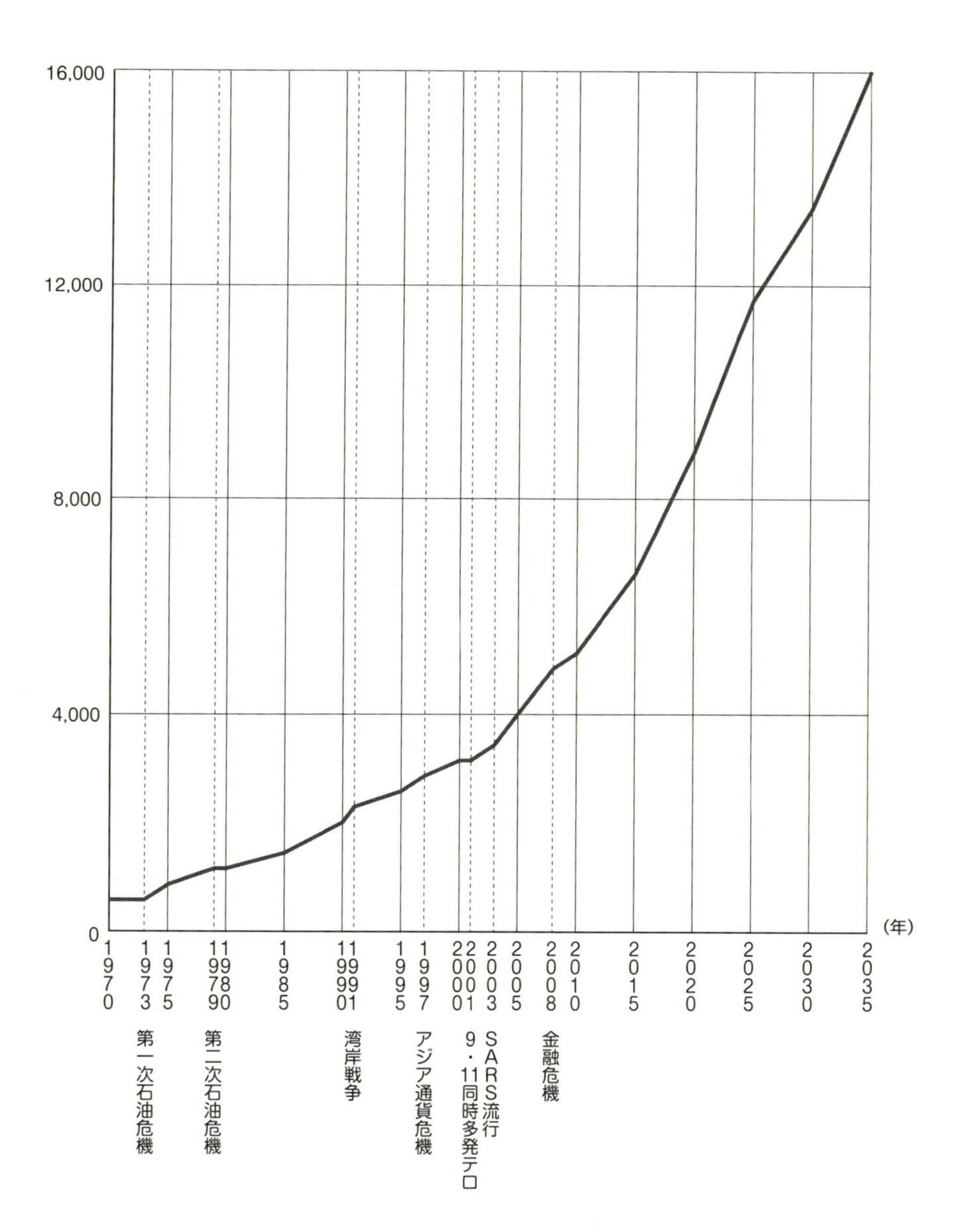

FIG.056　航空旅客輸送の変化（単位：100万人キロ*）

て訂正を加えた数式の計算によると、格安航空券の料金はもはや個人の交通手段としての現実のコストを反映していない。まもなく新しい広告スペースを見つけたいという企業の飽くなき欲求の「おかげで」、格安航空券はまだまだ値下がりするだろう。携帯電話の世界ですでに実施されているシステムにならって、完全にスポンサーが運営するフライトが出てくるかもしれない。そのおかげでより若い、もしくは所得の低い客であっても、これまでより簡単に空の旅ができるようになるかもしれない。テレビ画面に備えつけられたイヤホンからコマーシャルが入り、フライト中に広告アナウンスが流れ、大きな画面ではずっとコマーシャル映像が流されつづけ、床や座席や機内食のお盆、さらには機体の胴体部分にまでロゴが入るかもしれない……。空にはまだラベルマーケティングが入ってきていないが、所得の低い乗客向けに銀行や自動車会社や保険会社が進出してくるのはもうすぐだろう。このような搭乗券価格の再編成が空の旅の大衆化を加速させるとすれば、生物圏*がモデルチェンジをさせようとしているまさにそのとき、さらなる消費をあおることによる未来への二次的な影響を考えなくてはならなくなる。また航空輸送が無料かそれに近いものになれば、ローコストと広告によるフライト運航はエネルギー効率よりもスピードを優先するよう客をそそのかし、同じく中距離移動に欠かせないがより時間のかかるほかの交通手段（電車、自動車、バス、船）に損害を与えてしまう。

航空券の低い価格

飛行機のCO_2排出量は全世界の排出量のわずか2パーセントだが、人キロあたりではもっとも空気を汚染している交通手段である。この事実を知ってもらうために、欧州委員会は現在ロンドン―ニューヨーク往復便とヨーロッパ人一人あたりの暖房1年分の温室効果ガス排出量がほぼ同じであると述べた。*全体的にはエンジン性能の向上によって人キロあたりの燃料消費量は50年で80パーセント減ったとはいえ、世界でスピードのより速い飛行機の交通量が増えたせいでCO_2排出量は増加しつづけている。たとえばフランスでは、1990～2013年だけで航空輸送の温室効果ガス排出量の平均割合が34パーセント減少した。しかしこの期間に排出されたCO_2の量は1330万トンから2130万トンに増えている。現在の飛行機のエネルギー生産性向上の速度（年間1・5～2パーセント）と便数の成長の速度（年間5パーセント）をふまえると、航空輸送による大気汚染が毎年3パーセントずつ拡大しつづけている計算になるのはこういうわけだ。国際線に限っていえば現在のCO_2排出量は4億4800万トンだが、2020年には7億6000万トン、2050年には15億トン以上にまでなるといわれている！　EUでは、加盟国が排出量を25パーセント削減しようと努力しているのに、2035年までには上昇率が45パーセントに達するだろう。

不思議なことに、航空輸送は海上輸送と同じくCOP21で言及されず、京都で開かれたサミットまで、どの気候変動に関するサミットでも扱われなかった。国家間を移動するという民間の航空事業の性質ゆえに、国によって温室効果ガスの削減目標の計算をするのがほぼ不可能だからだ。国際民間航空機関（ICAO）や国際的な航空輸送に対応するので忙しい国連の関連機関での航空輸送に適用可能なルールづくりは難航していたが、2016年、ICAOは2020年までに人キロあたり窒素酸化物とCO_2を年間2パーセント削減し、近い将来に排出量の増加を食い止めるという目標を定めた。この目標を達成するため、ICAO加盟国は新しい機体によるエネルギー生産性の向上、古い飛行機のための新しい機械化の開発、ヨーロッパとアメリカにおける航空輸送管理システムの一新、航路の最適化、渋滞を減少させることなどの計算を余儀なくされた。しかし2040年ごろに予定されている新世代の飛行機、ならびにバイオ燃料関連産業の成長のような技術革新をもってしても航空産業界の環境保護的影響を削減するには充分ではなく、ほかの対策を検討しなくてはならない。たとえばヨーロッパでは、CO_2排出量への課税が埋め合わせの資金を調達するために航空券価格を上昇させている。

世界規模では、中国とロシアがかたくなに削減目標に反対している。責任をシェアするというヨーロッパの方式の代わりに、ヨーロッパ以外の国々は航空産業全体（飛

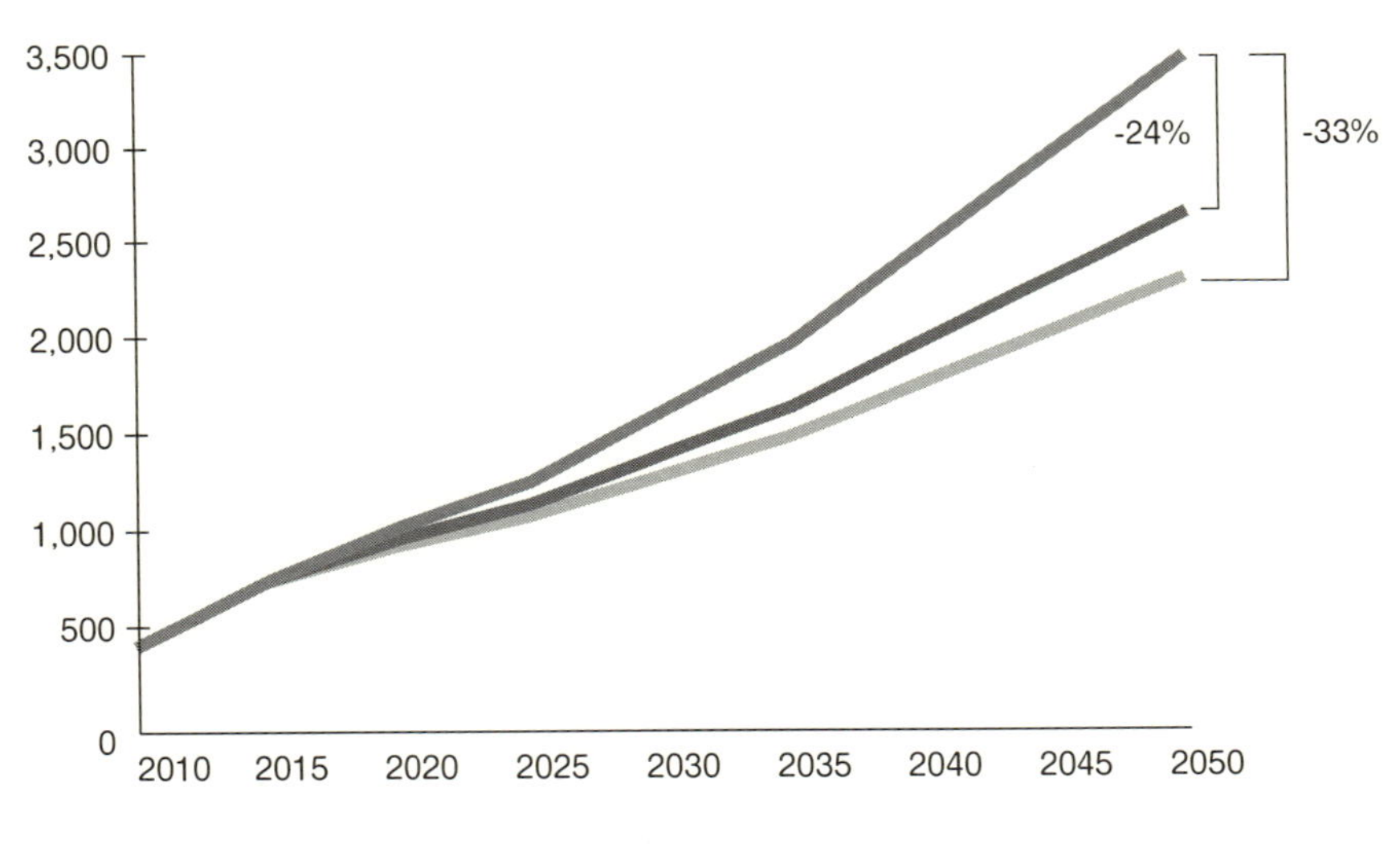

FIG.057　2010〜2050年の航空輸送におけるCO_2排出量変化の三つのシナリオ（単位：100万トン）

行機の建設、エンジン設計、航空コントロールシステムの管理、航空企業、空港、タンカーなど）に適用可能な「CO_2排出量削減の購入」という世界のシステムを受け入れることで市場に対応しようと提案した。航空業界は企業が危惧している割当額システムを選んだ寛大なメカニズムによって、たとえ自分自身で排出量を減らせなかったとしても航空会社の排出量削減目標（２００５年の水準と比較して２０５０年までに50パーセント減）を達成できるだろう。ここでこの方式のおもなメリットが問題として浮上する。リバウンド効果*が危惧される点だ。すでにガソリンの最終消費者である客が、需要の張本人であるのにもかかわらず地球規模の努力に参加していない点は押さえておかなくてはならない。国家を代表するいくつかの航空会社が受けている資金援助が、そうした企業に環境への負荷を減らすための努力に協力せず削減計画を差し止められるようにしている点も指摘しておくべきだろう。家電や建築のように、機体や会社のエネルギー効率を示す品質保証のシステムをつくらない限りそれは変わらないだろう。

監視されている空

エネルギーと気候の制約とともに、セキュリティの圧力も航空輸送の成長にとって繊細なパラメーターだ。近代化を映す鏡であると同時に、ビジネス、レストラン、研究、ショッピングの中心でもある空港は、しだいに国土の安全管理や移民と感染症の監視の役割をも担うようになってきた。近代化とともに格差が広がる世界にならって、空港はますます多くの人が利用する場所になる。しかし、これからの空港は、利用客に敬意を払うことなく取捨選択の場所になるだろう。かつてないほど多くの場所で、空港は法的監査と個人の法的・衛生的・警察的コントロールのための特別な場所になっている。飛行機と空港はほかのどの公的空間よりも、行為の意味でも言葉でも態度の意味でも最低限の選別がおこなわれている。

アメリカの観光客やヨーロッパのVIP客以外の旅行者はすぐに疑われる。空へアクセスするためには、旅行者はオーバーウェイト、宗教的慣例、身体検査、荷物検査といったいっさいの例外を認めない非常に厳格なアクセスの儀式に従わなくてはならない。亡命を求める人、貧しく危険で紛争状態にある地域を出てよりよい生活を求める人にとって、空港の旅客・貨物用施設は究極の難関であり、正規の旅行者からは見えない裏側に数週間閉じ込められて運命が決められる未知の場所でもある。空港が安全のために監視し合うように奨励するのならば、グローバル化の別の顔である不法入国、暴力、苦難を隠すのにも秀でているといえる。空港は輸送の利便性を象徴する場所から、矛盾を管理しなくてはならない現代を映す鏡になった。建築の傑作である空港は、奇妙な断絶とパラドクスの場所なのである。

20 限界を超える速度

リニアモーターカーと同じく、ハイパーループは線路の制約を超えて超高速陸上鉄道の未来を変える提案をした。飛行機より速いが陸上を走るハイパーループは、才覚に富み高性能かつ節約型で環境を汚染せず、それでいて社会的に選別され数々の経済的な不測の事態に委ねられているという点で、考えうる人類の未来と似ている。ハイパーループは巨万の富をもつ情熱的な発明家の夢から生まれた。ハイパーループは、おもに交通手段によってグローバル化された社会に時間の大切さや時間を最大限活用しようと訴えているものの、ユーザーから実現に足るほどの歓迎は得られないかもしれない。

夢から発明へ

２０１６年５月、船、電車、自動車、飛行機に次ぐ新しい交通手段の実験が初めてネヴァダ州でおこなわれた。ハイパーループと名付けられた未来の電車は、磁石の浮力を利用したチューブのなかを時速

１２００キロ以上で進む。老朽化が進む鉄道の代わりとして２０１３年にイーロン・マスクが考案した。援助を受けて立ち上がり、一度は頓挫したものの、数人の協力者の力を得て回復し、シリコンバレーのベンチャーキャピタルの資金のおかげで始動したハイパーループ計画は、スピードの問題を解決すると同時にエネルギーも節約しなくてはならない。距離と時間との競争のなかでカリフォルニアのスタートアップ企業はもうひとつのシステムデベロッパー、ハイパーループ・トランスポーテーション・テクノロジー（ＨＴＴ）との戦いに対峙しなくてはならなくなった。さまざまな分野の科学者（ＮＡＳＡ、ボーイング、スペースＸ）で構成された同じくアメリカ企業のＨＴＴも、２０２０年にブラティスラヴァに初めてのハイパーループを部分的に敷くことを予定している。ＨＴＴはその後ハンガリーの首都ブダペストとウイーンをつなぐ予定だ。しかしその前に、これらふたつの会社はまだハイパーループの輸送開始にのしかかる多くの障害に立ち向かわなくてはならないだろう。

まず技術面での障害を見てみよう。ハイパーループはソーラーパネルを使って減圧し密閉された数百キロのチューブのなかを数十人乗りのカプセルで進む。だが実際に建設が始まると、磁力による浮遊システムやエアークッションシステムは予想していたよりもずっと繊細でややこしいことがわかった。空気圧で動くカプセルでは、ものを運ぶことはできても人は運べないのである。これは１９７０年代にアメリカの都市間の地下を音速以上の速度で結ぶ「トランスプラネット・メトロ」計画に着手しようと試みたランド研究所が出した結論だ。トランスプラネット・メトロ計画は技術的・財政的に非現実的とされ、最終的にレポートの域を出ることはなかった。それから10年以上がたってローザンヌのスイス連邦工科大学がスイスの鉄道会社と組んでテクノロジーの冒険に身を投じた。作業部分として、まずスイスの主要都市のあいだに減圧地下チューブをつくり、磁力の浮力で浮いた電車を時速約400キロで走らせなくてはならない。技術的には実現に近づいていたとはいえ、700平方キロのトンネルを2本必要とする計画は資金的な理由から2000年代初頭にふたたび頓挫した。

一方、イーロン・マスクによるコンセプトは過去の計画よりも望みがもてる。より速く（時速1000キロ以上）、チューブにつけられたソーラーパネルのおかげでエネルギー面でも自給自足可能なハイパーループは乗客にこの上ない快適さを与えられるだろう。しかし研究者や技術者はチューブが風、地震、チューブ内の減圧状態と外部の大気圧の差のような過酷な状況に耐えられるかという問題を解決しなくてはならない。

温度の維持とカプセル前部の空気への抵抗力も解決しなくてはならない技術上の課題だ。最

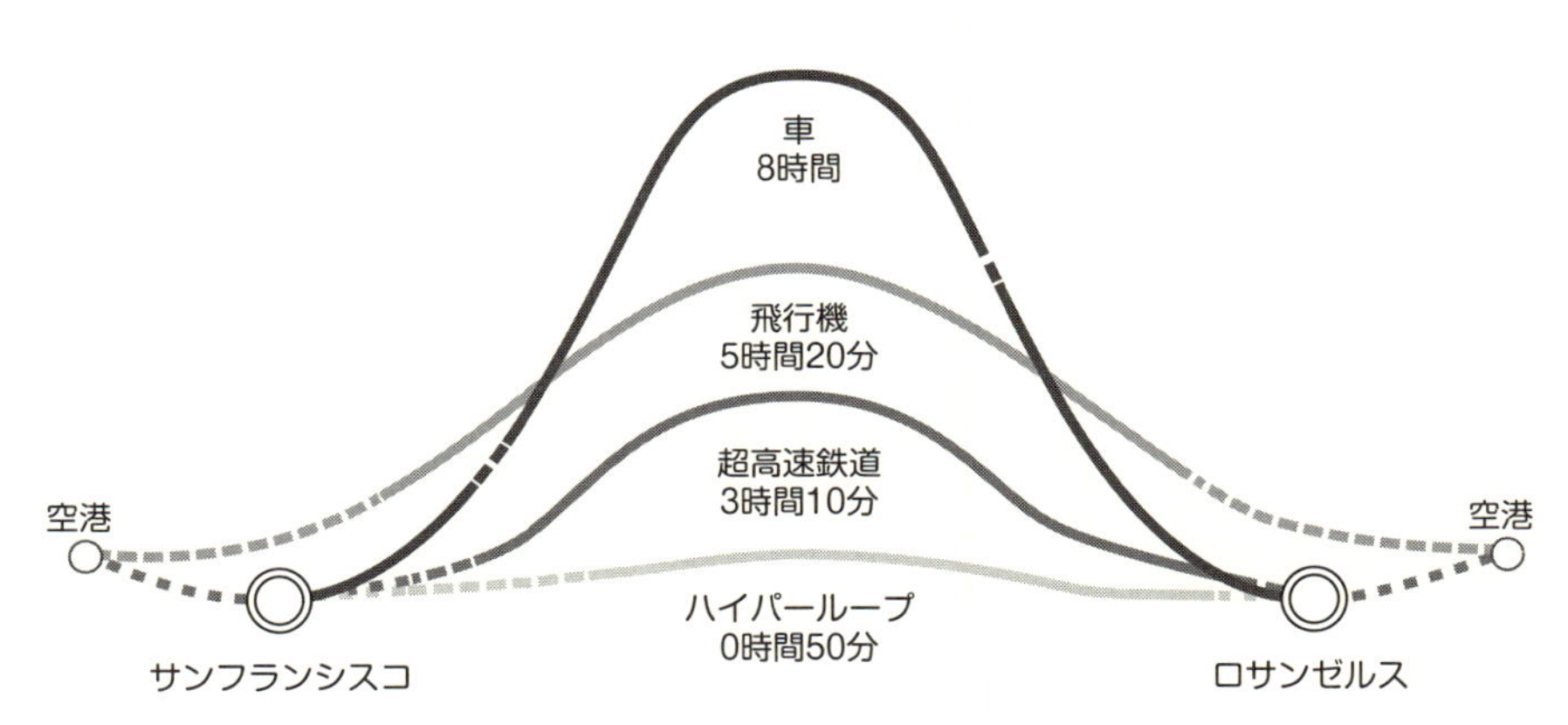

FIG.058　交通機関別のサンフランシスコ－ロサンゼルスの平均移動時間

低速度であっても乗客が感じる空気渦の不快さも解決しなくてはならない。しかしこうした障害を乗り越えても、最後のファクターが計画の実現可能性を阻む。コストである。イーロン・マスクによると、サンフランシスコーロサンゼルス間にハイパーループを建設するには60億ドルかかるという。500億から1兆ドルの投資を要すると述べる鉄道専門家もいる。これは、現在カリフォルニア州のふたつの都市間に建設されている超高速鉄道の少なくとも10倍にあたる。またハイパーループは都市間を1時間で300人移動させることができるが、超高速鉄道はすでに3時間で1000人を運んでいる。したがって、実質的には1時間あたりに運べる人数がほとんど同じなので、建設を正当化するのに充分とはいえない。

ハイパーループだけでなく、ほかのテクノロジーも線路に取って代わろうと進歩している。たとえば磁気浮上式鉄道（マグレヴ）がその一例である。今日この方法を利用しているのは中国だけだ。空港と上海を結ぶ時速430キロの超高速鉄道に用いられている。一方、ドイツは1990年代にコストがかかりすぎるとしてマグネットバーンとトランスラピッドの計画を放棄した。日本はマグレヴのラインをもってはいるが、まだ超高速鉄道としての実用化にはいたっていない。しかしリニア中央新幹線という東京—名古屋間を40分かからずに走る超高速のマグレヴ新ラインの開通によって状況はまもなく変わるだろう。リニア中央新幹線は2027年運行開始予定で、商用速度は時速500キロだ。しかし日本の技術革新を象徴するすばらしいテクノロジーであるマグレヴを利用するのは日本人だけだろう。80パーセントが地下を通る総距離300キロの日本のマグレヴは、実に500億～1兆ユーロのコストがかかる。これは

船、電車、自動車、飛行機のあとに新しい移動手段が現れるだろう。

フランスの高速線（ＬＧＶ）の7倍だ。ＬＧＶとは東京―名古屋間と同距離のトゥール―ボルドー間に建設中の列車で、これも非常に高額である。コスト面だけでなく、すでに鉄道網がかなり発達していて人口が２０５０年までに20パーセント減少すると見られる日本では、この計画を進めるのが妥当かどうかも疑問だ。また、日本が発電量に占める原子力の割合の減少を補うために資源の輸入を増やさなくてはならないこのときに、マグレヴのラインを建設するという選択は驚きである。というのも、マグレヴは従来の超高速鉄道の3倍もエネルギーを消費するからだ。

このように、スピードの契約はせわしなく生産性を上げるのに腐心する世界を魅了しつづけているが、ハイパーループとマグレヴが地上の輸送を大きく変えることはなさそうだ。実際は推進力を変えるよりも超高速鉄道を拡張するほうが、鉄道の将来の指標となるだろう。

増していくスピードの帝国

地域によって不均衡ではあるが、鉄道輸送はここ35年でめざましい進歩を遂げた。１９８０〜２０１４年に鉄道利用が5倍に増えたインドと中国の経済発展を反映している。距離でいうと、アジアはまだ世界の鉄道網の22パーセント（10億キロ）しか占めていないが、（人キロ*あたりの）人の移動はすでに約80パーセントに達している。この不均衡の背景にはインドと中国の人口密度と地理的な人口分布、国内の昼夜間移動性が高いこと、線路建設への国家の金銭支援という3つのファクターが存在している。反対にヨーロッパはアジアよりも鉄道網が発達しているが、人口は10分の1なので投資の減価償却はアジアより格段に遅い。そのためフランス、イギリス、ドイツ、ポーランドでは採算のとれないいくつもの路線が閉鎖に追い込まれている。長いあいだ鉄道を産み育ててきたヨーロッパは、ロシアとトルコを含めても今日では世界の旅客輸送の20パーセントでしかない。しかし一人あたりの鉄道利用の順位でいえばヨーロッパが上位を保っている。スイス、オーストリア、スウェーデン、フランス、デンマーク、ドイツでは一人あたり年間1000キロも電車に乗っていて、インドや中国より数値が高い。

北アメリカでは、鉄道は「わずかな」乗客しか運んでいないが、貨物の輸送に多くが用いられている。カナダとアメリカだけで世界の鉄道貨物の3分の1を運んでいる。しかし2050年には、鉄道貨物が3倍に増える中国に抜かされるだろう。カナダ、アメリカ、中国にロシアとインドを加えた5か国で鉄道貨物の80パーセント以上をシェアすることになると考えられる。その一方で、鉄道で運ばれる貨物の総量も2倍に増えるだろう。ネットワーク、貨物、人の利用においてはすべての記録で中国が突出する。中国の超高速鉄道の未来は明るく安泰だ。2008年の時点ではまだ一本も超高速鉄道が通っていなかったにもかかわらず、今日の中国には世界の鉄道網の60パーセント以上にあたる2万キロの線路があり、スペイン（3100キロ）、日本（2700キロ）、フランス（2000キロ）を大きく上回っている。

中国の超高速鉄道、いわゆる「高鉄」は、運行開始から8年ですでに50億人以上を運んだ。ちなみにフランスは35年間で20億人、日本は52年間で100億人である。累積乗客数では世界1位の鉄道網である日本の新幹線にはまだ及ばないが、高鉄は2025年までに超高速路線を2倍に伸ばす予定なので、まもなくこの点でもトップになるだろう。2015年だけで10億人以上が時速200キロで中国国内を移動した。これは日本の3倍、中国国内の航空路線の2倍にあたる。また中国は隣国とも国境を接しているので、多

アジアには世界の鉄道網の
22パーセントしかないが、
人の移動はすでに80パーセントを占めている。

くの隣国へ超高速鉄道を広げていくだろう。

中国の勢いにインスピレーションを得た多くの国が近年、超高速路線の冒険的試みをおこなうと宣言した。中国の支援を受けたトルコ、スペイン企業グループの出資を受けたサウジアラビア、フランス企業グループの協力を得たモロッコ、まもなくインド、インドネシア、マレーシア、シンガポールも加わるだろう。しかし同時にブラジル、メキシコ、アルゼンチン、ポルトガル、タイでは、治療や教育のインフラがまったく足りておらず、人口の大部分が新しい電車を利用する必要もない。そして、そのような社会においてスピードだけが重視されるのはいかがなものかという議論が起き、計画は頓挫した。

初めて慎重な姿勢がとられたことで、超高速鉄道に身を投じた投資の減価償却に別の局面までもがもたらされた。中国では1キロあたりのコストが１７００万～２１００万ドルだが、ヨーロッパでは３９００万ドルに上がり、発展途上国の大半では実質、超高速鉄道に手が届かないままだ。同様にフランスと中国と日本では超高速鉄道は商業契約の維持とは遠く、運営会社は数十億ドルの負債を抱えている。日本で超高速鉄道ができてから50年あまり、フランスで超高速鉄道の商用利用が始まってから35年がたったが、世界全体で黒字を出しているのは東京―大阪間とパリ―リヨン間のたった2路線だ。ＬＧＶの技術がその国の近代性を象徴するものでありつづけ、とりわけ超高速鉄道のスピード・エネルギー・空気汚染の相関関係が航空輸送よりもはるかに優れていたとしても、超高速鉄道は地球全体ではポジティヴな収支を示すのに苦労するだろう。交通手段のコストというの

運用中の線路　計画中もしくは延長中の線路

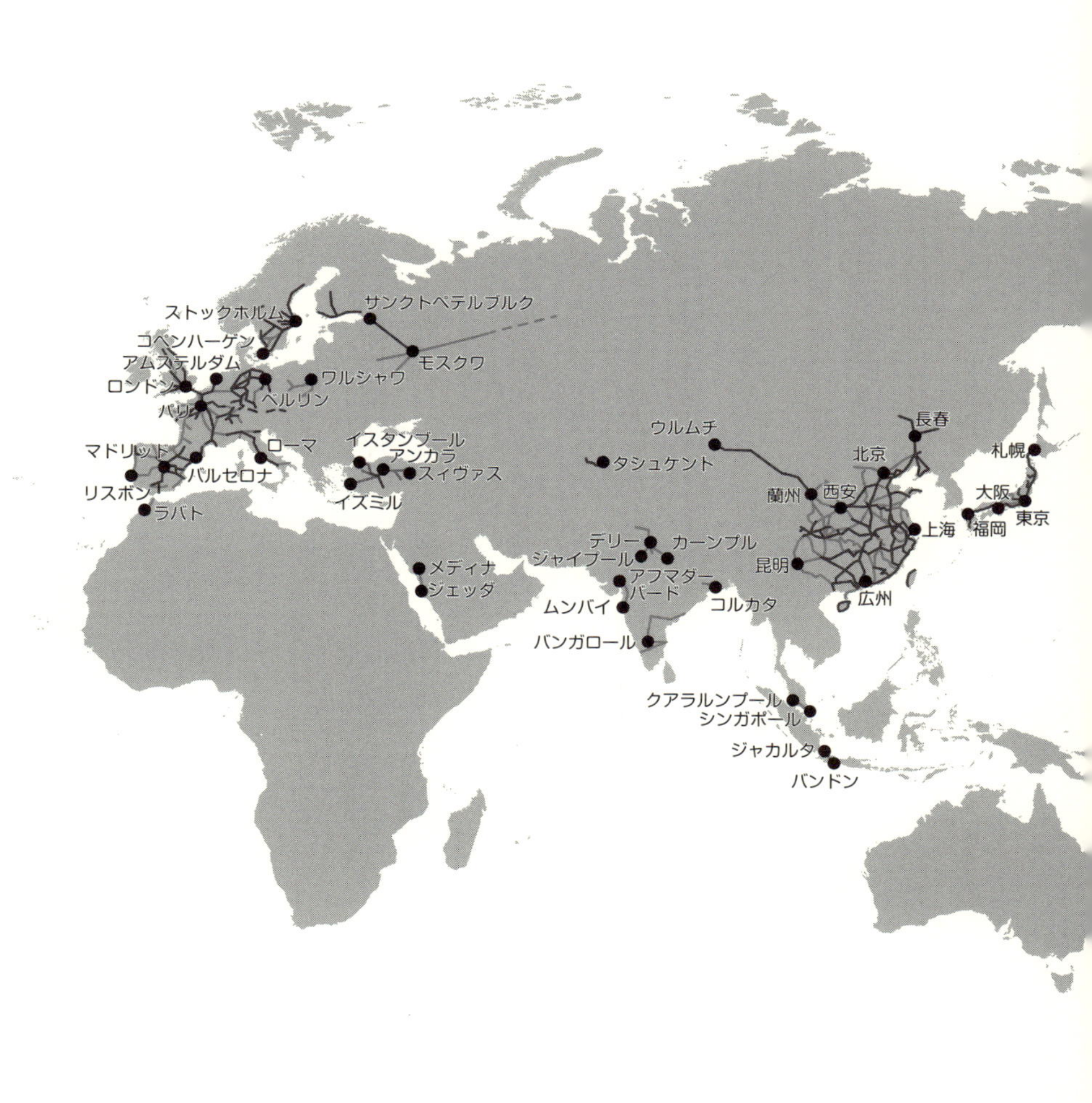

FIG.059　超高速鉄道の分布（2015年）

は、導入されるときには常に少なく見積もられるが、線路が拡大していくにつれて増えていくものだ。一人あたりの超高速鉄道の平均価格を考えると、ファミリー層は鉄道ではなく自動車での移動を選ぶだろう。同様にＬＧＶが中距離の航空・自動車輸送利用者の一部を取り込むことができたとしても、時間面では80パーセント、平均で２時間30分遅い鉄道は４時間を超える移動距離ではあっさりと敗北すると考えられる。

つまり超高速鉄道は、東京と大阪、北京と天津、バルセロナとマドリッド、ソウルと釜山のように豊かで巨万の富をもち数百キロ離れたふたつの都市を結ぶには最適の交通手段なのだ。国単位で見ると超高速鉄道路線の結果はあまりぱっとしない。超高速鉄道は経済的な中心都市同士のネットワークをつくり、一定の地域を開発する一方で、すでに支配的な都市の比重を重くして集中と巨大都市化への勢いを加速させる傾向がある。反対に大都市から離れた田舎や途中の駅のある地方では、超高速鉄道路線が地域の人々や経済を経済的に二流の地位に落としかねない。接続（コネクト）し、グローバル化されたエリートが時速２５０キロを超える速さで都市と地方の連なる列島の島から島を移動している一方で、駅間の地域は不安定になり、地域住民は経済・社会的脱落へ追い込まれる。今日まで路線の大部分が地域または国の支援を受け、ほかの交通手段への投資に損失を与えているだけに状況はいっそう疑わしい。たとえばフランスではパリの交通手段を共同で管理している会社と無数の年間利用者は、年間15億ユーロの投資予算を得ている。しかし、利用者が10分の１である高速鉄道（ＴＧＶ）に割り当てられている額のほうが多いのである。

１９８０年代に力強さの象徴で成長の印でもあった超高速鉄道がいまや輝きを失い、新しい路線開設への反対が増えているなかで、多くの乗客がほかの交通手段に乗り換えはじめている。いくつかの路線では鉄道より時間も価格もかからない格安航空機、そして電車よりも遅いが価格が安いライドシェアやバスなどだ。社会的利益よりも経済的成果を重視した交通手段のシステムの根幹にユーザーは疑問を抱いている。そしてスピードを犠牲にしてまで、超高速鉄道以外の交通手段を選ぶようになっている。彼らは同時に、グローバル化された社会に時間の価値を考え直させるように促しているのだ。

スピードが時代遅れになる？

産業時代の幕開け以来、さらにはグローバル化が始まってからというもの、スピードは競争力を追求する道具のひとつとして頭角を現してきた。時間は貴重な資源であり、スピードの上昇は潜在的にコスト削減を示している。つまり、時間とスピードは経済的な最適化のために重視されている領域であり、調節可能な交通需要のキーポイントでもある。ある旅行者が、価格の安さを理由に直行便ではない経路を選んでも、経済主体はより速く価格の高い経路を使わせようとする。つまり超高速鉄道は日常的に通勤客に使われはしないが、少数のビジネスマンや経営者にとっては理想的な交通手段といえる。ハイパーループがより速い移動手段を生み出すまでは……。

しかしこのように加速へと駆り立てるのは、交通手段を常により速く、より遠くへという単純な推進力に向かわせる時間とスピードの経済的な相関関係なのだ。未来学はこの相

> グローバル化が始まってからというもの、
> スピードは競争力を追求するなかで
> 重視される道具のひとつとして頭角を現してきた。

関関係を断ち切り、ほかのシナリオの可能性を広げようとしてさまざまな計算方法を使うよう提唱している。たとえば仕事に行くまでの移動時間を個人の制約として捉えるのではなく、仕事の業務に含めると決めるとしよう。すると経済効率についての認識も修正しなくてはならない。交通手段の管理と質についての責任も同様だ。移動時間を削減すべきものとするのではなく、生活の一部だと思うようにすれば、投資はただスピードを上げるよりもよいものに、さらには採算の合うものになるだろう。また移動方法に関する世界的な経済試算は、スピードが重要な一部の人間の時間よりも、むしろ多くの人の時間を節約できるようになることに優先的に投資をするよう推奨するだろう。

多くの場合、ごく少数のユーザーしか使わないネットワークの限られた部分のスピードを上げるよりも、近さ、便（べん）のよさ、頻度、流動性、アクセス時間、アクセスのしやすさ、複合一貫輸送性のほうが、多くの人の時間を節約するためにはより有用になるだろう。スピードの上昇がごく一部のユーザーの時間しか節約できないのであれば、そうした少数者の移動の値段を決める必要が出てくるだろう。速い移動を享受するからには、その社会的コストをも超える経済的な利益を社会に還元しなくてはならない。ユーザーのニーズを考慮しなければ、いくつも提供されている交通手段のなかで大多数が賛成していない収益性の低いものに、建設会社や政治家が投資をしてしまうリスクがあるからである。

個人的レベルでも、個人の所得水準に応じてスピードの価値を変えるほかの計算が存在している。たとえば超高速鉄道は、従来の電車よりも速く、飛行機よりは遅いという点で一致しているが、乗客の払う金額は平均で電車より高く飛行機よりは安い。つまり、超高速鉄道の「妥当な領域」は人口の限定された一部しかカバーしていない。時間により価値を置いていない人（学生、中間所得層、旅行者など）にとって

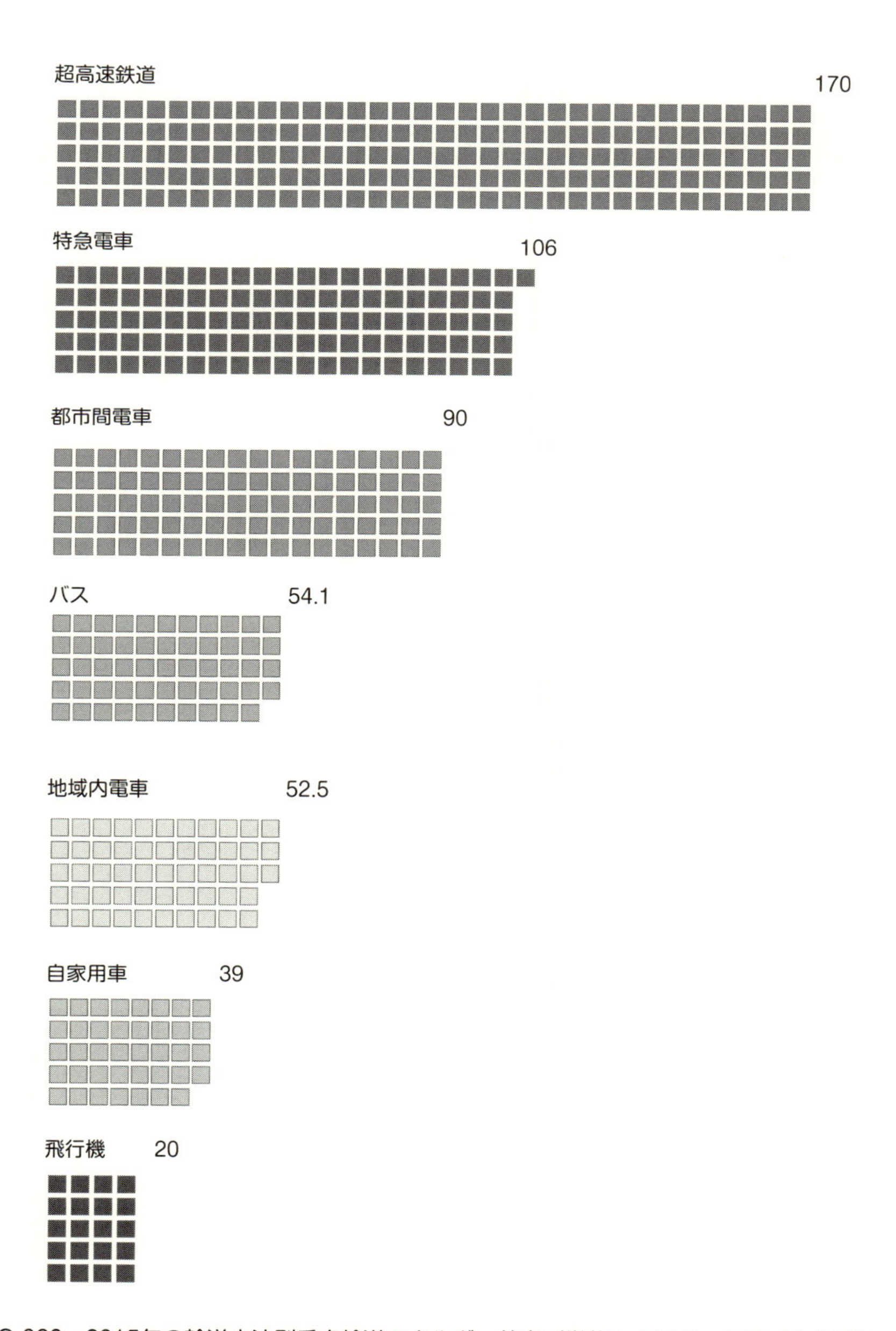

FIG.060　2015年の輸送方法別乗客輸送エネルギー効率（単位：キロワット時／人キロ）

超高速鉄道は全体的なコストを上昇させるので需要には合っていない。しかし、非常に所得の高い人々の需要にも合っていない。非常に所得の高い旅行者にとっては、同じ距離ならば超高速鉄道よりも飛行機の付加価値のほうが高いからだ。

つまり高所得のビジネス層にとって、スピードはそれ自体が目的ではない。スピードは、人口の大部分にとっての移動の総コストを減らすことのみを目的にした国家規模での複雑な計算の結果なのだ。同様に、スピードはネットワークの残りの部分での最低限のサービスを犠牲にして実行されている。そうでなければ電車全体の価格が上がってしまう危険があるからだ。長いあいだ、より速く、より遠くへ行こうとする考えに魅了されつづけてきた人類は、その叡智をスピードに向けてきた。競争力を上げることとイメージづくりに腐心してきた産業社会は、ときおり経済的な時間と社会的な時間を混同する危険を冒して、改造政策に高い生産性の追求を書き加えた。スピードへの信仰はグローバル化が始まってから絶頂に達したが、今日では新しい抵抗勢力に直面している。エコロジー、予算、文化の問題だ。これらは新しい信仰をも生み出した。「遅さ」への信仰である。ヨーロッパやアメリカの数都市の「トランジショニスト」的な世界に限定されているものの、こうしたスローな動きは地球を支配しようとしている。コペンハーゲン、パリ、ストックホルムの例にならって、増していくスピードの理論的な勝利をあきらめて、穏やかなモビリティや混雑緩和への投資に向かう都市が増えてきている。

第5部

小で大を得る

それは歴史の必然的な法則でありつづけている。
始まってからというもの、
まさに現代の人々に時代を決定づける
大きな動きを認めるのを禁じているのだ。

——シュテファン・ツヴァイク

21 転機を待ちながら

2050年までの気候目標で合意をしたにもかかわらず、欧米人は変化への道を歩むのに苦労している。しかし未来は待ったなしで進んでいく。大西洋のあちら側でもこちら側でも超保守主義、ポピュリスト、ナショナリスト的な流れが政治的な議論を害し、長いスパンの改革を硬直化させ、変化の立役者を社会の外へ追いやろうとしている。反対勢力によって身動きがとれなくなった変化は、世界の変革につながる新しい道筋を見つけなくてはならない。

2015年にドライバーのいない車について聞き取りをおこなったところ、自動運転を受け入れる準備ができていると答えたヨーロッパ人は少なかった。対してインドや中国では、受け入れると答えた人が多数派だった。この調査は図らずも、社会が老成していくにつれて見られるようになる抵抗感に関するよく知られた現象を立証している。避けられないほど高性能な新しいテクノロジーであろうと、役立たずで退場を迫られるシステムであろうと、変化を起こすことはできない。先人の度重なる選択が時とともにつくりあげてきた政治・経済・社会的無気力を、それぞれの世代が前もって乗り越えておかなくてはならないのである。この点に関しては工業国の自動車産業が典型的な例といえるだろう。

変化への抵抗

自動車の物語は第二次世界大戦後に始まった。戦後、アメリカ、ドイツ、フランスでは道路交通網を高性能につくりかえ、利用者に時間の節約と競争力の実現を提供する大規模な公共工事がおこなわれた。道路が密集して交通量が増えるにつれ、技術革新は自動車や車道の効率を重視するようになる。より速い移動を実現するために、投資は交通網の改善に集中するようになった。まもなく、通行税やガソリンの売り上げから得た利益が、自動車製造を増やすべく自動車の普及にあてられた。いくつかの国では運転を学ぶのに国から助成金が出ていたほどである。それから数十年が経ち、民間企業と公的機関の関心は改革に無理解で複雑な制度に密接に依存するようになった。

地球から交通機関の環境への影響を減らすよう求められると、私たちはＣＯ$_2$排出量に課税したり陸上移動の方法を考え直したりするよりも、むしろ自動車のエネルギー効率を向上させるための研究や資源開発に力を入れがちである。このような考え方によって、多くの国で経済・エコロジーの合理性に関する議論が消し去られた。誰が疑問を抱こうが、私たちは常に交通機関の改革が雇用と成長にもたらす危険性と対峙しなくてはならない。

同時に、慣れの影響力や惰性による行動といったほかのメカニズムも移行や変革を妨げている。そうしたメカニズムがいかに深刻であるかを知るには、ライドシェア*の進捗（しんちょく）具合の遅さを見ればいい。速度コントロールや安全性が確保された自転車優先道の整備も同じく反感を買っている。こうした抵抗は、たとえ慣れ親しんだ行為に効果がなく有害だとわかっていてもなお、それを繰り返してしまう人間の性質によるものだ。彼らの目には、すでに見えている悪い状況の影響のほうが、変化につきものの見知らぬ出来事よりもましに映るのである。レベルは違うが、世襲的・慣例的な役割によって保守的になった国政や行政が示す抵抗感も同じである。すると今度は銀行と投資家も技術革新を支援するリスクをおそれるようになる。しかし避けがたい変化には前提となる検査や予防原理が存在しない。再生可能エネルギーも工業モデルも社会システムも未来の開発も、リスクや大胆さやヴィジョンなしには成し得ないのだ。

新しいテクノロジーであろうと
変化を起こすには充分ではない。

未来への推進力

投資の減価償却の計算、規範制度、規定どおりの機械は、最終的には国際的企業が働きかけた産業界のロビー団体の圧力を受けて現存するものを守ろうとする傾向がある。そうした企業の動きには「トランジショニスト*」の動きを弱体化させる効果もある。しかし数年前から、国家を押しのけて変化に新しい推進力を与える自発的な行動が増えてきた。そうした考えは市民社会に支えられて、拡散した新しい習慣を利用して経済・政治思想を一新させた。たとえば、無駄遣いをなくす自制が利いた農業は、生態系を新たな脅威にさらすことなく将来の人類を養っていくことができると証明されている。思惑買いを避けて相互扶助を容易にする地域通貨もそうした例のひとつだ。また、肉をほとんど食べない食事療法の人気は、教育や情報が変化に決定的な原動力を与えてくれると思い出させてくれた。インターネットと同じくアルゴリズムやネットワークのおかげで、今日では自転車、アイディア、数学の授業、ローカルエネルギー、科学プロジェクト、そして芸術的な共有資源（コモンズ）*などあらゆるものがネット上で共有される。

ネット上で共有されたものたちは、人類共通の物語から生まれたものでも統一された推進力から発したものでもないが、あちこちで変化の予兆を感じさせている。いままでとは異なる社会モデルの準備が整いつつあるのではないだろうか。

22

夜明けの約束

共有型経済(シェアリング・エコノミー)*がすでに時代を象徴するものになって数年がたった。旅行、物々交換、転売がシェアリング・エコノミーなしでやっていけるのもあとわずかだろう。資源の希少化、デジタルツールの登場、世界の不況から生まれたシェアリング・エコノミー事業は商売と労働の形をつくりかえた。しかし、シェアリング・エコノミーが「世界経済の資本主義的変動」を終わらせられると主張する人がいる一方で、この思想は競争を悪化させ、不安定化を招くという予測もある。

自動車を所有すると、92パーセントの時間を駐車場に停めておくことになる。それでも自動車をもつのは理にかなっているのだろうか？　年に1回しか使わないのにドリルを買うのは合理的なのだろうか？　たびたび議題にあがるこうした疑問の答えは今後、変わっていくだろう。実際に数年前から、「シェア」、「共有」と呼ばれる新しい消費方法や使用方法が拡大しはじめている。

出自を公言する

「流動性社会」、「シェアリング・エコノミー」、「分配型経済」、「アクセスの時代」、「第三次産業革命」、「知識の共有経済」……。新しく登場した経済制度を言い表す言葉は数え切れないほどある。新しい交換方法の定義や正確な領域が必ずしも一致していなくても、表している状況は同じだ。すなわち情報通信技術*（ＩＣＴ）への増大するアクセスの推進力と地域・社会的な新しい希求の到来を受けて、世界のあちこち、とりわけ早い時期に工業化された国で習慣が変化しつつある。権力によって制度化された形とは別の場所で発達したこのような動きは、中央集権化した経済モデルを捨てて生産、消費、融資、知識を分配しようと提案している。同時に個人と共同体ネットワークの構造に頼ろうともしている。バークレーでもロンドンでもパリでもアテネでも、財産、サービス、資源を共有したり分かち合ったりしながら、このような発意が増えてきた。これらは社会文化（ソシエタル）パラダイムが変わる兆しであり、新しい経済に霊感を与えるだろう。経営学校で教えられている新しい経済は、とりわけフランスのＯｕｉＳｈａｒｅやアメリカのＳｈｅｒｅａｂｌｅのようなシンクタンク*やドゥタンク*で多くの研究職を支えている。

ＩＣＴの到来、２００８年の金融危機、グレート・リセッションのような明白な出来事と、ときに対立する社会哲学の流れとの偶発的な出会いによって進んだシェアリング・エコノミーは、非常に変化に富んだ状況に対応できる。シェアリング・エコノミーはピア・トゥ・ピア*、循環型経済*、ギフトエコノミー、コモンエコノミー*の４つの思想に分けることができる。

カリフォルニアの無政府主義カウンターカルチャーに強く影響を受けたピア・トゥ・ピアは、対等な立場の人が自由に情報交換をするという原理のもとに成り立っていて、無益な社会構造から個人を解放することを目的にしている。知識、サービス、権限に分権的で普遍的なアクセスができるという論理に組み入れられたピア・トゥ・ピアは、シェア専用に使われるプラットフォームを介して個人間に関係を構築することを提案している。たとえばカーシェアリングや住居、音楽、ビデオ、個人授業のシェアがこれにあたる。創造性は自由と自治から生まれると信じているピア・トゥ・ピアの信奉者は、ハッカースペース*やファブラボ*のようなエコシステムを使ってそれぞれのシェアする場所をつくりだしている。

ふたつめの考えは、消費を抑制し資源開発を制限するために財の使用を最適化

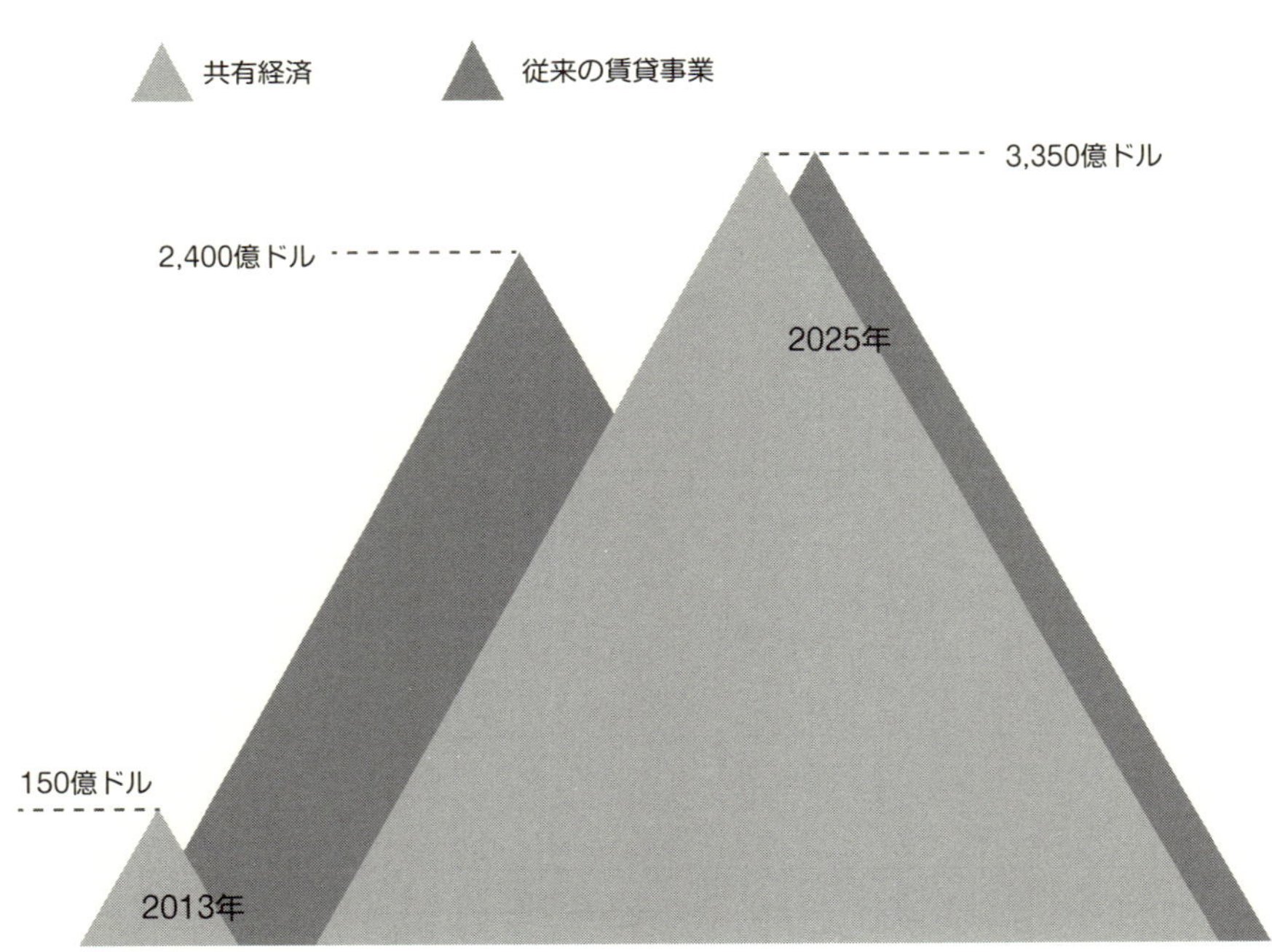

FIG.061　2013と2025年の共有経済事業と従来の賃貸事業の業績の成長

ほかとは異なる対立する
イデオロギーの時局から生まれた共有型経済(シェアリング・エコノミー)は
非常に多様な現状に対応している。

し、使用期限をのばす製品コモンエコノミー＊と循環型経済を合わせたものだ。循環型経済の関心対象は廃棄物管理、リサイクル、エココンセプト、一般住民の消費、流動的財の再評価、浪費やプログラム制御された設備の価値低下とのたたかい、ゴミの回収、リサイクル、物々交換、修理工場などだ。一方、製品サービスシステムはまたの名を「使用の経済＊」ともいい、所有のロジックをアクセスのロジックへ変えようと提案している。アクセスのロジックでは製品の価値はそれ自体から生じるのではなく、使用したことで得られる利益で測られる。つまり、非常につましく買う手段がないという場合でも、新しいシステムは利益をあげることができるのである。同時に製品サービスシステムは財を消費されるものから不動産としての財につくりなおし、生物圏保護のために生産者と消費者に製品の寿命をできる限りのばすように働きかける。このようにあらゆる分野で進んでいる使用の経済は、コピー機を買うのではなくコピーという行為を、自転車を買うのではなく自転車に乗る行程を、タイヤを買うのではなく保証つきの走行距離を買うというように、少しずつ私たちの習慣を変えている。

3つめの思想、ギフトエコノミーは交換によって社会関係をつくりなおし、損得勘定による支配から利他的な連帯に向かおうとしている。相互性と信頼の原理に基づいて、金銭的な代価を求めずに参加する生産者と消費者のあいだに協力関係をつくるのである。フリーショップのような社会経済習慣を生み出しているのは、こうしたギフトエコノミーの思想だ。

最後に、4つめのコモンエコノミーは、共有資源（コモンズ）を管理することを目的とした運動の集合である。自主管理の概念に似たコモンエコノミーは自由主義的資本主義や国家管理主義と対極にある。商業的な関係の代わりに、リナックスのようなソフトウェアからウィキペディアのような百科事典まで、多岐にわたる領域で生産物のシェアと自由なアクセスを保護する。

理論と実践のあいだで

ネットワークで組織化された新しい実践の主導者たちは、役割、意思決定、責任を再分配して、階層制度を解体し水平的で自主独立の分権的な運用法を好む。参加型生産論理（クラウドソーシング）*が成長しているように、彼らはいくつかの相互主義的なモデルを復活させた。また、科学的・技術的なさまざまなタイプの試練に立ち向かうために、自発的な個人の集まりによる知識と創造性と能力の連盟を集結させた。そして快楽や自由への欲求に突き動かされ、財の利用をシェアすることでサービスや資源へのアクセスを最適化した。それだけでなく、投資のコスト、維持費、保険代、配当金なども最適化することに成功した。

参加型資金調達、インターネット上での採用、住居の交換、モビリティシェアなど、実践は多岐にわたる。どの分野の経済活動も、私たちの社会を少しずつ別のモデルへ変えようとしているシェアリング・エコノミーの革命には逆らえないようだ。とりわけ不況の影響を受けた工業国では、感性とゆとりを求めた人々が自発的に新しい経済の方向へ向かっている。彼らは政治が提示、改革、実行できなかったものをシェアリング・エコノミーに期待しているのである。個人の借金を前提にした消費が社会秩序を危うくし

> ほかの試練はあるものの、共有型経済（シェアリング・エコノミー）は何よりも公正さを取り戻す方法を見つけなくてはならない。

たり、つかの間の充足感のための資源採掘が地球を疲弊させたりするのに対し、シェアリング・エコノミーは節度を保ったアクセスを広げることができ、よりよい持続的な消費を可能にする。シェアリング・エコノミーはここ30年足らずの日常生活の処世術として実行され、同時に発展してきた。シェアリング・エコノミーを標榜するスタートアップ*企業へ押し寄せる投資の波が、発展をゆるぎないものにした。たとえば２０１４年の春には９０００社以上ある世界の共有型スタートアップに１日あたり２８００万ユーロの融資がされている。プライスウォーターハウス・クーパース社によれば、２０２５年に世界のシェアリング・エコノミー関連の収益は３３５０億ドルに達するという。10年で20倍に増加するのである。ヨーロッパだけでも同期間で40億ユーロから８３０億ユーロに増加する。この予想に金銭の発生しない貢献活動や金銭以外の形の寄付は含まれないので、さらに増える可能性がある。しかし多種多様な実践に関する迅速な調査は、シェアリング・エコノミーという多義的で多分野にまたがる単語が、実のところ関連性のない多くのコンセプトや提言を含んでいるということを明らかにした。カリフォルニアの大規模プラットフォームから公園の庭までをいっしょくたにしているのだ。このようにシェアリング・エコノミーは興奮をあおると同時に、その概念の未来に慎重であるようにと疑念をかきたてている。いくつかのシェアリング・エコノミーの実践がもたらす社会的な影響やエアビーアンドビー、ウーバーのような媒体の思惑のあいまいさなど、実際のところこうした活動の実際の利益によって問題はより頻繁に提起されるようになった。たとえば、非常に安い値段で下請けに出したり、安い労働力を意のままに使ったりするのは問題ではないだろうか？　大規模共有型プラットフォームを批判する人いわく、シェアリング・エコノミーは交換・生産・消費の方法に革命を起こす域には達しておらず、かつてないほどに利益を追い求める資本主義モデルのIT版レプリカにすぎないという。一方で経済学は「一角獣*」と呼ばれるインターネットの新たな巨人が独占から得た金について語るのに再介入*という単語を用いる。ユーザーが社会的な原理と経済的な希求のあいだで引き裂かれている一方で、労働諸団体は、シェアリング・エコノミーが労働を社会契約のひとつに置き換えてしまうために経済が不安定になる危険性を告発している。社会科学の研究者が商業功利主義へ従属する技術を指摘している一方で、いくつかのエコロジスト活動が超消費主義に隠された扇動のリバウンド効果*について指摘している。国際通貨基金（IMF）による、シェアリング・エコノミーが格差に与える影響をはかる研究はさらにひどい結果を出している。IMFはシェアリング・エコノミーに好意的であるにもかかわらず、シェアリング・エコノミーは共有型プラットフォーム上で価値を得る資産でも資本金でも能力の面でも富の格差をより広げるだろうと指摘している。

平等にシェアする

シェアリング・エコノミーは、社会の変革者、平等な再分配の媒介者になるという目標をもっていたのにもかかわらず、正反対の状況を生んでしまった。たとえば、ヨーロッパのどこかの国の首都中心部にアパルトマンを所有している人と、その都市の郊外に資産価値の面で劣ったアパルトマンを貸している人がいたとしよう。前者は専用のプラットフォームを使い、難なくアパルトマンの賃貸に高い価値を生むだろう。しかし後者はおそらく借り手を見つけることができず、シェアリング・エコノミーのシステムのせいで困窮することになる。

シェアリング・エコノミーの企業の中央集権的な状況は、そのイデオロギーの基盤と矛盾している。水平的な働きの奨励などとはほど遠い一角獣は、結局従来の多国籍企業とまったく同じ管理方法と利益の再分配を受け入れてしまった。ユーザーにさまざまな提案を提供するためには危機的な大きさになる必要があるのだと言い訳をして、共有型プラットフォームは資本主義的な「プラットフォーム企業(フィルム)」へと変わってしまった。そしてポスト工業というよりも新(ネオ)工業的な社会を

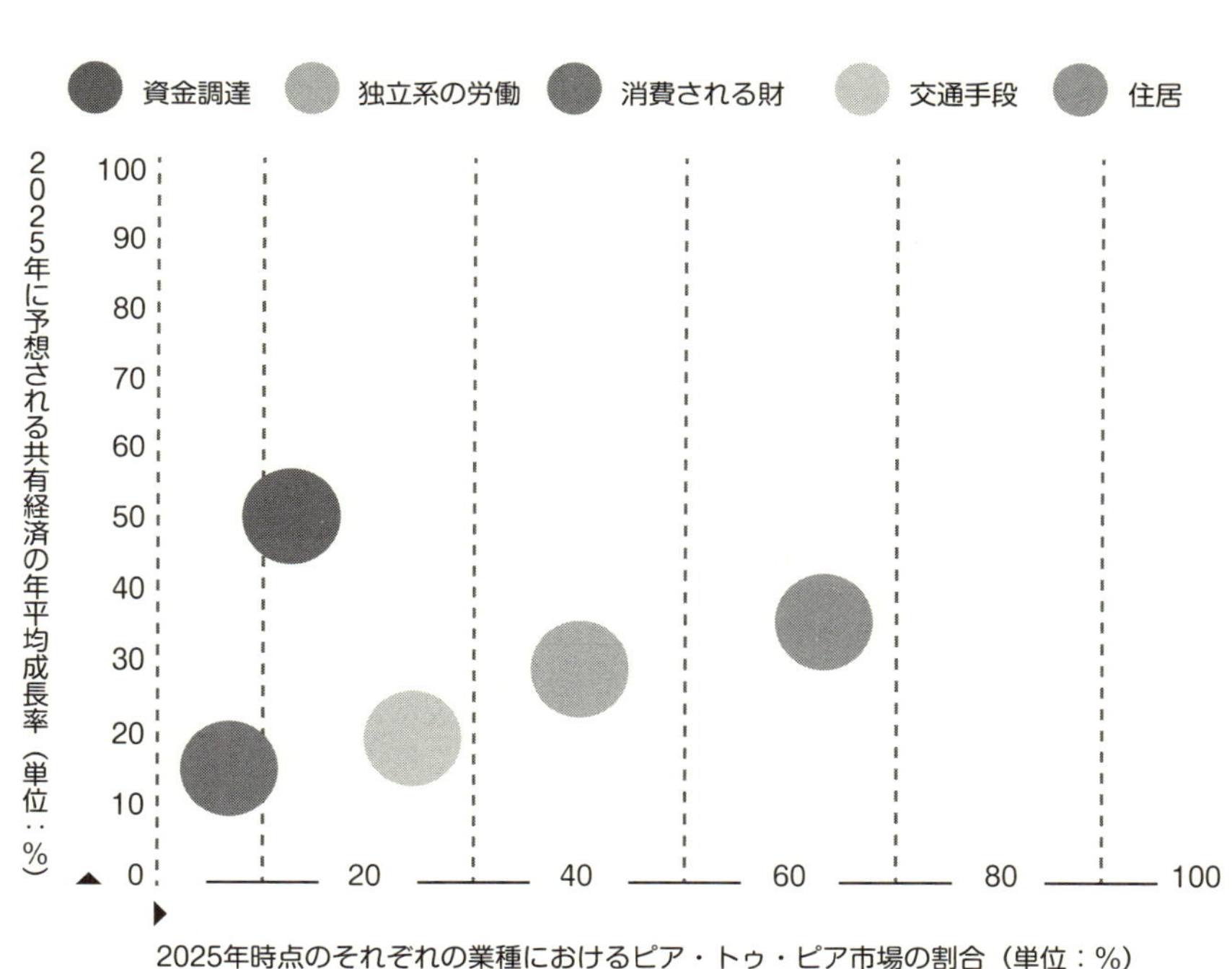

FIG.062　2025年に予想される共有経済成長のチャンス

つくろうとしているのは価値のシェアの問題なのだ。というのも、シェアリング・エコノミーの企業は投資とそのコミュニティーへの参加によってしか力を発揮できない。彼らはインターネット利用者に代わるパトロンが出てくれれば、インターネット利用者を切り離すのもいとわない。それどころか、蓄えが底をついて非常に高額で買収をもちかけるときには、インターネット利用者のことなど忘れてしまうだろう。同様にすでに幅をきかせている専制的なモデルを脱するために、シェアリング・エコノミーは速やかに価値の計略の問題とプラットフォームの協力者、ユーザーそれぞれの地位の問題に応えることが求められる。シェアリング・エコノミーがダイナミックで、フレキシブルで、持続可能で、本当の意味で再分配機能をもっているほかの企業モデルを生み出せるかどうかは、唯一その点にかかっている。

シェアリング・エコノミーのふたつめの試練は、公正さを取り戻す方法を見つけることだ。シェアする財も特別な能力ももたない人々にとって、新しいアクセス・再分配システムから疎外される危険は大きい。公正さを取り戻すためには、シェアするものをより多くもっている人がもっていない人にアドバンテージを譲渡することのできるような媒介・交換の形を作り出さなくてはならない。結果としてシェアリング・エコノミーはユーザーに代替モデルを提示する社会的連帯経済*にたどりつくだろう。すでにおこなわれている協同組合（コープのスーパーなど）と同じようなものだ。同時に消費の領域を抜けて言語、農業技術、識字教育などの分野に参入することで、物理的な財のみをシェアするだけではなくなるだろう。

結局、シェアリング・エコノミーが国家による制約や枠組みに反する立場をとったとしても、競争力のルールをゆがめず、より不安定な職を犠牲にして雇用を不安定にしないために、法との関係を明確にする必要がある。おそらく、労働の共有型再分配を責任と税の共有型再分配と組み合わせることで合意するだろう。このような合意は、明らかになってきた労働の再定義にも関与するだけにいっそう重要だ。さらに、労働の自動化（オートメーション）*、高齢化、失業、公的予算の削減、若い世代からの希求という試練にも向き合わねばならない。

シェアリング・エコノミーが今後もその名を使いつづけ、とりわけ時代に合っていて人類に優しい新しい経済・社会モデルを生み出す一端を担いたいと思うのならば、格差や自発的労働や社会の不安定さの悪用とたたかいながら労働と所得を平等に再分配するために、流動性と連帯をふたたび取り入れなくてはならない。これが大きな課題といえるだろう。

23 現ナマではない通貨

通貨を攻撃し破滅に追い込むのが資本主義制度を打破するもっともたしかな方法であり、なおかつ社会秩序をひっくり返すもっとも目立たない方法であるとするならば、時が経てばレーニンやケインズは正しかったと証明されるのではないだろうか？　危機に陥った社会、疲弊した経済モデル、ローテク技術革新、反対に「テクノシステミック」な技術革新を利用した新しい通貨の飛躍は、現実主義でよりよい新しい未来の世界にインスピレーションを与えられないだろうか？

誕生以来、通貨は原料の購入、生産手段の資金調達、労働への報酬というように、経済活動に欠かせない道具であった。通貨は信用取引の支えとして、貸付を認めるために唯一通貨をつくる資格をもっている銀行制度の仲介によって、長いあいだ生産と直接的なつながりを保ってきた。しかし１９８０年代以降、金融資本主義の到来とその絶対視が通貨制度を根本的に変えた。以後、通貨も現実の経済とは切り離された短期的視点しかもたない投資の道具になってしまったのである。投機や株取引に高い価値を与えて、たえず更新されていく金融イノベーションに支えられ、金の流れの大部分を引き付けることによって、銀行の事業は最後には生産的な投資と現実経済の安定の妨げとなってしまう。資本収益性の論理のみにしたがった大きな銀行と機関投資家は、もはや経済活動の調和に不可欠な資源の持続性を顧みずに大きな利益が得られる業務しかしなくなった。報酬の発生しない活動や、社会的には有益だが金銭的価値が低い活動はしなくなったのである。通貨に関する論争が、巡回裁判所、循環型経済、連帯、さらに大きな視点では現実経済を利用して社会が通貨と調和し、通貨を大衆化させ、公共の利益としての通貨の地位を復元できるようにするためにいくつものイニシアティヴを発揮させたのは、このような偏向に応じるためだ。その偏りの最たるものが世界を２００８年以降の不況に陥れたのだから。

マネー、マネー、マネー

「補完通貨*」や「地域内交換システム」と総称されている新たな商取引の道具は、地域通貨、社会通貨、市民通貨、地方通貨、連帯通貨、平行通貨、時点通貨など、それぞれの多様性を反映した多くの呼び名がある。どれも財やサービスの交換を奨励し、街・企業・共同体レベルの権限に有利に働くものだ。使いやすいようにチケットやクーポンの形で発行されて国の通貨と共存している。限定された地域内でしか使用できないため、グローバル化による領土化とは正反対の意味で経済活動や交換の再領土化に貢献する。少し前からすでに導入されている地域では、そうした通貨が商取引を増やし、社会・経済的習慣を変え、より連帯した経済の一環として大衆の取り込みと参加を助けるという結果が確認されている。

地域通貨は４つのタイプに分けられる。まず企業や領土を通じてある種の行動を奨励するのに「割り当てられた」通貨。次に特定の活動（エネルギーの売買、教育、食品業など）や住民に供給される種の活動に用途が限られた「テーマ別」通貨。そして流動資産を補うために信用取引を実施している会社間の取引で使われる通貨。最後がこの3つよりも一般的な従来の補完通貨である。いずれにせよ、どれも公的権力によって価値を保証され人々に認められている法定通貨と結びついている。協会や市区町村に所属する市民が発行し管理している地域通貨は、人々の手から手へ、もしくは収支証書の形で循環して閉じられたシステムのなかで法定通貨と同様にうまく機能している。

市民と現実経済をふたたび結びつけようとする補完通貨はしだいに成功をおさめ、現在では世界で5000を超える発案があると見られている。市民社会に広まる過程で、補完通貨は地域を活性化し市民の投資を増大させる手段として、ときに好意的に公共団体に受け入れられる。

1980年代にもともと補完通貨を受け入れる土壌があったアングロサクソン諸国で導入された地域内交換システムは、金融危機の陰でおおいに発展した。たとえば2001年のアルゼンチン債務危機の際、並行通貨システムは外部の衝撃に立ち向かうために、地域内の回復能力を高めて中小企業を保護する目的で実施された。同様にギリシャでも、2008年に始まった金融危機を受けて地域通貨の数が増えた。今日、それらの多くが実験的試みとして批判されていた時期を抜けて、使用する人々の日常生活に根付いている。たとえば、高齢者の新規需要に割り当てられた時間預託システムである日本のふれあい切

増える補完通貨の成功例は市民と現実経済の関係の再構築に基づいている。

符、さまざまな形の労働時間（託児、修繕など）と交換できるニューヨークのイサカ・アウアズ、もっとも有名なブラジルのパルマス銀行、ケニアのエコ＝ペサ、イギリスのブリストル市がポンドに換金することで市税や市への賠償金の支払いに使えるブリストル・ポンドなどが例として挙げられる。

こうした実験的試みが立ち向かわねばならない試練は、永続的な使用と普及だけではない。あらゆる社会イノベーションと同じように、地域通貨の未来は、人々のあいだで地域通貨が使えるようになったことを「よりよい」と感じてもらえるかどうかという点と、より大きな規範化への統合にかかっている。さらに労働から複数の仕事をこなす働き方への移行や無条件のベーシックインカムの受容のように、起こりうる社会の変化への適応力にもかかっているだろう。同時に社会における経済変化は、世界・資源・人の機械化に抵抗するために通貨の領域を区切って信用取引のアクセスを拡大することのできる通貨の新しい使用法について再考するよう求めている。こうした観点から見ると、合議して領域と限界を定めるための通貨の民主的管理制度の実施はすでに補完通貨の未来の批判的段階をつくりあげている。

最終的にさらに普及し、社会の経済的変化や社会的変化に沿うためには、補完通貨は新たな障害を乗り越えなくてはならない。取引の証券化だ。地域通貨の多くは紙の形で発行されている。紙のフォーマットは、シンプルという点では非常に優れているのだが、追跡可能性（トレーサビリティー）と不正行為に使用されやすいという点で大きな課題を抱えている。この点では携帯電話を使った地域通貨の非実体化が、ケニアのMペサ*のような「流動的通貨」制度が発展しているアフリカの多くの国で見られる新しい段階へと導くだろう。しかしほかのテクノロジーの助けを得て、相互的で分権的な商取引制度である暗号通貨*のようなより適応性の高い手段も現れるだろう。今日もっとも知られている暗号通貨はビットコインだ。

プログラミングされたコイン

暗号通貨という言葉で言い表されるものの、ビットコインは国家や国際的な通貨の権限の公的定義には一致しない。ほかの「バーチャル通貨」と同じく、ビットコインは単なるネット上での支払いを可能にする商取引の道具である。それ自体、本質的な価値をもってはおらず、公に流通もしていない。さらにどの政府からもどの法的存在からも認められていない。ビットコインはストックと革新的でわかりやすく安心感のある情報伝達技術に基づいて、コントロールする中央機構なしに機能している。ブロックチェーン*と呼ばれる方法だ。ブロックチェーン方式では、取引の記憶はひとつのサーバーやデータセンターではなくユーザーのパソコンに保存され、それぞれが実行された操作の履歴にアクセスできるようになっている。ブロックチェーンは拡張によって、この大きな情報分配記憶装置を一種の開かれた、偽造できない、大きなデジタル帳簿にした。取引の際にも、情報は入念なアルゴリズムの計算ができるようにするためにチェーンによってつながったパソコンの集合の力を使う「ハッシュ関数」と呼ばれるチェッカーによって管理される。

ビットコイン以前にも電子決済の方法がなかったわけではない。しかしビットコインの特異性は（ピア・トゥ・ピア*の原理に基づいて）ユーザー同士に直接的な関係を築かせ、あらゆる仲介手段を排除して、安全・迅速・柔軟に稼ぐことができる点にある。この特質に加え、次のような特徴がビットコインタイプの暗号通貨を非常に特殊なものにしている。物理的な具体化がないこと、オープンソースコード*によるブ

ユーザー同士に
直接的な関係を築かせることで、
ビットコインは
安全性・迅速性・柔軟性を実現した。

ロックチェーン方式のおかげで誰でもアクセスが可能であること、個人のパスワードを使ってそれぞれの取引を守っていること、ピア・トゥ・ピア方式によって仲介者をなくしたこと、完全なる分散、通貨の生成、ユーザーのもとにあってなんらかの権威に依存しているサーバーに保存されていないことである。

２００９年の登場時、ビットコインはオープンソースコードをシェアしている多くのデジタル発明の例にならって、彼らの「コミュニティー」の通貨をつくって国家の中央集権制から逃れたいと考えていたプログラマー、ハッカー*、ほかのギーク*の小さなコミュニティーでしか使われていなかった。しかしその後、ビットコインの使用は「暗号無政府主義者（クリプトアナキスト）」の世界へ広まっていき、不正で投機的な目的で使われるまでになった。２０１３年1月、ビットコインの時価は13ドルだったのに1年後には約１２００ドルに上がっている。ビットコインは支配的な自由主義的資本主義を転覆させるのではないかと考えられていたが、このときから転覆装置としての役割を失い、自由主義的資本主義の新たな一部になった。つまりビットコインがビザ、マスターカード、ペイパルに取って代わる力があるとしても、だからといって電子決済システムが道具でしかない経済モデルになるわけではない。それに伝統的な銀行関係者は当初、新しい送金・決済の方法に嫌悪感を示したが、のちにこのコンセプトに投資をした。その後ＢＮＰパリバ、ソシエテ・ジェネラル、ゴールドマン・サックス、ＵＢＳを中心として結成された銀行コンソーシアムは、銀行間の融資事業に使われる企業内のブロックチェーン、R3CEV計画を立ち上げている。

実のところブロックチェーンは、銀行業界だけでなく潜在的に破壊を引き起こす非常に多くの汎用性をもっている。今後はブロックチェーンのシステムがインターネットのネットワークに取って代わるかもしれない。

プロトコルによる革命

追跡データの記憶装置のようなブロックチェーンは追跡可能性(トレーサビリティー)の面で優れているため、資産、証書、票、免状、証明書、会計報告書、資産の証明書、債権証書などの譲渡の安全性を高めることができる。すでにいくつかのブロックチェーンはウーバーやエアビーアンドビーをショートさせたり、マイクロペイメント制度を使ってアーティストに著作権料を還元したり、不動産の登記簿を管理したり、自動的に税金を天引きしたり、不可侵のトレーサビリティーのチェーンをつくったり、また人や組織の資格を確かめることで不正行為を防いだりしている。情報のやりとりのプロトコルの可能性は参加型供給システムの創設だけではない。循環型経済・開放経済は、ブロックチェーンによって取引が簡単に確認できるものだとイメージすることができる。実験ではスマートグリッドのインテリジェントネットワークとブロックチェーン・プロトコルであるEthereum(イーサリアム)を基盤に、プレジデントストリート沿いに設置された5枚のソーラーパネルで発電された電力を同じ区画の住民が交換することができた。新しい消費システムの先駆者たちにとって利点はいくつもある。まず回線接続が最低限でよいこと。つまりコストを削減できる。次に、

未来が地域通貨や
ブロックチェーンによって
つくられていくという
可能性を考えないのは危険だ。

停電が起こった際のリスクを減らせること。そして、エネルギーの供給価格を下げられることである。

２０１５年夏にカナダの企業主グループによって始まったイーサリアムは、インターネットの未来に大変革を起こすと宣言している。すでにこの新しいＩＴプラットフォームは誰にでも使えるセキュリティの厳しい、あらゆる分野に転用可能な情報移動の万能なサービスをつくっている。イーサリアムを使えば遠隔投票や映画のストリーミング、投資の取り決めや保険契約の交渉、エネルギー消費も可能になる。ほかの発明のなかでもイーサリアムは自動で契約の条件と期限を実行し、人間の介在を必要としない自立型プログラムを使用することができる。ほかの領域にも応用されているこの技術は、多くのウェブの行為者やスタートアップ*企業を消滅に追い込むだろう。ユーザーが自分たちで契約の期限を決めるピア・トゥ・ピア方式の取引ができるようになって以来、もはや手数料を徴収する論拠はなくなる。そして参加型金融プラットフォームを残して、そうではないものは淘汰されるだろう。イーサリアムの設立者、ジョセフ・ルービンいわく、イーサリアムの唯一の武器はすべてのコミュニティーで使えるソフトウェアをつくることのできる能力だという。

ブロックチェーン・プロトコルがデジタル技術の革新を反映しているとすれば、より深い社会経済の変革の扉を開いたともいえるだろう。技術的には人類にとって新しい構成原理を生むことも可能だ。たとえば、契約オペレーターを配属せずに家族に直接送金するためにウェスタン・ユニオンやPCS（マスターカード）といった企業を使うよう個人に強制できるようになるだろう。手数料は独占的な状況に釣り合う額になる。同様にマイクロペイメント制度の実施によって、作家や芸術家は従来の仲介組織に取り分を天引きされずに直接報酬を得られるようになる。中期的に、ブロックチェーンと暗号通貨の技術はピア・トゥ・ピアの生産システムをつくりかえることもできるだろう。すると社会の関係も変わる。ブロックチェーンは信用、権威、記憶、同じチェーンのユーザーすべての管理をつくりかえながら、経済行為者に新たなしきたりとゲームのルールのサービスに従うよう強制して交換モデルを建設するのだ。

世界をつくりかえる

自動制御、意見の一致、水平的管理、仲介業の廃止、コストの削減、不可侵性、透明性、自動化（オートメーション）*、私生活の保護など、ブロックチェーンが約束するものは多く、現実的だ。ブロックチェーンの示す限界や、今後引き起こすであろう問題についても同様である。詐欺師や犯罪者が利益を横領していたインターネットと同じく、ブロックチェーンも制御不可能な動きにさらされるだろう。テクノロジーを個人の用途に合わせて横領し、本来の価値から遠ざけることが誰にでもできてしまうからだ。

しかし、ブロックチェーンの未来を危うくしているのはおそらくシステムの管理方法だ。ウーバーやエアビーアンドビーがシステムの管理方法を確認できたように、共同型交換システムは経済モデルそのものをゆるがすわけではなく、いくつかのネットワークによって創始者の利益となるようにコミュニティーの価値を巧妙にとらえるのを可能にしたからである。また、コミュニティーの価値を構成員の一人ひとりに再分配するというブロックチェーンによって見出された可能性は、原理とルールを慎重につくる管理プロセスを確立しない限り実現できないだろう。仲裁するテクノロジーに任せていては、インターネットがつくった現在の状況と同じ状況をふたたび生み出しかねない。ここでは、ユーザーが毎日利用し、彼らの行動を左右するプラットフォームによってルールが決められ、そのルールはプラットフォームのなかに組み込まれている。つまりインターネットの機能を決める技術的な選択は、民主主義的な議論を経て議論の結果に従っていないにもかかわらず、法や立法府が定めたルールと同じように私たちの行動と生活スタイルを支配しているのだ。こうした意味では、ブロックチェーンの管理に関する議論はすでに問題になっている人工知能やロボットの責任能力をどうするのかという議論と非常に近い。ブロックチェーンの問題は、政治の世界だけでなく倫理面における問題をも浮き彫りにしている。私たちが生み出したテクノロジーが自律できるように調節することなど可能なのだろうか？　私たちが法で拘束する必要があるのは誰なのだろうか？　ブロックチェーンをつくるものなのか、それともユーザーなのか？　情報を移動すると同時に権力も移行させることができるのだろうか？　適法かどうかは何によって、誰によって決まるのだろう？

未来は地域通貨やブロックチェーンの利用によってつくられていくだろう、と断言するのは大げさかもしれない。しかし、そうした可能性を考慮しないというのも危険なことだ。地域通貨やブロックチェーンの能力と野心のコンビネーションが、まったく新しいものとして世界の経済的・政治的利害衝突の場に現れるだけに、いっそう考慮しておかなくてはならないだろう。

24 未完の未来

収入源、社会認識、教育・農業・工業構造化……。労働が工業化した社会を形づくるようになって約200年がたった。労働は経済の基本単位であり社会契約*をつくる存在でもある。1960年代末に賃金労働者や学生が「稼ぐために人生を損なわない」権利を主張して社会秩序に反対しはじめて以来、労働は文化的に含みのある存在でもある。それから半世紀、同じ質問を今度は経済システムが別の言葉で問うときが来た。私たちは労働の終焉に立ち会っているのだろうか？　労働のない生き方は可能なのだろうか？

労働が消滅に向かっていると主張する人もいるが、少なくとも現在の形になるまで、賃金労働は現代経済の歴史のなかでいくつかの段階を経てきた。実際に社会契約と産業社会の政治・労働組合の記憶がつくられたのはここ70年だ。労働の消滅が社会に真の革命を起こすのは必定なだけに、いっそう繊細に、スムーズな移行を実現するためには未来を考えることが重要だ。

労働史の概要

産業社会における労働の現代史は、戦後の復興と急速な成長期間、すなわち栄光の30年間*の到来とともに始まった。このころ現れた経済モデルは3つの前提条件のもとに成り立っていた。エネルギー資源と安い原材料、豊富で階層化された（ホワイトカラーとブルーカラー）労働、消費される財の大量生産の3つだ。このような前提条件の元では、豊富な雇用によって報酬と完璧な社会保障（退職後や健康保険など）を終身雇用のフルタイム労働者に与えることができた。報酬は通常、労働の生産性と相関関係にあった。このように社会全体で富の再分配システムが機能していて、中産階級の購買力の一定成長を保障していたのである。

ところが、1970年代になるといくつかの出来事によってバランスが崩れ、それまで完璧だった社会経済モデルが悪化していく。始まりは、1973年と1979年の2度の石油危機で化石燃料と原料の価格が急騰し、激しいインフレが起きて生産が落ち込み、フルタイムの雇用が少しずつ失われはじめたことだ。数年のうちに、慢性的な失業と不況の波がアメリカだけでなくヨーロッパにも広がった。すると今度は直接投資が競争力で勝るメキシコ、チュニジア、アジアへ向かい、欧米では失業と不況の高まりが社会保障制度を不安定にした。さらに10年後には、貿易の自由化*が金融再編とヨーロッパとアメリカの大部分の大規模な生産の非分局化を促した。たとえば鉄鋼業、造船業、玩具や布や電子機器などの手間がかかる軽工業がこれにあたる。

また、別の現象も賃金労働の基盤を揺るがした。変動為替相場制と金融市場による利率の固定によって拡大した経済の金融化である。1997年、2001年、2008年の金融危機は、金融市場に甚大な悪影響を及ぼすことなく数年で経済の不安定さに拍車をかけた。金融市場は常に、より精巧で有益な製品を提案するために創造性を発揮した。2015年には金融取引の総額が世界のGDPの10倍になった。今日、金融経済と現実経済*の関係は、ふたたび雇用を軌道に乗せるために意思決定者から最後の手段を取り上げるか、それに近いことをしたためにさらに離れてしまった。

同時に電子工学・情報テクノロジーの進歩によって、フォードやトヨタのような、あまり能力が必要ないタイプの作業の自動化(オートメーション)*プロセスが広まった。自動車や布といったいくつかの分野では、競争相手のインドや中国に競争力で劣ったために産業のロボット化が加速した。とにかく、一時的には生産高の利益とテクノロジーの移行による雇用の再資格付与が新しい経済に富を再分配したのである。

今日、古い産業経済では、ロボットが銀行やコンサルティング、データ更新などの仕事を独占するようになるにしたがって、それまで支配的だった第三次産業が不安定になっている。オートメーションが知的業務の領域を支配し、ビッグデータ*によって力を増したアルゴリズムが複雑な業務を実行できるようになり、能力のある労働者の多くがパートタイムや部分雇用や臨時雇用の労働市場に参入するようになった。最終的に、日々進んでいく情報化によって、工業、農業、サービス業の生産性は向上し、雇用は減る。2016年1月にダボスで開かれた世界経済フォーラムの報告によれば、約500万の職がロボット化によって2020年までに消滅する危機に瀕しているという。オックスフォード大学とバンク・オブ・アメリカの研究も、オートメーション、情報化、コネクテッド・オブジェクトの仕組みによって、ヨーロッパとアメリカの現在の雇用の45~55パーセントが今後20年で脅かされるという見解で一致している。一方、新興国では80パーセント以上の雇用が失われると考えられる。

また、別のふたつの要素がまもなく産業時代と労働による社会の構造化に決定的な終止符を打つだろう。3Dプリンターと共有型経済（シェアリング・エコノミー）*だ。未来学者のジェレミー・リフキンによれば、私たちはポスト産業時代に突入したのだという。ポスト産業時代はまたの名を情報の時代ともいい、雇用されている労働者は「製造者（メーカー）」、「消費者兼行為者（コンソマクター）」、「生産消費者（プロシューマー）」に取って代わられるという。知識や能力やソフトウェアだけでなくビッグデータ、モノのインターネット*（IoT）、参加型資金調達、ブロックチェーン*、分散化したエネルギーネットワーク、ピア・トゥ・ピア方式の交換、3Dプリンターまでもが自由に使えるようになったおかげで、従来の企業の領域やマージンを削りながら生産システム全体が姿を変えていけるだろう。ところがこのシステムの内部においては、消えていく雇用も新しい業種に取って代わられたり移動させられたりせずに、全体に再分配される。進行中の科学的・技術的革命が失業を解消するために失敗を糾弾し改革を推し進めるだろう。実際に今日でも、参加型の革命ではないにせよ、根本的な経済・社会再構築が起こっている。

雇用が減るとき

有権者、労働者、雇用主、労働組合の出した答えや疑問を前にした政界の大多数は、経済と社会状況の疲弊に応えるためにいままでと変わらない提案を続け、拒否の姿勢をとった。

最初はむしろリベラルな考えから、柔軟な労働市場を整備して会社がふたたびマージンをつくりなおして雇用できるようにするために、時代が進むにつれて労働が生産の新しい形に適応するだろうと考えられていた。しかし、実際のところ適応とは、失業手当を社会復帰のための職業訓練に割り当てる、労働に関する法律を新しい世界経済の要求に合ったものにする、社会保障の権利と引き換えに独自の柔軟な労働契約（賠償、訓練など）をつくるといったような、付加価値への給与を削減することなのだ。そして1990年代末のイギリスやオランダにならって、以降「フレキシキュリティー」と呼ばれる動きがヨーロッパの多くの国でみられた。たとえばドイツでは2002年から2005年に起こったハルツの改革、フランスでは2016年のエル・コムリ法の成立がそれにあたる。従業員持株制度を規制し、競争力のためというよりも収支を気にした解雇を止めるために資本主義に「道徳的秩序を与える」という提案は、雇用創出を危険にさらしていない人々の懸念と対立することとなった。

　この反発に対して、数年前からとりわけギリシャ、スペイン、フランスで新しい動きが出てきた。左派の特徴をもった抗議運動で、財政引き締め、債務返済、保護された賃金労働が従来の特徴を失ったことに対して強固に反対している。彼らはふたたび雇用を成長軌道に乗せるためには大衆の消費をもとにして多国籍企業や国際的な通貨・金融取引に課税し、社会資本のストックを立て直すべきだと主張している。労働のウーバー化*に執拗（しつよう）な抵抗運動をしている左派反対勢力は、国家に対して社会保障の基盤を保障するように要求した。この点に関しては、非正規雇用の運転手の象徴である企業（ウーバーを指す）の営業を禁じる欧米の都市が増えているので、いくらか成功しているといえるだろう。しかし、ひとつめの流れをとろうがふたつめの流れをとろうが、国家が最後に救ってくれる昔のような構造に戻る方法も、成長と雇用が昔のような関係を取り戻すための解決策も現れない。ベビーブーマー*が引退して職を明け渡したところで、状況は

ここ200年の大量生産は
安いエネルギーと
豊富な労働力のもとに成り立っていた。

何も変わらないだろう。つまり、雇用の消滅の進捗具合よりも職を求める人のほうが少ないのである。これは同時に、賃金労働、独立事業者による労働、自由業という従来の分割方法を消すことと、労働契約の一時的な不安定化、手厚く保護されている高所得者と所得の低い賃金労働者の格差の拡大を強調している。たとえばアメリカでは、約3分の1の雇用が独立事業者によるものである。彼らの賃金コストは経済全体の30パーセントにあたる。高所得賃金労働者や株主は、雇用不足を利用して付加価値の大部分をものにする。そして、すでにかつてないほど拡大している地位と所得の格差をさらに広げていく。さらに、社会を無駄がなく調和のとれた持続可能なシステムに転換していくために社会契約をつくりなおそうとする「新しい」経済の提案について理解するためには、こうした労働の勇敢な歴史とその最近の動向を知らなければならない。

かつては、いくつもの抵抗や反論が、新しいパラダイムの出現に賭けていた。労働は価値あるもので自分を表現する手段であると考えて、まさに人間が不安定な状況に陥らないために経済活動を増やそうとしているときには、特定の型に収まらない契約や商売の成長が有効だと認められていたのである。ところが、賛同を得ていたにもかかわらず、新しい労働の分配は、雇用をさらに減らすことに貢献して最終的に人間の領域を荒らしてしまった。この困難な変化の前兆であるアパルトマンの又貸し、コンシューマーテスト、ゲストルーム、売買、ペットホテルなどのマイクロワーク、半素人的仕事、補助的な仕事、収入が発生する補完的な仕事の増加は、同時に所得、経済、手工業、サービス業を細分化した。さらにそれらは今日まで労働と雇用を基盤にしていた社会契約を解体するのに貢献した。連帯と社会のまとまりを回復するのに失敗した従来の政治経済、極度に偏った社会を傷つけるエスカレートしていく暴力、さらには刑罰と抑圧によってしか暴力に対抗できない政府の無力さを見ると、今後は互いを認め個人を重視する、より抜本的な異なるモデルをつくらなくてはならないだろう。それだけでなく、労働の消滅を埋め合わせるための、労働以外の所得の源をも見つけなくてはならない。

新しいパラダイム

まず「雇用」という言葉に新しい意味を与えることが第一段階になるだろう。今日「雇用」は、他律的*な労働や雇用主や代わりに受け取る所得に支配された労働者のおもな生存手段としかみなされていないからだ。したがって自由で独立した経済活動、潜在的に共同社会に有益だが金銭的な補償とは関係ない創作や成熟や調査の源は雇用のカテゴリーに含まれない。市民一人ひとりに等額を支給するベーシックインカム*の仕組みは、雇用のない世界では失業もないという事実に始まった。このお金はさまざまな経済活動から得る所得とあわせて受け取ることができる。ベーシックインカムは、あるときは報酬を与え、またあるときは補塡をする雇用の需要と供給にしたがった方法ではなく、全面的に同じ額の配当金を与える新しい仕組みだ。社会的な配当であっても連帯を示す配当であっても、その配当金の性質や量を問わず、差別なく与えられる。ベーシックインカム支持者にとって、制度の導入はイノベーションを強く推し進める効果ももっている。そして金を生み出す雇用を保証するのに充分な金融収益性のない計画で働いている人の経

将来はより確実で、
異なる社会的な承認と
個人の活用方法を樹立しなくてはならない。

済的自立に貢献する。ベーシックインカムは、イノベーションセンターやスタートアップ*やファブラボ*の養成所やコワーキングのようなシェアオフィスで報酬を受け取っていない経済活動を率いている労働者の追加負担所得にも応用することができるだろう。

さらに、ベーシックインカムは労働の不足から生まれる緊張状態を緩和できるだろう。変化を促進する手段として、今日まで世界で導入されるにつれて人々を心酔させてきた。古いところではアメリカやカナダ。最近の例でいえばフィンランド、オランダの多くの都市、フランス、ケニア、ウガンダで導入された。ベーシックインカムが失業問題を解決する特効薬であると書いている多くの書籍は、以下のような効果があると述べている。社会保障システムの単純化、企業に属さない人と賃金労働者の保障面での不平等の撤廃、所得の格差の制限、富の分配の最適化、労働市場の流動化、貧困の減少、多くの人の生活水準の改善への自発的な貢献の促進、人口移動の影響の緩和、税制度の単純化、行政の負担軽減などだ。

実のところ、ベーシックインカムによる社会変化、経済的・社会的平等の力は、前提条件となる状況によって決まる。まず、市民と指導者がそれぞれの役目を決め直して根本的に文化の切り替えをしなくてはならない。次にベーシックインカムシステムの効果はその補償額による。つまり資金調達の手段が必要だ。全体を見ると、ベーシックインカムには3つの枠組みがある。ひとつめは個人の置かれている状況を平等にするもの。自然法と世界の法定法に呼応している。ふたつめは各々に自由・自律・解放のための具体的な権利を与える手段としてのベーシックインカム。これは同時に、社会や市民権に意味と重要性を取り戻させることを目的にしている。3つめのアプローチでは、ベーシックインカムがごく単純に人々を貧困に陥らせないようにするという、より実用的な関心事を掲げている。ベーシックインカムは、従来の社会保障のシステムのように条件別の干渉はできないが、賃金労働者を危険にさらさない労働市場流動化のための道具として考えられている。市民にとっては一種のセーフティネットとして、そして政府にとっては一種の単純化された社会政治として、ベーシックインカムは「市場の自由」と「財力のない人々の連帯」の両立を成し遂げるだろう。

理論から離れて頭脳労働者に限っていえば、こうしたヴィジョンの違いはベーシックインカムの実施形態を明確にできるだろう。たとえば労働がフレキシブルになり、従来の賃金雇用だろうが断続的な雇用だろうがパートタイム雇用だろうが期間雇用だろうが無償奉仕だろうが、雇用形態にかかわらず全員を守るという場合にしか、ベーシックインカムは社会を変えることができない。貧困を脱する人が少なければ、健康保険や年金制度のような社会保障が資本主義の金融市場の支配下に置かれ、格差の大きい社会がより強固になってしまう危険がある。この論理では、頭脳労働者は自分が得る金額はできる限り高い、最低賃金に代わるものでなくてはならないと考えるだろう。さらに、ベーシックインカム反対派は、高すぎる補償額のせいで、能力をあまりもたない肉体労働者が労働への熱意をなくすことになると主張している。

変えるための手段

ベーシックインカムは
煩雑さと社会保障システムの
コストを減らすことができる。

ベーシックインカム導入に賛同する人によると、3つの動きが給付額と資金調達に関する障害を取り除いてくれるという。ひとつめはベーシックインカムを税制控除の形にすることだ。経済を減速させたり税負担が重くなったりしないように、全員共通の定額給付はほどほどの額でなくてはならない。つまり市民に格差が存在しているならば、給付額と所得税の額の差に収まる範囲でしか支払われないということだ。社会手当をベーシックインカムで置き換えようと考えている支持者は、長く煩雑でコストのかかる従来の社会手当の手続きを減らせるという利点があると述べている。

ふたつめの流れはより実用的で、年金、健康保険、失業手当、家族手当といった社会保障のための費用を、ただひとつの収入で再分配することに限定する仕組みを提案している。ほかの形のあらゆる社会連帯をなくした、具体的で平等な給付の一種だ。3つめは、貧困を撲滅して社会からの締め出しや搾取を防ぐのを目的とするものだ。3つめの仕組みは、どんな条件の雇用にも合うというよりは、むしろ仕事をやめる選択をした人が給付を受けられるように、給付額が各国の貧困線*を上回っているべきだとしている。3つめを選択した場合、資金が現在の再分配の額を大幅に超えるため、税制と富の再分配の土台を考え直す必要がある。

ほかにも財源については多くの解決策が出されている。たとえば、今日の富の大半はストックではなくフローから生み出されているので、財産、所得、収益、資産ではなく貨幣取引と金融取引に均一な税をかけようといった案である。2015年におこなわれた金融取引の総額は７００兆ドルである一方、世界のＧＤＰがかろうじて7万ドル上回っているだけだということを考えると、すべての取引に5パーセントの税をかければ税収は35兆ドルにもなる。これは世界で生み出される富の半分に相当する。化石燃料エネルギーやＣＯ$_2$炭素排出量に税金をかけてはどうかという考えもある。このような課税はベーシックインカム用の予算を拡充するだけでなく、経済活動を望ましい方向へ向かわせることができる。

労働、労働の構成、期間、給与の再構築が今日すでに実行されている一方で、大規模なベーシックインカムの導入は政治面ではユートピア風、社会面では革命的、技術面では難解な未来の可能性でしかない。ベーシックインカム制度の導入は、女性参政権、有給休暇、失業保険、年金制度、社会保障などと同じく、政治的にも社会的にも大きな転機となるだろう。いずれにせよ10年や20年ではまだ実行されることはない。だからこそ未来は面白い。

第6部

明日を待ちながら

夢をもたなくてはならない。
あまりに低いところで収まってしまわないように。
——モーリス・ドネー

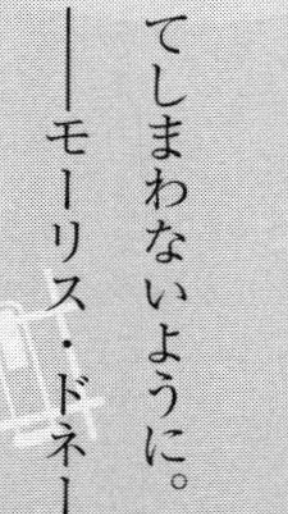

25 街を描いて！

子どもは想像力が豊かで、大人よりも容易に未来を思い描くことができる。だが実際のところは、大人と同じように子どもにとっても未来は自らを投影しにくい抽象的な概念なのだ。ヴィジョンが見えず感じ取ることのできない未来は、ヴィジョンや決意よりもそれぞれの恐怖や幻想や願望を色濃く反映している。来るべき現象に応じて現在の流れを変えるために……。

地図をつくるのは難しい作業だ。正確でかつ総合的なヴィジョンを必要とするし、縮尺も考えながら紙の上に描いていかなくてはならない。決められたコードを尊重したうえで現状を判断する能力や、さまざまな性質の要素同士をつなぐための鋭い複合的な感覚が必要とされる。たとえば、経済・政治・社会・宗教的要素がひとつに整備された街を想像してみよう。架空の街をつくり、その街が瓦解しないように成長させるのは、もっとも洗練された戦略ゲームだ。

以上をふまえると、12、13年しか生きていない子どもにとって、未来都市を想像してその地図を描くのが難しい理由がわかるだろう。しかしフランスの中学生が描いたこの地図は、経済・政治・社会・宗教的要素がひとつになった想像の地図大会で高い評価を受けた。これから紹介するのは、その大会で賞をとった3つの地図だ。勢いよく描かれたデッサンと地図に表れた都市設計のセンスのすばらしさもさることながら、3つの未来のプランは生態系の危うさと都市・エネルギー・緑・農業の空間のバランスをつくりかえる必要性に対する若い人の意識を反映している。12歳の少年が街に暮らす女性の権利や、ダマスカスに暮らしているわけでもないのに宗教マイノリティーの権利を重視しているところにも感心させられる。まさに教育学的手段と変化に伴う物語を想像するように未来が呼びかけているそのときに、このような地図の例は世界の複雑さと地図が吹き込んだ問題解決と変化の力を迅速にとらえる助けになるだろう。

マノン・ボワソー（12歳）

温暖化が進んで南アメリカ、北アメリカ、オセアニア、南極大陸が沈み、いくつかの島だけが残りました。地球に暮らしている人たちは新しい暮らし方に合わせなくてはならなくなりました。

私が描いたのは、5つの小さな島からできている大きな列島の地図です。東にある3つの島は養殖や農業用の島です。

西にある4つめの島と5つめの島は、管理、文化とレジャーに使うインフラのための島です。中心の島には家が集中しています。移動するには、住民は徒歩で歩道橋か地下チューブのなかを通ります。電気は風力と太陽光発電と水車でつくります。小学校はショッピングセンターやレジャースペースと同じく海中にあります。

温暖化のせいでいつなんどき水面が上昇するかわからないので、住民は海中でこのような生活スタイルが維持できればいいと考えています。この地図は温暖化、自然保護とたたかい、私たちの美しい地球を守る手本を与えてくれます。

レオポルド・ルマルシャン（12歳）

ぼくが考えたドームシティという未来都市を紹介します。ドームシティはエコロジーとセキュリティが融合した街です。名前のとおり、セキュリティのために街はドーム型になっています。ドームは4つあります。中央のメインドームには家がすべて集まっていて人びとが住んでいます。そのまわりには3つのドームがあります。

ひとつは商業複合施設。
もうひとつはオフィスと会社。
最後のドームがエネルギー用です。

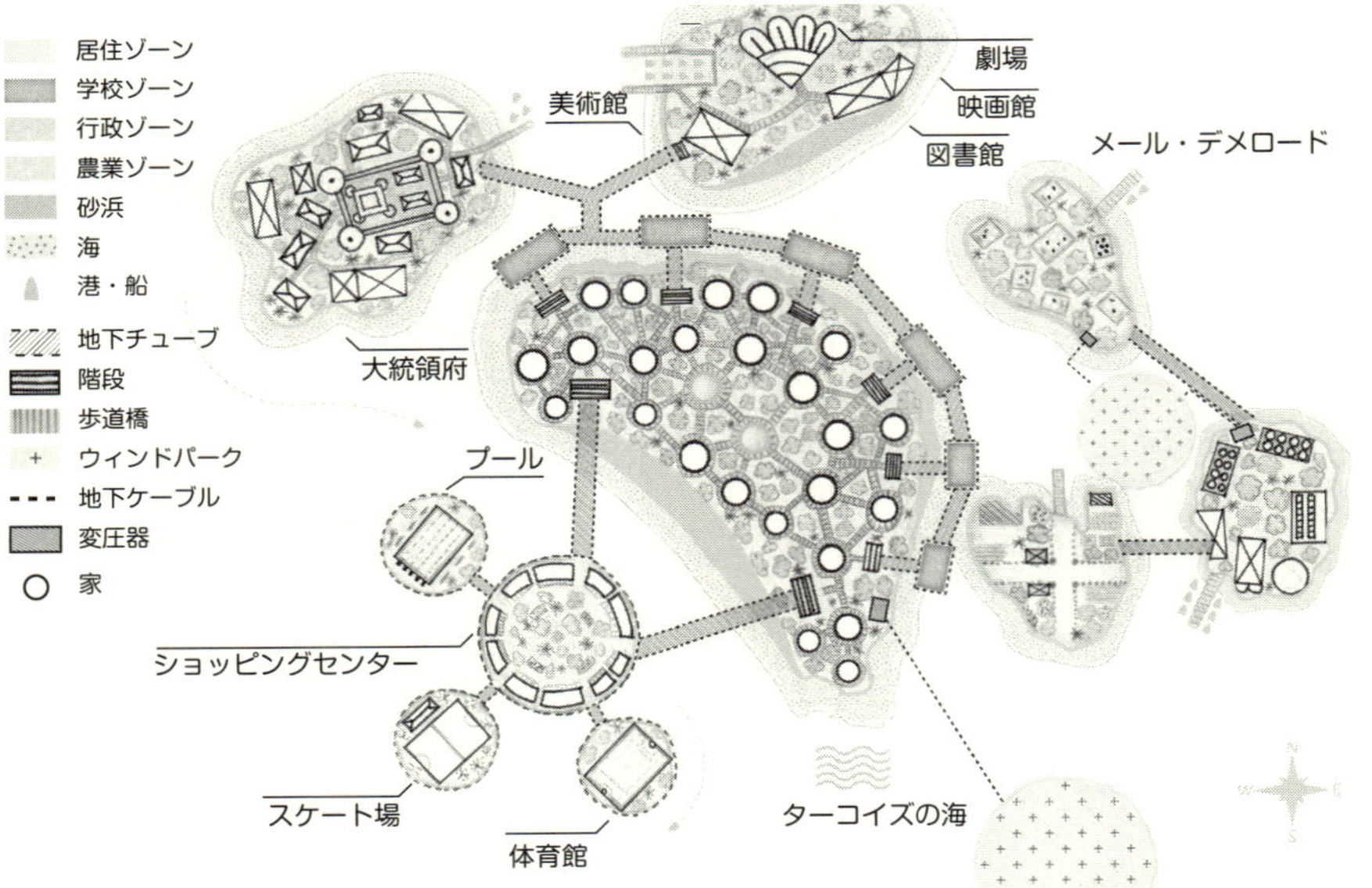

FIG.063　ネプチュニア諸島（3012年）

すべてがきちんと分かれています。ドームそのものについて紹介しましょう。ドームは住んでいる人を守る役割を果たしています。出入りするときには自動のスマートコントロールを通ります。コントロールによってドームがその人物が危険かどうかを見抜くのです。エコロジーもドームシティの重要な要素です。移動に自動車は使いません。ポイントは車が街に入れないようになっているところです。車はドームを迂回して地下のトンネルを通り、ドームの外にある広い駐車場に停められるようになっています。その代わり、革新的な移動手段があります。徒歩の人にはベルトコンベア、長距離を移動する人にはテレポーテーション、ドームから別のドームへ移動する人にはテレキャビンや自転車。自転車はドーム内の移動にもよく使われます。シティのエネルギーは最新式の風力発電によってまかなわれています。

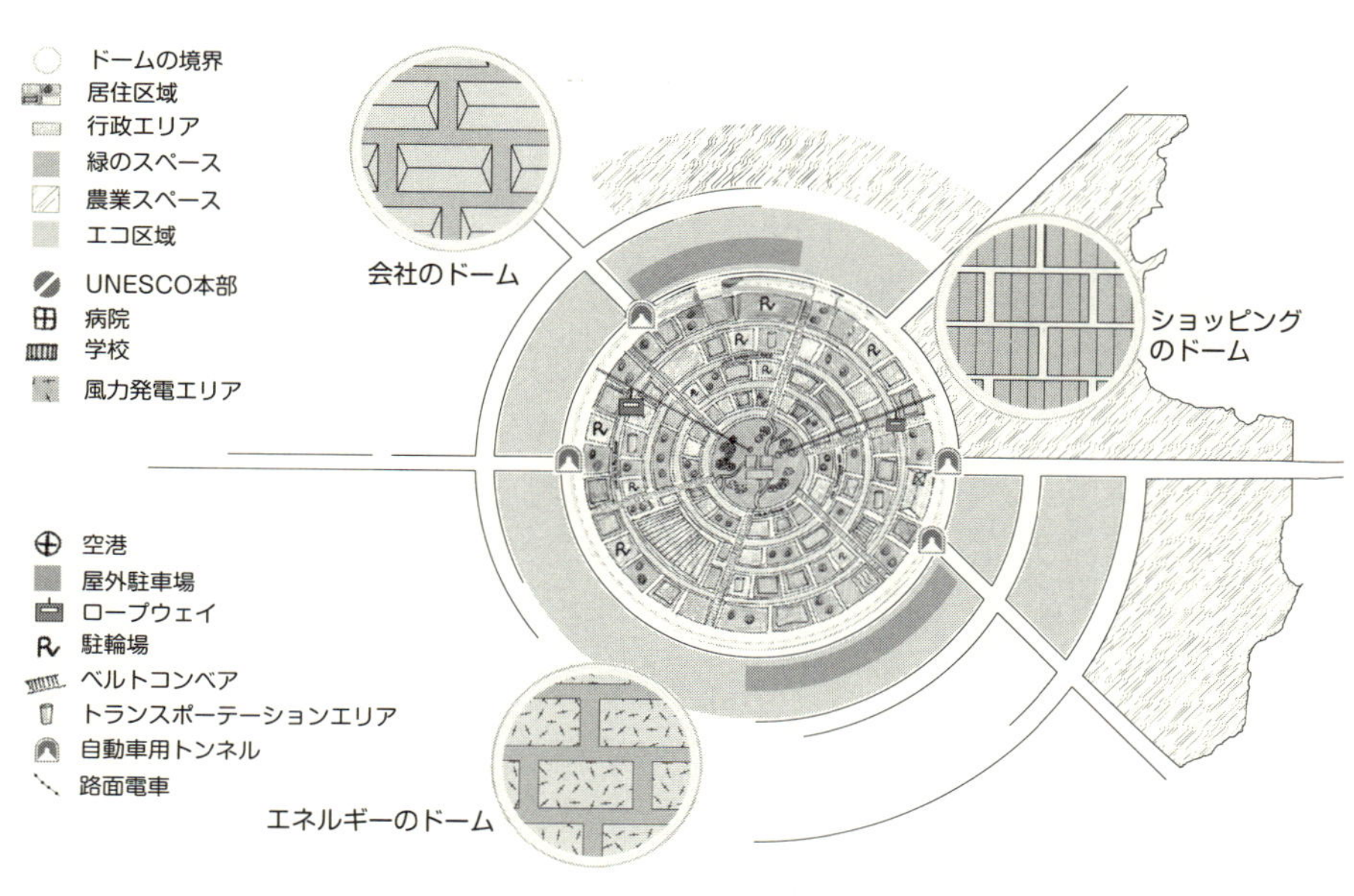

FIG.064　セキュリティ・エコロジカルなドームの街

トマ・ブロー（12歳）

ぼくは未来のダマスカスを描きました。いまダマスカスは、市民に恐怖や貧困を押し付けるテロリスト集団によって破壊されているからです。けれど数年後のダマスカスはいまと正反対の姿になると思います。ＵＮＥＳＣＯや世界の女性を守るために、ぼくが考えた女性権利国際同盟本部が置かれる世界都市になるでしょう。植物でできた家だけの地区はエコロジーのモデル都市にもなるでしょう。ライドシェアがしだいに広がっていくための中継駐車場がいくつもできて、電気自動車が一般に広がります。風力発電エリア、広いふたつの公園、大きなふたつの湖、水力発電用ダム、いくつもの路面電車の路線、リサイクル工場があり

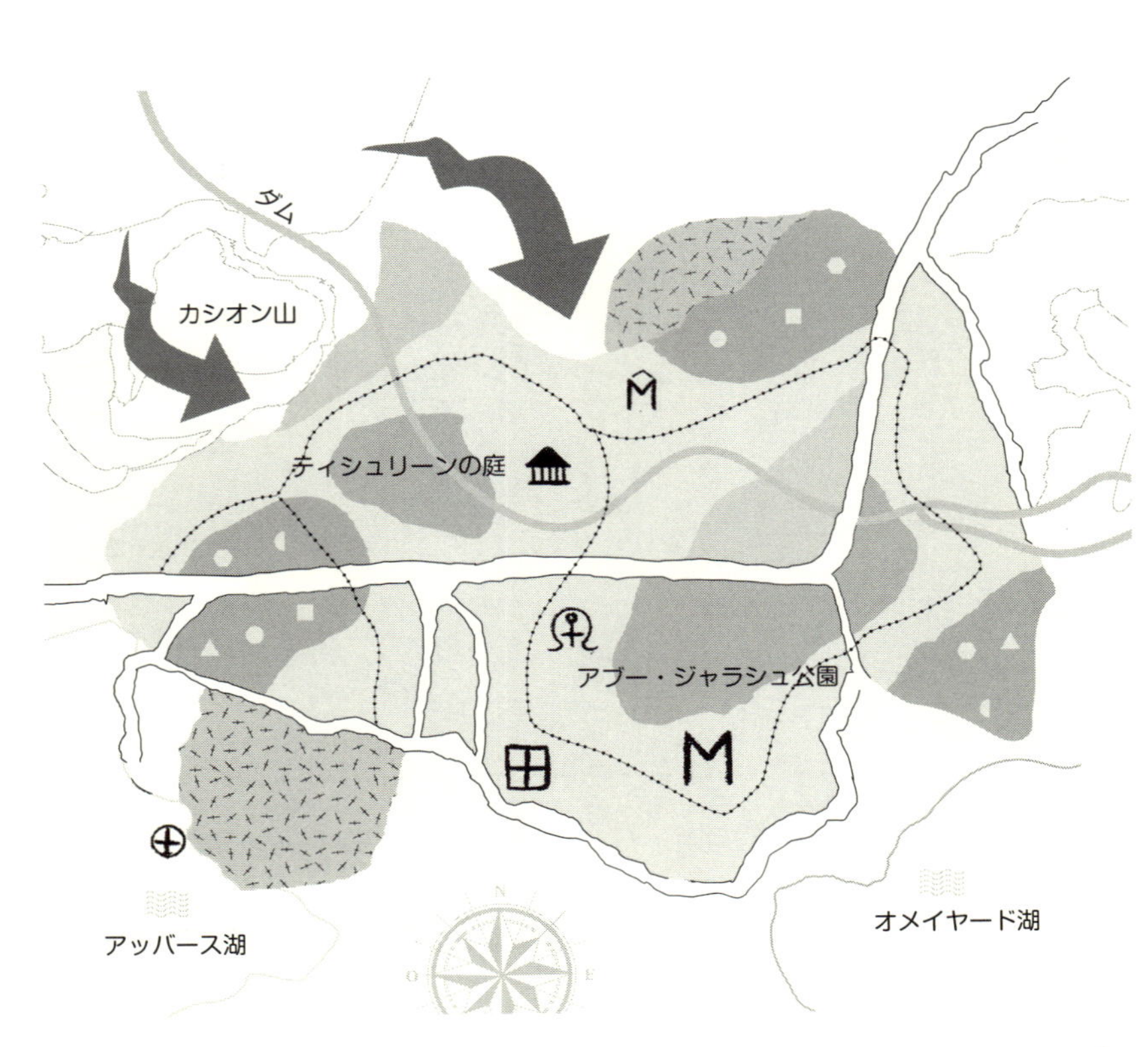

ます。政治面では、いまダマスカスで起こっていることを受けてテロの犠牲者を忘れず、未来の人たちが自分が生まれる前に何があったのかを知るために記念館を建てます。いまダマスカスを離れている難民たちが戻ってこられるようになるでしょう。最終的にダマスカスには大きな大統領府ができて、女性の大統領に治められるようになります。大きな病院もあって無料で治療を受けられます。

宗教面ではモスク、シナゴーグ、カトリックの教会、プロテスタントの教会、正教の教会が隣り合った宗教地区がいくつもあります。ダマスカスは国際的な大きな空港がある一大観光都市になっています。観光客は美術館や記念碑、宗教地区、港、大統領府を訪れることができます。

026

THE NEW WORLD TIMES

27 SEPTEMBER 2038

危機一髪、あわや衝突

民間セキュリティ会社いわく、人的被害は出なかったもののあわや大惨事の事故だったという。昨日午後4時前、パリ市の南40キロの新オルリー空港近くでオープン・アイズ社の監視ドローンが針路をはずれた。理由は不明である。風速27・8メートルの嵐にあおられたドローンはすぐに軌道を取り戻したが、eマスク社のエアバス機とわずか数メートルの距離まで接近した。エアバス機は10キロ先の気流の渦を避けるために予定外の針路をとっていた。

今後も起こりうるこうしたケースは、航空当局にパリ上空の混雑問題を再燃させた。パリ上空の飛行機の往来は2033年の3倍に増えている。

化石燃料時代の終焉

エネルギー革命の見取り図の裏側

2038年9月26日、テクノロジー、エネルギー、気候の動向は思わぬ形で訪れた。26日の早朝、ガソリンエンジンを製造していた最後の一社であるゼネラルモーターズ–フォルクスワーゲングループのCEOがガソリンエンジンの生産中止を発表したのである。この決断によって自動車産業は269年前に始まった自動車の歴史の一章に幕を下ろした。これは偶然なのだろうか、それとも必然なのだろうか？　この発表のわずか2時間後、世界環境機関が今年は史上もっとも温度の高かった10年には入らないだろうという公式声明を出した。同機関が声明を出すのは21世紀になってから初めてのことである。また、中国の宇宙局が静止軌道太陽光ディスクの成功を宣言し、4時56分世界標準時にタクラマカンの受信ステーションが最初のエネルギー委譲を受け取った。このようにわずか四半世紀足らずで人類は最終的なエネルギー推移に成功した。イギリスとフランスの国籍をもつ新エネルギーの専門家、ジョン＝ピーター・オーバーヴューが本紙の対談で実験的試みについて語ってくれた。

聞き手：クリストファー＝ジョン・ビクル、ヴァージニア・トルヴィック

2015年12月に開かれた気候変動に関するパリ会議まで100年以上のあいだ、経済は全面的に化石燃料に依存していました。パリ会議から23年がたったいま、原子力が石油と石炭の合計と同じ量をまかなうようになった一方で、世界で進んだエネルギーミックスによって40パーセントが再生可能エネルギーでまかなわれるようになりましたね。いったいどうしてこんな短期間で「全面的に化石燃料に頼った経済」から脱却できたのでしょうか？

まず温暖化のメカニズムを明らかにし、2000年代初頭から警鐘を鳴らしていた気候変動に関する政府間パネルの専門家に敬意を表したいと思います。当時、多くの政界の大物と一部の科学者は平均気温の上昇の原因が人類にあるということを否定しつづけていました。しかし、年を経るごとにヨーロッパで嵐や山火事、アメリカでサイクロンが増えていき、気候学者が正しいということが明らかになってきました。中国の北京北部と西部で著しく進んだ砂漠化はいうまでもありません。

第二段階へ入ったのは、2025年にツバルとキリバスの住民がこぞって島からの移住を決めたときだと思います。ニュージーランド人も島の水没を待たずに船で脱出するでしょう。ソーシャルネットワークに直接拡散した、人々がやむなく土地を捨てる映像は真に世論を動かしました。集団移住の数日後、「パリ＋10」サミットに際してウェリントンに集まった国家元首にかかる圧力を増大させるには充分でした。

そして3つめの引き金となった要素は、ご存じのとおり2026年春、ウルグアイ沖の超深海の石油コンビナート、ワンアースの爆発です。9か月足らずで大西洋に2800万バレル相当の石油が流出し、史上最悪の産業事故になりました。アルゼンチン沿岸部の海洋動植物相のほとんどすべてが破壊される映像は、世界の認識を変える起爆剤になったと思います。

事故後、大手石油会社5社中2社が倒産したのは真の引き金ではなかったとお考えですか？

ええ、倒産は関係ないと思っています。数字を見ると、2社の倒産につながる石油産出量の減少は炭化水素の価格高騰によるものではないということがわかります。ごく単純に、再生可能エネルギーに関する研究と熱核融合からすでに化石エネルギーの利用はしだいに採算が合わなくなってきていると予見されていましたからね。事実、1バレルあたりの石油の流通価格が下がるにつれて北極、ロシア沖、カナダ沖、グリーンランド沖の油田開発への投資がなくなりました。またしだいに根源岩にあるとわかっていた石油のストック、オリノコ川のアスファルト用の砂、北極の石油の開発にも終わりが告げられました。それにしてもとてつもない無駄遣いでしたね。動植物がこれらの場所に戻ってくるにはきっと数十年かかると思います。もちろんうまくいけばの話ですが……。すべての場所で回復するわけではありません。

決め手となる研究の進展について言及されていますね。その点についてももう少し詳しく教えていただけますか?

実のところ、化石燃料社会に幕を下ろしたのは、むしろこれまでの多くの変化や事件の積み重ねです。発端は２０２０年、太陽光の光電エネルギー変換コストがワットあたり1ドルのラインを下回ったときでした。それから２０２０年代初頭に実現されて、最終的には溶融塩に電気を蓄えられるようになったことによるエネルギー生産高と生産性の著しい増大も忘れてはなりません。ヨーロッパの化石燃料資源が枯渇するにしたがって加速した、海上での潮汐・風力発電センターの整備も挙げておくべきでしょうね。それからもちろんブロックチェーン*の拡大によって増幅した太陽光エネルギーの卓越した進歩への言及も避けては通れません。アフリカにとってはテクノロジー・エネルギーの域を超えた真の飛躍であるといえるでしょう。

アジアではどうでしょう?

アジアのエネルギー転換はまったく異なる形で進んでいます。まず中国とインドの産業機構、さらにはその二か国の人口には及ぶべくもありませんが、25億人を超えるアジア人に電力を供給するには、明らかに太陽光と風力だけでは足りません。こうした国における唯一の迅速で有用な解決策は原子力です。

フランスの加圧水型原子炉以来の著しい原子力技術の発展は、まさにインドと中国のおかげなんです。ヨーロッパ諸国で人々が抱いているイメージとは対照的ですが……。たとえば欧米の原子炉と違ってインドの原子炉はトリウム*を使っています。熱の発散量こそ変わりませんが、トリウムの廃棄物のX線毒性はプルトニウムの１００分の1から10分の1です。また中国の高速中性子炉は劣化ウラン、つまり使用済みウランを使っています。これで放射性廃棄物の問題を解決できます。それからインドと中国だけで世界に設置された太陽光・風力発電の出力の30パーセントを握っているという点も忘れてはなりません。

生産面からエネルギー推移について話してくださいましたが、エネルギー革命は消費を変えることによって進んだともいえるのではないでしょうか?

生産がなければ消費もありません。もっともめざましいエネルギー推移が見られたのは移動手段の分野でしょうね。自家用車、事業車、バス、それに大型トラックです。経験からいうと、自動車業界における強行スケジュールは、業界が危惧し、私たちを説得しようとしていたものよりももっとずっと簡単だったといえるでしょう。フィンランド、ノルウェー、スウェーデン、オランダ、アメリカではカリフォルニア州、シンガポール、カナダのケベック州、ニュージーランドでの段階的な燃焼エンジン使用禁止がどんどん浸透していったからです。この点についてはイーロン・マスクに敬意を表さなくてはならないでしょうね。ＴＭＡ（テスラ・モーターズ－エアクラフト社）がオープンソース*でグラフェン*バッテリーの技術を発展させ、自動運転車が時速５０００キロを出せるようにしていなければ、どのメーカーもこれほど早く生産切り替えに同意しなかったでしょうから。インドと中国の自動車保有台数の成長速度を見れば、この技術の転換によって気候にもっともダメージを与えるシナリオを避けることができたのは明らかです。

それからまだエネルギーに与える影響力を測りかねていますが、先進国で決定的だったファクターはとくに農業面での生産の再ローカリゼーションと家庭における行動の拡大でしょう。エネルギー計画をよりシンプルにするのは経済活動の一種の分散化と地域化でしょうね。

地政学的な側面ではエネルギー推移は充分に練られたとはいえないと指摘するアナリストもいますが、あなたの立場からするとどのように総括されますか？

20世紀の世界のパワーバランスに化石燃料が占めていた比重と産出国の輸出への依存を考えると、穏便にエネルギー推移をおこなうのは不可能でした。しかし、かつての状況よりはましなのではないでしょうか。エネルギー推移はいくつもの地域で興味深い政治改革まで引き起こしました。ＥＵの例をみてください。２０３３年のエディンバラ・サミットで採択されたヨーロッパ拡大エネルギー政策のおかげで、ヨーロッパはエネルギーの独立性を手にしました。２０１５年のヨーロッパの政情を思うと、これはほとんど奇跡です。

その政策の大筋について簡単に説明していただけますか？

ＥＵが始めた政策ですが、モロッコ、スイス、ノルウェーといった加盟国以外の国も参加できます。始まりはエネルギー、エコロジー、エコノミーという三重苦に共同で立ち向かうために、加盟国がエネルギー政策の共有をはかるものでした。つまりスマートで弾力性に富んだネットワークを介して加盟国間に電力ネットワークをつくったのです。ちなみに原子力と化石燃料を使った発電への助成金はアルジェリアやロシアのような、かつての資源供

ソウル―北京間の
ハイパーループ半額！

ハイパーループ・コリアが夏季の割引価格を発表した。平壌経由のソウル―北京間（55分）を片道料金で往復できる！　イーサリアム・モビリティを使ってすぐに予約し、新しい朝鮮と古代の中国の驚異を見つけに出かけよう！

給国の政治の安定化に貢献してしまうため禁止されていました。実行されてからというもの、この政策はヨーロッパの電力網をマグレヴの太陽光発電所、北海沖の風力発電所、カフカス地方の地熱発電所と結びつけ、「22＋3」もの供給源の多様化を実現しました。20世紀の石炭や鋼鉄と同じように、再生可能エネルギーは非常に有用な地域協力の原動力になりました。中国が、２０２０年代に得た「新しいシルクロード」への投資に頼って中央アジアで展開しているところですから、ヨーロッパの拡大エネルギー政策に追従する動きが現れる日も遠くないでしょう。

まさにその中国と隣接するロシアとインドの緊張関係が話題になることが多くなってきています。ロシアとインドは21世紀初めに中国が南シナ海へ勢力を拡大したときと同じような意図があるのではと、中国政府を疑っているようです。

実のところ、あらゆる希少性、独占、依存の状況が緊張の原因だといえます。これは避けられません。普遍的で二次的影響のない解決策が存在するのではないかと単純化して議論するのは難しいと思います。革命を起こしたテクノロジーを見てみましょう。モバイル機器、スマート電力ネットワーク、ドローン、ロボット、ホームオートメーション、自動運転車、さらにもちろん風力発電や潮汐発電。どれも鉱物、とりわけインジウム、ネオジム、ジスプロシウムなどのレアアースを大量に必要とします。けれどもレアアース採掘が生態系に与えるコストはゼロにはほど遠い！　すでに失われた鉛、クロム、カドミウムなどの鉱物はいうまでもないですね。

たしかに、銅、ニッケル、マンガン、ダイヤモンドといった鉱物の新たな競争によって生じた緊張関係は気がかりでしょう。中央アジアの住民やロシア極東地域から中国への移民に、この「大いなるゲーム」が与える影響も気がかりです。実際のところ、問題はエネルギー推移ではありません。常にあらゆるものをむさぼりくう私たちの社会と、始まってからというもの欲求を別の欲求で満たし依存を別の依存で置き換えようとするテクノロジー競争からの脱出が問題なのです。

しかし当面はエネルギー推移が地球温暖化を遅らせて最悪の状況を避け、より深刻になっていく争いを人類が対処できるようにしてくれるでしょう。

かつて世界は　9月27日の出来事

9月27日、倫理・IT世界機関（WEDO）の第11回年次サミットがラゴスで開かれた。今年のサミットの議題はバイオデジタルアイデンティティ、インプラントの概念の融合、ブロックチェーンの管理である。この機会にときをさかのぼって2018年9月27日にあった出来事を思いつくままにひもといてみよう。

グーグルとフェイスブックの始まりを語るふたつの物語を紹介しよう。中国の大企業である百度（バイドゥ）に対抗するためにふたつのアメリカ企業が合併して、もう13年になる。

ＧＡＦＡの時代へようこそ

9月26日の夜、アマゾン社が記録的な数値を発表した。2018年第2四半期の323億ドルを超える取引高は新しい戦略的方針の当然の結果であるが、それにしてもアマゾンが率いた時代の流れがデジタル市場の予測できていた傾向を先取りしていたという点は覚えておかなくてはならない。

2018年1月、インターネットに接続していたのは世界人口のわずか半分であったにもかかわらず、すでに200億もの機器（スマートフォン、タブレット、ＧＰＳ、コンピューター、自動車、腕時計など）がインターネットに接続しており、40億もの機器間通信（Ｍ２Ｍ）が存在していた。またソーシャルネットワークサービスに登録する人の数は衰えるところを知らず、フェイスブックだけで実にインターネット利用者の70パーセントにあたる19億人が登録していた。2018年度は、一人あたりの「インターネット接続時間」とクリック数で新記録を樹立した年でもある。平均一人一日あたりの累積時間は、パソコンで5時間17分、モバイル機器で2時間21分である。音楽、読書、ビデオ、ゲーム、写真、情報、通話、メール、買い物、予約、出会い、料理、天気予報、健康、運動など、その用途は多岐にわたる。ＯＥＣＤ加盟国のミレニアル世代は、平均で現実世界の友人と過ごす倍の時間を画面の前で過ごしていた。つまり、物理的な生活の場がインターネット上になったということだ。すでに59パーセントの時間をインターネットに取り込んだＧＡＦＡ（グーグル、アマゾン、フェイスブック、アップル）にとっては、またとない経済的好機であった。それだけに接続している1時間あたり760クリック、平均クリック単価（ＣＰＣ）が0・12ユーロという数値も衝撃的だった。モバイル機器ユーザーにとっては健康、快適さ、さらには進歩も（私生活さえも）

料金がかからないが、グーグル、アマゾン、フェイスブックが提供する無償のサービスに企業はコストをかけている。ユーザーの個人情報が知らないうちに目に見えない形で売買されていることにかかるコストである。暗黙のうちに法律で認められ、クリックを急いでいるときに目を通すにはあまりに長い個人情報に関する同意書によって、明示的に同意を得たデータの売買によって、GAFAは2018年に約4210億ドルの総取引高を得た。こうしてカリフォルニア州に籍を置くデジタル4社は、アラブ首長国連邦を抜いて世界GDP順位で30位になった。石油産出国であるアラブ首長国連邦の人口が850万人超であるのに対し、GAFAの従業員は33分の1の「たった」26万5000人である！

しかし、インターネット大企業が疑いの目を向けられるのは、ユーザーが知らないうちに、もしくはほとんど気づかないうちに彼らが得た法外な利益の適法性よりも、むしろ租税を回避する手慣れた不正な手法のせいだ。

2018年は利用データ管理の不透明性や忘れられる権利が問題になった時代でもある。前者はエドワード・スノーデンの告発以後、議論になった。後者に関しては、今日でもGAFAはいかなる内部告発者、政治家、富豪にもこの権利を認めていない。

GAFAは以下の事柄によって守られている。無数の顧客からの依存。法をまぬがれて占有している膨大な量の個人情報。桁違いの株価の維持によって各国の法規制から逃れるためにデータの保存場所を抜け目なく世界各地に分散させていること。有無を言わせぬ投資と技術開発力。そして最後にインターネットとビッグデータに関する国際法の不在である！　限界も制約もない世界ではないかって？　それでこそGAFAの時代だ！

> 再販中
> ヴィルジニー・レッソン
> **『2033年　世界の未来図』**
>
> とにかく未来を言い当てている！
> 『デイリー・テレグラム紙』
> 一家に一冊置くべきだ。
> 『ガーディアン紙』
> 驚異的な一冊！
>
> 「ドロシーズ・ブッククラブ」再販版については www.lesfutursdumonde.dom

▼イタリア、ヨーロッパのベーシックインカム制度を受け入れる

EU、イタリア、ローマ

本日、イタリアで2036年に欧州議会で採択された欧州裁量基準に従ってベーシックインカムを導入する法律が発令された。2016年にフィンランドで、2018年にオランダで始まったベーシックインカム制度は、当初ヨーロッパ諸国で数々の疑念をかきたてた。しかし「移民の危機」の洗礼を受け、ポピュリストとナショナリストの動きに対峙した多くの加盟国は議論をあきらめた。最終的にヨーロッパの大半でベーシックインカムへの移行が完了するのに20年近くかかった。移行の背景には年金制度の瓦解リスクがあったが、ヨーロッパの社会制度や、いくつもの地域で相補的な

地域通貨が部分的に広がったためでもある。フランス、ギリシャなどの数か国は、新しいベーシックインカム制度を実行に移すために根底からの社会改革が必要であることに付け入って、数年前から労働時間拡充問題を阻んでいた連帯に関する問題を改革するチャンスだと考えた。結果的には導入から10年後にデンマーク、スウェーデン、ドイツでクオリティ・オブ・ライフの成長が見られたことから、各国のリーダーがＥＵ本部の勧告に従うにいたった。

かつて世界は（続き）

グーグル、チンギス・ハーンのごとき侵攻

世界がグーグルの生誕20周年を祝う少し前の２０１8年春、グーグル史上もっとも華々しい3つの勝利がもたらされた。あるいは人類の運命までも左右するのかもしれない……。

グーグルが敵の混乱を利用して勝利を収めた最初の戦いは前年の1月、ブリュッセルで起こった。２０１７年12月、ヨーロッパ議会はまだ「独占的地位の濫用とインターネットの中立性を欠いた罪」でグーグルを新たに訴追しようと考えていたのだが、ヨーロッパ諸国はインターネット利用者の98パーセントを予期せぬ検索エンジンの機能不全の危険にさらすわけにはいかないとしてあきらめた。検索エンジンシステム（Google Seach）、ナビゲーションシステム（Google Maps）、オペレーティングシステム（Android）、ネットワーク提供会社（Loon Google Fiber）、電話通信システム（MVNO）、モバイル端末生産をおこなう（Nexus ARA）、コンテンツサービス（YouTube Google Books）、広告販売代理店（AdWords）、映像配給（Android TV）、ソーシャルネットワーキングサービス（Google＋）といったように、グーグルは人々に必要不可欠で、ターゲットを定めユーザーの好みに合ったあらゆるコンテンツを送り、発信し、伝えることができる手段をもっている。

グーグルが勝利した第二のたたかいは韓国で起こった。勝因はたたかいいから2か月後のＧｏｏｇｌｅ Ｇｌａｓｓの新しいバージョン公開だ。２０１３年にアメリカとヨーロッパでの不満を受けて２０１４年末に販売が停止された拡張現実眼鏡Ｇｏｏｇｌｅ Ｇｌａｓｓは、最終的にサムスンの牙城だった韓国市場に乗り出し、５日間で３７０万個を売り上げた。韓国政府とグーグルのあいだで結ばれた韓国警察と軍の特殊な需要に合ったモデルを生産するという合意が暴露されたことで、グーグルはさらなる成長を見せた。プライバシーの問題を重視しないアジアの大衆から全面的に受け入れられたＧｏｏｇｌｅ Ｇｌａｓｓは、来年9月にもっとも性能のよい顔認証システムを韓国人ユーザーに提供することが決まっている。まもなく韓国以外の市場でも利益

を得るようになるだろう。しかしながら、グーグルのビジネスギークにとってもっとも喜ばしいのは、おそらく中国での成功だろう。Ｇｏｏｇｌｅ Ｃａｒを生産して中国に配給するために自動車メーカーの比亜迪汽車と結んだ契約を利用し、グーグルのトップは3つの成果をあげた。世界一の自動車市場の征服、リチウム電池生産第3位の国との関係構築、中国政府から中国のインターネット市場に進出するよう命じられるという3つである。

最終的に今後グーグルが経済、テクノロジー、科学、法の領域に広がっていき、支配的なエコシステムを築くには20年あれば充分だろう。気球型の移動体通信システム（訳者注・気球に搭載した設備を使って、通信網が整備されていなかった地域でインターネットが使えるようにするプロジェクト・ルーンで用いられるシステム）がゴビ砂漠やアマゾン川流域に数を増やすうちに、もはやグーグルの絶大な権限に対抗できるものや人はいなくなる。倫理も、道徳も、法も、政治も、地理的な条件も、そして中国の検閲でさえも……！　すべてのものや人の自己改善能力に認められ、実定法の欠点に着想を得て、世界的なサービスへの依存に支えられたグーグルは、新しい時代の創造主として現在数十億を稼いでいる。グーグルはブランドであり、意思決定に影響力をもつものであり、法をつくる存在であり、そしてとりわけ利益を享受する存在なのである。

今週のニュース

▼タラ、絶妙な時期に回復

カナダ、ニューファンドランド島沖のタラの個体数が記録的に増え、ここ１００年で初めて絶滅危惧種のレッドリストから外された。１９９２年からカナダ政府はタラ漁にモラトリアムを課していたものの、タラで名を馳せた地域の海にこれほどの群れが戻ってこようとは誰も想像しなかった。

しかしタラの回復は、２０３５年以来交渉中のもっとも危機に瀕している30種の魚の漁を全面的に禁止するよう定めている長期的な保護政策に影響を与えると思われる。来週、オスロで合意が締結されるだろう。

▼インド、国家非常事態宣言を解除

昨日インドのアマーシュ・シャンカル首相が最終的に統一インド党と多様なインド党の連立代表者たちと交渉することを受け入れ、昨年から続いていた国家非常事態宣言を解除した。第三次産業革命の質素な技術革新と地方分権制に押され、新しい民主主義と、アフリカで発達したコネクトした方法に着想を得て、かつて恵まれていなかったように見えていた人がいまではインドの政治機構のなかで彼らの取り分を要求している。

▼カール・ラガーフェルド、100パーセントエナジーコレクションを発表

　フランス、パリ

今週パリのファッションウィークで太陽光を使った新しい洋服のショーが開かれる。この服は着ている人を守ってくれる電力を取り込むだけでなく、着ている人が生み出したエネルギーを蓄えてくれる光電エネルギー変換のできる布でつくられていて、決してエネルギーを逃がさない。光電エネルギー変換のできる初めての服は数年前に売り出されているが、モード界はスタイル面でも妥協しないエネルギー服の市場を拡大し、しだいに独占するようになっている。

　先日105歳を迎えた伝説的存在のカール・ラガーフェルドは、伝説の名を裏切ることなく100パーセントエナジーコレクションを発表した。まったく彼には頭が下がる。

▼ローザンヌでカカオ展開催

　スイス、ジュネーヴ

年次計画の一環として、この秋ローザンヌの工業博物館で人類が征服したもっとも美しいもののひとつ、チョコレートの展覧会が開かれる。多くのスイスの老舗ショコラトリーの後援を受けた展覧会は、カカオ売買と栽培の歴史を紹介し、近年のアジアと南アメリカにおけるカカオ消滅の原因を探る。訪れた人は人工カカオからつくられたさまざまなアジアのチョコレート製品を見ることができる。専門家やチョコレート通は、人工カカオには最高級ブランドのスイスチョコレートに匹敵する風味ととろける食感があると述べている。

▼国連再開

　国連の第93回通常総会が今日開催される。バーチャル事務総長のエリックス、ヴィオレ＝ローズ・マンダレ補佐官、アメリカのレスリー＝コルデロ・メンドーサ大統領、中国のアン・ヤセン国家主席、フランスのリラ・トゥアチ大統領が参加した。

　台風の影響でキリバス沖の浮島型受け入れデッキに住む4000人を超える避難民が漂流している南太平洋の状況が憂慮されている今日、火星で暮らす新しい事務総長は新たな気候変動難民の受け入れ計画を示さなくてはならないだろう。

未来を知るための関連用語集

eバンキング ……「エレクトロニック・バンキング」の略。ウェブブラウザのような相互インターフェイスを使った銀行サービスへのアクセス。

GAFA ……Ｇｏｏｇｌｅ、Ａｍａｚｏｎ、Ｆａｃｅｂｏｏｋ、Ａｐｐｌｅ社の頭文字をとった単語。4社ともカリフォルニアのシリコンバレーで生まれたデジタル産業のアメリカ企業で、今日比類なき戦力で業界を支配している。新しい「接続性」経済におけるアメリカの覇権を象徴するものとして用いられる略称。

GDP ……１９３４年にアメリカの経済学者、サイモン・クズネッツによって提唱された国内で生み出される富の合計を表すマクロ経済の指標。その国の企業（と行政機関）、外国企業も含む。何度も批判されてはいるが、国家の経済力を示す指標として今日でも用いられている。

Mペサ ……ケニアで発達した電子取引決済システム。ショートメッセージサービスを送って決済するので携帯電話があれば利用できる。

PISA調査 ……世界各国の教育制度の格付け。15歳の生徒を対象に読解力、数学、科学の学力を筆記テストで測定する目的で２０００年にＯＥＣＤによって始まった。問題には記述式と複数選択式がある。

アイデンティタリアン運動 ……ナショナルアイデンティティ、地域アイデンティティ、さらには宗教アイデンティティの主張運動。

アフリカ開発銀行 ……アフリカ大陸の経済・社会・環境の成長計画に融資や貸付をおこなっている国際融資機関。２０１５年に国連で採択された持続可能な開発目標の精神に沿っている。

暗号通貨 ……仮想通貨。暗号学の原理でおこなわれている電子決済の形で物理的な形状をもたない。取引は守られていて第三者からは見えない。もっとも使われている有名な暗号通貨はビットコイン。現在７００種以上が使われている。

ウーバー化 ……経済変革のプロセス。従来の行為者ではなくテクノロジー企業を利する形で進んだ力関係の変化（ウーバーによるタクシー、エアビーアンドビーの宿泊施設、アマゾンの書籍販売など）を指す、ニーズに合わせた配車をおこなうアメリカ企業のウーバーからできた合成語。ウーバー化は労働市場の再構築を起こすと同時に、それ以上に労働の不安定化（臨時雇用労働者、フリーランス労働者、社会保障が手厚くなくなる）への懸念をかきたてる。

栄光の30年間 ……フランスの経済学者、ジャン・フラスティエがつくった言葉。第二次世界大戦後（１９４５～１９７５年）のヨーロッパで大幅かつ規則的な成長が見られた期間を指す。

疫学の変化 ……人口転換に伴って死亡率が低下すること。感染症がしだいに減少し、慢性疾患や神経変性疾患による死亡、事故死が増える。こうした死亡理由の変化は衛生、栄養状態、医療サービス制度の改善を表象している。

エコモビリティ ……持続可能なモビリティとも呼ばれる。大気をあまり汚さず環境に優しい交通手段のこと。都市化、アウトリーチ、ネットワーク構築、教育と密接に関連している。燃料を用いた公共交通機関、電気自動車、ライドシェアなどが含まれる。ソフトな方法と個人の平等を強く後押しする。

エネルギーミックス ……国家、産業分野、企業、さらには個人のエネルギー消費でのエネルギーミックスと、主たるエネルギー源におけるエネルギーミックス（石炭、石油、天然ガス、バイオマス、原子力、水力、地熱、風力など）に分けられる。エネルギー源に応じて多かれ少なかれ炭素の含有量や再生できる具合や汚染度は変化する。たとえば図０５３では、比重の重い重油を多く使うコンテナ船はもっとも汚染度が高いが、硫黄と炭素の少ない燃料である天然ガスと「メタノール」を使うケミカルタンカーはより「クリーン」である。

遠洋 ……遠洋性生物とは水面近くや水面から底のあいだで暮らしている魚類。代表的な例はタイセイヨウニシン、ニシイワシ、カタクチイワシ、サバ、マグロなど。海や湖や川の底に暮らす底生生物と対照を成す。底生生物の例としてはウナギ、カワカマス、パーチ、ランチが挙げられる。

オックスファムインターナショナル ……世界の貧困と戦う活動をしている18の独立した民間組織からなる国際的な連合。

温室効果ガス ……太陽光の一部を和らげる作用のある大気圏のガス成分が太陽光を大気中で滞留させる現象を温室効果という。おもな温室効果は水蒸気、二酸化炭素、メタンガス、亜酸化窒素（もしくは化学式N_2Oの窒素酸化物）、オゾンによって起こる。人類の活動はこれらのガスの濃度を上げて温暖化を促進させる。産業の時代が始まって以来、大気中の二酸化炭素濃度は30パーセント、メタンガスの濃度は１４５パーセント上昇した。

買い手寡占 ……経済の分野では多くの売り手が非常に少ない買い手の需要に応える市場を指す。ヨーロッパの航空機業界がこれに当たる。

回復力 ……もともとはある素材が衝撃に耐えられる力を指す。そこから派生して個人の精神的な回復力、つまり外的障害に立ち向かい乗り越える能力を指す。

関税障壁 ……外国の製品が国内に入ってくるときに課される関税のこと。すべての製品に同じ割合で課されるわけではなく相場がある。

ギーク ……想像の世界、バーチャル世界、ＳＦ、情報、漫画、ビデオゲーム、ロールプレイングゲーム、映画などに熱中する人を指す言葉。１９８０年代、新しいテクノロジーの躍進とともに登場し、しだいにネガティブなイメージを脱却していった。情報リテラシーの面で先を行くハッカーは、情報システムに「介入」したり「偽装工作」をしたりするためのプログラミングや暗号に秀でた人を指す。素人、プロを問わず、合法、違法を問わずに用いられる。今日ギークという言葉は、技術革新を生み出す共有型情報プログラミングに携わるクリエイティヴな人をも指している。

規模の経済　……生産量（生産の規模）が拡大したときに生産物ひとつひとつにかかるコストが下がること。生産しているものがなんであれ、企業は品物に一定のコストをかけている。だが生産が拡大するとそのコストがより多くの品物に分配されるようになるため、規模の経済が起こる。しかし一定のコストが多額である場合にしか目立たない。

競争力　……外部の競争相手を前にしたときや市場で優位を占めようとするときの企業、産業分野、企業グループの経済的能力。

共有型経済（シェアリング・エコノミー）　……より水平的な労働の構成、財・空間・ツールの共有化、ネットワークやコミュニティーでつながった市民組織に基づいて共有の価値を生み出そうとする人間の活動。もっとも多く見られるのはインターネットのプラットフォームを媒介としてつながった関係に基づくものである。

共有資源　……自然（森林、水）に関するもの、文化に関するもの、情報に関するもののどれであろうと、コモンズは共同体によって管理運営されているという点で公共資源や私有資源とは異なっている。共同体は体系化したルールにしたがって、（占有するのではなく）使用のために復元する義務を負い管理している。

漁獲努力量　……ある期間と区域においておこなわれた漁獲の量と用いられた手段を同時にはかる指標。漁船に乗っている人員数、船の積載量、海上に出ていた時間、航行距離などで表される。

漁労　……漁労資源とは人間がとる海洋、河川、池などに由来する動植物種の集合。漁業だけでなく養殖業も含む。

金権政治　……もっとも裕福な人々が権力を行使する政治体制。

グラフェン　……結晶状の物質。集まるとグラファイト。炭素由来の鉱物の一種。力学的・化学的強度が高いことから、バッテリーの寿命延長や充電時間の短縮に重要な役割を果たす。いずれは燃焼エンジンから電気エンジンへの移行にも用いられるだろう。

グローカル　……ローカルとグローバルを合わせた造語。おもにグローバル化の文脈で用いられる。とりわけマーケティングの領域で国際的（グローバル）なマーケティングテクニック、製品の順応と各国独自（ローカル）の広報への適応の実施を指して使われる概念。

経済協力開発機構（OECD）　……経済発展のための協力を目的とした機構。加盟する36か国は民主主義政府と市場経済の発展途上国。おもに諮問機関としての役割を果たす。

ケミカルタンカー　……化学製品をタンクに入れて運ぶ船。そのために積荷を管理する先進技術が搭載されている。

原始林　……生物種や生物の営みが人類の活動の影響を受けて

いない手つかずの森。

合計特殊出生率 ……同じ年齢の女性の年間平均人数から割り出した一定もしくはある期間の年齢の女性が1年間に産む子どもの数。

購買力平価 ……異なる通貨の購買力を共通の単位で示すのを可能にした兌換レート。財やサービスの同じ「バスケット」(指数を計算する際の基準となる標本)を得るために各国で必要な通貨単位の量を表している。兌換レートは「為替レート」によって変動するが、実のところ為替レートは国際金融市場での相対的な価値で決まるもので、消費者にとっての本質的な価値と対応しているわけではない。

国際エネルギー機関(IEA) ……第一次石油危機を契機に1974年にOECDの枠内につくられた国際機関。石油輸入国30か国で構成され、市場への石油の供給が困難になった場合に加盟国の利益を守るための措置統括を目的とした石油輸出国機構(OPEC)へのカウンターウェイトである。今日のIEAの焦点のひとつは加盟国によって異なるエネルギー政策と環境的実践の一致を促すこと。

国際航空における第5、第6の自由 ……航空輸送は空における9つの自由を定めている。9つの自由は航空各社にとって技術的・商業的計画において可能な事柄を羅列している。 第5の自由は第三国でほかの契約国へ向かったり、そこから来た乗客を乗せたり降ろしたりする権利。第6の自由は輸送機が籍を置いている国を経由して他国間を輸送する権利。

国連開発計画(UNDP) ……1966年につくられた開発に関する国連の世界的ネットワーク。170か国が参加している。民主主義の促進、金融危機の予防、資源の持続的な管理のための新興国への援助がおもな任務。

国連食糧農業機関(FAO) ……1945年に設立、ローマに本部を置く食糧と農業に関する国連機関。190か国以上が加盟している。おもな目的は「飢餓なき世界をつくるための支援」。

骨材 ……建築工事、公共工事、土木工事、建設の際に用いられるさまざまな素材の材料になる125ミリ以下の岩の破片。サイズによって砂、細骨材、小石、混合骨材、凝集剤に分けられる。

五分位数 (十分位数を参照のこと)

コモンエコノミー ……持続可能な発展の観点から、財そのものではなく財の使用を売る考え方。これによって財の生産者は財が長く維持され老朽化しないようにすることに腐心するようになる。社会・環境的成果の基準の確立を求めている点において製品を貸すサービスエコノミーとは区別される。

根源岩 ……有機物を豊富に含む小さな穴のない岩。広義では炭化水素(ガス、石油)を含む岩。いくつかの企業が炭化水素を抽出するために、根源岩に亀裂を入れて採掘すること(油圧フラクチャリング)を決定している。「シェールガス」「シェールオイル」という名の由来である粘土質の頁岩の一種を指すことが多い。

再介入 ……たとえば流通系統の一部を下請けに出すためなどに、とりわけ電子工学産業の経済プロセスに仲介者をふたたび導入すること。

最大供給電力　……発電所の発電機の最大能力、ある国のすべての発電所の最大発電電力量の両方を指す。

栽培変種　……栽培によってつくられ独自の性質によって選別された植物。たとえばバラ、セイヨウツツジ、キズイセン、ツバキなどの庭の装飾用植物やカカオが含まれる。

殺菌剤　……菌類を殺す薬剤。

サブシディアリティーの原理　……とりわけ連邦国家において権力の垂直的委譲をおこなう政治理念。ＥＵで実行されている。上位階級（ＥＵ）は、下位階級（加盟国政府）が効力の低い方法でしか実行できないであろうことのみをおこなうことができる。

サブプライム　……市場価格の利率で融資を受けるには充分な担保を用意できない借り手によるアメリカで始まった信用リスク。貸し手の金融機関は借り手が返済の危険がのしかかる固定金利での取引を認めた。結局、不動産取引の担保として借り手の住宅が差し押さえられた。

サブプライム住宅ローン危機　……２００７年７月にアメリカで起こった金融危機。抵当権の差し押さえの急激な増加の後に不動産金融市場で始まった。差し押さえられた家の大半が、多くの抵当貸付主、銀行、投機ファンドを破産に追い込んだサブプライムと呼ばれるローンによるものだった。サブプライムは市場価格の利率で融資を受けるには充分な担保を用意できない人向けのリスクの高いものだった。金融貸付期間は借り手に支払いのリスクが重くのしかかる固定金利での融資を認めていた。融資の抵当は借り手の住宅。

参加型生産論理　……多くの人の寄付を得て計画を実行したり製品をつくったりする方法。多くの場合、インターネット利用者から集められる。ネット上の百科事典、ウィキペディアが典型的な例。

産業革命　……18世紀から資本主義の発展、生産技術・コミュニケーション手段の発達による近代世界の変化にともなって起きたさまざまな現象。この時代は「テイク・オフ」の時代とも呼ばれ、工業化の進行、農地構造への工業化の定着、まさに産業化以前の段階を指す産業革命起源の存在によって特徴付けられる。

産業の自動化　……人間の介入なしに動く機械をつくり、作業の生産性と質を上げるために技術的な仕事のすべて、または一部を遂行する目的で電子工学に頼ること。

自然増　……ある国のある期間での出生数と死亡数の差。

持続可能な開発目標　……貧困を撲滅し環境を保護し全人類の繁栄を約束するため、２０１５年に国連サミットで採択された世界的な17の目標。

ジニ係数　……イタリアの統計学者、コッラド・ジニ（１８８４～１９６５年）によって考案された所得の分配、つまり当該社会の格差を測る総合的な指標。係数は0から１・0で表され、完全な平等が0、完全な不平等（一人がすべてを独占し他の人が何ももっていない状態）が1である。係数が上がるほど格差が大きくなる。

死亡率　……人口１０００人中で死亡した人の数。

社会契約　……人類もしくは個人と国家のあいだで結ばれた社会の基盤を成す暗黙の合意。

社会的連帯経済　……民主的で積極参加型の運営方法をとる協同組合、非営利組合、基金の形で組織された企業の集合。内部の働きと活動は連帯、社会的有用性、協力、それぞれの土地と住民に必要な条件を受け入れる地元定着の原理に基づいている。社会的連帯経済の活動目的は個人の富を増やすことではなく、人類と環境を尊重する経済のための分配と連帯である。一般的に資金源は公的資金。

ジャストインタイム生産　……ストックを最小限に減らして完全に需要に応じた生産をしようとする生産技術。

獣疫　……動物がかかる病気。有名な病のなかのいくつかは感染力が強く、法律によって措置が定められており、公表が義務づけられている。

十分位数　……所得、賃金などの分布を10等分した値。五分位数は5等分した値。

自由民主主義　……代議制民主主義がリベラリズムの原理にしたがって機能している政治イデオロギーと政治体制。マイノリティー、とりわけ個人の権利保護をする。公正で干渉を受けない選挙、異なる複数の政党間の競争、異なる機関に行政の権力が分割されていること、開かれた社会の枠組みのなかでの日常生活の権利の優位性、すべての人の人権保護や法律や市民の自由や政治面での自由が公正に守られていることが特徴。実際に法に明記されているわけではなく、政府の権力を定義し、社会契約を認めた憲法を基礎にしている。

出生率　……人口1000人中で生まれた人の数。

循環型経済　……回収とリサイクルによって資源を循環させ、廃棄物の概念をなくそうとする経済循環論。循環型経済の目標は資源や非再生可能エネルギーの消費や浪費を抑えつつ財やサービスを生み出すこと。

省エネルギー　……生活スタイルや習慣や価値や行動や集団構成の方法を変えることでエネルギー消費の削減を実行すること、またその自発的なアプローチ。

使用の経済　……財の売買を財の使用の売買へ変えようとする経済。製品の付加価値とエネルギーと原料の消費を大幅に増大させることができる。

情報格差　……情報技術へのアクセスの不平等。とりわけ貧しい国と豊かな国のあいだで大きく開いたインターネットの格差。

情報通信技術（ICT）　……Information and Communication Technologyの略。インターネット、携帯電話、電子商取引のような情報を取り扱い修正し交換する最新技術の総称。

シンクタンク　……特定の分野（外交問題、経済、環境、人権）の評価をおこなう公的もしくは民営の研究センター。分析や発表によって世論を方向づける。もっとも影響力の大きいシンクタンクとしては次のようなものが挙げられる。外交問題評議会、ブルッキングス研究所、ヒューマン・ライツ・ウォッチ、王立国際問題研究所（チャタム・ハウス）、ブリューゲル、トランスペアレンシー・インターナショナル、アムネスティ・インターナショナル、フランス国際関係研究所、ジェトゥリオ・ヴァルガス財団、ストックホルム国際平和研究所など。

神経変性疾患　……神経細胞（もっとも典型的な例はニューロン）の損傷によって起こり細胞を死滅させる病。アルツハイマー病、パーキンソン病、ハンチントン病などが含まれる。

人口増加　……ある期間の人口の実質的な増加。自然増（出生数と死亡数の差）と社会増（流入数と流出数の差）の合計。

人口転換　……人口が多産多死という従来のバランスから少産少死という別の形へと変わること。

人口の窓　……好都合な人口の年齢ピラミッドの変化を用いて、ある国が社会的・経済的利益を最大限活用できる期間のこと。出生数の大幅で効果的な抑制と寿命の伸びという特徴をもつ現代的な人口分布に変わるまでのあいだに見られる段階。

スタートアップ　……新しい技術分野の市場にあり高い成長が見込まれる企業を指す英語由来の言葉。大量の現金資産を必要とすることが多く、その難点を克服するためにさまざまな投資筋（リスクキャピタル）から援助を受けなくてはならない。ユニコーン企業は「ブラブラカー」のように評価が10億ドルを越えているスタートアップ企業を指す。

スロートラベル　……発見（その土地をじっくり味わう、異なる風習に浸るなど）に時間を使い、できる限り地球に優しい交通手段を使って地元で消費をする、これまでと異なる旅行方法。

生産性　……つくるために使われる資源と生産の収益、量によって決まる。

生産性の向上　……生産要因（資本や労働）の生産性が上がること。生産要因の費用よりも会社の付加価値の上昇スピードが速い（もしくは低下のスピードが遅い）ときに起こる。

生態系サービス　……共通の財とみなされる人類が生態系から得る恩恵のこと。

生態系の持続性　……居心地のよい未来の環境を考慮しない今日の人類社会の動き。

生物圏　……生物の集合とそれらが暮らしている空間を含む地球のシステム。

世界貿易機関（WTO）　……国家間の商品・サービス・農産物・工業製品・知的財産権の売買に関するルールを制定している国際組織。自由貿易の障害を削減すること、商品・サービス生産者と輸出側と輸入側の活動を円滑にすることを目的としている。ＷＴＯは何よりもまず交渉の場であり、加盟国政府が貿易に関連する国家間の対立を解決しようとする場でもある。それゆえ「司法権」のある紛争解決機関をもっていて、自国の権利を侵害された場合には訴えることができる。

世界保健機関（WHO）　……国連の機構内で国際的な性質の業務をおこなう保健衛生の指導・調整機関。できる限りもっとも高い健康の基準へ万人を導くために、世界の衛生に関する活動を指揮し保健衛生の研究プログラムを決定し、技術面での援助を提供する。ＷＨＯは理念のなかで、健康とは「身体・精神・社会的に完全に良好な状態のことで、単に病気にかかっておらず虚弱でないことではない」と述べている。

世代間の平等　……１９９２年のリオデジャネイロでの地球環境サミットによって有名になった表現。現代の人類が残した環境・社会・経済へのマイナスの影響に苦しめられないよう未来の世代の権利を維持していこうという考え。

絶対的貧困　……絶対的な貧困へのアプローチは不可欠とみなされている（生きるための食料や健康を保つためのことなど）財・サービスの費用に基づいて決められた貧困を示す通貨基準の一律の価値。この基準は世界人口の生活水準の年次変化とは無関係に決まる。一般に発展途上国における貧困の識別に用いられる。

相対的貧困　……相対的貧困率は、当該国の国民の平均生活水準の一定割合を指す金銭的な貧困基準によって決まる。EUの場合は6パーセント。貧困基準は所得の増減や人々への分配によって毎年変化する。貧困の定義は人々の生きる国や時代によって変わる相対的なもの。

ソーシャルダンピング　……グローバル化によって加速した労働者間の競争を指す。国内に企業を誘致するためにある国家が他国よりも労働者にとって不当な労働の権利と賃金の法体系を取り入れようとするときに起こる現象。

ソフトモビリティ　……アクティブモビリティとも呼ばれる。人力だけで移動できるあらゆる移動手段のこと。つまり移動するためには人間の身体的な力が必要。おもなものとしては自転車や徒歩が挙げられるが、ローラースケート、インラインスケート、キックボード、車椅子なども含まれる。

第三次産業の拡大　……雇用の大半と国家の富の中心が農業、工業から第三次産業へ移っていく経済変化のプロセス。従来の図式では経済成長の終焉とみなされ、ポスト工業社会の誕生を指す。今日西洋諸国で見られる。

大西洋横断貿易投資パートナーシップ協定（TTIP）　……環大西洋大規模市場と呼ばれることが多い自由貿易エリアを大西洋の両側につくるためにアメリカとEUのあいだで交渉中の貿易協定。

タイル指数　……1967年につくられた尺度。エントロピーの法則の下に成り立っていて、完全に平等な状態と実際の状況のあいだのエントロピーの変化に相当する。人口全体におけるある人物（またはあるグループ）のウェイトと総所得におけるその人物の所得のウェイトのあいだの差を測る。

多党制　……政界と国会制度にふたつ以上の政党がある政治勢力の機能システム。

他律的　……行為に影響を及ぼすルールを外部から受け取ること、またそうした性質。

弾力性　……経済学で、あるファクターのほかのファクター（価格、需要、供給、所得）の変化に対する感度を指す。そのファクターが影響を受けないか少ししか受けないならば弾力性が低いといえる。反対に大きく影響を受けるならば弾力性が高い。

中央年齢　……特定の集団を同人数の若いグループと高齢のグループに分けた場合に境目となる年齢。

中流化　……人口の非常に多くの割合が「中庸」の社会階級に属するとみなされる状態、もしくはそうした社会階級に組み込まれたいと願っている状態を示す社会学の用語。

中流階級　……職人、商人、技術者、小学校教師、セールスマンなど、中流の職業から定義される中産階級を指す。

定期取引　……手形引受人が後々の取引日のためにあらかじめ取引価格を決めておく金融取引。安全に取引ができる。

底生（遠洋を参照のこと）

ディープウェブ　……ウェブの見えない部分のこと。検索エンジンでは表示されずURLを知っている人しか見ることができない。この見えないウェブは「ビジュアルウェブ」と呼ばれる見えるウェブの500倍の内容がある。

テクノロジーの大躍進　……製品の着想を激変させる大々的な技術革新。情報ネットワークにとっての光ファイバーケーブルの開通がこれにあたる。

データセンター ……「サーバーファーム」とも呼ばれる情報ネットワークのデータをストックするサーバーが置かれている具体的な場所（倉庫、建物）。インターネットの作動においてきわめて重要な意味をもつため、警備されていることが多い。もっとも大きな規模のデータセンターには１０００近いサーバーがあり、フェイスブックのページから銀行・証券取引・政府関連データのようなコンテンツの情報まで収容している。

ドゥタンク ……シンクタンクに着想を得た、専門家組合によって同じ原理の下に機能する集団。理論よりもむしろ具体性を好み多くの活動をおこなう。

土地の人為的な改良 ……人為的な改良を受けた空間はもはや自然の原生地のような用途には使えず、生態系や自然のサイクル（炭素、水など）を維持する自己再生能力を失う。人為的な改良の拡大は都市化、産業・商業空間、交通網、鉱山、採掘場、廃棄物、建設工事、さらには人工的な緑化空間（都市のなかの緑地、スポーツやレジャー施設）による自然や農村空間の消費だ。

トランジショニスト ……きたる変化に自覚を促して変化を実現する手助けをするのが目的である人々の集団を指す新語。循環型経済、リサイクル、新しいエネルギーの研究によるエネルギー転換の後押しを受けて拡大している。

トランスヒューマニズム ……科学と技術の進歩によって人類をつくりかえる科学の流れ。最終的には人類と機械が融合して、未知の余命や知能などをもつハイブリッドな新しい種を生み出すことをめざしている。

トリウム ……自然界に存在している放射性の化学物質。一般的にはリン酸塩鉱物の一種であるモナザイトの形であることが多い。ウランよりも豊富に存在していて核分裂の性質はもたないが、実りの多い資源。核燃料など、それ自体が核分裂を起こし使用可能なウラン２３３へ中性子を供給するのに欠かせない。トリウムを使った原子炉の実用化に向けた研究は40年前からされているが、現在運転中の原子炉はない。研究コストと高度な技術発展を要するが、トリウムを使った原子炉はウランの原子炉よりもいくつかの点で優れている。廃棄物が少ないこと、ウランに比べて不安定な成分が少ないこと、核分裂プロセスの操作面でより安全なことである。

内部告発者 ……欧州評議会の定義では、「こうした活動や一時しのぎの方策がなされるのを終わらせる」ために「全般的な利益にとって脅威もしくは損害となる活動に関する情報」を暴露しようと望む個人。今日でも古い現象にかかわる概念。内部告発者はとがめられるべき背任行為、政治・金融などの体質に関する情報を公に「漏らす」。内部告発者によって明らかにされた事柄としては、ウィキリークス、スイスリークス事件、ルクセンブルク・リークスなどが記憶に新しい。フランスではメディアトール事件［訳注／糖尿病の治療薬であるメディアトールを、危険性を認識していながら痩せ薬として販売した製薬会社による薬害事件］。古くはウォーターゲート事件がある。

ナノテクノロジー ……ナノメートル（１００万分の１ミリ）のスケールの構造の研究・製造の用途をもった科学の分野。１ナノメートルは原子間の距離くらい。

人キロ　……ある交通機関の旅客輸送量を示す単位。乗客数と距離をかけたものに相当。

認知症　……知的機能の減退によって起こる深刻な精神の衰え。記憶障害、判断能力の低下、象徴機能の衰弱、論理的・倫理的・社会的根拠の基準の欠如などが見られる。

バイオテクノロジー　……生物的・化学的な混合物の製品（薬、産業素材）をつくったり、農業生産を向上させたり（遺伝子組み換え）するための生物（動物、植物、微生物）を使った技術。

バイオマス　……生物の集合体。燃焼や発酵によってエネルギーを得ることができる。コンポストヒーター、堆肥から発生するガス、焚き火など。

排他的経済水域　……海に面した国が経済・法律面で主権的権利を行使できる海域。１９８２年の国連海洋法条約（モンテゴベイ条約）にしたがって領海の外側、基線から２００海里（３７０・４キロ）までと定められている。

破壊　……ある経済市場で認められている合意を検討しなおす方法論。

ハッカー　（ギークを参照のこと）

ハッカースペース　……「ハッカーのための場所」の意。新しいテクノロジー、コネクテッド・オブジェクトを生み出し、インターネットについて考えなおすために協力し合う電子工学、情報科学を愛する人のための開かれた共同研究所の一種。

ハブ空港　……航空会社が自社の飛行機を一か所に集中させることのできる広域航空路線の拠点。

ばら積貨物船　……ばら荷を輸送できる多目的船舶。固形（石炭、穀物）から液体（炭化水素、天然ガス）まで、梱包せずに直接船倉に積み込むことができる。

パリ協定（２０１５年）　……２０１５年12月12日、パリで開かれた国連気候変動枠組条約第21回締約国会議（ＣＯＰ２１、国際連合が開催した気候変動に関する会議）において１９５か国が批准し採択された初めての気候に関する国際的な協定。平均気温の上昇2度未満、可能ならば１・５度未満に抑えるのを目標とし、5年ごとに検討をおこなう。最低でも世界の温室効果ガス排出量の55パーセントを占める55か国以上の国が批准・認可・承認すれば、協定は２０２０年以降効力を発揮する。しかし、発行から3年たてば承認を撤回することができる。

パンデミック　……地理的に広い地域に及んでいる伝染病。

ピア・トゥ・ピア　……英語の頭文字をとってＰ２Ｐとも呼ばれる。ネットワーク上のすべての人がサーバーとクライアントのように振る舞う分権的なコミュニケーションシステム。中央のサーバーを必要としない。「水平的な」ユーザーからユーザーへのシェアモデルであるＰ２Ｐはマルチメディア（映画、音楽、本）の閲覧やダウンロードに用いられる。海賊版の問題にさらされることなく作者の権利を尊重できるプラットフォーム、トレントなど。

非感染性疾患　……感染性ではなく人から人へうつることのない病。ガンや心血管性の病気、慢性呼吸器疾患などが含まれる。

ビジュアルウェブ　（ディープウェブを参照のこと）

ビッグデータ　……送信メール、インターネット広告、ＧＰＳシグナルなど、毎日ユーザーによって生み出されるデータの集合体。１日で２５０京バイトになる。巨大なデータベースにリアルタイムで誰もがアクセスできるビッグデータはソリューションになるだろう。大半がリアルタイムの情報である巨大なデータ量の管理は、ビッグデータの「3V」と呼ばれる深刻な技術上の問題を生み出した。膨大なデータの容量、無数のソースから抽出されているがゆえの情報の多様性、データの創造、収集、共有の処理頻度である。

ビットコイン　……暗号化された仮想通貨(暗号通貨)。電子的な金銭取引を可能にする。2009年に実用化が始まって以来、交換プラットフォームを介して従来の通貨と兌換できる。ブロックチェーンの技術によって成り立っている。

病原性　……病気の原因となる要素を示す医学用語。

微粒子　……自然のなかでできる(火山の噴火、自然侵食、植物の発酵熱など。木の燃焼は含まない)直径2・5マイクロメートル以下の粒子のなかで湿度と汚染(鉛、二酸化硫黄)に関連するもの。大気中に浮遊して何日間もとどまるため、肺に入る。

貧困線　……下回ると貧困状態とみなされる世帯の所得水準。フランス国立統計経済研究所によれば、所得中央値の60パーセント未満が貧困線に相当する。フランスでは月収約970ユーロ。

ファブラボ　……アイディアをシェアしたりあらゆるジャンルの製品や品物を考えたりするために、さまざまな機械や道具が置いてあるクリエーター、企業主に開かれたシェアワークスペース。ハッカースペースは情報工学、デジタル分野に限られたファブラボ。

フィルターバブル　……インターネット利用者の習慣を収集して、そのデータに応じて表示する内容をアルゴリズムが選別し、ユーザーによって異なる様相のウェブを生み出すこと。

富栄養化　……栄養素が土のなかや海中に蓄積されるプロセス。

普及率　……ある市場において相当の財をもっている世帯または個人を、世帯または個人の総数で割ったもの。

扶養比　……一般的に労働力としてみなされない年齢(児童、高齢者)と労働力としてみなされる年齢の総数の比率。18歳未満と65歳以上の人/18~64歳の人数(パーセント)。境界年齢は場合によって変わる。労働力人口に対する高齢者の割合を示す扶養比率も別に計算できる。

扶養率　……非労働力人口(児童、高齢者)に対する労働力人口(働く年代の人)の割合。

フリーソフトウェア　……ユーザー一人ひとりの参加を促す開かれた分権的インターネットのためのフリーソフトウェア運動は1980年代半ばにアメリカ人のリチャード・ストールマンによって始められた。フリーソフトウェアは研究の自由、変更の自由、配布の自由という3つのおもな基準を満たしていなくてはならない。そのためにプログラムはオープンソース形式と規定されている。つまり万人がプログラムのソースコードにアクセスできる必要がある。対義語は企業がユーザーの手の届かない隠れた部分にソースコードを置いている「プロプライエタリ」ソフトウェア。

ブロックチェーン　……電子取引や契約が記された巨大な台帳が動かす公開型データベース。管理と運営は1か所で集中的におこなわれているのではなく、安全性と持続性を保証するのはユーザーの集合である。ブロックチェーンはオープンシステムを通じて従来の仲介者を飛び越して直接個人と個人を結ぶ。

平均所得　……当該集団の所得の平均。

平均余命　……ある年齢の人の平均死亡年齢までの余命をはかる指標。

ベーシックインカム　……最低限所得保障とも呼ばれる。市民一人ひとりが生まれてから死ぬまで事前申告や代償なしにほかの賃金所得とかかわりなく定額手当を受け取ることのできる公的な政策。額、導入方法、全国レベルでの普及は、この思想が提唱されるようになった１９６０年代から経済学者と政治家のあいだで議論になっている。

ベビーブーマー　……第二次世界大戦後のある期間（通常は１９４６～１９６４年を指す）に生まれた世代。

貿易の自由化　……関税率の引き下げ（自由貿易区域内では関税そのものを撤廃することもある）、国内生産者への助成金の減額のように、国家間の貿易を優遇し競争をあおることを目的にした手段の総称。もっとも恩恵を受けるのは多種多様な製品を安く手に入れられるようになる消費者。

補完通貨　……財・サービス・知識のローカルなやりとりの仕掛けとして法定通貨を補完するために流通している決済手段の総称。売買を促進すると同時に支払いもできる特殊な通貨としてつくられた。あるグループ内の市民によって発行、管理されている。補完通貨の使用法は簡単だ。認可された交換場所で消費者は発行された補完通貨を得て、商店や協賛者の店で使う。すると通貨は収支計算の形で次々と循環していき、公私の行為者によって発行され、法定通貨に換金されるか、そのまま閉じられた空間のなかを循環しつづける。

保護主義　……自国の経済を外国との競争から守ろうとする政策。関税率（関税権）、量の制限（割当量）、非関税措置（たとえばある種の外国製品が国内市場に入ってくるのを防ぐために考案された環境ルールの発布など）の３つの手段によっておこなわれる。

ホームオートメーション　……セキュリティ、エネルギー管理、コミュニケーション分野のあらゆるオートメーションシステムを住居に取り入れることを目的とした技術。

ポンジ・スキーム　……１９２０年代にチャールズ・ポンジによってつくられた、非常に高い配当がすぐ得られると謳った金融詐欺の仕組み。実際のところ、古い顧客に払われる金は新しい顧客から得たものにすぎない。新規の顧客が減っていくと配当金を支払うことができなくなりシステムが破綻する。

慢性疾患　……長期間にわたって進行する病。多くが傷病や深刻な合併症の危機と関連している。神経変性疾患も含む。

ミレニアル世代　……１９８０～１９９９年に生まれた世代。Y世代、デジタル世代とも呼ばれる。21世紀のあいだに成人し、前のX世代やベビーブームの世代とは異なる行動をとる。彼らにとっての豊かさは第一にバーチャルな世界やデジタルテクノロジーにある。

民営化　……公的事業や公的企業を民営にすること。

メタデータ　……物理的データ、またデジタルデータを特徴づけるのに使われる付随的なデータ。たとえば写真データに付随した撮影日の情報など。

モノカルチャー ……単一の農作物の栽培のこと。トウモロコシ、小麦などの集中的な農業が特徴的。

モノのインターネット（ＩｏＴ） ……日常生活で使う機器がインターネットネットワークに接続されていること。浸透すると電動歯ブラシ、トースター、冷蔵庫、さらにはベッドまでもインターネットに接続されて、使用を最適化し個人に合わせて調節できるようになる。ＩｏＴはデータの収集や利用と切り離せないため、私生活の問題にも直結している。

油圧フラクチャリング ……密度の高い基層内の石油やガスを採掘するために、高圧の液体を注入して岩に大きな亀裂を入れる。シェールガスを採掘する技術。

有病率 ……ある時点における全人口に占める病気の人の割合。

ユニコーン ……新しいテクノロジーに特化し、成長が著しく流動資産が大きいスタートアップ企業を指してアメリカのアナリスト、アイリーン・リーが２００３年につくった呼び名。株式市場に上場しておらず10億ドル以上の価値があるとみなされているのが特徴。

ライドシェア ……渋滞緩和と交通費を分割で払うために同じ方向に向かう複数の人で私用車をシェアすること。

罹患率 ……ある期間のある人々における病気にかかった人の割合。

離散化 ……質的・量的な変数で区切る統計分析法。

リバウンド効果 ……19世紀にウィリアム・スタンレー・ジェヴォンズによって発見された、とりわけエネルギーの分野で見られる経済の法則。資源の利用効率を上げようとするとき、結果的に資源消費量が増加して削減分を相殺してしまい、さらにはエネルギー節約が無効になってしまう現象を指す。この現象はおもに消費者の行動の変化によるものである。たとえばエネルギー消費量の低い電球を使うようになった結果、以前の電球を使っていたときよりも電気をつけっぱなしにすることが多くなったといった例が挙げられる。

老化 ……年をとること。とりわけ生物学の分野で細胞に用いられる用語だが、肉体自体にも使われることがある。

ロカヴォア ……居住地から１００マイル（約１６０キロ）の圏内で生産された食材しか食べない人。

ローテク ……「ハイテク」の対となる造語。持続可能、修正可能、修理可能、再利用可能であるためだけに考案された消費される製品。たとえば自転車はシンプルでありながら常に革新的なローテクの例。

【図表作成】坂本由佳

【著者】**ヴィルジニー・レッソン**（Virginie Raisson）

歴史学、国際関係学、地政学修士。地政学と未来学に関する研究施設レパック研究所を主宰。フランスとアメリカで国境なき医師団の理事を9年間務める。国際機関や、地方自治体を対象に定期的に講演、講師等もつとめる。3人の子どもの母親。邦訳書に『2033年　地図で読む未来世界』『地図で読む世界情勢』など。

【訳者】**河野彩**（こうの・あや）

仏語翻訳者。学習院大学フランス語圏文化学科卒、一橋大学言語社会研究科博士前期課程修了。訳書に、ジョルダノ『人生を変えるレッスン』(サンマーク出版)、ラッジカクほか『目に見えない微生物の世界』（河出書房新社）など。

【訳者】**山口羊子**（やまぐち・ようこ）

仏語翻訳者。お茶の水女子大学文教育学部仏語仏文学専攻卒。訳書に、エルヴェ・コメール『悪意の波紋』（集英社)、デュペイラ＆ベルナール『14歳からの瞑想「超」入門』（ディスカヴァー・トゥエンティワン）など。

グラフと地図で知る これからの20年

●

2019年12月16日　第1刷

著者…………ヴィルジニー・レッソン
訳者…………河野彩／山口羊子

装幀…………一瀬錠二（Art of NOISE）

発行者…………成瀬雅人
発行所…………株式会社原書房

〒160-0022 東京都新宿区新宿1-25-13
電話・代表03（3354）0685
http://www.harashobo.co.jp
振替・00150-6-151594

印刷・製本…………シナノ印刷株式会社

ISBN978-4-562-05702-3, Printed in Japan